SE BUSCA NOVIO

ALEXIS HALL

SE BUSCA NOVIO

Traducción de Efrén del Valle
y Cristina Martín

MOLINO

Papel certificado por el Forest Stewardship Council®

MIXTO
Papel | Apoyando la
silvicultura responsable
FSC® C117695

Penguin
Random House
Grupo Editorial

Título original: *Boyfriend Material*

Primera edición: junio de 2021
Primera reimpresión: agosto de 2023

Publicado originalmente por Sourcebooks.
Todos los derechos reservados.

© 2020, Alexis Hall
© 2021, Penguin Random House Grupo Editorial, S. A. U.
Travessera de Gràcia, 47-49. 08021 Barcelona
© 2021, Cristina Martín Sanz y Efrén del Valle Peñamil, por la traducción
Diseño de cubierta: adaptación del original de Lookatcia
para Penguin Random House Grupo Editorial

Printed in Spain – Impreso en España

ISBN: 978-84-272-2465-0
Depósito legal: B-7.442-2021

Compuesto en El Taller del Llibre
Impreso en Rodesa
Villatuerta (Navarra)

MO 24650

A CMC

CAPÍTULO 1

Nunca le he encontrado el sentido a los bailes de disfraces: o te esfuerzas mucho y acabas quedando como un capullo o no te esfuerzas nada y acabas quedando como un capullo. Y, como siempre, mi problema era que no sabía qué clase de capullo quería ser.

Ya me había decantado bastante por la estrategia de no esforzarme, pero me entró el pánico en el último momento, hice un malhadado esfuerzo por encontrar un lugar donde vendieran disfraces y me vi en una de esas tiendas eróticas extrañamente populares que anuncian lencería roja y consoladores rosas para gente a la que no le interesan ninguna de las dos cosas.

Y fue así como, al aterrizar en una fiesta que ya se encontraba en una fase de su ciclo vital demasiado calurosa, ruidosa y abarrotada, llevaba unas orejas de conejo con encaje negro problemáticamente sexualizadas. Juro que antes se me daban bien esas cosas, pero me faltaba práctica, y parecer un chapero de segunda satisfaciendo un fetiche muy concreto no era la manera idónea de protagonizar un regreso triunfal a la escena. Y lo que era aún peor, había llegado tan tarde que el resto de los pringados solitarios habían tirado la toalla y se habían ido a casa.

En algún lugar de aquel agujero de luces parpadeantes, música estridente y sudor estaban mis amigos. Lo sabía porque nuestro grupo de WhatsApp —actualmente bautizado como El Guirigay— había degenerado en cien variaciones sobre el tema «¿Dónde coño está Luc?». Pero yo solo veía a gente que juraría que conocía a gente que juraría que conocía a gente que me conocía vagamente. Tras abrirme paso hasta la barra, entrecerré los ojos para leer la pizarra que anunciaba los cócteles especiales de la noche, y acabé pidiendo un Pacharán Conversación Distendida sobre Pronombres, ya que tenía pinta de estar bueno y de describir acertadamente mis posibilidades de ligar aquella noche. O en cualquier otro momento, a decir verdad.

Probablemente debería explicar por qué estaba tomando una copa no binaria a la vez que llevaba un complemento fetichista muy de clase media en un sótano de Shoreditch. Pero, sinceramente, yo también empezaba a preguntármelo. El resumen es que hay un tío llamado Malcom al que conozco porque todo el mundo conoce a Malcom. Estoy bastante convencido de que es corredor de bolsa, banquero o algo así, pero, por las noches —y con eso me refiero a algunas noches, con lo cual me refiero a una noche por semana— trabaja de DJ en una discoteca transgénero/género fluido llamada Surf 'n' Turf @ The Cellar. Y esta noche era su fiesta del Sombrerero Loco, porque Malcom es así.

Ahora mismo estaba al fondo de la sala con un sombrero de copa de color púrpura, un frac a rayas, unos pantalones de cuero y poco más, pinchando lo que creo que denominan «ritmos bestiales». O a lo mejor no. A lo mejor es algo que nadie ha dicho jamás. Cuando tuve mi época de discotequero, ni me molestaba en preguntarles el nombre a mis ligues, y menos aún en tomar notas sobre la terminología.

Suspiré y volví a concentrarme en mi Habitual Falta de un Polvete. Debería existir una palabra para cuando haces algo que no te apetece en especial con el fin de apoyar a alguien, pero entonces te das cuenta de que no te necesitaba y nadie se habría dado cuenta de que te has quedado en casa en pijama, comiendo Nutella directamente del tarro. En fin. Eso. Tenía esa sensación. Y sin duda debería haberme ido, pero entonces habría sido el gilipollas que apareció en la fiesta del Sombrerero Loco de Malcom, no se curró el disfraz, se bebió una octava parte de una copa y se largó de allí sin hablar con nadie.

Saqué el teléfono y envié al grupo un desolado **Estoy aquí. ¿Dónde andáis?**, pero al momento apareció junto al mensaje el maldito reloj. Quién iba a imaginar que en una sala subterránea de cemento habría mala cobertura.

—¿Te has dado cuenta de que esas orejas ni siquiera son blancas?

Noté un aliento cálido en la mejilla, y al darme la vuelta vi a un desconocido. Era bastante mono, con ese aspecto respingado y sexi que siempre me ha resultado extrañamente cautivador.

—Sí, pero llegaba tarde. Además, tú ni siquiera vas disfrazado.

El desconocido sonrió y pareció aún más respingado, aún más sexi y aún más cautivador. Entonces se levantó la solapa para mostrar una etiqueta que decía «Nadie».

—Supongo que es una referencia irritantemente desconocida.

—«¡Yo solo quisiera tener esos ojos —dijo el rey con pesar— para poder ver a Nadie!».

—Pedante de mierda.

Eso lo hizo reír.

—Las fiestas de disfraces sacan lo peor de mí.

No era la vez que había tardado más en cagarla con un tío, pero estaba escalando posiciones. Lo importante era no dejarme dominar por el pánico e intentar protegerme convirtiéndome en un gilipollas insufrible o en un zorrón colosal.

—Detesto imaginarme de quién sacan lo mejor.

—Sí, ese —otra sonrisa, otro destello de su dentadura— sería Malcom.

—Todo saca lo mejor de Malcom. Podría conseguir que la gente celebrara tener que pagar diez peniques por una bolsa de la compra.

—Por favor, no le des ideas. Por cierto —se acercó un poco más—, me llamo Cam, pero, como seguramente has oído mal, responderé a cualquier nombre de una sílaba con una vocal en medio.

—Encantado, Bob.

—Pedante de mierda.

A pesar de las luces estroboscópicas, vi el brillo en sus ojos y me pregunté de qué color serían lejos de las sombras y los arcoíris artificiales de la pista de baile. Era mala señal. Se acercaba peligrosamente a que me gustara alguien, y mira dónde me había llevado.

—Tú eres Luc Fleming, ¿verdad? —dijo.

Sabía yo que aquello no podía acabar bien, joder.

—En realidad —dije, como digo siempre— es Luc O'Donnell.

—Pero eres el hijo de Jon Fleming, ¿no?

—¿Y a ti qué te importa?

Me miró desconcertado.

—No me importa, pero cuando le pregunté a Angie —la novia de Malcom, que iba disfrazada de Alicia porque, por supuesto, era Alicia— quién era el tío guapo y malhumorado, me dijo: «Ah, es Luc, el hijo de Jon Fleming».

No me gustaba que la gente dijera eso de mí, pero, ¿qué alternativa había? ¿«Ese es Luc. Su carrera se ha ido al garete»? ¿«Ese es Luc. Hace cinco años que no tiene una relación estable»? ¿«Ese es Luc. En qué momento se torció todo»?

—Sí, ese soy yo.

Cam se acodó en la barra.

—Qué emocionante. Nunca había conocido a un famoso. ¿Debo fingir que me encanta tu padre o que lo odio profundamente?

—Ni siquiera lo conozco. —Una búsqueda somera en Google le habría brindado esa información, así que tampoco estaba dándole una gran primicia—. Me es bastante indiferente.

—Seguramente sea lo mejor, porque solo me acuerdo de una canción suya. Creo que iba de que llevaba una cinta verde en el sombrero.

—No, esa es de Steeleye Span.

—Sí, espera. Jon Fleming's Rights of Man.

—Ya, pero entiendo que los confundas.

Me lanzó una mirada penetrante.

—No se parecen en nada, ¿verdad?

—Bueno, hay un par de diferencias sutiles. Steeleye es más folk rock, mientras que RoM es más rock progresivo. Steeleye utilizaba muchos violines, y papá es flautista. Además, el solista de Steeleye Span es una mujer.

—Vale. —Me dedicó otra sonrisa, y parecía menos avergonzado de lo que habría estado yo—. Pues no sé de lo que estoy hablando. Pero mi padre es un gran seguidor suyo. Tiene todos sus discos. Los guarda en la buhardilla con unos pantalones de campana que no le entran desde 1979.

Empezaba a ser consciente de que, hacía unos ocho millones de años, Cam me había descrito como guapo y malhumorado. Pero, naturalmente, ahora era una proporción de ochenta a veinte a favor de malhumorado.

—Los padres de todo el mundo son seguidores de mi padre.

—Debe de ser molesto.

—Un poco.

—Y, con lo de la televisión, debe de hacerse aún más raro.

—Más o menos. —Le di un golpecito a mi copa—. Me reconocen a menudo, pero «Eh, tu padre es el tío de esa mierda de concurso de talentos» es un poquito mejor que «Eh, tu padre es el tío que salió en las noticias la semana pasada por darle un cabezazo a un policía y vomitarle encima a un juez mientras iba hasta arriba de heroína y Pato WC».

—Al menos es interesante. Lo más escandaloso que ha hecho mi padre es agitar una botella de kétchup sin darse cuenta de que no tenía la tapa puesta. —Sonreí, muy a mi pesar—. No me puedo creer que te estés cachondeando de mis traumas infantiles. La cocina parecía salida de *Hannibal*. Mamá aún saca el tema cuando se enfada, aunque el enfado no sea con papá.

—Sí, mi madre también menciona a mi padre cuando la hago enfadar. Pero, más que «como aquel día que tu padre roció la cocina con un condimento de tomate», es «como aquel día que tu padre dijo que vendría a casa por mi cumpleaños, pero se quedó en Los Ángeles esnifando cocaína en las tetas de una prostituta».

Cam parpadeó.

—Eeecs.

Mierda. Medio cóctel y una sonrisa bonita y ya estaba cantando como un pilluelo adorable en una barricada de Francia. Eran el tipo de cosas que acababan en los periódicos. «El otro escándalo secreto del cocainómano Jon Fleming». O tal vez: «De tal palo, tal astilla: comportamiento infantil de Jon Fleming

Júnior recuerda a desmadres de su padre drogadicto». O peor aún: «Siguen estando locos después de todo este tiempo: Odile O'Donnell furiosa con su hijo por los escarceos de Fleming con la prostitución en los años ochenta». Por eso no debería salir nunca de casa. Ni hablar con humanos, sobre todo con humanos a los que quería gustar.

—Escucha —dije sin cara de póker, aun sabiendo que aquello podía salir muy mal—, mi madre es muy buena persona y me crio ella sola. Ha sufrido mucho, así que... ¿Podrías olvidar lo que te he dicho, por favor?

Me miró como se mira a alguien al trasladarlo de la casilla «atractivo» a la casilla «raro».

—No se lo contaré. Ni siquiera la conozco. Y, sí, puede que haya venido a tirarte los trastos, pero aún falta mucho para conocer a nuestros respectivos padres.

—Lo siento, lo siento. Soy muy protector con ella.

—¿Y crees que necesita protección de los tíos a los que conoces en un bar?

Todo se había ido al traste, porque la respuesta básicamente era: «Sí, por si acudes a la prensa amarilla, porque es algo que suele ocurrirme». Pero no podía decírselo sin meterle esa idea en la cabeza. Suponiendo, claro, que no lo pensara ya y estuviera usándome como una flauta o un violín, dependiendo del grupo de los setenta del que creyera que yo formaba parte. Así pues, quedaba la opción B: dejar que ese hombre divertido y atractivo con el que me gustaría tener al menos un rollo de una noche creyese que era un paranoico que pasaba demasiado tiempo pensando en su madre.

—Ejem... —Tragué saliva, sintiéndome tan deseable como un bocadillo de carne de animal atropellado—. ¿Podemos volver a cuando te has acercado a tirarme los trastos?

Hubo un silencio más largo de lo que me habría gustado y luego Cam sonrió, aunque con cierta desgana.

—Claro.

Otro silencio.

—Bueno —aventuré—, debo decir que eso de tirarme los trastos te está quedando bastante minimalista.

—Mi plan original era intentar hablar un poco contigo y ver cómo iba, y luego a lo mejor intentar besarte o algo. Pero me has torpedeado esa estrategia, así que no sé qué hacer.

Se me cayó el alma a los pies.

—Lo siento. Tú no has hecho nada. Es que se me da muy mal... —dije, y busqué una palabra que resumiera adecuadamente mi historial amoroso reciente— todo.

Quizás eran imaginaciones mías, pero casi pude ver a Cam decidir si se tomaba alguna molestia conmigo. Para mi sorpresa, pareció decantarse por el sí.

—¿Todo? —repitió, y retorció la punta de mi oreja de conejo de una manera que decidí interpretar como alentadora.

Era buena señal, ¿no? Tenía que ser buena señal. ¿O era una señal terrible? ¿Cómo es que Cam no salía por piernas y dando voces? De acuerdo, no. Me estaba comiendo la cabeza, y no había lugar peor donde estar que en mi cabeza, sobre todo para mí. Tenía que decir algo superficial y coqueto ahora mismo.

—Puede que en lo de besar no sea muy malo.

—Mmm. —Cam se acercó un poco más. Joder, ¿iba a hacerlo de verdad?—. No sé si me fío de tu criterio. Quizá sea mejor que lo compruebe.

—Ejem, vale.

Así que lo comprobó, y a mí no se me dio mal lo de besar. Es decir, me pareció que no se me daba mal. O eso espero.

—¿Y bien? —pregunté con un tono relajado, juguetón y en absoluto desesperado o inseguro.

Su cara estaba tan cerca que podía ver todos los detalles seductores, como el grosor de sus pestañas, el vello que asomaba en su mandíbula y las arrugas en las comisuras de los labios.

—No creo que pueda sacar una conclusión exacta a partir de un solo dato.

—Aaah, qué científico.

Ampliamos la serie de datos y, cuando terminamos, me tenía contra la esquina de la barra y yo le había metido las manos en los bolsillos traseros de los vaqueros en un tímido intento por fingir que no estaba manoseándolo descaradamente. Y fue entonces cuando recordé que sabía mi nombre, el nombre de mi padre, probablemente también el de mi madre y casi sin duda todo lo que se había escrito sobre mí. Lo único que sabía yo era que se llamaba «Cam» y tenía buen sabor.

—¿Lo eres? —pregunté sin aliento. Y en respuesta a su mirada de confusión, añadí—: Científico. No tienes pinta.

—Ah, no. —Sonrió, atractivo y delicioso—. Era solo una excusa para seguir besándote.

—¿A qué te dedicas, entonces?

—Soy autónomo. Trabajo sobre todo para páginas a las que les gustaría ser BuzzFeed.

Lo sabía. Lo sabía, joder. Se había mostrado demasiado ansioso por obviar mis muchísimos defectos.

—Eres periodista.

—Es un término bastante generoso para definirlo. Escribo esas listas en plan «X cosas sobre Y en las que no te creerás Z» que todo el mundo odia, pero parece leer de todos modos.

«Doce cosas que no sabías de Luc O'Donnell. La número ocho te sorprenderá».

—Y a veces diseño esas pruebas que consisten en elegir ocho fotos de gatitos y te decimos qué personaje de John Hughes eres.

La versión racional de Luc, la del universo paralelo en la que mi padre no era un gilipollas famoso y mi exnovio no había vendido todos mis secretos a Piers Morgan, intentaba decirme que estaba exagerando. Por desgracia, no le presté atención.

Cam ladeó la cabeza en un gesto interrogante.

—¿Qué te pasa? Ya sé que no es un trabajo atractivo precisamente, y ni siquiera puedo contentarme con decir que alguien tiene que hacerlo, porque no es así, pero vuelves a estar raro.

—Lo siento. Es… complicado.

—Lo complicado puede ser interesante. —Se puso de puntillas para pasarme un mechón por detrás de la oreja—. Y ya nos hemos quitado de en medio lo de besarnos. Ahora solo tenemos que trabajar la conversación.

Esbocé la que esperaba que no fuese una sonrisa cursi.

—Preferiría ceñirme a lo que se me da bien.

—Te diré una cosa. Voy a hacerte una pregunta y, si me gusta la respuesta, puedes besarme otra vez.

—Bueno, no sé si…

—Empecemos poco a poco. Ya sabes a qué me dedico. ¿Tú qué haces?

Me iba el corazón a mil y no era divertido. Pero era una pregunta inofensiva, ¿no? Era información que ya poseían al menos doscientos *spambots*.

—Trabajo para una ONG.

—Uau, qué noble. Podría decir que siempre he querido hacer algo así, pero soy demasiado superficial. —Acercó la cara y lo besé con cierto nerviosismo—. ¿Tu helado preferido?

—Chocolate con menta.

Otro beso.

—Un libro que ha leído todo el mundo menos tú.

—Todos.

Se apartó.

—No te voy a besar por eso. Es un escaqueo total.

—No, en serio. Todos: *Matar a un ruiseñor*, *El guardián entre el centeno*, cualquier cosa de Dickens, *Sin novedad en el frente*, el de la esposa del viajero del tiempo, *Harry Potter…*

—Te tomas el analfabetismo en serio, ¿eh?

—Sí. Estoy pensando en mudarme a Estados Unidos y presentarme a un cargo público.

Se puso a reír y me besó. Esta vez se quedó cerca, con el cuerpo pegado al mío y lanzando el aliento contra mi piel.

—Vale. El sitio más raro donde has practicado sexo.

—¿Es por la número ocho? —pregunté con una risilla que pretendía demostrar que yo era increíblemente guay y despreocupado.

—¿Qué número ocho?

—Ya sabes, doce hijos de famosos a los que les gusta follar en sitios raros. El número ocho te sorprenderá.

—Un momento. —Se quedó quieto—. ¿En serio crees que te estoy besando por un «listículo»?

—No. Es decir… no. No.

Me miró por un largo y horrible instante.

—Sí que lo piensas, ¿verdad?

—Ya te dije que era complicado.

—Eso no es complicado, es insultante.

—Es… —Si había reculado antes, podía hacerlo otra vez—. No era mi intención. No es por ti.

Esta vez no jugueteó con la oreja de conejo.

—¿Cómo no va a ser por mí si te preocupa cómo pueda comportarme?

17

—Simplemente tengo que andarme con cuidado.

Que conste que resulté extremadamente digno y nada patético al decirlo.

—¿Y qué coño iba a escribir? ¿«Conocí en una fiesta a un chaval que no era ni la sombra de lo que fue»? ¿«Hijo gay de famoso es gay. Quién lo diría»?

—Bueno, parece que sería un avance comparado con lo que escribes normalmente.

Abrió la boca y me di cuenta de que a lo mejor había ido un poquito demasiado lejos.

—Vaya, estaba a punto de decir que no sabía cuál de los dos era el gilipollas, pero gracias por aclarármelo.

—No, no —me apresuré a decir—, siempre soy yo. Créeme, lo sé.

—No creo que eso sirva. No sé qué es peor, que creas que me follaría a una persona medio famosa para conseguir algo o que creas que, si fuera a tomar una decisión profesional tan sumamente degradante, te elegiría a ti.

Tragué saliva.

—Buenos argumentos. Muy bien expuestos.

—La puta de oros, tendría que haberle hecho caso a Angie. No vales un duro.

Se perdió entre la multitud, probablemente para buscar a alguien que estuviera menos chiflado, y me dejó solo con mis orejas de conejo torcidas y una honda sensación de fracaso personal. Aunque supongo que aquella noche conseguí dos cosas: prestar apoyo a un hombre que no lo necesitaba en absoluto y demostrar, fuera de toda duda, que nadie en su sano juicio saldría conmigo. Era un fracasado arisco, malhumorado y paranoico que siempre encontraba la manera de cargarse incluso las interacciones humanas más básicas.

Me apoyé en la barra y me quedé mirando el sótano lleno de desconocidos que estaban pasándolo mucho mejor que yo. Probablemente, al menos dos de ellos estaban hablando de lo terrible que yo era como ser humano. Bajo mi punto de vista, tenía dos opciones: podía hacer de tripas corazón, comportarme como un adulto, encontrar a mis amigos de verdad e intentar aprovechar la noche; o podía irme corriendo a casa, beber solo y añadir aquello a la lista de cosas que fingía, sin éxito alguno, que nunca habían ocurrido.

Al cabo de dos segundos estaba en las escaleras.

Al cabo de ocho segundos estaba en la calle.

Y al cabo de diecinueve segundos estaba tropezando conmigo mismo y cayendo de bruces sobre una alcantarilla.

¿Acaso no era la guinda del pastel para una noche que pasaría a la posteridad? Y seguro que no tenía repercusiones.

CAPÍTULO 2

Pero sí que las tuvo.

Y las tuvo en forma de alerta de Google que amenazaba con tirar mi teléfono de la mesita a causa de la vibración. Y, sí, soy muy consciente de que buscar en Internet lo que dice la gente sobre ti normalmente es un acto típico de un capullo, de un narcisista o de un capullo narcisista, pero había aprendido por las malas que es mejor saber lo que hay ahí fuera. Al moverme, tiré al suelo otra clase de tecnología vibradora —«para caballeros que deseen explorar una forma más sofisticada de placer»—, y finalmente conseguí agarrar el teléfono con la elegancia de un adolescente tratando de meterle mano a alguien.

No quería mirar, pero, si no lo hacía, acabaría vomitando el viscoso batiburrillo de temor, esperanza e incertidumbre que me había dejado las entrañas hechas papilla. Seguramente no era tan malo como me temía. Por lo general no lo era. Aunque a veces… sí. Mirando a través de las pestañas como un niño pequeño que ve un episodio de *Doctor Who* parapetado tras los cojines del sofá, leí las notificaciones.

Y pude respirar de nuevo. Todo iba bien. Aunque era obvio que, en un mundo ideal, unas fotos mías tumbado sobre una alcantarilla frente al Cellar y con las orejas de conejo no habrían aparecido en todas las páginas cutres de cotilleos, desde Celebitchy hasta Yeeeah. Y que, en un mundo ideal de verdad, mi definición de «bien» no habría tenido el listón tan bajo. Pero, dado que mi vida era un pozo de mierda interminable, mi radar de desaliento se había recalibrado seriamente con el paso de los años. Al menos en las imágenes salía vestido y sin una polla en la boca. Así que todo bien.

La gota que colmó el vaso de mi reputación digital tenía una marcada temática «de tal palo, tal astilla», porque circulaban por ahí tropecientas imágenes de Jon Fleming quedando como un gilipollas. Y supongo que «Hijo descarriado de Jonny se desploma tras bacanal de sexo y drogas» es mejor titular que «Hombre tropieza en la calle». Suspirando, dejé caer el teléfono al suelo. Resulta que solo hay una cosa peor que tener un padre famoso que echó a perder su carrera y es tener un padre famoso que está protagonizando un puto regreso.

Más o menos me había acostumbrado a que me compararan con mi padre ausente, temerario y autodestructivo. Pero ahora que se había reformado y cada domingo ejercía de viejo y sabio mentor en ITV, me comparaban de forma desfavorable con mi padre ausente, temerario y autodestructivo. Y ese era un nivel de chorradas para el que no estaba emocionalmente preparado. No debería haber leído los mensajes, pero clavé los ojos en *wellactually69*, que había recibido un montón de votos por proponer un *reality show* en el que Jon Fleming intenta llevar a su hijo yonqui por el buen camino, cosa que *theotherjillfrompeckham* afirmaba que vería «de cabo a rabo».

Sabía que, tal como estaban las cosas, nada de eso importaba. Internet era eterno, eso era inevitable, pero mañana, o pasado mañana, nadie se acordaría de mí. Caería en el olvido hasta que alguien quisiera darle otra vuelta de tuerca a la historia de Jon Fleming. Pero aún me sentía una mierda y, cuanto más tiempo pasaba, peor era.

Intenté consolarme con el hecho de que al menos Cam no me había incluido en la lista Doce Gilipollas que te Aterrarán en una Discoteca. Pero ese consuelo en particular oscilaba entre «frío» y «escaso». A decir verdad, nunca he sido un experto en cuidar de mí mismo. Las recriminaciones las tenía controladas. Despreciarme era algo que podía hacer con los ojos cerrados y lo hacía a menudo. Y allí estaba, un hombre de veintiocho años que de repente sentía la abrumadora necesidad de llamar a su madre porque estaba triste.

Porque la única ventaja de que mi padre sea quien es, es que mi madre es quien es. Puedes buscarlo en Wikipedia, pero la versión resumida es que, en los años ochenta era una especie de Adele franco-irlandesa con el pelo más cardado. Y más o menos por la época en que Bros se preguntaban cuándo serían famosos y Cliff Richard derramaba muérdago y vino por encima de un millón de Navidades incautas, ella y papá estaban atrapados en una relación de amor-odio, ni contigo ni sin ti, que dio lugar a dos discos en colaboración, a uno en solitario y a mí.

Bueno, en realidad yo llegué antes que el disco en solitario, que fructificó cuando papá se dio cuenta de que le interesaba más ser famoso y colocarse que estar en nuestras vidas. *Welcome Ghosts* fue lo último que compuso mamá, pero, sinceramente, también fue lo último que necesitó hacer. Casi cada año, la BBC, la ITV o algún estudio cinematográfico utiliza una canción del álbum en una escena triste, en una escena de conflicto o en una escena en la que no pega, pero ella cobra el cheque de todos modos.

Al levantarme de la cama, adopté por costumbre la pose de Quasimodo necesaria para que cualquiera que mida más de metro setenta se mueva por mi piso sin que un alero le golpee en la cara. Y, teniendo en cuenta que yo mido uno noventa y tres, es el equivalente inmobiliario a haber elegido un Mini Cooper. Alquilé el piso con Miles, mi ex, cuando era romántico vivir en la versión contemporánea de una buhardilla en Shepherd's Bush. Ahora estaba degenerando rápidamente en algo patético: solo, empantanado en un trabajo que no iba a ninguna parte y sin poder permitirme una vivienda que no fuera la parte inferior de un tejado. Por supuesto, no estaría mal que la ordenara de vez en cuando.

Aparté un montón de calcetines del sofá, me hice un ovillo y activé FaceTime.

—*Allô*, Luc, *mon caneton* —dijo mamá—. ¿Viste *El paquete* de tu padre ayer noche?

Me quedé horrorizado hasta que recordé que *El paquete* era el título de un programa de televisión absurdo.

—No, salí con unos amigos.

—Pues tendrías que verlo. Seguro que está en algún canal a la carta.

—No quiero verlo.

Mamá se encogió de hombros al más puro estilo galo. Estoy convencido de que exagera su afrancesamiento, pero lo entiendo, porque lo único que recibió de su padre fue el apellido. Bueno, eso y una palidez que sería la envidia de Siouxsie Sioux. En cualquier caso, aunque tener un padre que te abandona no es genético, en nuestra familia sin duda es hereditario.

—Tu padre no ha envejecido bien —dijo.

—Me alegra saberlo.

—Está calvo como una bola de billar y tiene la cabeza rara. Parece ese profesor de química con cáncer.

No sabía de qué me hablaba, pero la verdad es que no me he molestado en mantener contacto con mi antiguo colegio. Para ser sincero, no me he molestado en mantener contacto con la gente que vive en el lado equivocado de Londres.

—¿El señor Beezle tiene cáncer?

—Ese no, el otro.

Otro rasgo de mi madre es que su relación con la realidad es, en el mejor de los casos, cuestionable.

—¿Te refieres a Walter White?

—*Oui, oui.* Y, sinceramente, me parece que ya es mayorcito para andar por ahí con una flauta.

—Estamos hablando de papá, ¿verdad? Porque, si no, las últimas temporadas de *Breaking Bad* son raras de la hostia.

—Pues claro que estamos hablando de tu padre. Acabará rompiéndose la cadera.

—Bueno —dije con una sonrisa—, la esperanza es lo último que se pierde.

—Apostó por una chica joven que toca la armónica. Creo que fue buena elección, porque era una de las mejores, pero ella se fue con un miembro de Blue. Disfruté mucho viéndolo.

Si nadie la frenaba, mamá podía hablar de *reality shows* eternamente. Por desgracia, con *wellactually69* y compañía revoloteando en torno a mi cabeza como si fueran avispones de Internet, mi intento de hacerla callar se redujo a:

—Ayer me ridiculizaron en la red.

—¿Otra vez, cariño? Lo siento. —Yo también me encogí de hombros, pero no quedó muy francés—. Ya sabes cómo son estas cosas. —Suavizó el tono para tranquilizarme—. Siempre es una tormenta en un… en un… vaso de chupito.

Aquello tuvo gracia. Mamá siempre consigue arrancarme una sonrisa.

—Ya lo sé. Pero siempre que ocurre, aunque sea algo trivial, me trae recuerdos.

—Sabes que lo que pasó no fue culpa tuya. Lo que hizo Miles no tuvo nada que ver contigo.

Resoplé.

—Tuvo todo que ver conmigo.

—Los actos de los demás pueden afectarte, pero lo que decidan es cosa suya.

Ambos guardamos silencio un momento.

—¿Algún día…? ¿Algún día dejará de dolerme?

—*Non.* —Mamá negó con la cabeza—. Pero dejará de importarte.

Quería creerla, de verdad. Al fin y al cabo, ella era una prueba viviente de sus propias palabras.

—¿Quieres venir a casa, *mon caneton*?

Estaba a solo una hora de camino si encontraba a alguien que me llevara desde la estación de Epsom (1,6 estrellas en Google). Pero, aunque más o menos podía justificar las llamadas a mi madre cada vez que me pasaba algo malo, volver corriendo a su casa me parecía patético incluso a mí.

—Judy y yo hemos descubierto un programa nuevo —dijo mamá de una manera que creo que pretendía ser alentadora.

—¿Ah, sí?

—Sí, es muy interesante. Se llama *RuPaul's Drag Race*. ¿Te suena? Al principio no sabíamos si nos gustaría porque pensábamos que iba de *monster trucks*, pero ya te imaginarás cómo nos alegramos cuando supimos que trataba de hombres a los que les gusta vestirse de mujeres. ¿Por qué te ríes?

—Porque te quiero. Mucho.

—No te rías, Luc. Alucinarías. Muchas veces nos atragantamos de lo elegantes que van. Quiero decir…

—Conozco *Drag Race*. Probablemente más que tú.

Esto era lo que ocurría cuando ganabas un Emmy. Tu público se convertía en las madres de tu público.

—Pues entonces deberías venir, *mon cher.*

Mamá vive en Pucklethroop-in-the-World, la pequeña bombonera en la que me crie, y se pasa el día discutiendo con su mejor amiga, Judith Cholmondely-Pfaffle.

—Es que…

Si me quedaba en casa, podía probar cosas de adultos, como fregar los platos y lavar la ropa. Aunque, en realidad, seguramente pincharía mis alertas de Google hasta que sangraran.

—Estoy preparando mi curri especial.

Eso fue lo que acabó de inclinar la balanza.

—Ni de coña.

—Luc, te pones muy desagradable con mi curri especial.

—Sí, porque prefiero que no me arda el culo.

Mamá estaba haciendo pucheros.

—Para ser gay, tienes el culo demasiado sensible.

—¿Qué te parece si dejamos de hablar de él?

—Has sacado tú el tema. En fin, a Judy le encanta mi curri.

A veces creo que Judy ama a mi madre. Si no, ¿cómo se atreve a catar sus platos?

—Seguramente porque te has pasado los últimos veinticinco años destrozándole de forma sistemática las papilas gustativas.

—Bueno, ya sabes dónde estamos si cambias de opinión.

—Gracias, mamá. Hablamos pronto.

—*Allez*, cariño. *Bises.*

Sin mamá hablando por los codos de *reality shows*, mi casa resultaba silenciosa y se me hacía el día muy… largo. Entre el trabajo, los amigos, los conocidos y algún que otro intento de ligoteo, por lo general utilizaba mi piso como un hotel excesivamente caro y descuidado. Solo iba a dormir un rato y volvía a irme por la mañana.

Excepto los domingos. Los domingos eran complicados. O se habían complicado con el paso de los años. En la universidad eran para tomar un *brunch*, arrepentirte de lo que habías hecho el sábado y dormir toda la tarde. Entonces perdí a mis amigos uno a uno, porque tenían que ir a cenar con sus suegros o decorar la habitación de los niños o porque preferían el placer de un día en casa.

Entendía que llevaran otro tipo de vida y yo no quería lo que ellos tenían. Yo no era así, porque, según recordaba, los domingos con Miles habían pasado con bastante rapidez del sexo maratoniano a las resacas maratonianas. Solo ocurría en momentos como aquel, cuando parecía que mi mundo se reducía a notificaciones en el teléfono.

Notificaciones que hacía todo lo posible por ignorar, porque sabía que mamá tenía razón: si sobrevivía al presente, mañana no tendrían importancia.

Sin embargo, resultó que ambos estábamos equivocados.

Super superequivocados.

CAPÍTULO 3

El lunes empezó como de costumbre: llegué tarde al trabajo y a nadie le importó, porque era esa clase de oficina. Y, cuando digo oficina, me refiero a una casa de Southwark que han medio convertido en el cuartel general de la ONG para la que trabajo. Por lo visto, es la única organización benéfica, o la única organización de cualquier tipo, que me contrataría.

Es el proyecto de un viejo conde apasionado de la agricultura y de una etimologista formada en Cambridge que yo creo que es un robot díscolo enviado desde el futuro. ¿Cuál es su misión? Salvar a los escarabajos peloteros. Y, como recaudador de fondos, mi labor consiste en convencer a la gente de que es mejor dar su dinero a los escarabajos que comen mierda que a los pandas, a los huérfanos o —Dios no lo quiera— a Comic Relief. Me encantaría poder decir que se me da bien, pero la verdad es que no hay baremo para medir algo así. Aún no me han despedido. Y lo que suelo decir en las entrevistas para otros puestos que nunca consigo es que no existe ninguna otra organización ecologista basada en las heces que recaude más dinero que nosotros.

Además, nos llamamos Centro de Ayuda y Conservación del Coleóptero Autóctono, cuyo acrónimo, CACCA, es preferible no utilizar. Trabajar en CACCA tiene varias desventajas: la calefacción central a tope todo el verano y apagada todo el invierno; la gerente, que nunca permite que nadie gaste dinero en nada, y unos ordenadores tan antiguos que siguen funcionando con una versión de Windows que tiene nombre de año, por no mencionar que cada día me doy cuenta de que esta es mi vida. Pero también tiene sus ventajas. El café es bastante decente, porque las dos cosas que interesan a la doctora Fairclough son la cafeína y los invertebrados. Y cada mañana, mientras espero a que arranque mi PC del Renacimiento, puedo contarle chistes a Alex Twaddle. O, mejor dicho, puedo contarle chistes a Alex Twaddle mientras él me mira con cara de circunstancias.

Apenas sé nada de él y, desde luego, ignoro cómo consiguió el puesto, que en teoría es el de ayudante ejecutivo de la doctora Fairclough. En una ocasión, alguien me dijo que tenía una titulación importante, pero no especificó de qué ni dónde la había obtenido.

—Bueno —dije—, se encuentran dos colegas por la calle y uno le dice al otro: «Tengo doscientas palomas en el patio de casa».

—¿Doscientas palomas?

—Sí.

—¿Estás seguro? No tiene mucha lógica.

—Tú sígueme el rollo. Total, que el tío le dice: «Tengo doscientas palomas en casa». Y el otro le contesta «¿Mensajeras?». Y el tío dice: «No te exagero, no. Doscientas por lo menos».

Hubo un largo silencio.

—¿Y qué más da que sean mensajeras? El problema es que son muchas.

—No va por ahí la cosa.

—Ya, pero, ¿mensajeras por qué?

A veces no sabía si era una afición mía o un castigo autoimpuesto.

—No, Alex, es un juego de palabras. Si dices «me exageras» rápido suena como «mensajeras».

—Ah. —Pensó en ello unos instantes—. No sé yo.

—Tienes razón, Alex. La próxima vez me esforzaré más.

—Por cierto —dijo—, tienes reunión con la doctora Fairclough a las diez y media.

Eso no era buena señal.

—Imagino que no sabrás por qué quiere verme… —dije, convencido de que no serviría de nada.

Alex esbozó una sonrisa de oreja a oreja.

—Ni la menor idea.

—Sigue así.

Cuando volví a mi despacho, situado en el piso de abajo, la perspectiva de tener que interactuar con la doctora Fairclough se cernía sobre mí como una nube de tormenta. No me malinterpretéis, siento un gran respeto por ella. Si sufro alguna crisis relacionada con los escarabajos, es la primera persona a la que acudo. Sin embargo, no sé cómo dirigirme a ella. Para ser sincero, es obvio que ella tampoco tiene ni idea de cómo dirigirse a mí, o posiblemente a nadie. La diferencia es que a ella le da igual.

Al enfilar el pasillo, cuyos tablones crujían alegremente a cada paso que daba, oí una voz.

—¿Eres tú, Luc?

Por desgracia, eso era innegable.

—Sí, soy yo.

—¿Te importaría entrar un momento? Tenemos una situación un poco complicada en Twitter.

Como soy una persona solidaria, entré. Rhys Jones Bowen, coordinador de voluntarios y director de redes sociales de CACCA, estaba tecleando con un solo dedo delante de su ordenador.

—Quería comentarte una cosa —dijo—. ¿Recuerdas que querías que le hablara a todo el mundo de la Campaña del Pelotero?

Campaña del Pelotero es el apodo que le pusimos en la oficina a la cena, baile y gala anual de recaudación de fondos. Desde hace tres años la organizo yo. El hecho de que sea el activo más valioso en la descripción de mi puesto actual lo dice todo sobre la gala en cuestión. Y también sobre mi puesto.

Me esforcé en mantener un tono neutro.

—Sí, recuerdo que lo mencioné el mes pasado.

—Bueno, pues resulta que no me acordaba de la contraseña e iba a pedir que me mandaran otra al correo que había utilizado para crear la cuenta, pero tampoco me acordaba de la contraseña de ese correo.

—Imagino que eso es un problema.

—Sabía que la había anotado en un pósit y sabía que había pegado el pósit dentro de un libro para que no se extraviara. También sabía que la portada del libro era azul, pero no recordaba el título, ni quién lo escribió ni de qué iba.

—¿Y no podías restaurar la contraseña del correo? —pregunté con prudencia.

—Podía, pero en ese momento me daba un poco de miedo conocer la magnitud de la tragedia.

Para ser sincero, esto pasa mucho. Bueno, no esto en concreto, pero algo parecido. Y seguramente me habría preocupado más si nuestra cuenta de Twitter tuviera más de ciento treinta y siete seguidores.

—No te preocupes.

Extendió una mano para tranquilizarme.

—No, no. Resulta que estaba en el baño y siempre me llevo un libro. A veces dejo un par allí por si me olvido. Total, que he visto uno en el alféizar con la portada azul, lo he cogido y, al abrirlo, allí estaba el pósit. Menos mal que ya estaba sentado, porque me he emocionado tanto que casi me cago encima.

—Doblemente afortunado. —Deseoso de aparcar el tema del lavabo, añadí—: Entonces, si has recuperado la contraseña, ¿dónde está el problema?

—Por lo visto, me estoy quedando sin letras.

—Te envié por correo lo que tenías que decir. Debería caber.

—Pero entonces me han hablado de esas cosas llamadas *hashtags*. Según parece, es muy importante utilizar *hashtags* para que la gente pueda encontrar tus tuits en Twitter.

La verdad es que en eso tenía razón. Por otro lado, mi fe en los instintos de optimización de Rhys Jones Bowen para las redes sociales no se hallaban precisamente en máximos históricos.

—Ajá.

—He estado barajando un montón de ideas y creo que este es el *hashtag* que mejor describe lo que intentamos conseguir con la Campaña del Pelotero.

Con un aire triunfal bastante injustificado, me deslizó un trozo de papel en el que había escrito meticulosamente:

#CenaGalaBeneficaYBaileAnualdelCentroDeAyudaYConserva
cionDelColeopteroAutoctonoTambienConocidaComoCampa
naDelPeloteroEnElRoyalAmbassadorsHotelMaryleboneNoElDe
EdimburgoEntradasDisponiblesEnNuestraPaginaWeb

—Y ahora —prosiguió— solo me deja poner cuarenta y dos letras más.

Antaño, yo tenía una carrera profesional verdaderamente prometedora. Pero si tengo un máster, joder. He trabajado para algunas de las empresas de publicidad más importantes de la ciudad y ahora me paso el día explicando *hashtags* a un galés con pocas luces.

O no.

—Te prepararé una imagen —le dije.

Eso lo animó.

—Ah, puedes publicar una foto en Twitter, ¿verdad? Leí que la gente responde muy bien a las fotos gracias al aprendizaje visual.

—La tendrás a la hora de comer.

Y, dicho eso, volví a mi despacho, donde por fin había arrancado el ordenador, jadeando como un *T. rex* asmático. Al abrir el correo, me sorprendí al descubrir que varios donantes —donantes de renombre— habían cancelado su asistencia a la Campaña del Pelotero. Pero hubo algo que me erizó el vello de la nuca. Probablemente era casualidad, pero no lo parecía.

Verifiqué a toda prisa nuestra huella pública por si la página web había sido pirateada otra vez por aficionados a la pornografía. Y, al no descubrir nada ni de lejos preocupante (o interesante), acabé espiando a los que habían cancelado como si fuera el tío de *Una mente maravillosa*. Quería averiguar si existía algún vínculo entre ellos. Por lo que vi, no existía. Bueno, todos eran ricos, blancos y política y socialmente conservadores, como la mayoría de nuestros donantes.

Yo no digo que los escarabajos peloteros no sean importantes. La doctora Fairclough me ha explicado repetidas veces por qué lo son: tiene que ver con la ventilación del suelo y el contenido en materia orgánica, pero se necesita cierto grado de privilegio para preocuparse más por una gestión avanzada de los insectos que, pongamos, por las minas antipersona o los refugios para indigentes. Por supuesto, aunque la mayoría diríamos que los indigentes son seres humanos y que, por tanto, merecen recibir cuidados, la doctora Fairclough argumentaría que los indigentes son seres humanos y, por tanto, numerosos y, en el plano ecológico, entre insignificantes y un claro detrimento. No como los escarabajos peloteros, que son insustituibles. Por eso, ella consulta los datos y yo hablo con la prensa.

CAPÍTULO 4

A las diez y media me personé diligentemente en el despacho de la doctora Fairclough, donde Alex me invitó a entrar con un gesto ostentoso a pesar de que la puerta ya estaba abierta. Como siempre, la oficina era una masacre inquietantemente ordenada de libros, documentos y muestras etimológicas, como si fuera el nido de unas avispas muy académicas.

—Siéntese, O'Donnell.

Sí, esa es mi jefa. La doctora Amelia Fairclough se parece a Kate Moss, viste como Simon Schama y habla como si le cobraran por palabras. En muchos sentidos es la compañera de trabajo ideal, porque su estilo de gestión conlleva no prestar atención a menos que uno le prenda fuego a algo, cosa que Alex ha hecho en dos ocasiones.

Me senté.

—Twaddle —miró bruscamente a Alex—, minuta.

Alex se levantó como un resorte.

—Ah, sí. Claro. ¿Alguien tiene un bolígrafo?

—Ahí, debajo de la *Chrysochroa fulminans.*

—Espléndido. —Alex tenía los ojos de la madre de Bambi. Probablemente después de recibir un disparo—. ¿La qué?

A la doctora Fairclough le tembló un músculo de la mandíbula.

—La verde.

Diez minutos después, Alex había conseguido finalmente un bolígrafo, papel, un segundo trozo de papel porque había atravesado el primero con el bolígrafo y un ejemplar de *Ecología y evolución de los escarabajos peloteros* (Simmons and Ridsdill-Smith, Wiley-Blackwell, 2011) para apoyarse en él.

—De acuerdo —dijo—. Listo.

La doctora Fairclough entrelazó las manos sobre la mesa.

—Esto no me resulta agradable, O'Donnell…

No sabía si se refería a tener que hablar conmigo o a lo que estaba a punto de decir. Sea como fuere, no tenía buena pinta.

—Mierda. ¿Estoy despedido?

—Aún no, pero hoy he tenido que contestar a tres correos sobre usted y son tres correos más de los que por lo general me gusta responder.

—¿Correos sobre mí? —Sabía adónde iba todo aquello. Probablemente lo había sabido en todo momento—. ¿Es por las fotos?

Asintió con brusquedad.

—Cuando lo contratamos, nos dijo que todo eso era agua pasada.

—Y así era. Y es. Pero cometí el error de ir a una fiesta la misma noche que mi padre apareció en ITV.

—Por lo visto, en la prensa hay consenso en que estaba tumbado encima de una tapa de alcantarilla totalmente drogado. Y con ropa fetichista.

—Me caí —me limité a decir— y llevaba unas orejas de conejo bastante cómicas.

—Para algunos, ese detalle añade un elemento especial de desviación.

En ciertos sentidos, fue casi un alivio enfadarme. Era mejor que estar aterrado por si perdía el trabajo.

—¿Necesito un abogado? Porque empiezo a pensar que esto guarda más relación con mi sexualidad que con mi sobriedad.

—Evidentemente. —La doctora Fairclough hizo un gesto de impaciencia—. Ha quedado usted como el tipo de homosexual equivocado.

Alex había estado siguiendo la conversación como si fuera Wimbledon y lo oí murmurar «tipo de homosexual equivocado» mientras escribía.

Hice lo posible por responder con un tono razonable.

—Como ya sabrá, podría demandarlos a base de bien por esto.

—Podría —coincidió la doctora Fairclough—, pero no encontraría otro trabajo, y, estrictamente hablando, esto no es un despido. Además, como recaudador debe de saber que no tenemos dinero, lo cual haría que una demanda suya fuera bastante inútil.

—¿Qué? Entonces, ¿solo me ha traído aquí para alegrarme el día con un poquito de homofobia de andar por casa?

—Vamos, O'Donnell. —Suspiró—. Como ya sabrá, a mí no me importa la variedad de homosexual que usted sea. Por cierto, ¿sabía que los pulgones son partenogenéticos? Pero, por desgracia, a algunos de nuestros donantes sí. Por supuesto, no todos son homófobos y yo disfrutaba bastante viendo a un gay joven y encantador agasajándolos con vino. Sin embargo, eso respondía básicamente a que era usted una persona inofensiva.

Mi enfado, como todos los hombres con los que he estado, no parecía tener ganas de seguir allí, lo cual me hizo sentir exhausto e inútil.

—La verdad es que eso sigue siendo homofobia.

—Evidentemente, puede llamarlos para explicárselo, pero dudo que eso los anime a darnos su dinero. Y si no consigue que la gente nos dé su dinero, su utilidad para nuestra organización se ve bastante limitada.

Ahora volvía a estar asustado.

—Me ha parecido entender que no iban a despedirme.

—Mientras la Campaña del Pelotero sea un éxito, puede frecuentar los bares que quiera y los apéndices mamíferos que le venga en gana.

—¡Genial!

—Pero, ahora mismo —dijo, lanzándome una mirada fría— su imagen pública como una especie de pervertido sexual y cocainómano con pantalones que dejan las nalgas al aire ha ahuyentado a tres de nuestros donantes más importantes, y no hará falta que le recuerde que nuestra lista de donantes se acerca peligrosamente a menos de una decena.

Quizá no era el mejor momento para hablarle de los correos que había recibido aquella mañana.

—Entonces, ¿qué se supone que debo hacer?

—Rehabilitarse, y rápido. Tiene que volver a ser el sodomita inofensivo que los clientes de Waitrose se sienten bien presentando a sus amigos de izquierdas y mal presentando a sus amigos de derechas.

—Que conste que me siento muy muy ofendido por esto.

La doctora Fairclough se encogió de hombros.

—A Darwin lo ofendían los *Ichneumonidae* y, por desgracia para él, siguieron existiendo.

Si tuviese aunque fuera el orgullo del tamaño de un testículo de mosquito, habría salido escopeteado de allí. Pero no lo tengo, así que no lo hice.

—No puedo controlar lo que dice de mí la prensa amarilla.

—Por supuesto que puedes —terció Alex—. Es fácil.

Ambos nos volvimos hacia él.

—Un amigo mío de Eton, Mulholland Tarquin Jones, se metió en un berenjenal terrible hace un par de años por un malentendido con un coche robado, tres prostitutas y un kilo de heroína. Los periódicos lo despedazaron, pero más tarde se prometió con un delfín de la Casa de Devonshire y, a partir de entonces, todo han sido fiestas en jardines y dobles páginas en *¡Hola!*

—Alex —dije pausadamente—, ¿eres consciente de que soy gay y de que toda esta conversación ha girado en torno a eso?

—Bueno, es que yo hablaba de un delfín varón, claro, no de un delfín hembra.

—No conozco a delfines de ningún género.

—¿Ah, no? —Parecía verdaderamente confuso—. ¿Y con quién vas a Ascot?

Apoyé la cabeza en las manos y tuve la sensación de que iba a romper a llorar.

Y fue entonces cuando la doctora Fairclough volvió a tomar las riendas de la conversación.

—Twaddle tiene razón. Con un novio adecuado, me atrevería a decir que volverás a granjearte muy rápido la simpatía de la gente.

Me había esforzado mucho en no pensar en mi estrepitoso fracaso con Cam en el Cellar. Ahora, el recuerdo de aquel rechazo me inundó de renovada humillación.

—No encuentro ni novio inadecuado.

—Ese no es mi problema, O'Donnell. Váyase, por favor. Entre los correos y esta conversación, ya me ha hecho perder bastante el tiempo esta mañana.

Volvió a concentrarse tan intensamente en lo que fuera que estaba haciendo con su ordenador que pareció que yo había dejado de existir. En ese momento no me habría importado que fuera así. Cuando salí del despacho, todo me daba vueltas. Me llevé una mano a la cara y noté que tenía los ojos húmedos.

—Vaya —dijo Alex—. ¿Estás llorando?

—No.

—¿Quieres un abrazo?

—No.

Pero, no sé cómo, acabé en sus brazos y Alex me dio unas torpes palmaditas en la cabeza. Al parecer, había sido un jugador de críquet serio en la escuela o en la universidad, con independencia de lo que significara «serio» para un deporte que básicamente consistía en cinco días comiendo fresas y caminando a paso lento. No pude evitar fijarme en que aún conservaba un cuerpo apropiado para dicha modalidad: esbelto, larguirucho y firme. Además, desprendía un olor sorprendentemente saludable, como a hierba recién cortada en verano. Apoyé la cara en su cárdigan de cachemira y emití un sonido que sin duda no era un sollozo.

Debo reconocerle a Alex que aquello no pareció inquietarlo en absoluto.

—Tranquilo, tranquilo. Ya sé que la doctora Fairclough puede ser un poco dura, pero pelillos a la mar.

—Alex —me sorbí la nariz e intenté secármela disimuladamente—, la gente no dice «pelillos a la mar» desde 1872.

—Sí que lo dice. Yo lo acabo de hacer. ¿No estabas escuchando?

—Tienes razón. Qué tonto soy.

—No te preocupes. Entiendo que estés triste.

Después de arrastrarme unos cinco centímetros por encima

del fondo del precipicio, fui dolorosamente consciente de que estaba llorando en el hombro del tonto de la oficina.

—Estoy bien. Solo intento procesar el hecho de que, después de casi media década soltero, tengo que encontrar novio de la noche a la mañana o perderé el único trabajo en el que me contratarían, una ONG cuyo nivel de exigencia es tan bajo que os aceptaron a ti y a Rhys.

Alex pensó en ello un momento.

—Tienes razón. Es terrible. Somos unos ineptos totales.

—Va, venga —protesté—, al menos oféndete. Ahora me has hecho sentir como un auténtico gilipollas.

—Lo siento mucho. No era mi intención.

A veces me pregunto si Alex en realidad es un genio y los demás no somos más que peones en su plan maestro.

—Lo haces adrede, ¿verdad?

Alex esbozó una sonrisa que podía ser enigmática o sencillamente estúpida.

—En todo caso, estoy seguro de que no te costaría encontrar novio. Eres guapo. Tienes un buen trabajo. Has aparecido hace poco en los periódicos.

—Si pudiera encontrar novio, lo tendría.

Alex apoyó la cadera en un lateral de la mesa.

—Anímate, tío. Saldremos de esta. ¿Tus padres conocen a alguien que dé el perfil?

—¿Olvidas que mi padre es un drogata en rehabilitación que sale en *reality shows* y que, desde los años ochenta, mi madre es una ermitaña que tiene exactamente una amiga?

—Sí, pero imagino que aún serán socios de algún club.

—Pues no.

—Tranquilo, hay muchas más opciones. —Hizo una pausa—. Déjame pensar un momento.

«Eh, hola, fondo del precipicio. Me alegra verte de nuevo. ¿Quieres ser mi novio?».

Al cabo de un buen rato, Alex se irguió como un beagle olisqueando un conejo.

—¿Y tus compañeros de colegio? Llámalos y pregúntales si alguno tiene una hermana guapa. Perdón, un hermano. Perdón, un hermano gay.

—Estudié en un pueblo diminuto. En mi curso éramos tres y no mantengo contacto con ninguno de ellos.

—Qué peculiar. —Ladeó la cabeza inquisitivamente—. Yo pensaba que habrías estudiado en Harrow.

—¿Sabías que hay gente que no fue ni a Eton ni a Harrow?

—Sí, obviamente. Las chicas.

No estaba de humor para explicarle la situación socioeconómica de la Gran Bretaña moderna a un hombre tan pijo que ni siquiera le parecía extraño pronunciar la «t» de Moët pero no la de *merlot*.

—No puedo creerme que vaya a decir esto, pero, ¿podemos volver a cuando intentabas solucionar mi vida amorosa?

—Tengo que reconocer que estoy un poco confuso. —Se quedó en silencio, frunciendo el ceño y toqueteándose los puños de la camisa. Entonces, sonrió repentinamente—. Se me ha ocurrido una cosa.

En circunstancias normales, habría cogido aquello con las pinzas gigantescas que merecía, pero estaba desesperado.

—¿Qué?

—¿Por qué no dices que estás saliendo conmigo?

—Tú no eres gay y todo el mundo lo sabe.

Se encogió de hombros.

—Les diré que he cambiado de opinión.

—Me parece que no funciona así.

—Yo pensaba que ahora esas cosas eran fluidas. En plan siglo xx y tal.

No era momento de recordarle a Alex en qué siglo estábamos.

—¿No tienes novia? —le pregunté.

—Ah, sí, Miffy. Se me olvidaba, pero es una chica fantástica. No le importaría en absoluto.

—Si yo fuera ella, me importaría. Me importaría mucho.

—Bueno, a lo mejor por eso no tienes novio. —Me miró un poco dolido—. Se te ve muy exigente.

—Te agradezco el ofrecimiento, pero si no eres capaz de recordar que tienes novia de verdad, ¿no crees que te costaría un poco recordar que tienes un novio de mentira?

—No, eso es lo bueno. Puedo fingir que eres mi novio y a nadie le parecerá raro que nunca te haya mencionado porque soy tan bobo que se me puede haber pasado por alto tranquilamente.

Era aterrador, pero aquello empezaba a cobrar sentido.

—¿Sabes qué? —dije—. Me lo pensaré. En serio.

—¿Pensarte el qué?

—Gracias, Alex. Has sido de gran ayuda.

Volví despacio a mi despacho, donde me alivió descubrir que en aquel rato no había ahuyentado a más donantes. Luego me senté a la mesa con la cabeza apoyada en las manos y deseé...

Dios. Estaba demasiado jodido incluso para saber qué deseaba. Obviamente, habría estado bien que mi padre no saliera en televisión ni yo en los periódicos y que mi trabajo no corriera peligro. Pero ninguna de esas cosas, ya fueran juntas o por separado, era el problema. Tan solo eran unas cuantas aves marinas meciéndose inertes alrededor de la mancha de petróleo en que se había convertido mi vida.

Al fin y al cabo, no podía cambiar el hecho de que mi padre era Jon Fleming. No podía cambiar el hecho de que no me quería. No podía cambiar el hecho de haberme enamorado de Miles. Y no podía cambiar el hecho de que él tampoco me quería.

Mientras le daba vueltas a todo aquello, caí en la cuenta de que Alex no había sido del todo inútil. A ver, tampoco es que me hubiera ayudado —pasito a pasito, pasito a pasito—, pero, en general, tenía razón en que la gente a la que conocías era una manera eficaz de conocer gente a la que no conocías.

Cogí el teléfono y abrí el grupo de WhatsApp, que alguien había rebautizado hacía poco como To Bi or Not to Bi. Después de pensármelo un rato, envié varios emoticonos de sirenas seguidos de **Ayuda. Emergencia. Reunión de Vengaydores. En el Rose & Crown. Esta tarde a las 6** y me conmovió lo rápido que se iluminó la pantalla con promesas de asistencia.

CAPÍTULO 5

Fui un poco egoísta eligiendo el Rose & Crown para la reunión, ya que estaba mucho más cerca de mi casa que de la del resto. Pero, como era yo quien sufría la crisis, consideré que estaba en mi derecho. Además, era uno de mis *pubs* favoritos, un edificio desmañado del siglo XVII que parecían haber traído en avión desde una aldea rural y soltado en medio de Blackfriars. Con su terraza, desconcertantemente amplia, y sus cestas colgantes parecía una isla y los edificios de oficinas que lo rodeaban casi se apartaban avergonzados.

Pedí una cerveza y una hamburguesa y me adueñé de una mesa de pícnic en el exterior. Como estábamos en lo que presuntamente era primavera en Inglaterra, hacía un poco de fresco, pero si los londinenses permitiéramos que nos molestaran pequeñas cosas como el frío, la lluvia, un nivel de contaminación un poco preocupante o las cagadas de paloma, no saldríamos nunca a la calle. Llevaba solo un par de minutos esperando cuando apareció Tom.

Lo cual fue incómodo de la hostia.

Tom no es exactamente amigo mío. Es un amigo político, porque hace mucho que es pareja de Bridget, la Chica Hetero Símbolo del grupo. Tom es la persona más guapa y guay que conozco, porque parece el hermano pequeño de Idris Elba, aunque más pulcro, y es espía. Bueno, no del todo. Trabaja para el Departamento de Aduanas del Servicio de Espionaje, que es uno de esos organismos que existen pero nunca salen en los periódicos.

La cosa se complica aún más porque, en realidad, yo lo vi primero. Salimos un par de veces y yo pensaba que la cosa iba muy bien, así que se lo presenté a Bridget y la cabrona me lo robó. Bueno, no me lo robó. Simplemente, ella le gustaba más y no le guardo ningún rencor. En realidad sí se lo guardo. Pero no. Excepto cuando sí se lo guardo.

Y supongo que no debería haberle tirado los tejos otra vez cuando él y Bridget pasaron por una crisis hace un par de años. Lo dejaron un tiempo, así que no fui tan capullo como podría haberlo sido. Y, en cualquier caso, solo sirvió para que él se diera cuenta de lo mucho que la amaba y quería arreglar las cosas con ella. Fue fantástico.

Básicamente, Tom hace con mi autoestima lo mismo que con los traficantes de personas y armas. Aunque mi autoestima está mucho menos atrincherada.

—Hola —dije, tratando de no hacer un agujero en la hierba y meterme en él como si fuera un escarabajo pelotero en peligro de extinción.

Tom me dio un beso, muy continental y un tanto devastador, en la mejilla y dejó su cerveza junto a la mía.

—Me alegro de verte. Cuánto tiempo.

—Sí, ¿eh?

Sin quererlo, debí de parecer traumatizado, porque Tom añadió:

—Bridge llegará tarde. Como siempre, vaya.

Solté una risita nerviosa. Bridget llegaba tarde por defecto.

—Y... ejem... ¿En qué estás trabajando ahora mismo?

—En esto y aquello. Un caso importante de fraude comercial. En principio se cerrará pronto. ¿Y tú?

Después de tres años conociendo a Tom, sabía que, en su sector, «fraude comercial» equivalía a algo bastante más grave, aunque nunca supe qué. Lo cual significaba que tener que contarle que estaba organizando una gala benéfica para los escarabajos peloteros era un poquito humillante.

Pero, por supuesto, se mostró sumamente interesado y me hizo preguntas muy sesudas, la mitad de las cuales debería haber formulado yo mismo. En cualquier caso, seguí con la conversación hasta que llegaron los James Royce-Royce.

Conocí a James Royce y James Royce (ahora James Royce-Royce y James Royce-Royce) en un acto LGBTQ+ que se había organizado en la universidad. En cierto modo, es raro que se lleven tan bien, porque el nombre es en realidad lo único que tienen en común. James Royce-Royce es un cocinero con gafas y tiene una manera de expresarse que... Estoy buscando la forma de decirlo con tacto, pero el resumen es que es extremadamente afectado. James Royce-Royce, en cambio, parece un sicario ruso, tiene un trabajo que no comprendo relacionado con operaciones matemáticas de lo más complejas y es muy tímido.

Ahora mismo están intentando adoptar, así que la conversación no tardó en derivar hacia la cantidad de papeleo «infernal» (en palabras de James Royce-Royce) que entraña lo que yo ingenuamente suponía que era el sencillo proceso de obtener bebés de gente que no los quiere y dárselos a gente que sí los quiere. Lo cierto es que no sabría decir si era más o menos alienante que hablar de los niños en sí.

Después llegó Priya, una lesbiana diminuta con extensiones multicolores que vivía de soldar trozos de metal a otros trozos de metal y vendérselos a galerías. Estoy seguro de que tiene mucho talento, pero no estoy en absoluto cualificado para juzgarlo. Antes era la única otra solterona de mi grupo de amigos y fueron muchas las noches que pasamos bebiendo *prosecco* barato, lamentándonos de nuestra respectiva incapacidad para ser amados y prometiendo echar el resto y casarnos si los dos seguíamos solos a los cincuenta. Pero entonces me traicionó al enamorarse de una medievalista casada que le llevaba más de veinte años. Y encima, lo cual aún era más imperdonable, la cosa funcionó.

—¿Dónde coño te metiste el sábado? —Se sentó a la mesa y me fulminó con la mirada—. Se suponía que teníamos que estar en una esquina juzgando a la gente.

Me encogí de hombros, como diciendo que no me sentía abochornado.

—Fui, pedí un cóctel, me rechazó un hípster guapo y me fui humillado.

—Vaya. —Priya esbozó una sonrisa ladeada—. Una noche bastante normal para ti.

—Quiero que sepas que, aunque tengo una respuesta ingeniosa, lo que has dicho es totalmente acertado.

—Por eso lo he dicho. En fin. ¿Qué es esa gran calamidad?

—Bridget aún no nos ha honrado con su presencia —dijo James Royce-Royce.

Priya puso los ojos en blanco.

—Eso no es una calamidad. Es lo habitual.

Dado que esperar a Bridge podía prolongarse entre veinte minutos y toda la eternidad, empecé a desahogarme. Les conté lo de las fotos y los donantes y les dije que en el trabajo estaba jodido si no encontraba un novio respetable inmediatamente.

James Royce-Royce fue el primero en reaccionar.

—Esa es la transgresión más indignante contra cualquier forma de decencia —declaró—. Eres recaudador de fondos en una organización ecologista, no un concursante de *La isla de las tentaciones.*

—Coincido. —El bello Tom, que no había querido salir conmigo, bebió un sorbo y tragó con dificultad—. Eso no está bien en ningún sentido. No es mi especialidad, pero creo que podrías llevarlo a un tribunal laboral.

Me encogí de hombros con tristeza.

—Es posible, pero si la pifio en la gala benéfica por ser demasiado gay, no tendré ninguna empresa a la que denunciar.

—Parece —dijo Priya, mientras hacía una pausa para atarse los cordones irisados de sus Doc Martens— que tienes dos opciones: o te vas a la calle o te echas a la calle a buscar novio.

Al oír eso, James Royce-Royce la miró por encima de las gafas.

—Priya, cariño, intentamos darle apoyo emocional.

—Vosotros intentáis darle apoyo emocional —dijo ella— y yo intento serle útil.

—El apoyo emocional es útil, depravada en tecnicolor.

Tom, que no guardaba los mismos recuerdos agradables de sus riñas, suspiró.

—Estoy seguro de que podemos hacer las dos cosas. Pero no sé si deberíamos animar a Luc a seguir adelante con esto.

—Mira —le dije—, es superacertado y muy amable por tu parte, pero creo que no tengo elección, así que necesito que os pongáis manos a la obra y me busquéis un hombre.

Se hizo un silencio preocupantemente largo.

Al final lo rompió Tom.

—Vale, si eso es lo que quieres... Pero tendrás que acotar un poco los criterios. ¿Qué estás buscando?

—¿No me has oído? Un hombre. Cualquiera, siempre y cuando pueda ponerse un traje, hablar de banalidades y no dejarme en evidencia en una gala benéfica.

—Luc… —Se pasó una mano por el pelo—. En serio, yo solo intento ayudar, pero esa actitud tuya es terrible. ¿Qué esperas que haga? ¿Que llame a mi ex y le diga: «Eh, Nish, tengo buenas noticias. Un amigo mío con el listón increíblemente bajo quiere salir contigo»?

—Bueno, la última vez que puse alto el listón, el tío me dejó por mi mejor amiga.

James Royce-Royce inspiró muy fuerte y, de repente, todos estaban mirando deliberadamente hacia otro lado.

—Lo siento —murmuré—. Lo… Lo siento. Ahora mismo estoy un poco preocupado y lo de comportarme como un capullo es un mecanismo de defensa.

—No pasa nada.

Tom volvió a concentrarse en su cerveza.

Tardé un par de segundos en darme cuenta de que no sabía si se refería a «no pasa nada porque no me siento ofendido y no te considero un capullo» o «no importa que seas un capullo porque no somos amigos». Putos espías. Y no es que no llevara razón. Lo que yo pedía no era poca cosa.

—El caso es que —dije, mientras empezaba a arrancar la etiqueta de la botella más cercana— hace tiempo que soy incapaz de… de tener una relación. Y seguramente os pasaréis los próximos treinta años discutiendo con vuestra pareja quién carga conmigo en Navidad. Pero no puedo…

—Vamos, Luc —exclamó James Royce-Royce—, siempre serás bienvenido en Casa Royce-Royce.

—No iba por ahí la cosa, pero es bueno saberlo.

—Espera un momento. —Priya apartó la vista de sus botas y

chasqueó los dedos—. Ya lo tengo. Contrata a alguien. Se me ocurren al menos treinta personas que aceptarían el trabajo.

—No sé si es más inquietante que me estés recomendando que contrate a un prostituto o que por lo visto ya conozcas a treinta.

Me miró confusa.

—Más bien estaba pensando en actores en paro, pero si funciona, me vale. Aunque, ahora que lo mencionas, creo que Kevin hizo de *escort* una temporada a finales de la década de 2000 y Sven aún se gana un dinero extra como dominatrix.

—Vaya. —Levanté los dos pulgares más sarcásticos del mundo—. Parece el candidato perfecto. ¿Qué parte de «intentar no salir en la prensa amarilla» no entiendes?

—Va, venga. Es encantador. Es poeta. No lo descubrirán.

—Siempre lo descubren.

—A ver —terció Priya, que parecía un poco frustrada conmigo—, cuando decías «cualquier hombre», en realidad te referías a cualquier hombre que encaje en una definición de aceptabilidad muy limitada, de clase media y ligeramente heteronormativa.

—Sí, trabajo para una organización ecologista que no conoce nadie. El grupo demográfico al que va dirigida es limitado, de clase media y ligeramente heteronormativo.

Se impuso otro largo silencio.

—Por favor —les rogué—, debéis de tener amigos que no sean trabajadores sexuales ni demasiado buenos para mí.

Entonces, James Royce-Royce se inclinó hacia delante y le susurró algo a James Royce-Royce. A James Royce-Royce se le iluminó el rostro.

—Es una idea espléndida, cariño, pero creo que se casó con un contable de Neasden el pasado julio.

51

James Royce-Royce parecía decepcionado.

Arranqué del todo la etiqueta de la botella de cerveza y la arrugué.

—De acuerdo. Mis opciones de momento son alguien que probablemente ya está casado, treinta prostitutos y un tío llamado Nish que antes salía con Tom y, por tanto, me verá como una bajada de caché.

—No quería dar a entender que Nish se consideraría demasiado bueno para ti —dijo Tom despacio—. Yo estaría encantado de presentaros, pero, viendo su Instagram, juraría que sale con alguien.

—Bueno, pues estoy despedido.

Apoyé la cabeza en la mesa con más fuerza de lo que pretendía.

—¡Siento llegar tardeeee! —La voz de Bridget resonó como un clarín por toda la terraza y volví la cabeza a tiempo para verla tambaleándose sobre la hierba con sus siempre incómodos tacones—. No os creeréis lo que ha pasado. En realidad no puedo hablar de ello, pero estaba previsto que uno de nuestros escritores celebrara un estreno enormemente prestigioso esta noche, y el camión que llevaba los libros a Foyles se ha caído a un río y ahora la mitad son inservibles, pero la otra mitad la han recuperado unos seguidores muy bien organizados y hay *spoilers* por todo Internet. Creo que me van a echar.

Dicho lo cual, se desplomó sin aliento en el regazo de Tom, que la rodeó con los brazos y la apretujó contra él.

—No es culpa tuya, Bridge. No van a despedirte por eso.

Bridget Welles: mi Amiga Hetero Símbolo. Siempre tarde, siempre en medio de una crisis, siempre a dieta. Por alguna razón, ella y Tom están hechos el uno para el otro. Y, aunque siento recelos hacia Tom por cosas mías, es bonito que Bridget haya encontrado a alguien que vea lo increíble y cariñosa que es y que no siempre sea tan gay como una caja de lacitos.

—A Luc, en cambio —dijo Priya—, lo van a despedir a menos que encuentre novio.

Bridge clavó su mirada en mí como si fuera una alcahueta guiada por láser.

—Ay, Luc, qué contenta estoy. Llevo siglos insistiendo en que busques novio.

Levanté la cabeza de la mesa.

—Es un tema de prioridades, Bridge.

—Esto es lo mejor del mundo. —Llena de entusiasmo, entrelazó los dedos—. Conozco al tío perfecto.

Se me cayó el alma a los pies. Sabía cómo acabaría aquello. Amo a Bridget, pero solo conoce a otro gay fuera de nuestro círculo inmediato.

—No menciones a Oliver.

—¡Oliver!

—No pienso salir con Oliver.

Parecía dolida y abrió más los ojos.

—¿Qué problema hay?

Había visto a Oliver Blackwood exactamente dos veces. La primera éramos los únicos gais en una fiesta de trabajo de Bridget. Alguien se acercó y nos preguntó si éramos pareja. Oliver se mostró sumamente disgustado y repuso: «No, simplemente estoy al lado de otro homosexual». La segunda vez yo estaba muy borracho y desesperado y lo invité a venir a casa. Mis recuerdos son borrosos, pero me desperté solo a la mañana siguiente, vestido y con un gran vaso de agua al lado. En ambas ocasiones, y de manera singularmente humillante, Oliver había dejado muy claro que jugábamos en ligas diferentes y que la suya estaba muy por encima.

—No… No es mi tipo —aventuré.

Era obvio que Priya seguía mosqueada porque yo había rechazado a sus prostitutos.

—Es justo la clase de hombre que decías que andabas buscando, es decir, increíblemente aburrido.

—No es aburrido —protestó Bridge—. Es abogado… y… es muy majo. Ha salido con mucha gente.

Me encogí de hombros.

—Y claro, eso no es una señal de alarma.

—Bueno —intervino Tom—, podrías verlo de otra manera: entre los dos, habéis tenido una vida amorosa completamente normal y sana.

—No sé por qué nunca le sale bien. —Bridget parecía realmente asombrada de que su espantoso amigo estuviera soltero—. Es encantador y viste genial. Y su casa está muy limpia y decorada con gusto.

James Royce-Royce adoptó una expresión irónica.

—Odio tener que decirte esto, cariño, pero parece exactamente lo que estás buscando. Negarte a quedar con él sería una tremenda grosería.

—Pero, si tan perfecto es —señalé—, con su buen trabajo, su bonita casa y su bonita ropa, ¿por qué coño iba a querer salir conmigo?

—Tú también eres majo. —Una mano de Bridge aterrizó sobre la mía para intentar consolarme—. Te esfuerzas mucho en hacer ver que no lo eres. En todo caso, tú déjamelo a mí. Estas cosas se me dan superbién.

Estaba bastante convencido de que mi vida amorosa estaba a punto de caerse a un río. Y seguramente acabaría con *spoilers* por todo Internet. Pero, mal que me pesara, Oliver Blackwood parecía ser mi única esperanza.

CAPÍTULO 6

Tres días después, siendo un insensato y a pesar de mis protestas, estaba preparándome para una cita con Oliver Blackwood. El grupo de WhatsApp —Un Gay Más— era un hervidero de consejos, especialmente sobre lo que no debía ponerme, que, por lo visto, era todo lo que contenía mi armario. Al final opté por los vaqueros más estrechos y los zapatos más puntiagudos que encontré, la única camisa que no necesitaba planchado y una americana a medida. No ganaría un premio de moda, pero me pareció que transmitía un buen equilibrio entre «no se ha esforzado nada» y «está desagradablemente desesperado». Por desgracia, demasiados mensajes, pérdidas de tiempo y selfis para la aprobación del gallinero me hicieron llegar tarde. Por otro lado, Oliver era amigo de Bridget, así que con los años era probable que hubiera desarrollado cierta tolerancia a las demoras.

En cuanto franqueé a galope la puerta de Quo Vadis —eligió él; yo no me habría atrevido con algo tan elegante— quedó claro que en realidad no había desarrollado tolerancia alguna a las demoras. Estaba sentado a una mesa esquinera y la luz de las vidrieras moteaba su ceño fruncido de tonos zafiro y dorado. Estaba tamborileando con los dedos de una mano sobre el mantel. En la otra tenía un reloj de bolsillo con leontina, cuya hora estaba a punto de mirar con la actitud de un hombre que ya lo había hecho varias veces.

Pero, en serio. ¿Quién llevaba leontina?

—Lo siento mucho —dije entre jadeos—. Me... Me... —No se me ocurría nada, así que tuve que echar mano de obviedades—. Llego tarde.

—Son cosas que pasan.

Oliver se había levantado como si estuviéramos en un baile de los años cincuenta y yo no sabía qué hacer. ¿Estrecharle la mano? ¿Darle un beso en la mejilla? ¿Preguntarle a mi carabina?

—¿Me siento?

—A no ser que tengas otro compromiso... —repuso, arqueando una ceja con aire inquisitivo.

¿Era una broma?

—No, no. Soy... ejem... todo tuyo.

Me indicó con gestos que me sentara y yo me deslicé con torpeza en el banco. Entre nosotros se extendió un silencio tan socialmente incómodo como los hilos de la mozzarella. Oliver era tal como lo recordaba: una obra de arte fría y limpia titulada *Desaprobación con raya diplomática,* además de lo bastante guapo como para ponerme nervioso. Parecía que mi rostro lo hubiera creado Picasso en un mal día, fragmentos de mi madre y de mi padre unidos sin orden ni concierto. Pero Oliver poseía una simetría perfecta que los filósofos del siglo XVIII habrían interpretado como una prueba de la existencia de Dios.

—¿Llevas lápiz de ojos? —preguntó.

—¿Qué? No.

—¿En serio?

—Hombre, lo recordaría. Estoy bastante seguro de que tengo los ojos así.

Parecía un tanto ofendido.

—Eso es absurdo.

Por suerte, en aquel momento apareció un camarero con las cartas, lo cual nos dio una excusa para ignorarnos durante unos agradables minutos.

—Deberías empezar con el sándwich de anguila ahumada. Es una especialidad —comentó Oliver.

Puesto que la carta era una especie de periódico en formato grande, con ilustraciones hechas a mano y una previsión meteorológica en la parte de arriba, me costó un poco encontrar lo que había dicho.

—Ya puede estar bueno por diez libras.

—Como invito yo, eso no tiene que preocuparte.

Me retorcí, lo cual hizo que mis pantalones chirriaran contra el cuero.

—Me sentiría más cómodo si pagáramos a escote.

—Yo no, teniendo en cuenta que el restaurante lo he elegido yo. Y, según me contó Bridget, trabajas con escarabajos peloteros.

—Trabajo para los escarabajos peloteros. —De acuerdo, eso no sonaba mucho mejor—. Trabajo para su preservación, quería decir.

Volvió a arquear una ceja.

—No sabía que hubiera que preservarlos.

—Casi nadie lo sabe, ahí está el problema. La ciencia no es mi fuerte, pero el resumen es que son buenos para el suelo y, si se extinguen, nos moriremos todos de hambre.

—Entonces, estás haciendo un buen trabajo, pero sé de buena tinta que incluso las ONG conocidas pagan mucho menos que el sector privado. —Sus ojos, de un gris plomizo, se clavaron tanto tiempo y con tanta firmeza en los míos que me puse a sudar—. Esta vez invito yo. Insisto.

Aquello resultaba extrañamente patriarcal, pero no sabía si podía quejarme teniendo en cuenta que los dos éramos hombres.

—Hum…

—Si te vas a sentir mejor, podrías dejarme que pida por ti. Este es uno de mis restaurantes preferidos y… —dijo, mientras cambiaba de postura y me daba una patada sin querer por debajo de la mesa—. Lo siento. Me gusta enseñárselo a la gente.

—¿Luego tendré que cortarte la punta del puro?

—¿Eso es un eufemismo?

—Solo en *Gigi*. —Suspiré—. Pero, de acuerdo. Supongo que puedes pedir por mí si de verdad te apetece.

Durante unas dos milésimas de segundo, Oliver pareció rozar peligrosamente la felicidad.

—¿Puedo?

—Sí. Y —Dios, ¿por qué me comportaba siempre de forma tan grosera?— lo siento.

—Gracias.

—¿Tienes alguna restricción alimentaria?

—No, como de todo. En lo que a alimentos se refiere, claro está.

—Y… —Titubeó, y luego fingió que no lo había hecho—. ¿Beberemos algo?

El corazón me dio un brinco igual que un pez moribundo, como hacía siempre que la conversación se desviaba, aunque fuera tangencialmente, hacia alguna de las cosas que habían dicho sobre mí a lo largo de los años.

—Ya sé que no tienes motivos para creerte esto, pero no soy alcohólico. Ni adicto al sexo. Ni a las drogas.

Hubo un largo silencio y me quedé mirando el prístino mantel blanco con ganas de morirme.

—Bueno —dijo Oliver al fin—, sí tengo una razón para creérmelo.

En un mundo ideal, yo me habría comportado con una dignidad increíble. En el mundo real en el que vivía, lo miré con aire taciturno.

—¿Y cuál es?

—Que me has dicho que no es verdad. Entonces, ¿bebemos?

Mi estómago había entrado en caída libre y no sabía por qué.

—Preferiría no hacerlo, si no te importa. Aunque no tengo problemas médicos con el alcohol, suelo quedar como un gilipollas cuando voy ciego.

—Me consta.

Y pensar que había estado a punto de caerme bien. Aunque, técnicamente, no tenía por qué gustarme. Tenía que hacerle creer que me caía bien el tiempo suficiente para que saliera conmigo el tiempo suficiente para que no me despidieran. No pasaba nada. Podía hacerlo. Podía ser majo. Tenía encanto natural. Una cuarta parte de mi sangre era irlandesa y otra cuarta parte francesa. No se podía ser más encantador.

En aquel momento volvió el camarero y, mientras yo guardaba un mustio silencio, Oliver pidió la comida. La experiencia fue un poco extraña, ya que aún no había averiguado hasta qué punto debía parecerme humillante todo aquello. Desde luego, no habría querido que ocurriera de forma habitual. Pero también había una parte patética y solitaria de mí que disfrutaba siendo poseída de forma tan pública, sobre todo por un hombre como Oliver Blackwood. Se parecía peligrosamente a tener alguna clase de valía.

—No he podido evitar fijarme en que, aunque este sándwich de pescado es la repera, tú no lo has pedido —comenté cuando se fue el camarero.

—Ya, bueno. —Sorprendentemente, a Oliver se le enrojecieron un poquito las orejas—. Es que soy vegetariano.

—Entonces, ¿cómo conoces la anguila mágica?

—Antes comía carne y me gusta, pero ha llegado un punto en que no puedo justificarlo éticamente.

—Pero, ¿te quedarás ahí tan tranquilo mientras yo engullo trozos de animal muerto como si fueras un *carnivoyeur* asqueroso?

Oliver parpadeó.

—No lo había visto de esa manera. Solo quería que disfrutaras de la comida: y jamás impondría mis principios a personas que no necesariamente los comparten.

¿Era cosa mía o lo que acababa de decir era más o menos: «Creo que tu comportamiento es poco ético, pero supongo que no puedo esperar nada mejor de ti»? La reacción madura para hacer que aquello funcionara y conservar mi puesto de trabajo sería pasarlo por alto.

—Gracias. Siempre me ha gustado que me sirvan la cena aderezada con un poco de superioridad moral.

—Eso es injusto. —Oliver volvió a moverse, y volvió a darme una patada—. Sobre todo teniendo en cuenta que tú te habrías ofendido igual o más si hubiera pedido comida vegetariana sin consultarte. Ah, y siento darte patadas continuamente. Tus pies nunca están donde yo espero.

Le lancé una de mis miradas más malignas.

—Son cosas que pasan.

No es que la conversación hubiera muerto. Más bien, la habían llevado a la parte de atrás y le habían pegado un tiro en la cabeza. Y sabía que debía ejercer de sanitario, pero no sabía cómo. En lugar de eso, mordisqueé un poco de salsifí al horno con parmesano que acababa de llegar (estaba delicioso, a pesar de que no tenía la menor idea de qué era el salsifí y no quería dar a Oliver la satisfacción de preguntárselo), y pensé en cómo sería estar allí con alguien a quien soportara. Era un lugar bonito y acogedor, con unas ventanas de tonos chillones y asientos de piel color caramelo, y estaba claro que la comida iba a ser increíble: la clase de restaurante al que volverías en aniversarios y ocasiones especiales, y recordarías la primera cita perfecta que tuviste allí.

Cuando apareció el sándwich de pescado, era lo más perfecto que había comido nunca: porciones de anguila envueltas en masa madre mantecosa y generosamente untada con salsa de mostaza Dijon y rábano picante, todo ello servido con cebolla roja encurtida lo bastante fuerte para imponerse a la jugosa intensidad del pescado. Yo creo que incluso solté un gemido.

—De acuerdo —dije una vez que me hube zampado el sándwich—. Me he precipitado. Está tan bueno que ahora mismo podría casarme contigo.

A lo mejor estaba viendo el mundo a través de un cristal tintado por la anguila, pero, en aquel momento, los ojos de Oliver tenían un toque plateado y eran más tiernos de lo que yo pensaba.

—Me alegro de que te haya gustado.

—Podría comer esto a diario el resto de mi vida. ¿Cómo es posible que sepas de su existencia y hayas renunciado a ello?

—Me… me pareció lo correcto.

—No sé si es encomiable o verdaderamente trágico.

Encogió un hombro con aire avergonzado y el silencio que se impuso entre nosotros, aun no siendo cómodo, resultó un poco menos embarazoso. A lo mejor salía bien. A lo mejor nos había salvado un pez muerto.

—Así que… Bueno… —Embebido aún de felicidad por el sándwich, me veía un poco más capaz de hacer el esfuerzo—. Si mal no recuerdo, eres abogado o algo así, ¿no?

—Soy abogado, sí.

—¿Y qué… abogadeas?

—Pues… —Me golpeó la rodilla con la punta del zapato—. Vaya, lo siento. Lo he vuelto a hacer.

—Debo decir que eres un poco bestia haciendo piececitos.

—Te aseguro que ha sido sin querer todas las veces.

Parecía tan abochornado que me apiadé de él.

—Es culpa mía. Soy todo piernas.

Los dos miramos por debajo del mantel.

—¿Y si…? —propuse, desplazando los pies hacia la derecha.

—Y yo… —dijo él, mientras movía sus *oxford* italianos hacia la izquierda.

Cuando cambiamos de postura, me rozó el tobillo con el suyo. Y hacía demasiado tiempo que no me acostaba con nadie, porque estuve a punto de desmayarme. Tratando de ignorar aquellas maniobras bajo la mesa, lo vi observándome con su media sonrisa, como si hubiéramos fraguado con nuestras propias manos (¿con nuestros propios pies?) la paz en Oriente Próximo.

De repente, Oliver era mucho más soportable, tanto que casi podía imaginarme tolerando a un hombre que sonreía de aquella manera y que me invitaba a bocadillos de anguila, aun cuando no tenía por qué aguantarlo.

Lo cual era mucho mucho peor que no encontrarlo agradable.

CAPÍTULO 7

—¿Qué… qué haces en tu trabajo? —pregunté con la tersura de un cuenco de muesli.

—Ah, sí. Bueno —dijo. Esta vez solo me rozó el costado del pie al mover el suyo—, estoy especializado en defensa penal. Ya que estamos, puedes quitártela de encima.

—¿Quitarme de encima el qué?

—La pregunta que hace todo el mundo cuando les dices que te dedicas a la defensa penal.

Me sentía incómodo, como si hubiera suspendido un examen. Presa de un pánico cegador, solté lo primero que me vino a la cabeza.

—¿Mantienes relaciones sexuales con la peluca puesta?

Me miró fijamente.

—No, porque son muy caras e incómodas y tengo que ponérmela para trabajar.

—Ah.

Intenté pensar en otra pregunta, pero solo se me ocurrió «¿Mantienes relaciones sexuales con la toga puesta?» y, obviamente, eso no serviría.

—Lo que suele preguntar la gente —continuó, como si fuera el único que recordaba los diálogos en aquella obra— es cómo puedo vivir sabiendo que me paso la vida dejando en libertad a violadores y asesinos.

—La verdad es que es una buena pregunta.

—¿Quieres que responda?

—Bueno, parece que tienes ganas de hacerlo.

—No es cuestión de ganas. —Apretó la mandíbula—. La cuestión es si pensarás que soy un usurero inmoral si no lo hago.

No creía que ni a él ni a nadie le importara mucho mi opinión, ya fuera buena, mala o indiferente. Extendí las manos para indicarle que continuara.

—Supongo que entonces será mejor que me lo digas.

—La versión corta es que el sistema judicial acusatorio no es perfecto, pero es lo mejor que tenemos. Estadísticamente, sí, la mayoría de las personas a las que defiendo en los tribunales son culpables porque, en general, la policía hace bien su trabajo. Pero incluso los culpables tienen derecho a una defensa legal seria. Y ese es un principio con el cual... Con el cual mantengo un compromiso ideológico.

Por suerte, mientras Oliver pronunciaba su monólogo, que solo requería una música de fondo emocionante para alcanzar su pleno potencial dramático, me sirvieron un pastel verdaderamente glorioso. Resultó que contenía una ternera muy melosa nadando en jugo de carne, y su crujiente hojaldre apenas lograba contenerla.

—Vaya —dije, mientras apartaba los ojos del pastel y los clavé en la mirada más dura y fría de Oliver—, parece que estás muy a la defensiva con este tema.

—Simplemente creo que es bueno ser honesto desde el principio. Así soy yo, esto es lo que hago y creo en ello.

De repente, me percaté de que apenas había tocado su... remolacha. ¿Era eso? Remolacha y otras verduras virtuosas. Tenía los dedos entrelazados con tanta fuerza que se le habían puesto los nudillos blancos.

—Oliver —dije en voz baja, consciente de que nunca había pronunciado su nombre y confuso por lo íntimo que sonó—, yo no creo que seas mala persona. Como sabrás, viniendo de mí prácticamente no significa nada, porque solo hace falta que cojas un periódico o busques mi nombre en Google para saber la clase de persona que soy.

—Estoy enterado… —Ahora parecía incómodo por otra razón—. Estoy enterado de tu reputación. Pero si tengo que conocerte, Lucien, preferiría que viniera de ti.

Mierda. La cosa se había puesto seria de repente. ¿Cuánto me costaría gustarle lo suficiente a un tío para que saliera conmigo unos meses, pero no tanto como para tener que gestionar esas emociones raras que te volvían loco, te quitaban el sueño y te dejaban llorando en el suelo del lavabo a las tres de la mañana?

—Bueno, para empezar, me llamo Luc.

—¿Luke? —Por alguna razón, yo siempre sabía cuándo la gente lo pronunciaba con k y e—. Es una lástima. Lucien es un nombre muy bonito.

—De hecho, esa es la pronunciación inglesa.

—No lo es. —Se encogió un poco—. ¿Looshan, como dirían los estadounidenses?

—No, por Dios. Mi madre es francesa.

—Ah. Lucien, entonces.

Lo pronunció perfectamente, con la suavidad medio sorda de la última sílaba, y sonrió. Era la primera sonrisa suya que veía y me pareció de una dulzura asombrosa.

—*Vraiment? Vous parlez français?* —dijo.

Eso no es excusa para lo que ocurrió a continuación. Creo

que yo solo pretendía que siguiera sonriendo, porque, por alguna razón, dije:

—*Oui oui. Un peu.*

Y entonces contemplé horrorizado cómo recitaba de un tirón sabía Dios qué, ante lo cual tuve que escarbar en mi francés de secundaria, que, por cierto, había suspendido.

—Eh… ejem… *Je voudrais aller au cinema avec mes amis? Où est la salle de bain?*

Absolutamente perplejo, señaló con el dedo, así que me vi obligado a ir al baño. Cuando volví, me dijo:

—No tienes ni idea de francés, ¿verdad?

—No. —Agaché la cabeza—. Mi madre me hablaba en ambos idiomas cuando era pequeño, pero, a pesar de ello, salí obcecadamente monolingüe.

—Entonces, ¿por qué no lo has dicho?

—No… lo sé. Supongo que imaginaba que tú tampoco hablarías francés.

—¿Y por qué iba a insinuar que hablo francés cuando no es así?

Me llevé a la boca un tembloroso trozo de tarta.

—Tienes razón. Eso sería de locos.

Se impuso otro de nuestros silencios. En una escala de incómodo a horrible, me temo que yo lo hubiera calificado de desagradable, así que no sabía qué hacer. Desde luego, había conseguido alejar la aguja de la zona «peligrosamente íntimo». Por desgracia, ahora apuntaba sin vacilar a «ni una sola opción».

Por un momento, me planteé darle una patada para ver su reacción, pero sin duda habría sido tan raro como fingir que hablaba francés. Dios. Por eso nunca encontraría novio o tan siquiera un sustituto temporal medianamente aceptable. Había perdido la capacidad que pudiera tener para relacionarme con gente de manera romántica.

—¿Cómo es que hablas tan bien? —pregunté en un infructuoso intento por salvar la velada.

—Mi, ah… —dijo, mientras toqueteaba tímidamente los restos de sus verduras— familia tiene una casa de vacaciones en la Provenza.

Pues claro que la tenían.

—Era de esperar.

—¿Qué quieres decir con eso?

Me encogí de hombros.

—Simplemente me lo imaginaba. No me extraña que hayas salido tan agradable, cabal y perfecto.

Y demasiado bueno para mí.

—Yo jamás he dicho que fuera perfecto, Lucien.

—Para ya con lo de Lucien, haz el favor.

—Lo siento. No sabía que no te gustaba.

Pero sí que me gustaba. Ese era el problema. Yo no había ido allí a que me gustaran cosas. Que me gustaran cosas era un problema.

—Ya te lo he dicho antes —protesté—. Es Luc. Solo Luc.

—Tomo nota.

Minutos después, mientras yo miraba por la ventana y Oliver se miraba las manos, vino el camarero a retirarnos los platos. Y, transcurridos unos minutos más, llegó un *posset* de limón recubierto de ruibarbo. Era de una sencillez exquisita, un ramequín blanco lleno de crema de color amarillo coronada por un montón de espirales rosáceas. Me sentía fatal.

—¿Tú no quieres nada?

—No soy muy de postres, pero espero que te guste. Está muy bueno.

—Si no eres de postres, ¿cómo sabes que está —dije, mientras hacía el gesto de las comillas con los dedos— «muy bueno»?

—Ya… Es que… Ya…

—¿Quieres que lo compartamos?

Fue lo más parecido a una disculpa que se me ocurrió en aquel momento, porque no podía decir: «Lo siento. Estoy tan desesperado por que esto funcione y tan aterrado de que funcione que te estoy atacando por cosas como que seas bastante majo y también atractivo, o porque hayas tenido una infancia normal».

Oliver estaba mirando el *posset* de limón como siempre había querido que alguien me mirara a mí.

—Comeré un poco. Voy a pedir cubiertos.

—No hace falta.

De acuerdo. Eran las once y media, hora de ponerme sexi. Rompí la prístina superficie de la crema y la cogí perfectamente con la cuchara, acompañada de unos trozos de ruibarbo. Y, tendiéndosela a Oliver, le ofrecí mi mejor y más esperanzada sonrisa, momento en el cual me arrebató la cuchara de los dedos y me destrozó tanto que ni siquiera disfruté cuando el sabor del *posset* de limón hizo aparecer en su rostro una expresión de placer.

—Gracias —dijo, antes de devolverme la puñetera cuchara.

La hundí violentamente en el pudin y me llevé a la boca lo que quedaba como si fuera un enemigo mortal.

Oliver volvió a observarme confuso.

—¿Quieres que pida otro?

—No, ya está bien. Vámonos de aquí.

—Voy… Voy a pedir la cuenta.

Dios. Era imposible salir conmigo. Totalmente imposible.

No era de extrañar que Oliver casi vomitara cuando aquel des-conocido de la fiesta de Bridge pensó que estábamos saliendo. No era de extrañar que me hubiera metido en la cama y hubie-ra salido corriendo aquella vez que le tiré los tejos. No era de extrañar que ni siquiera confiara en mí para que le metiera una cucharada de pudin en la boca.

CAPÍTULO 8

Aún estaba aturdido por el desprecio a mí mismo cuando enfilamos la calle Dean, donde mantuvimos nuestra mutua incertidumbre. Todas las delicias que había comido se convirtieron en piedras en mi estómago. La había cagado. La había cagado hasta el fondo. Solo tenía que sonreír, ser simpático con él y convencerlo por unas horas de que era un ser humano más o menos válido. Pero no, me había enroscado como un erizo en una carretera delante del único hombre que estaba dispuesto a salir conmigo en todo Londres. Y ahora perdería mi trabajo.

Oliver se aclaró la garganta.

—Bueno, gracias por… eso.

Llevaba el mismo abrigo largo que todos los pijos de Londres, pero a él le sentaba bien. Le daba un aire de calidad natural. Y allí estaba yo, con mis vaqueros de putón.

—En fin —prosiguió—, tendría que…

No. Socorro. No. Si se iba ahora, se habría terminado. No volvería a verlo nunca más. Y nunca volvería a encontrar trabajo. Y mi vida se acabaría.

Necesitaba un plan. No tenía un plan.

Así que perdí la puta cabeza y me abalancé sobre él, pegando mi boca a la suya con toda la elegancia y el encanto de un percebe en la aleta de una ballena. Tardó unos segundos en apartarme, un remolino de calor y suavidad que por unos dulces instantes me supo a *posset* de limón.

—¿Qué coño ha sido…? Dios.

Ansioso por huir, Oliver chocó con una maceta situada delante del restaurante y logró agarrarla justo antes de que se cayera, lo cual significaba que había pasado más tiempo tocando voluntariamente a un ficus que a mí.

—Era un beso —dije con una indiferencia que no sentía en absoluto—. ¿Por qué? ¿No te había pasado nunca? A veces, la gente lo hace en una cita.

Se volvió hacia mí con tal ferocidad que di un paso atrás.

—¿Esto es un juego para ti? ¿Qué te ha contado Bridget?

—¿Qué? N-no.

—Dime qué está pasando.

—No está pasando nada.

En aquel momento era como si bailáramos por la calle, yo retrocediendo por la acera y él siguiéndome mientras sus zapatos repiqueteaban y su abrigo ondeaba al viento. Desde luego, tenía un problema grave, porque me pareció excitante.

Le brillaban los ojos.

—Dímelo ya.

Tropecé en un tramo de acera que se aplanaba inesperadamente a la entrada de un callejón, pero Oliver me agarró de la muñeca, tiró de mí y pegó mi cuerpo al suyo, convirtiéndome, supongo, en lo que para él era el equivalente a una planta. Qué calentito era su abrigo.

—Por favor, para de jugar conmigo, Luc. —Ahora parecía cansado, y puede que un poco triste incluso—. ¿De qué va todo esto?

Joder. Se había destapado la olla.

—He… He vuelto a salir en los periódicos últimamente, así que necesito un novio respetable o perderé mi trabajo. Bridge me propuso que fueras tú.

Y, cómo no, Tom tenía razón. Aquello sonó terrible. Agaché la cabeza, incapaz de mirar a Oliver a la cara.

—Lo siento —dije, inadecuadamente—. Te devolveré el dinero de la cena.

Ignoró el comentario.

—¿Bridget pensó que yo sería bueno para ti?

—Bueno —dije, aleteando una mano—, mírate. Eres… Eres perfecto.

—¿Disculpa?

—Da igual. —No tenía derecho a tocar algo tan bonito, pero hundí la cara en su abrigo, y él me dejó—. Siempre te has comportado como si fueras mejor que yo.

Estaba tan cerca que lo oí tragar saliva.

—¿Eso… eso es lo que piensas?

—Bueno, es la verdad. Lo eres. ¿Contento?

—Ni mucho menos.

La pausa posterior me silbó en los oídos como si estuviera cayendo al vacío.

—Explícame eso otra vez —dijo Oliver al fin—. ¿Por qué necesitas un novio?

Darle explicaciones era lo mínimo que podía hacer.

—Más que nada por una gran gala benéfica que celebraremos a finales de abril. Nuestros donantes piensan que soy un mal gay.

Frunció el ceño.

—¿Y qué es un buen gay?

—Alguien como tú.

—Comprendo.

—No te preocupes. —Finalmente conseguí apartarme de su abrigo—. No es prob...

—Lo haré.

Abrí tanto la mandíbula que crujió.

—¿Cómo?

—Casualmente, yo también tengo un acto que podría salir mejor si voy con alguien del brazo. Yo seré tu novio en público y tú serás el mío.

Estaba loco. Tenía que estarlo.

—No es lo mismo.

—¿Te refieres —dijo, con una de sus frías miradas grises— a que yo tengo que ayudarte con tu importante acto pero tú no me ayudarás con el mío?

—No, por Dios, no. Pero tú eres un gran abogado...

—Soy abogado penal. La mayoría de la gente me considera la escoria de la tierra.

—... y yo soy el hijo desgraciado de una desgraciada estrella del rock. Tengo mal beber. Soy innecesariamente perverso. Tomo decisiones terribles. Es imposible que quieras que te acompañe a ningún sitio.

Levantó la barbilla.

—Aun así, esas son mis condiciones.

—Sabes que acabarás en la prensa amarilla si pasas demasiado tiempo conmigo.

—Me da igual lo que diga la gente de mí.

Solté una carcajada e incluso a mí me sorprendió lo amarga que sonó.

—Eso piensas hasta que empiezan a decir cosas.

—Correré el riesgo.

—¿En serio?

Medio mareado, me descubrí extendiendo otra vez el brazo hacia su abrigo.

—Sí, pero si lo hacemos, tiene que ser como es debido.

Lo miré perplejo. Aquello sonaba poco halagüeño. No se me daba bien hacer las cosas como es debido.

—Que sepas que en las pruebas estandarizadas saco muy malas notas.

—Solo necesito que hagas un esfuerzo por ser convincente. Me dan igual tu pasado y los cotilleos de Internet, pero —y aquí frunció los labios, formando una línea recta— preferiría no tener que explicarle a mi familia que mi novio solo está fingiendo.

—Un momento. ¿Tu familia?

—Sí, en junio son las bodas de rubí de mis padres. No quiero ir solo.

—¿En la Provenza? —pregunté, sin poder evitarlo.

—En Milton Keynes.

—¿Y de verdad quieres llevarme a conocer a tu familia?

—¿Por qué no?

Solté otra carcajada.

—Podría darte como mil razones.

—Luc, si no quieres hacerlo, puedes decírmelo.

No volvería a llamarme Lucien nunca más, ¿verdad? Respetaría mis deseos como si fuera gilipollas.

—No, no.

Alcé las manos apresuradamente.

—Lo haré, pero creo que estás cometiendo un terrible error.

—Eso es cosa mía. —Hizo una pausa y se le enrojeció el arco perfilado de sus pómulos—. Obviamente, mantener la ficción requerirá cierto grado de contacto físico entre nosotros, pero, por favor, no vuelvas a besarme, al menos en la boca.

—¿Por qué? ¿Eres Julia Roberts en *Pretty Woman?*

Se ruborizó aún más.

—No. Simplemente prefiero reservar esa intimidad para alguien que me guste de verdad.

—Ah. —A veces puedes llegar a creerte que te han herido tantas veces que ya estás vacunado, que eres inmune. Y entonces, alguien te suelta algo así. Me obligué a sonreír—. Pues, como has podido comprobar, eso no es ningún problema para mí.

Mi único consuelo era que Oliver tampoco parecía muy contento.

—Por lo visto no.

—Pero no te preocupes. A pesar de las evidencias recientes, puedo mantener mis labios alejados de ti.

—Bien. Gracias.

El silencio chapoteó con fuerza entre nosotros.

—¿Y ahora qué? —pregunté.

—¿Un *brunch* en mi casa este domingo?

¿Dos veces por semana? Se hartaría de mí antes de que llegáramos a la Campaña del Pelotero. Y yo me hartaría de él. O no. Y «no» era demasiado aterrador ahora mismo.

—Si queremos que salga bien —dijo, mirándome con solemnidad—, tenemos que conocernos, Luc.

—Puedes llamarme Lucien —dije.

—Pensaba que no...

—Puede ser tu nombre especial para mí. Bueno —dije. De repente, apenas podía respirar—, tu falso nombre especial para mí. Las parejas hacen esas cosas, ¿no?

—Pero yo no quiero usar un nombre especial falso que a ti no te guste. —Allí estaba otra vez esa luz, esas motas plateadas en el frío acero de sus ojos—. Eso me convertiría en un novio falso terrible.

—No pasa nada. Estaba exagerando. Me da igual.

—Tampoco es que eso anime mucho.

—Quiero decir que no me importa.

¿Pensaba hacerme suplicar? ¿A quién quería engañar? Probablemente lo haría.

Por eso las relaciones eran una mierda: te hacían necesitar cosas que eras totalmente feliz no necesitando. Y luego te las arrebataban.

Me lanzó una de esas miradas demasiado inquisitivas y demasiado sinceras.

—Si es lo que quieres…

Asentí, odiándome a mí mismo en silencio.

—Es lo que quiero.

—Vale, pues nos vemos el domingo… —Sonrió. Oliver Blackwood estaba sonriendo. Sonriéndome a mí. Sonriendo para mí. Por mí—. Lucien.

CAPÍTULO 9

Entra Julio César en un bar —le dije a Alex— y le dice al camarero: «Ponme un Martinus».

Alex abrió unos ojos como platos.

—¿Seguro que existían los bares en aquella época?

—Eso da igual. Es importante para el chiste. Total, que le pide un Martinus al camarero, y el camarero le dice: «Querrás decir un Martini». Y Julio César le contesta: «Si lo quisiera doble, lo habría dicho».

—Tampoco creo que existiera el Martini.

—Tienes razón. La gracia es que la situación es absurda.

—¿Y el resto del chiste?

—El chiste era ese.

—¿Seguro? No cuadra nada.

—La has clavado otra vez —le dije, resignándome a mi destino—. Mañana me lo curraré más.

Volví a mi despacho tan tranquilo y, por una vez en la vida, de bastante buen humor. Como cabía esperar, la cita con Oliver había sido un desastre, pero, por alguna razón, no en un mal sentido. Y había algo extrañamente liberador en el hecho de tener un novio falso, porque eso significaba que no tendría que preocuparme por las cosas habituales en una relación, entre ellas portarme como una mierda con él. Incluso mi alerta matinal de la prensa amarilla casi había sido positiva. Alguien nos había hecho una foto en el restaurante, pero había captado el momento anterior a que Oliver se alejara de mí disgustado, así que parecía más o menos romántico, mientras el abrigo de Oliver aleteaba a nuestro alrededor y él me miraba justo cuando yo acercaba los labios. Casi todos los titulares eran variantes de «Hijo de juez de *El paquete* pillado retozando con un nuevo caballero», lo cual me gustaba porque dejaba entrever que tenía buen gusto para los novios nuevos.

Falsos novios nuevos.

Cuando me senté a consultar la lista de donantes para ver si alguno más me había dejado tirado, sonó el teléfono.

—¡Madre mía! —exclamó Bridge—. ¡No te creerás lo que ha pasado!

—Tienes razón. Probablemente…

—No puedo hablar del tema, pero acabamos de conseguir los derechos en inglés de una autora sueca muy prestigiosa. Y todo el mundo anda loco por leer su primera novela, que se está publicitando como un cruce entre *Cien años de soledad* y *Perdida*. Pero había mucho debate en el equipo sobre si cambiábamos el título o nos quedábamos con el original en sueco. Total, que lo resolvimos a última hora y ha ido a imprenta como *En este momento no me encuentro en la oficina. Por favor, remita cualquier encargo de traducción a mi correo personal.*

—No sé. Creo que tiene cierto caché metatextual.

—Me van a echar.

—Todavía no te han echado, Bridge. No van a echarte por esto.

—Ay —dijo, animándose otra vez—, ya no me acordaba. ¿Qué tal la cita?

—Espantosa. No tenemos nada en común. Es posible que

lo agrediera sexualmente. Pero fingiremos que vamos a intentarlo, porque los dos estamos desesperados.

—Sabía que lo conseguirías.

Puse los ojos en blanco, pero solo porque Bridge no podía verme.

—Eso no es conseguir algo. Es inventarse algo.

—Sí, pero poco a poco irás descubriendo que no sois tan diferentes como imaginabas. Y entonces te sorprenderá lo atento que es y saldrás al rescate en un momento inesperado de necesidad y os enamoraréis locamente y seréis felices para siempre.

—Eso no pasará nunca. Ni siquiera le gusto.

—¿Qué? —Pude oír su mirada—. ¿Y por qué iba a aceptar una cita contigo si no le gustaras?

—¿Recuerdas lo de que ambos estamos desesperados?

—Luc, estoy segura de que le gustas. Es imposible que haya alguien a quien no le gustes. Eres un encanto.

—Me lo dijo cuando intenté darle un beso.

Soltó un gritito.

—¿Os besasteis?

—No, lo ataqué con los labios y él sintió tanta repugnancia que saltó dentro de una maceta.

—A lo mejor lo cogió por sorpresa.

—Sorpresa fue cuando me organizasteis una fiesta por mi cumpleaños. Bueno, sorpresa no fue, porque James Royce-Royce metió la pata, pero yo no me aparté horrorizado diciendo que solo voy a fiestas con gente que me gusta.

—Un momento. ¿En serio dijo eso?

—Si sustituyes «ir a fiestas» por «besar», más o menos.

—Ah. —Hubo un momento de silencio—. Pensaba que estabas siendo obsesivamente negativo. Como siempre, vaya.

—No, no. Fueron sus palabras exactas.

Bridge suspiró.

—Oliver, Oliver. ¿Qué estás haciendo? A veces es un inútil.

—No es un inútil. Es un capullo y un estirado, así en general. No porque le molestara que le diera un beso no consensuado. Vale, déjame reformularlo: es un capullo y un estirado al que, independientemente de su estiradez y su capullez, no le gusto.

—Luc —exclamó—, eso no es cierto. —Le entró un hipo raro—. No es un estirado. Es muy... Siempre quiere hacer lo correcto. Y, la verdad, creo que se siente bastante solo.

—Cada vez estoy más convencido de que hay gente que debe estar sola. Yo lo estoy porque soy un desastre y nadie me quiere, y él porque es patético y nadie lo quiere.

—¿Ves como ya tenéis algo en común?

—No hace gracia, Bridge.

—¿En serio me estás diciendo que no hubo nada en la cita que saliera bien, nada que te gustara o con lo que conectaras?

Bueno, era innegable que Oliver tenía un gusto excelente para los sándwiches de pescado. Y para el *posset* de limón. Y, a veces, sus ojos irradiaban una ternura oculta. Y su infrecuente mirada. Y cómo pronunciaba Lucien, como si fuera solo para mí.

—No —zanjé—. Definitivamente no.

—No te creo. Solo insistes en que odias a alguien cuando en el fondo te gusta.

—A ver, ¿puedes aceptar que conoces a dos gais que no hacen buena pareja?

—Yo lo haría —dijo, elevando el tono de voz como si gimoteara—, pero hacéis taaaan buena pareja...

—Ya sé que tú no lo ves, pero tengo en la mano la carta del fetichismo.

—¿Y cómo es esa carta?

—En ella aparecen dos hombres adorables con jersey, cogidos de la mano debajo de un arcoíris.

—Yo pensaba que precisamente querías cogerte de la mano con un hombre adorable debajo de un arcoíris.

—Así es, pero lo que lo hace inquietante es que tú lo desees casi tanto como yo.

Soltó un suspiro melancólico.

—Yo solo quiero que seas feliz, sobre todo después de robarte a Tom.

—No me lo robaste. Simplemente, tú le gustabas más.

Si lo repetía suficientes veces, con un poco de suerte uno de los dos empezaría a creérselo.

—En fin —se apresuró a decir—, tengo que irme. Uno de nuestros autores me ha escrito diciendo que tenía todo el manuscrito en una memoria USB y se la ha tragado un pato.

—¿Quién coño sigue utilizando memorias USB?

—Tengo que ocuparme de esto. Te quiero. Adiós.

Había llegado hasta «adi» cuando se cortó la llamada. Para ser sincero, probablemente iba siendo hora de que me pusiera a trabajar. Ahora que la Operación Novio Falso Respetable estaba en marcha, potencialmente me hallaba en posición de intentar salvar la Campaña del Pelotero, cosa que en la práctica significaría pedir perdón a personas que no creía que tuvieran nada que perdonarme y que no reconocerían que pensaba que yo debía ser perdonado. El primer paso sería ponerme en contacto con ellos y decir: «Hola, ya sé que todos pensáis que soy un yonqui degenerado, pero me he reformado y he renovado mi compromiso con una vida acorde a los criterios que os habéis formado en vuestra cabeza. Y ahora, por el amor de Dios, dadnos dinero para que pueda salvar a los bichos comedores de mierda». Pero, claro, sin utilizar ninguna de esas palabras. Ni ideas. Ni opiniones.

Después de una tarde muy larga, seis tazas de café Fairclough normal, veintitrés borradores y tres pausas —en cada una de las cuales tuve que darle la misma explicación a Rhys Jones Bowen sobre cómo hacer fotocopias a doble cara—, había compuesto un *e-mail* adecuadamente diplomático y lo había enviado. Lo más probable era que no obtuviera ni una sola respuesta, pero es increíble de lo que son capaces los ricos a cambio de comida gratis. Así que, con un poco de suerte, podría convencer al menos a un par de que no estuvieran tan ocupados la noche de la Campaña del Pelotero como de momento daban a entender sus agendas.

Animado por una inusitada sensación de éxito y movido por una oleada de algo que podría ser, o bien optimismo, o bien masoquismo, desbloqueé el teléfono y le envié un mensaje a Oliver: **¿Los novios falsos se mandan mensajes falsos?**

No sé qué me esperaba, pero su respuesta fue: Cuando uno de ellos tiene que entrar en los juzgados, no. Incluyó la puntuación. Fue un poco mejor que no obtener respuesta, pero un poco peor que un «no» rotundo, ya que básicamente me estaba diciendo: «No, gracias. Y tampoco olvides que mi trabajo es mejor que el tuyo».

Eran casi las nueve de la noche, iba en calcetines y estaba cenando pollo *kung po* cuando recibí otro mensaje: Siento haberte hecho esperar. He estado pensando y seguramente tendríamos que enviarnos mensajes para que esto sea verosímil.

Me demoré un rato para demostrar que yo también tenía cosas importantes que hacer en la vida. Qué más daba que en realidad viera cuatro episodios de *BoJack Horseman* y me hiciera una paja vengativa antes de contestar: **Siento haberte hecho es-**

perar no me extraña que seas soltero si el segundo mensaje que le envías a un tío incluye la palabra verosímil.

No hubo respuesta y eso que me quedé despierto hasta las doce y media, aunque sin darle la menor importancia, claro. Me despertó el zumbido del teléfono a las cinco de la mañana: Te pido disculpas. La próxima vez te mandaré una foto de mi pene. Hubo varios zumbidos más.

Era broma.

Probablemente debería dejar claro que no tengo intención de mandarte fotos.

Nunca le he enviado esas cosas a nadie.

Como abogado, es difícil no ser consciente de las posibles consecuencias.

Ahora estaba despierto, cosa que normalmente me habría parecido de lo más inaceptable. Pero habría que ser bastante mejor persona que yo para no disfrutar un montón viendo que Oliver perdía los papeles por una fotopolla puramente hipotética.

Ya sé que probablemente estarás durmiendo. Quizá deberías borrar los cinco mensajes anteriores cuando te despiertes.

Por supuesto, debería subrayar que yo no juzgo a quienes deciden enviarse fotografías íntimas.

Si es algo con lo que te sientes cómodo, lo entiendo.

No estoy diciendo que tengas que mandarme una foto de tu pene.

Por favor, ¿puedes borrar todos los mensajes que te he enviado hasta ahora?

La retahíla cesó el tiempo justo para que pudiera mandarle una respuesta: **lo siento estoy confuso voy a recibir una fotopolla o no?**

¡No!

Hubo otra pausa, y luego:

Estoy muy avergonzado, Lucien. Por favor, no lo empeores.

Sinceramente, no sé qué se apoderó de mí. A lo mejor me daba lástima, pero, aunque fuera sin querer, me había alegrado un poco el día.

Tengo ganas de verte mañana.

Gracias.

Ahora desearía no haberme tomado la molestia, pero un par de segundos después me dijo:

Yo también tengo ganas de verte.

Y, aunque me sentía mejor, aún resultó más confuso.

CAPÍTULO 10

En mi vida era bastante típico que, cuando por fin tenía una cita para tomar un *brunch* con un hombre atractivo, aunque un poco irritante, llamara mi madre.

—Ahora mismo estoy ocupado.

En este caso, «ocupado» equivalía a estar en calzoncillos, buscando un atuendo que transmitiera «soy sexi pero respetable y prometo que no intentaré besarte otra vez sin venir a cuento, pero, si cambias de opinión, a mí me apetece». ¿Quizás algo de la familia de los jerséis? Tierno pero con un toque de sensualidad.

—Luc —dijo, con una voz que denotaba una preocupación que yo quería ignorar—, necesito que vengas ahora mismo.

—¿Cómo de ahora mismo?

Por ejemplo, ¿tenía tiempo para un par de raciones de torrijas y huevos Benedict con un guapo abogado?

—Por favor, *mon caneton*. Es importante.

De acuerdo, tenía toda mi atención. El caso es que mamá sufre una crisis cada media hora, pero normalmente se le da bastante bien distinguir entre «Judy ha perdido el reloj dentro de una vaca» y «Está cayendo agua del techo». Me senté al borde de la cama.

—¿Qué pasa?

—No quiero explicártelo por teléfono.

—Mamá, ¿te han secuestrado? —pregunté.

—No. En ese caso estaría diciendo: «Ayuda, me han secuestrado».

—Pero no podrías decir eso, porque los secuestradores no te dejarían.

Emitió un ruido de exasperación.

—No seas tonto. Los secuestradores tendrían que dejarme decirte que he sido secuestrada. Si no, ¿qué sentido tendría que me secuestraran? —Hubo una breve pausa—. Lo que tendrías que haber preguntado es: «¿Has sido sustituida por un policía robot del futuro que quiere asesinarme?».

Parpadeé.

—¿Es lo que ha pasado?

—No, pero es lo que diría si hubiera sido sustituida por un policía robot del futuro que quiere asesinarte.

—Ya sabes que tengo una cita de verdad con un hombre de verdad.

—Y me alegro mucho por ti, pero esto no puede esperar.

—Mamá —dije con firmeza—, esto es un poco raro. ¿Qué ocurre?

Hubo una pausa, que una parte paranoica de mí interpretó como la pausa que haría alguien si tuviera que pedirle no verbalmente a un secuestrador que le diera instrucciones.

—Escúchame, Luc. Esto no es como cuando te dije que tenías que venir de inmediato porque mi vida corría peligro y resultó que solo necesitaba que me cambiaras la pila de la alarma antiincendios, aunque mantengo que podría haber muerto. Soy vieja y soy francesa. Me duermo continuamente con un cigarrillo en la boca. Además, hacía un ruido muy molesto. Era como la bahía de Guantánamo.

—¿En qué se parecía a Guant...? Bueno, da igual.

—Ven, por favor. Siento hacerte esto, pero estoy jugando la carta «tienes que confiar en mí» porque tienes que confiar en mí.

Y eso fue todo. A fin de cuentas, éramos mamá y yo y luego todos los demás.

—Llegaré lo antes posible.

Sabía que lo lógico era llamar a Oliver e intentar explicárselo, pero no sabía cómo. ¿Qué podía decirle? ¿«Hola. Mantengo con mi madre una relación muy intensa que desde fuera es probable que parezca inquietante y codependiente, así que voy a cancelar la cita que básicamente te supliqué»? Además, era un cobarde, así que le escribí un mensaje: **No llego a tiempo. No puedo explicarte por qué. Lo siento. Disfruta del brunch**!

Luego modifiqué a toda prisa mis opciones estéticas, que pasaron de «tengo una cita para intentar salvar mi reputación» a «puede que tenga que enfrentarme a cualquier cosa, desde la muerte de un familiar hasta un váter que ha explotado», y fui a la estación. Cuando estaba en el tren, llamó Oliver y me sentí avergonzado, así que lo desvié noblemente al buzón de voz. Encima dejó un mensaje. ¿Quién coño hace eso?

Judy estaba esperándome en Epsom con su desvencijado Lotus Seven de color verde. Obligué a dos spaniels a meterse en el hueco para los pies y me senté debajo del tercero.

Judy volvió a ponerse las gafas.

—¿Todo el mundo a bordo?

Hacía tiempo que no contaba con que eso le preocupara lo más mínimo y hoy no era una excepción. Judy pisó el acelerador con un entusiasmo que, de no haberme montado del todo en el coche, habría hecho que me arrastrara por el asfalto.

—¿Cómo está mamá? —grité, tratando de imponerme a las

ráfagas de viento, el ruido del motor y el nerviosismo de los spaniels.

—Hecha polvo.

Estuve a punto de vomitar el corazón.

—Joder, ¿qué ha pasado?

—Yara Sofia se vino totalmente abajo durante el *playback* y hasta el momento había demostrado una garra increíble.

—¿Y en el mundo real?

—Ah, Odile está bien. De concurso. Ojos brillantes, cola poblada, nariz húmeda, pelo reluciente y todo eso.

—Entonces, ¿por qué parecía preocupada cuando llamó?

—Bueno, ha sido un pequeño sobresalto, pero ya lo averiguarás.

Aparté a uno de los spaniels de mi entrepierna.

—Mira, me estoy volviendo un poco loco y estaría bien que me explicaras qué está pasando.

—No hay por qué volverse loco, cariño. Pero me temo que en este caso tengo que ser exactamente como papá.

—¿Qué papá?

—El de cualquiera. Ya sabes: «Sé como papá. Cuida de mamá».

—¿Qué?

Tenía que reconocerle a Judy que había conseguido distraerme del inminente y misterioso desastre.

—Lo siento. Imagino que ya no es políticamente correcto. Ahora sin duda deberías decir «sé como papá. Entra en contacto con tus sentimientos» o algo por el estilo. —Pensó unos instantes—. O supongo que para los homosexuales sería «sé como papá. Cuida de papá», lo cual es confuso de la hostia para todo el mundo.

—Sí, eso pone en nuestras camisetas: «Algunas personas son confusas de la hostia para todo el mundo. Es lo que hay».

—En fin. Ya sé que es todo un poco mareante, pero aguanta el tipo. Llegaremos dentro de nada.

—Sinceramente, no hay prisa. Tómate tu…

El repentino acelerón acalló el resto de mis protestas y me pasé diez minutos intentando no morir, haciendo malabares con los spaniels y agarrándome a los laterales del vehículo mientras subíamos la colina y descendíamos por el valle, recorriendo serpenteantes carreteras rurales y pueblos que, antes de que pasáramos por allí, yo habría calificado de aletargados.

Frenamos en seco delante de casa de mamá, que antaño había sido la oficina de correos del pueblo y ahora era una hermosa vivienda conocida como la Antigua Oficina de Correos y situada al final de una calle llamada Antigua Calle de Correos. Así parecían funcionar los nombres allí. La Antigua Calle de Correos estaba cerca de la calle Principal, que después pasaba a llamarse calle del Molino, calle del Rectorado y calle de los Tres Campos.

—Yo me piro —anunció Judy—. Tengo que ir a ver unos terneros. Me gustan bastante, la verdad.

Y, dicho eso, desapareció a toda velocidad entre ladridos de los spaniels.

Abrí la puerta, crucé el jardín delantero, que estaba un poco descuidado, y entré en la casa. No estoy muy seguro de qué me esperaba, pero desde luego no a Jon Fleming.

Al principio pensé que eran alucinaciones. Aquel hombre andaba por allí cuando yo era muy pequeño, pero no lo recordaba. Así que, en la práctica, era la primera vez que veía a mi padre en persona y no tenía manera de procesarlo, tan solo una idea difusa de un hombre que no resultaba ridículo con la bufanda puesta dentro de casa. Él y mamá estaban sentados en extremos opuestos del salón, como dos personas que se habían quedado sin nada que decirse hacía mucho tiempo.

—¿Qué cojones…? —dije.

—Luc —dijo mamá, que se levantó retorciéndose las manos—, ya sé que no te acuerdas mucho, pero este es tu padre.

—Ya lo sé. Lo que no sé es qué hace aquí.

—Bueno, por eso te he llamado. Tiene algo que decirte.

Me crucé de brazos.

—Si es «lo siento» o «siempre te he querido» o alguna gilipollez por el estilo, llega como veinticinco años tarde.

En ese momento, Jon Fleming también se puso en pie. Nada define mejor a una familia que sus miembros mirándose sin saber qué decir.

—Lucien —dijo—. O prefieres Luc, ¿verdad?

Me habría encantado vivir toda mi vida sin tener que mirar a mi padre a la cara. Por desgracia, como en tantas otras cosas, papá no me brindó esa oportunidad. Y, en serio, fue una cosa rarísima, porque la diferencia entre el aspecto de alguien en fotografía y en la realidad es un valle horrible y sorprendente de reconocimiento y extrañeza. Y es aún peor cuando ves cosas de ti en la otra persona. Mis ojos devolviéndome la mirada, ese color que no era ni azul ni verde.

Tenía la oportunidad de ser elegante, pero decidí no aprovecharla.

—Preferiría que no me dirigieras la palabra.

Suspiró con un pesar y una nobleza que no le correspondían. Ese era el problema de ser mayor y tener buena estructura ósea: que poseías unas reservas colosales de dignidad inmerecida.

—Luc —probó de nuevo—, tengo cáncer.

No me extraña.

—¿Y?

—Y me ha hecho darme cuenta de algunas cosas. Me ha hecho pensar en las cosas importantes.

—¿Te refieres a la gente a la que abandonaste?

Mamá me apoyó una mano en el brazo.

—*Mon cher*, yo soy la primera en decir que tu padre es un *caca boudin*, pero podría morirse.

—Siento repetirme, pero, ¿y?

En cierto modo, era consciente de que existe una gran diferencia entre «no ser elegante» y «ser tan poco elegante que irás directo al infierno», pero en aquel momento todo me parecía irreal.

—Soy tu padre —dijo Jon Fleming y su voz ronca de leyenda del rock pasó de ser un tópico absurdo a convertirse en una profunda declaración de conexión mutua—. Esta es mi última oportunidad para conocerte.

Notaba un zumbido en la cabeza, como si hubiera esnifado abejas. Toda una vida viendo a manipuladores en el cine me había enseñado cómo debía comportarme. Tendría un arrebato de ira poco convincente, después lloraría, después lloraría él, luego nos abrazaríamos y entonces la cámara abriría plano y todo quedaría perdonado. Miré fijamente aquellos ojos inteligentes y afligidos que conocía demasiado bien.

—Muérete, joder. Y lo digo literalmente. Podrías haber hecho esto en cualquier momento de las últimas dos décadas. Ahora ya no toca.

—Ya sé que te he decepcionado. —Estaba asintiendo con sinceridad, como si quisiera transmitirme que entendía mejor lo que le estaba diciendo que yo mismo—. Pero he tardado mucho en llegar donde siempre debería haber estado.

—Pues escribe una puta canción sobre ello, gilipollas arrogante, narcisista, manipulador y calvo.

Entonces me largué de allí. Cuando se cerró la puerta, oí la voz de mamá:

—Bueno, creo que podría haber sido mucho peor.

Lo cual era muy típico de ella, la verdad.

Técnicamente, en Pucklethroop-in-the-World había servicio de taxi, o al menos había un tío llamado Gavin al que se podía llamar. Venía a recoger al cliente con su coche y le cobraba unas cinco libras por llevarlo a uno de los tres lugares a los que estaba dispuesto a ir. Pero, en realidad, el trayecto a la estación era solo una caminata de cuarenta y cinco minutos campo a través y yo abrigaba unos sentimientos entre el cabreo y el llanto que hacían que evitar a otros seres humanos fuera una prioridad bastante elevada para mí.

En el tren de camino a Londres estaba un poco más calmado. Y, por algún motivo, llegué a la conclusión de que era buen momento para escuchar el mensaje que había dejado Oliver en el contestador.

«Lucien —decía—, no sé qué me esperaba, pero esto no va a funcionar. No habrá "en un futuro", pero si en un futuro imaginario te planteas dejarme tirado otra vez, al menos ten la decencia de inventarte una excusa creíble. Y estoy convencido de que todo esto te parecerá muy gracioso, pero no es lo que necesito en mi vida ahora mismo».

Bueno. Se acabó… lo que fuera que era aquello.

Volví a escuchar el mensaje y al instante me pregunté por qué coño me había hecho aquello a mí mismo. Supongo que pensaba que la segunda vez sería mejor.

No lo fue.

El vagón iba prácticamente vacío —era una hora rara para ir a la ciudad—, así que hundí la cara en el hueco del codo y derramé unas lágrimas subrepticias. Ni siquiera sabía por qué estaba llorando. Había discutido con un padre al que no recordaba y me había dejado un tío con el que no salía. Ninguna de las dos cosas debería haberme dolido.

No dolían.

No permitiría que me dolieran.

Es decir, sí, probablemente perdería mi trabajo y probablemente estaría solo para siempre y mi padre probablemente moriría de cáncer, pero, ¿qué más daba? A la mierda todo. Me iría a casa, me pondría la bata y bebería hasta que ya nada importara.

Todo eso no podía controlarlo, pero lo de beber sí.

CAPÍTULO 11

Dos horas después estaba en Clerkenwell, delante de una de esas casas adosadas de estilo georgiano tan cucas, con barandillas de hierro forjado y macetas de balcón, pegado al timbre de Oliver como si temiera que fuera a caerse de la pared.

—¿A ti qué te pasa? —dijo cuando abrió por fin.

—Muchas, muchas cosas. Pero lo siento mucho y no quiero una falsa ruptura.

Entrecerró los ojos.

—¿Has llorado?

—No.

Ignorando mi obvia y estéril mentira, se apartó del umbral.

—Por el amor de Dios, pasa.

Una vez dentro, Casa Blackwood era tal como me esperaba en ciertos sentidos y nada de lo que me esperaba en otros. Era pequeña e inmaculada, con las paredes blancas y unos suelos de madera desnudos, excepto por algunos toques de color en las alfombras y los cojines. Era un lugar espontáneamente acogedor y adulto, lo cual me llenó de envidia, temor y una extraña ansiedad.

Oliver cerró el portátil, ordenó a toda prisa unos documentos que ya estaban amontonados con pulcritud y se acomodó en un lado de un sofá de dos plazas. Imaginé que aquel era su estilo informal: unos vaqueros de su talla y un jersey de cachemira azul claro. Iba descalzo, lo cual me pareció curiosamente íntimo, pero no en plan fetichista, sino en plan «así soy yo cuando estoy solo en casa».

—No te entiendo, Lucien. —Se frotó las sienes con desesperación—. Me dejas tirado sin más explicaciones y por mensaje, porque, al parecer, una llamada era mucho pedir. Y luego te presentas en mi casa, también sin dar explicaciones, porque, al parecer, con una llamada no bastaba.

Busqué un sitio en el sofá que no denotara que estaba evitando ni invadiendo a Oliver y, aun así, cuando me senté le golpeé la rodilla con la mía.

—Tendría que haber llamado. Dos veces. Aunque imagino que, si hubiera llamado la primera vez, no habría tenido que llamar una segunda.

—¿Qué ha pasado? Sinceramente, creía que no te apetecía.

—No soy tan cantamañanas. Entiendo que los hechos juegan en mi contra, pero necesito esta... Esta —dije, aleteando una mano con escasa elocuencia— cosa que estamos haciendo. E intentaré mejorar si me das otra oportunidad.

Oliver tenía los ojos especialmente plateados, a un tiempo tiernos y serios.

—¿Cómo esperas que me crea que la próxima vez lo harás mejor cuando sigues sin contarme qué ha pasado?

—Una movida familiar. Creía que era importante, pero no lo era. No volverá a ocurrir. Y has aceptado tener un novio falso, no un caso perdido real.

—Ya sabía dónde me metía.

No me sentía con fuerzas para conocer la opinión que Oliver tenía de mí.

—Mira, ya sé que no soy lo que estás buscando, pero, ¿podrías dejar de echármelo en cara, por favor?

—No… me… —Parecía verdaderamente nervioso—. No me refería a eso. Solo intentaba decir que no esperaba que fueras algo que no eres.

—¿Por ejemplo? ¿Fiable o cabal?

—Fácil o corriente.

Me lo quedé mirando, juraría que con la boca abierta.

—Lucien —añadió—, ya sé que no somos amigos y que quizá no estemos hechos el uno para el otro. Si hubieras tenido la oportunidad, a lo mejor habrías elegido a cualquier otro en lugar de a mí, pero —dijo, mientras se retorció con incomodidad— hemos acordado formar parte de la vida del otro y no podré hacerlo si no eres sincero conmigo.

—Mi padre tiene cáncer —le espeté.

Oliver me miró como me gustaría pensar que yo miro a alguien que acaba de anunciar que su padre tiene cáncer, pero sin duda no lo hago.

—Lo siento mucho. Por supuesto, tenías que estar con él. ¿Por qué no me lo dijiste de buenas a primeras?

—Pues, porque no lo sabía. Mi madre solo me ha dicho que había ocurrido algo importante y la he creído porque… Siempre la creo. Y no te lo he contado porque he pensado que te parecería raro.

—¿Por qué iba a parecerme raro que quieras a tu madre?

—No lo sé. Siempre me preocupa quedar como una especie de Norman Bates.

Me apoyó la mano afectuosamente en la rodilla y, aunque quizá debería haberlo hecho, no vi motivo alguno para apartarla.

—Eso es admirable y te agradezco tu honestidad.

—Gracias. Ejem… gracias.

La afabilidad de Oliver era mucho más difícil de gestionar que sus enfados.

—¿Te molesta que te pregunte por tu padre? ¿Puedo hacer algo?

—Sí, no preguntarme por mi padre.

Me dio una palmada en la rodilla con aquella dulce comprensión que yo no habría sido capaz de mostrar sin que pareciera un coqueteo.

—Lo entiendo. Es un asunto familiar y no debo entrometerme.

Estoy seguro de que no pretendía que me sintiera mal, pero aun así lo bordó.

—No se trata de eso. Es que odio a ese gilipollas.

—Lo entiendo. Bueno —parpadeó—, no lo entiendo. Es tu padre y tiene cáncer.

—Pero nos abandonó a mamá y a mí. Va, hombre, tienes que saberlo.

—¿Saber qué?

—Odile O'Donnell y Jon Fleming. Gran pasión, gran ruptura, niño pequeño. ¿Es que no lees los periódicos? ¿No te lo ha contado Bridge?

—Sabía que eras famoso indirectamente, pero no me pareció relevante.

Nos quedamos callados un momento. A saber qué se le pasaba por la cabeza. Y yo me sentía aturdido. Siempre me había ofendido la gente que creía conocerme por algo que había leído, visto u oído en un pódcast, pero, al parecer, también me había acostumbrado a eso. Tanto, de hecho, que verme obligado a contarle mi vida a alguien me asustaba un poco.

—No tengo claro si estás siendo adorable o apático —dije al fin.

—Estoy fingiendo que salgo contigo, no con tus padres.

Me encogí de hombros.

—Casi todo el mundo opina que mis padres son lo más interesante de mí.

—A lo mejor es porque no te dejas conocer.

—La última persona que me conoció… Da igual. —No pensaba entrar en eso. Hoy no. Nunca más. Suspiré entrecortadamente—. El caso es que mi padre es un capullo que trataba a mi madre como a una mierda y ahora está protagonizando una reaparición estelar en la que todo el mundo hace ver que no pasa nada, y sí que pasa. Y me jode mucho.

Oliver frunció el ceño.

—Imagino que debe de ser difícil, pero si verdaderamente puede morir, tendrías que estar seguro de que no vas a tomar decisiones irreversibles.

—¿Qué quieres decir con eso?

—Que si la cosa acaba mal y luego te arrepientes de no haberle dado una oportunidad, no podrás hacer nada al respecto.

—¿Y si es un riesgo que estoy dispuesto a correr?

—Eso es decisión tuya.

—¿Empeoraría el concepto que tienes de mí? —Me entró tos—. ¿Empeoraría aún más, quería decir?

—Yo no tengo mal concepto de ti, Lucien.

—Aparte de ser el gilipollas egoísta que no se presenta a una cita por diversión.

Oliver se sonrojó un poco.

—Lo siento. Estaba enfadado y he sido un poco injusto. Aunque en mi defensa diré que no sé cómo esperabas que contemplara la posibilidad de que tu comportamiento se debiera a que habías recibido un mensaje críptico de tu madre, el solitario icono del rock, y luego te habías enterado de que tu padre, cuyo reciente retorno a la vida pública detestas profundamente, tiene una enfermedad que podría ser mortal.

—Te daré un consejo: o te disculpas o pones excusas. Las dos cosas no.

—Tienes razón. —Oliver se acercó un poco y su aliento me rozó la mejilla—. Siento haberte hecho daño.

Solo habría necesitado un leve movimiento para darle un beso y estuve a punto de hacerlo, porque aquella conversación me estaba arrastrando a un pozo de sentimientos, recuerdos y cosas que tenía problemas para hablar con mis amigos de verdad. Pero Oliver había dejado bastante claro que no le interesaba, así que tuve que decir:

—Yo también siento haberte hecho daño.

Hubo un largo silencio en el que ambos invadimos con torpeza el espacio personal del otro.

—¿Tan mal se nos da esto? —pregunté—. Llevamos tres días fingiendo que salimos juntos y ya hemos tenido una ruptura falsa.

—Sí, pero hemos superado falsamente nuestras dificultades y volvemos a estar falsamente juntos. Espero que eso nos haya hecho falsamente más fuertes.

Me puse a reír, lo cual era absurdo, porque tenía delante a Oliver Blackwood, el hombre más soso del universo.

—De verdad que me apetecía ir a tomar un *brunch*.

—Bueno… —Sonrió con indecisión—. Ahora estás aquí y todo sigue en la nevera.

—Son casi las seis. Eso no es un *brunch*, es una… ¿merienda-cena?

—¿Acaso importa?

—Caray, qué rebelde.

—Ese soy yo, efectivamente. Haciéndole un corte de mangas a la sociedad y a su concepto normativo de los horarios para comer.

—Bueno. —Intenté no darle importancia, pero estaba a punto de tocar un tema muy serio—. En este... *brunch*... merienda-cena... rechazo punk-rock al *statu quo*... ¿habrá torrijas?

Oliver arqueó una ceja.

—Podría haberlas. Si eres bueno.

—Puedo hacerlo. ¿Qué clase de «bueno» tenías en mente?

—No estaba... O sea... Quiero decir, es... ¿Puedes poner la mesa?

Me tapé la boca con la mano para ocultar mi sonrisa, porque no quería que pensara que me reía de él, aunque en cierto modo así era. Pero supongo que eso era exactamente lo que había aceptado con aquel pacto: un hombre que sin duda tenía servilleteros. A fin de cuentas, el *Daily Mail* difícilmente publicaría: «Hijo de estrella del rock se equivoca de cubierto».

Pero lo que no me esperaba era lo agradable y acertado que resultaría.

CAPÍTULO 12

A cabé poniendo la mesa, aunque por suerte no había servilleteros. Comimos en la cocina de Oliver, sentados a una pequeña mesa circular situada más o menos a un metro de los fogones. Nuestras rodillas se tocaban por debajo, ya que, al parecer, estábamos condenados a una eternidad en la que nuestras piernas permanecerían entrelazadas. En el fondo había disfrutado viéndolo cocinar para mí: calentando aceite, troceando la guarnición y cascando huevos con el mimo y la precisión que ponía en todo lo demás. Tampoco podía negar que estaba atractivo cuando no se dedicaba a juzgarme, cosa que, empezaba a sospechar, hacía mucho menos de lo que yo había imaginado.

—¿A cuántos como yo esperabas? —pregunté, observando la profusión de huevos, gofres, arándanos y múltiples variedades de tostadas, incluidas las torrijas.

Oliver se ruborizó.

—Se me ha ido un poco de las manos. Hacía tiempo que no cocinaba para nadie.

—Supongo que, como vamos a salir juntos, tenemos que saber este tipo de cosas. ¿Cuánto es «hacía tiempo»?

—Seis meses más o menos.

—Eso no es «hacía tiempo». Eso es prácticamente ahora.

—Es más tiempo del que prefiero pasar sin pareja.

Me lo quedé mirando por encima de los huevos Benedict.

—¿Eres una especie de yonqui de las relaciones?

—¿Cuándo fue la última vez que estuviste tú con alguien?

—Define «con».

—El hecho de que lo preguntes ya dice mucho.

—Perfecto —dije, frunciendo el ceño—. Casi cinco años.

Oliver esbozó una tenue sonrisa.

—Quizá sería mejor que nos abstuviéramos de hacer comentarios sobre las decisiones del otro.

—Es una merienda-cena increíble —dije, a modo de oferta de paz preventiva, y luego salté directo a—: ¿Y por qué rompisteis?

—No… estoy seguro del todo. Dijo que ya no era feliz.

—Uf.

Oliver se encogió de hombros.

—Llega un momento en que te han dicho suficientes veces «no eres tú, soy yo» como para que empieces a sospechar que en realidad podrías ser tú.

—¿Por qué? ¿Qué problema tienes? ¿Acaparas el edredón? ¿Eres un racista encubierto? ¿Crees que Roger Moore era mejor Bond que Connery?

—No, por Dios. Aunque creo que Moore está un poco infravalorado. —Manejando la cuchara de servir con irritante destreza, Oliver vertió una espiral perfecta de nata encima de su gofre de semillas de amapola—. Sinceramente, yo pensaba que estaba funcionando, pero me pasa siempre.

Chasqueé los dedos.

—Ah, debes de ser malísimo en la cama.

—Desde luego. —Me lanzó una mirada irónica—. Otro misterio resuelto.

—Mierda. Creía que te pondrías a la defensiva y al menos descubriría algo sucio sobre ti.

—Lucien, la verdad es que para ser una persona que ha dejado bien claro que no le interesa el tema, pareces bastante fascinado con mi vida sexual.

Me puse colorado.

—No... no lo estoy.

—Si tú lo dices.

—No, en serio. Es que...

Menudo desastre, en parte porque quizá sentía más curiosidad de la que estaba dispuesto a reconocer. Oliver era tan comedido que costaba no intentar imaginárselo cuando se soltaba, si es que lo hacía, y pensar en cómo sería despertar esa clase de temeridad en él.

—Soy más o menos consciente de que podrías buscar en Google cualquier cosa que quisieras saber de mí.

—Pero, ¿sería la verdad?

Me sentí avergonzado.

—Parte de la verdad. Y no solo las cosas buenas.

—Si algo he aprendido en mi trabajo es que «parte de la verdad» es lo más engañoso que puedes oír. Cuando quiera saber algo sobre ti, preguntaré.

—¿Y cuando te enfades conmigo? —pregunté en voz baja—. ¿Cuando busques razones para pensar cosas terribles de mí?

—¿Crees que necesitaré los periódicos para eso?

Puse mala cara, pero, por alguna razón, acabé sonriendo. Algo en sus ojos atenuó la punzada de sus palabras.

—En tu mundo, ¿eso es lo que entendéis por tranquilizador?

—Pues, curiosamente, un poco sí. —Me distraje con la torrija, que era dulce, sabrosa y chorreaba sirope de arce—. Pero acabarás indagando. Todo el mundo lo hace.

—¿De verdad crees que no tengo nada mejor que hacer con mi tiempo que indagar en la vida de hijos de famosillos?

—Otra vez con el tonito tranquilizador. ¿A qué coño ha venido eso?

—Bueno, no sabía si aceptarías otra clase de tonito.

Persiguiendo un arándano por el plato, Oliver parecía un poco abochornado. Sinceramente, puede que tuviera razón, pero no iba a darle la satisfacción de reconocerlo.

—Prueba.

—No te prometo nada, porque eso te otorgaría más poder en esta absurdidad, pero…

—Para ti es fácil llamarlo absurdidad. Tú no vives con ello.

Soltó un pequeño resoplido de exasperación.

—¿Lo ves? Ya te dije que no querrías que te tranquilizara.

—Es que no lo has hecho. Me has dicho que no piensas hacer promesas y te has meado en mi dolor.

—No era mi intención mearme en nada.

Nos miramos con desconfianza por encima del campo de batalla que constituía el desayuno. En muchos sentidos, nuestra segunda cita estaba yendo igual de mal que la primera. De hecho, en muchos sentidos estaba yendo peor, porque había aparecido con seis horas de retraso y Oliver había roto conmigo antes de que yo llegara. Pero había algo distinto. Por alguna razón, estar molesto con él entrañaba una peculiar calidez.

—En fin —continuó Oliver—, no me has dejado acabar.

—Y normalmente soy muy considerado en ese sentido.

Volvió a arquear esa ceja suya.

—Es bueno saberlo.

Y, por alguna razón, me sonrojé.

Oliver tosió un poco.

—Como te decía, soy consciente de que la penumbra de los

comentarios públicos es importante para ti y ha afectado a tu vida, pero para mí es absurdo y siempre lo será.

—De acuerdo... —Emití un carraspeo extraño—. Tenías razón. Mejor vuelve a ponerte sarcástico.

—En serio, creo que no indagaré, Lucien. No siento el menor deseo de hacerte daño.

—Reconozco que tengo mal gusto para los hombres, pero casi siempre he evitado salir con tíos que quieran joderme de forma activa. No se trata de querer o no querer hacerme daño. Pero tú ya sabes cómo funciona. —Intenté parecer harto y resignado en lugar de horriblemente vulnerable—. A la gente le pica la curiosidad. O se siente frustrada. O cree que va a leerlo y luego quiere impresionarte demostrando que le parece muy bien, pero se asusta y yo acabo teniendo la sensación de que me han jodido.

—Pues si no puedes confiar en mis buenas intenciones, al menos confía en que soy tan capullo y pomposo como piensas y, por tanto, ni me acercaría a la prensa amarilla.

—Yo no pienso que seas capullo y pomposo.

—Según Bridget, fue lo primero que dijiste de mí.

En realidad fue lo segundo. Lo primero fue: «Si hubiera sabido que tu otro amigo gay estaba tan bueno, habría accedido a conocerlo hace meses». Por supuesto, eso fue antes del incidente del «homosexual que tengo al lado». Estaba incómodo y tuve que cambiar de postura.

—Ah, sí. Ahora que lo pienso, seguramente fui un poco duro contigo.

—¿De verdad? —preguntó con un tono de esperanza teñido de sospecha.

—Bueno, yo no diría que fuiste un capullo pomposo redomado. Más bien un arrogante de narices.

Para mi sorpresa, se echó a reír, una carcajada profunda y enérgica que me erizó el vello de los brazos de puro placer.

—Podré vivir con eso. —Apoyó los codos en la mesa y se acercó un poco—. ¿Qué más debería saber alguien sobre su novio falso?

—Tú eres el que tiene experiencia en relaciones. Dímelo tú.

—Eso es lo curioso de las relaciones. Si no has tenido muchas, tu base para comparar es escasa. Si has tenido muchas, es obvio que algo haces mal.

—Eres tú el que insistió en que debíamos conocernos. —Sonreí con aire de superioridad—. Por aquello de la verosimilitud, ya sabes.

—¿Algún día dejarás de recordármelo?

Lo medité unos instantes.

—No.

—Perfecto. —Suspiró—. ¿Cumpleaños?

—Ni te molestes. Se me olvidará. Con los cumpleaños no hay manera, incluido el mío.

—Yo sí que me acordaría.

—Dios. —Solté un gruñido—. Seguro que comprarías un regalo increíblemente acertado y me harías sentir fatal.

Frunció los labios.

—Lo intentaría.

—En todo caso, es en julio, así que ya habremos llegado a la conclusión de que no somos compatibles y habremos roto falsamente mucho antes de que eso suponga un problema.

—Ah. —Por una fracción de segundo, casi pareció decepcionado—. Tu turno.

—No recuerdo haber acordado hablar por turnos.

—Creo que la mayoría de las situaciones normalmente mejoran si hay reciprocidad.

—Eres versátil, ¿eh? —dije, mientras abría más los ojos y adoptaba una expresión de inocencia.

—Compórtate, Lucien.

Bueno, eso no era sexi. No. Absolutamente no. Para nada. Un pequeño escalofrío me recorrió toda la columna vertebral.

—A ver. —Me había quedado en blanco—. ¿Aficiones? ¿Qué haces cuando no estás trabajando?

—Normalmente estoy trabajando. La abogacía es una profesión ardua.

—Para que conste en acta, decir cosas como «la abogacía es una profesión ardua» es lo que me hizo pensar que eras pomposo.

—Lo siento —dijo con la actitud de una persona que no lo sentía en absoluto—, pero no sabía cómo expresar que tengo un trabajo gratificante pero difícil que me ocupa mucho tiempo.

—Podrías haber dicho eso.

—Madre de Dios. Llevamos menos de tres días saliendo y ya intentas cambiarme.

—¿Por qué iba a intentar cambiarte cuando es tan divertido cachondearse de ti?

—Yo… —Frunció el ceño—. Gracias. Creo. No sé si eso era un cumplido.

Probablemente fuera porque soy mala persona, pero ahora encontraba a Oliver un poco adorable.

—Sí, por ahí iba la cosa. Pero, venga, seguro que haces cosas que no tienen nada que ver con pelucas y mazas.

—Cocino, leo, quedo con amigos, intento mantenerme en forma…

Oh, sí. No me había imaginado el cuerpo que ocultaban aquellos trajes tan conservadores. Bueno, tampoco es que estuviera imaginándomelo. No mucho, al menos.

Clavó sus ojos en los míos.

—¿Y tú?

—¿Yo? Pues lo típico. Salir hasta tarde, beber demasiado y provocar una ansiedad innecesaria a la gente que me aprecia.

—Pero, ¿qué haces en realidad?

Tenía ganas de mirar hacia otro lado, pero, por alguna razón, no pude. Sus ojos seguían prometiéndome cosas que estaba seguro de no querer.

—He pasado por un bache. Una temporada. Aún hago cosas. El sábado pasado salí, pero como si no lo hubiera hecho.

Ahí estaba otra vez el pozo y lo último que quería era que Oliver formulara otra pregunta inteligente que me hundiera más en él.

—Tu turno —dije, sonriendo como si el hecho de que mi vida hubiera descarrilado fuese una anécdota divertida.

Tamborileando suavemente con los dedos sobre la mesa, parecía estar reflexionando demasiado sobre el tema.

—Vaya por delante que me interesaría aunque tus padres no fueran famosos, pero, ¿podrías contarme algo de tu vida?

—Esto se parece más a una entrevista de trabajo que a una entrevista de novios.

—No puedo evitar ser curioso. Te conozco desde hace años, pero nunca habíamos hablado.

—Ya, porque dejaste bastante claro que no querías saber nada de mí.

—Yo cuestionaría esa descripción, pero, en cualquier caso, ahora sí que quiero.

Se me escapó un ruido hosco y bochornosamente adolescente.

—En fin. Infancia sin incidentes, carrera prometedora, fui por el mal camino y aquí estoy.

—Lo siento —dijo, y no fue la reacción que me esperaba—. Es una estructura demasiado artificial para una conversación personal.

Me encogí de hombros. Por lo visto, aún estaba en modo adolescente.

—No hay ninguna conversación que mantener.

—Si lo prefieres así…

—¿Y tú?

—¿Qué te gustaría saber?

Esperaba que hablar de él fuera menos revelador que hablar de mí, pero resultó que no. Emití otro sonido que más o menos podría transcribirse como «nulusé».

—Bueno —dijo con actitud valiente—, igual que tu infancia, la mía transcurrió sin incidentes. Mi padre es contable, mi madre era profesora de la London School of Economics y los dos son bondadosos y comprensivos. Tengo un hermano mayor, Cristopher, que es médico, igual que su mujer, Mia.

—Vaya, parece que sois todos gente de éxito.

—Hemos tenido mucha suerte. Y nos inculcaron la idea de que debíamos dedicarnos a algo en lo que creyéramos.

—¿Eso es lo que te hizo decantarte por el derecho?

Oliver asintió.

—Sí. No sé si es exactamente lo que tenían pensado mis padres, pero creo que es adecuado para mí.

—Si asesinara a alguien —le dije y, para mi sorpresa, descubrí que hablaba en serio—, querría que tú fueras mi abogado.

—Entonces, el primer consejo que te daría es que no me cuentes que has asesinado a alguien.

—¿No es lo que hace la gente?

—Te sorprenderías. Los acusados no tienen formación legal. No siempre saben qué los incriminará y qué no. No hablo por experiencia, dicho sea de paso. —Esbozó una pequeña sonrisa—. Mi segundo consejo es que, si alguna vez te acusan de asesinato, contrates a alguien con bastante más trayectoria que yo.

—¿Te refieres a que nunca te has ocupado de un caso así?

—Contrariamente a lo que podrías pensar, los homicidios son bastante infrecuentes y sueles trabajar en casos de ese tipo cuando llevas más años de profesión.

—Entonces, ¿en qué cosas trabajas?

—En lo que surja. No puedo elegir. A menudo es bastante banal.

Le lancé una mirada inquisitiva.

—Yo creía que era tu gran pasión.

—Y lo es.

—Acabas de calificarla de bastante banal.

—Me refería a que puede parecerle banal a otros. Si tu única experiencia en ese campo son los programas de juicios televisivos, saber que me paso el día defendiendo a adolescentes a las que han pillado robando esmalte de uñas y a delincuentes de poca monta que se han extralimitado puede ser un poco decepcionante. —Se levantó y empezó a recoger los platos y cuencos vacíos—. Socialmente tiene pocas ventajas. La gente cree que solo me dedico a devolver a asesinos y violadores a la calle por dinero o me considera terriblemente aburrido.

Sin pensar en ello, me levanté para ayudar y nuestras manos se enredaron entre los platos de la merienda-cena.

—A lo mejor podríamos buscar un término medio y decir que te pasas el día devolviendo a ladrones adolescentes a la calle por dinero.

—A lo mejor podríamos buscar un término medio y decir que me paso el día asegurándome de que un error de cálculo no le destroce la vida a una persona joven.

Le tiré un arándano extraviado y le dio en la nariz.

—¿A qué ha venido eso? —preguntó.

Recogiendo. Estaba muy ocupado recogiendo.

—Te... te tomas todo esto muy en serio, ¿verdad?

—¿Y esa observación te ha hecho atacarme con una fruta blanda?

—Protesto. Está acosando al testigo.

—¿Sabías que eso no ocurre en este país?

Suspiré.

—Entonces, ¿qué haces cuando la acusación dice algo infundado?

—O confías en que el juez sabe lo que se trae entre manos, como suele ocurrir, incluso con los que están locos, o muy educadamente dices algo tipo: «Señoría, creo que el honorable abogado de la acusación está diciendo algo infundado».

—Y pensar —dije, soltando un largo suspiro— que yo te imaginaba saltando y dándoles una paliza legal a los engreídos de la oficina del fiscal general.

—¿Te refieres a los honorables funcionarios del Servicio Fiscal de la Corona?

—Hostia, Oliver. —Su nombre tenía un sabor brillante y afilado en mi lengua. A azúcar y canela—. Te estás cargando la diversión del sistema de justicia penal.

Muy deliberadamente, lanzó otro arándano y me dio en la ceja.

—¿Y eso por qué? —pregunté con lo que esperaba que pareciese fingida petulancia.

En su boca se estaba formando una sonrisa tan serena y cálida como el sirope de arce.

—Te lo merecías.

CAPÍTULO 13

Oliver se puso a fregar y yo me dediqué a incordiar, que era mi forma de encarar las tareas domésticas.

—Ejem… —dije, metiéndome los pulgares en los bolsillos en un intento fútil por parecer informal—. Muchas gracias por la comida. Y por no romper conmigo. Supongo que debería…

Oliver también se metió los pulgares en los bolsillos, pero los sacó al momento, como si no tuviera ni idea de por qué lo había hecho.

—No hace falta. Quiero decir, si no… Seguramente tendríamos que comentar algunos temas logísticos.

Eso me recordó más al Oliver que yo esperaba. Supongo que me había concedido un ascenso temporal porque mi padre tiene cáncer.

—Logísticos, ¿eh? Hablando así vas a llamar la atención de muchos chicos.

—No intento llamarte la atención, Lucien. Intento que esto no nos explote en la cara.

Hice un gesto desenfadado y acabé tirando un pequeño jarrón con flores que Oliver había dejado encima de la mesa.

—Mierda, lo siento. Pero, ¿tan complicado es esto? Nosotros seguimos con nuestra vida, y a quien pregunte le decimos que estamos saliendo.

—Ahí quería yo llegar. ¿Se lo decimos a quien pregunte? ¿Y a Bridget?

—Bueno —dije, mientras intentaba arreglar las flores y fracasaba estrepitosamente—, más o menos sabe la verdad.

—¿Y pensabas mencionarlo en algún momento o ibas a dejarme como un idiota delante de ella mientras yo me comprometía ingenuamente con la farsa que en teoría mantenemos los dos?

—Bridge es la excepción. A ella no podemos guardarle secretos. Es mi mejor amiga hetero. Existe un código.

Oliver se agachó y dio un par de retoques a las flores, que dejaron de ser andrajosas y acusadoras para convertirse en adornos radiantes y hermosos.

—Pero, ¿de cara a los demás estamos saliendo de verdad?

—Por supuesto. Bueno, hay un tío de mi trabajo que está más o menos al caso.

—¿Un tío del trabajo por el cual estamos organizando toda esta farsa, precisamente?

—Bueno, fue idea suya, así que era inevitable. Además —dije. Estuve a punto de ponerme desenfadado otra vez, pero me lo pensé mejor—, tiene el cerebro de una frambuesa. Seguramente ya se le habrá olvidado.

Oliver suspiró.

—Perfecto. Entonces, salvo para Bridget y ese caballero con el que trabajas, ¿estamos saliendo de verdad?

—Obviamente no puedo mentirle a mi madre.

Otro suspiro.

—Entonces, salvo para Bridget, para un caballero con el que trabajas y para tu madre, ¿estamos saliendo de verdad?

—Bueno, puede que mis otros amigos no se lo traguen, porque les he dicho a todos que te odio. Y después de que mi vida amorosa haya sido un desbarajuste total durante años, ya es casualidad que haya acabado en una relación estable justo cuando la necesitaba para que no me echen del trabajo.

—¿Y —preguntó Oliver, cuyas cejas se volvieron malvadas y puntiagudas— hay más posibilidades de que crean que hemos urdido una elaborada relación ficticia que de que hayas cambiado de opinión sobre mí?

—No tiene por qué ser elaborada. Eres tú quien la está haciendo elaborada.

—Mientras tú no piensas en ella en absoluto.

—Sí, así funciono yo.

Cruzó los brazos de manera poco halagüeña.

—Por si lo habías olvidado, en esta relación falsa estamos metidos los dos y si no ponemos empeño, no será una relación falsa muy exitosa.

—Joder, Oliver. —Las flores volvieron a pagar mi frustración—. Ya puestos, podríamos salir de verdad.

En ese momento me hizo salir de la cocina y empezó a reconstruir otra vez el centro de mesa de un modo que, sinceramente, me pareció pasivo-agresivo.

—Tal como hemos acordado, es un desenlace que no queremos ninguno de los dos.

—Tienes razón. Sería horrible.

Si no fuera por las torrijas. Y su adorable jersey de domingo por la tarde. Y los raros momentos en que se olvidaba de que soy un capullo.

—Pero, ahora que hemos llegado a un acuerdo, tendríamos que hacerlo como es debido. —Metió un tulipán en el jarrón con demasiada fuerza y partió el tallo—. Y eso significa no contarle a todo el mundo que esto es una farsa patética inventada por dos hombres solitarios. Y también tenemos que acostumbrarnos a pasar ratos juntos como si realmente nos lleváramos bien.

Empezaba a temer por el resto de las flores, así que me acerqué de nuevo a la mesa y se las arrebaté de entre los dedos.

—Siento haberme ido un poco de la lengua. No volverá a ocurrir.

Se quedó callado un momento, así que empecé a meter cosas en el jarrón. No tenían buen aspecto, pero al menos no rompí nada.

—Y —añadí a regañadientes— podemos organizar la logística y todo lo que creas que necesitamos. Tú dime cuándo quieres… logistear conmigo y allí estaré.

—Estoy seguro de que podremos negociar las cosas a medida que surjan. Y la invitación a quedarte sigue en pie. Si te apetece. Si no tienes otros compromisos.

¿Compromisos? Ay, Oliver.

—Tenía que asistir a un baile en 1953, pero seguro que me lo puedo saltar.

—Debo advertirte —dijo, mirándome fríamente y al parecer poco impresionado con mi deslumbrante ingenio— que estaré bastante ocupado con mi trabajo.

—¿Puedo ayudarte?

Lo cierto es que en general no soy muy aficionado a ayudar, pero me pareció educado ofrecerme y cualquier cosa era mejor que volver a mi piso vacío y casi inhabitable a pensar en que el padre al que odiaba/por el que sentía indiferencia podía morir en breve.

—En absoluto. Es confidencial, no tienes formación en derecho y he visto el follón que has armado fregando platos.

115

—Correcto. Entonces... ¿me quedo sentado? Por aquello de aprender a soportarnos el uno al otro, digo.

—Yo no lo expresaría así. —Pareció rendirse con las flores—. Y, por favor, ponte cómodo. Puedes leer, o ver la televisión o... Lo siento, esa ha sido una invitación terrible.

Me encogí de hombros.

—Seguramente es lo que haría de todos modos. La única diferencia es que esta casa es más bonita y llevo más ropa puesta.

—Dejarte la ropa puesta probablemente sea lo mejor.

—No te preocupes, conozco el procedimiento: ni besos, ni fotopollas, ni desnudos.

—Sí, bueno. —Movió las manos con aire ausente—. Creo que cualquiera de esas cosas complicaría innecesariamente la situación de falsos novios.

—Y yo nunca soy innecesario o complicado.

Hubo una pausa incómoda.

—Entonces, ¿te quedas? —preguntó finalmente.

Y, sabe Dios por qué, asentí.

Nos instalamos en el comedor, yo repantigado en el sofá y Oliver sentado en el suelo con las piernas cruzadas, rodeado de documentos y con el portátil apoyado en la rodilla. Aquello no era exactamente incómodo, pero tampoco era exactamente no incómodo. Aún no sabíamos hablar sin discutir, así que disfrutar de un silencio incómodo era el siguiente nivel. O quizás era cosa mía. Oliver se había zambullido en el mundo de la ley, con la cabeza gacha y los dedos deslizándose sobre el teclado, y, por lo visto, ya se había olvidado de mi existencia.

Cogí el mando de la tele, la encendí, instalé tímidamente ITV Catchup y busqué entre las emisiones recientes hasta encontrar *El paquete*. Había dos episodios. Genial.

Pulsé el *play*.

Y al momento me deleitaron con un montaje de treinta segundos sobre lo maravilloso que era mi padre: imágenes de actuaciones suyas intercaladas con declaraciones que, según pude deducir, eran de músicos famosos, pero, o bien eran demasiado mayores, o bien demasiado jóvenes para que yo acertara a identificarlos. Todos decían cosas como «Jon Fleming es una leyenda en este negocio», «Jon Fleming es un veterano del rock: progresivo, folk, clásico... Sabe hacer de todo» y «Jon Fleming es mi ídolo desde hace treinta años». Estuve a punto de apagar la televisión, pero empezó otro montaje y me di cuenta de que básicamente decían lo mismo sobre Simon, de Blue.

Cuando acabaron de promocionar descaradamente a los jueces, pasaron al estudio, donde los cuatro interpretaron una versión francamente extraña de *Always*, de Erasure, ante un público en directo que reaccionó como si fuera un cruce entre Live Aid y el Sermón de la Montaña. Mi primera impresión no cualificada fue que a la canción le habría ido bien un espurio solo de flauta, pero desde luego no necesitaba un interludio rap de Professor Green.

Después empezó el programa propiamente dicho y, como era el primer episodio, incluyeron una acelerada explicación sobre el formato, del cual entendí la mitad. El presentador, que estoy bastante convencido de que no era Holly Willoughby pero podría serlo, no pilló nada. Mencionaron algo de puntos y pujas, dijeron que los jueces tendrían un comodín con el que podrían robar gente y, a veces, los concursantes podrían elegir juez, pero la mayoría del tiempo no. Y, por último, apareció alguien y berreó una versión agresivamente emocional de *Hallelujah* antes de que lo echara una integrante de Pussycat Dolls.

Se pasaron una hora, pausas publicitarias aparte, alternando variantes de las seis personas que siempre participan en esos programas: el engreído al que no quiere nadie y que no es ni mucho menos tan bueno como se cree; el olvidable que sale elegido pero acabará eliminado en el primer duelo cara a cara; el que tiene un pasado trágico; el rarito que llegará a cuartos de final pero acabará haciéndolo mejor que el ganador, al que supuestamente debes subestimar pero no lo harás ni de broma porque existe Susan Boyle; y el tío atractivo y con talento al que odiará todo el público por ser demasiado guapo y tener demasiado talento. Entre actuación y actuación y los vídeos edulcorados en los que aparecían las madres y ciudades natales de los participantes, los jueces soltaban la típica retahíla sobre gente a la que no conocían y con la que no tenían nada en común, salvo haber llegado a un momento de su carrera en el que ser jueces de un *reality show* era la mejor opción.

Con esto quiero decir que era potable aunque de un modo irritante y que e incluso Oliver miraba de vez en cuando y hacía algún comentario. Al parecer, no le había llegado la notificación de que la única manera socialmente aceptable de ver un *reality* era de forma irónica, porque no paraba de decir cosas como: «Me preocupaba mucho la chica tímida de las gafas subvencionadas y la ortodoncia, pero me conmovió mucho cuando cantó *Fields of Gold*». Me habría gustado tener un arándano para lanzárselo.

Llegamos a un fragmento en el que Jon Fleming apostaba fuerte por una chica que tocaba la armónica (rarita: llegará a cuartos de final), pero Simon, de Blue, pronto echó mano del comodín y se la robó. Fue, con diferencia, el mejor momento del programa. Mi padre intentó no darle importancia, pero se notaba que estaba cabreado. Lo cual significaba que, durante unos treinta segundos, me convertí en un superfán de Simon, de Blue, aunque no sería capaz de nombrar una sola canción suya.

No sé muy bien por qué —quizá fue masoquismo, o síndrome de Estocolmo o porque en el fondo me sentía a gusto—, pero también vi el segundo episodio. Era casi idéntico al primero: los jueces aún no sabían cómo hablar entre ellos, el presentador aún no parecía entender las reglas y los participantes aún contaban historias almibaradas sobre sus abuelas y su trabajo diario en Tesco. Empezamos con una madre de tres hijos que lo dio todo en una versión de dos minutos de *At Last* por la que no votó nadie. Luego insistieron en que deberían haberla votado, pero acabaron olvidándose de ella al momento. Después apareció un chico de diecisiete años que observaba tímidamente por detrás del flequillo más lacio del mundo. Llevaba las uñas pintadas de negro y, agarrando con fuerza el micrófono, interpretó una versión extrañamente frágil y conmovedora de *Running Up That Hill*.

—Ah —comentó Oliver, apartando la vista del portátil—, ha estado bastante bien.

Al parecer, los jueces opinaban lo mismo, de modo que Ashley Roberts y Professor Green se enzarzaron en una guerra de pujas un tanto frenética en la que el primero acabó retirándose. Luego, Jon Fleming, con un sentido de la teatralidad perfeccionado a lo largo de una carrera que, como no cesaba de repetir la introducción del programa, abarcaba cinco décadas, se levantó de la silla para utilizar su comodín. El chico, llamado Leo, era libre de elegir entre el profesor y mi padre.

Obviamente, el programa hizo una pausa publicitaria y después de un anuncio de seguros de coches, volvió mientras aún sonaba una música tensa y Jon Fleming estaba a punto de soltar un discurso para que lo eligiera a él.

Había vuelto a su asiento y tenía el codo apoyado en el reposabrazos, la mejilla apoyada en los dedos y sus ojos verdiazulados clavados en Leo de Billericay.

—¿Qué pensabas mientras cantabas la canción? —preguntó con ese acento de ninguna región en particular que siempre lo hacía parecer un hombre cosmopolita y sincero.

Leo se ruborizó detrás del flequillo y murmuró algo que el micrófono fue incapaz de captar.

—Tómate tu tiempo, hijo —añadió Jon Fleming.

La cámara enfocó a los otros jueces, que lucían su mejor cara de «este es un momento importante».

—Mi padre… —acertó a decir Leo— murió el año pasado y siempre discrepábamos en muchas cosas. Pero la música era algo que nos unía.

Hubo una pausa televisiva perfecta y Jon Fleming se inclinó hacia delante.

—Ha sido una bonita actuación. Se nota que la canción significa mucho para ti y le has puesto toda el alma. Estoy seguro de que tu padre habría estado orgulloso de ti.

Pero.

Qué.

Cojones.

Vale, me dio mucha lástima Leo de Billericay, porque se lo veía afligido, y una relación conflictiva con un padre ausente era una mierda, pero eso no cambiaba el hecho de que mi padre ausente estaba manteniendo una experiencia redentora con un capullo de Essex en la televisión nacional mientras yo lo veía desde el sofá en casa de mi novio falso.

Oliver me miró.

—¿Estás bien?

—Síclaroporquénoibaaestarlo.

—Por ninguna razón. Pero, si hipotéticamente dejaras de estar bien y te apeteciera hablar de algo, aquí estoy.

En la pantalla, Leo de Billericay estaba mordiéndose el labio para no llorar, lo cual lo hacía parecer valiente, noble y adorado por los telespectadores, y Jon Fleming estaba explicándole lo mucho que lo quería para su equipo.

—Esto no lo sabe mucha gente —dijo—, pero no llegué a conocer a mi padre. Murió en el Frente occidental antes de que yo naciera y siempre he lamentado no tener esa conexión en mi vida.

No, no lo sabía mucha gente. Yo no lo sabía. Básicamente, Leo de Billericay y, de hecho, Simon de Blue y los millones de personas que estuvieran viendo el programa en directo estaban más cerca de mi padre que yo. Cada vez era más difícil no alegrarse de que el cabrón tuviera cáncer.

Por supuesto, Leo de Billericay eligió a Jon Fleming como mentor. Estuve a punto de tirar la toalla y quitar el programa, pero habría sido como dejar que ganara mi padre. No sabía qué se sentía al dejarlo ganar, pero sabía que quería impedir que ganara. Así que, en lugar de eso, me quedé mirando inexpresivamente la pantalla mientras desfilaba el carrusel de aspirantes.

Estaba bastante convencido de que empezaría a dolerme la cabeza. Entre Oliver, Jon Fleming, Leo de Billericay y mi trabajo, que pendía de un hilo, tenía demasiadas cosas en que pensar. Y, cuanto más intentaba gestionarlas, más resbalaban cual arcilla en manos de un alfarero inexperto, así que cerré los ojos y me dije a mí mismo que todo tendría más sentido cuando los abriera.

CAPÍTULO 14

—¿Lucien?

Al abrir los ojos vi a Oliver pegado a mi cara.

—¿Pero qué...?

—Creo que te has quedado dormido.

—No es cierto.

Me incorporé de un salto y estuve a punto de darle un cabezazo a Oliver. No permitiría que creyera que soy de esas personas que se pasan las noches durmiendo delante del televisor.

—¿Qué hora es?

—Las diez y poco.

—¿En serio? Mierda. Tendrías que haberme despertado antes. Bueno, despertado no. Habérmelo recordado.

—Lo siento. —Un poco indeciso, me apartó un mechón de pelo que se me había pegado a la frente—. Pero has tenido un día largo. No quería molestarte.

Al mirar la habitación, vi que Oliver había acabado su trabajo, probablemente hacía rato, y lo había ordenado todo. Joder.

—No me puedo creer que me haya presentado en tu casa sin avisar, insistiendo en que siguieras fingiendo que sales conmigo, que haya lloriqueado por el cáncer de mi padre, que te haya hecho ver un *reality show* y que luego me haya quedado dormido.

—También me has tirado un arándano.

—Deberías romper conmigo.

—Ya lo intenté y no funcionó.

—En serio, si quieres dejarlo, esta vez seré razonable.

Oliver me miró fijamente un buen rato.

—No quiero dejarlo.

En mi interior borboteó una sensación de alivio que recordaba a una indigestión.

—¿Pero tú qué problema tienes?

—Yo pensaba que ya lo habíamos dejado bastante claro. Soy estirado, pomposo, aburrido y desesperado. Nadie más me querrá.

—Pero haces unas torrijas increíbles.

—Sí. —Su expresión era de una tristeza cautivadora—. Empiezo a pensar que esa es la única razón por la que mis relaciones duraron lo que duraron.

Por algún motivo, de golpe fui plenamente consciente de que no me estaba permitido darle un beso.

—Todavía estás a tiempo de coger el último metro —añadió—. O puedo pedir un taxi si quieres.

—No pasa nada. Siempre puedo coger un Uber.

—Preferiría que no lo hicieras. Su modelo de negocio es muy poco ético.

Puse los ojos en blanco.

—Creo que acabamos de descubrir por qué nadie quiere salir contigo.

—¿Porque no utilizo Uber? Parece algo bastante específico.

—Porque tienes opiniones para todo.

—Como la mayoría de la gente, ¿no?

Al menos ya no estaba pensando en darle un beso.

—No me refiero a opiniones del tipo «me gusta el queso» o

«John Lennon está sobrevalorado». Me refiero a opiniones del tipo «no deberías utilizar Uber por los trabajadores» y «no deberías comer carne por el medio ambiente». Ya sabes, opiniones que hacen sentir mal a la gente.

Oliver me miró extrañado.

—No pretendo que nadie se sienta mal o que tome las mismas decisiones que yo.

—Oliver, acabas de decirme que no coja un Uber.

—No, yo he dicho que preferiría que no lo hicieras. Puedes coger un Uber si quieres.

—Sí —dije. Por alguna razón, volvíamos a estar muy cerca, lo cual me permitió notar su calor y fijarme en las formas que adoptaba su boca cuando discutía conmigo—, pero me despreciarás si lo hago.

—No es verdad. Aceptaré que no tienes las mismas prioridades que yo.

—Pero tus prioridades son las correctas.

Frunció el ceño.

—Me parece que no lo entiendo. Si estás de acuerdo conmigo, ¿dónde está el problema?

—Vale. —Respiré hondo para tranquilizarme—. Deja que intente explicártelo. La mayoría de la gente que no es tú entiende que el capitalismo es explotación, que el cambio climático es un problema y que las decisiones que tomamos pueden favorecer cosas que son malas o injustas, pero sobrevivimos gracias a la precaria estrategia de no pensar en ello. Y como nos entristece que nos lo recuerden y no nos gusta estar tristes, nos enfadamos.

—Ah. —Parecía alicaído—. Imagino que es poco atractivo.

—Pero también es admirable —reconocí a regañadientes—. De una manera realmente irritante.

—No quiero quedarme solo con lo que interesa, pero, ¿acabas de llamarme admirable?

—Serán imaginaciones tuyas. Y lo más irónico es que ahora tendré que coger un Uber porque no llego al metro y no tengo dinero para un taxi.

Se aclaró la garganta.

—Puedes dormir aquí.

—Joder, veo que te tomas en serio lo de no apoyar el modelo de negocio de Uber.

—No, simplemente he pensado que podría… Es por… —dijo, mientras se encogía de hombros con timidez—. Por una cuestión de verosimilitud.

—¿Y quién va a saber dónde duermo? ¿Crees que nos vigila el FBI?

—Diría que la vigilancia fuera de Estados Unidos suele llevarla a cabo la CIA, pero yo más bien estaba pensando en los *paparazzi*.

Tenía razón. A lo largo de los años, me habían cazado saliendo de casa de varias personas varias mañanas.

—Y no sería molestia —apostilló con torpeza—. Tengo un cepillo de dientes de sobra y puedo dormir en el sofá.

—No puedo hacerte dormir en el sofá en tu propia casa.

Hubo un largo silencio.

—Y yo no puedo hacerte dormir en el sofá siendo un invitado.

—Bueno —respondí—, si ninguno de los dos puede dormir en el sofá, o me voy a casa o…

Oliver se toqueteó una manga del jersey.

—Creo que somos lo bastante maduros para compartir cama sin que haya incidentes.

—Mira, ya sé que lo que pasó delante del restaurante fue un poco excesivo, pero normalmente espero una invitación antes

de tirarme encima de alguien. Soy una zona libre de incidentes, te lo prometo.

—Pues se está haciendo tarde. Creo que deberíamos subir.

Y, como si tal cosa, había aceptado pasar la noche con Oliver. Bueno, con Oliver no. Más bien cerca de Oliver.

Aunque, en aquel momento, por más que intentara convencerme a mí mismo de lo contrario, no parecía haber mucha diferencia.

No debería haberme sorprendido que Oliver tuviera pijama.
De tartán azul oscuro. Además, se hacía la cama como un adulto en lugar de lanzar un nórdico hacia una funda, más o menos cerca de un colchón.

—¿Qué miras? —preguntó.

—Yo creía que la gente había dejado de comprar pijamas
en 1957. Pareces el oso Rupert.

—No recuerdo que el oso Rupert llevara nada ni remotamente parecido a esto.

—Ya, pero si lo hubiera tenido a mano, lo habría hecho.

—Eso me parece especioso.

Adopté la que supuse que era una postura de abogado.

—Señoría, el honorable abogado de la acusación está siendo especioso.

Oliver parecía estar meditando aquello más de lo debido.

—Creo que a menos que tengas experiencia contrastada en
ese campo, tus especulaciones sobre lo que habría llevado
puesto el oso Rupert si hubiera tenido la oportunidad no serían admisibles en un tribunal.

—Señoría, el honorable caballero está siendo malo conmigo.

Frunció los labios con irritación.

—Eres tú quien ha dicho que me parezco al oso Rupert.

—Eso no es ser malo. El oso Rupert es cuco.

—Teniendo en cuenta que también es un oso de dibujos animados, no sé si puedo tomármelo como un cumplido. Y resulta que tengo un pijama de sobra si lo quieres.

—¿Qué? No. No soy un niño de una película de Disney.

—Entonces, ¿dormirás vestido o totalmente desnudo?

—No... no lo he pensado. —Flaqueé mentalmente por un instante—. ¿Tienes una camiseta o algo así?

Rebuscó en un cajón y me tiró una sencilla camiseta gris que sin duda había planchado. Absteniéndome, no sin dificultades, de hacer más comentarios, fui al cuarto de baño a cambiarme. Normalmente me fijo más en la ropa interior que me pongo cuando sé que un tío va a verla por primera vez, sobre todo porque podría acabar en los periódicos. Una de las pocas ventajas de mi fase autodestructiva y promiscua es una colección bastante amplia de calzoncillos sensuales. Bueno, sensuales en el sentido de que me hacen la polla grande y el culo respingón, no en el sentido de que estén destapados por delante o sean comestibles. Por supuesto, hoy, convencido de que pasarían totalmente desapercibidos, llevaba los calzoncillos más cómodos que tenía.

Eran de un tono azul un poco desteñido y tenían pequeños erizos estampados en color blanco. La camiseta de Oliver, que olía a suavizante y a virtud, era lo bastante larga para tapar casi todo el estampado, pero suerte que no quería enrollarme con él, porque la señora Tiggy-Winkle —el erizo; no llamo así a mi pene— habría acabado con mis posibilidades.

Cuando salí, Oliver ya estaba en la cama, apoyado en el cabecero y con la nariz hundida en un ejemplar de *Mil soles espléndidos*. Crucé el umbral y me metí debajo del edredón, en posición erguida e intentando acercarme lo suficiente para que no resultara extraño pero no lo suficiente para que resultara extraño.

—Me siento como Morecambe y Wise —dije. Oliver pasó una página—. Eres consciente de que llevas mal puesto el pijama, ¿verdad?

—¿Ah, sí? —respondió, sin apartar la vista del libro.

—Sí. Supuestamente solo deberías llevar el pantalón de manera que se vieran tus abdominales perfectos.

—A lo mejor la próxima vez.

Me pensé un poco la respuesta.

—¿Me estás diciendo que tienes unos abdominales perfectos?

—No creo que sea asunto tuyo.

—¿Y si me lo pregunta alguien? Debería saberlo por una cuestión de verosimilitud.

Levantó un poco las comisuras de los labios.

—Puedes decir que soy un caballero y no hemos llegado tan lejos.

—Eres un pésimo novio falso —respondí con un suspiro entrecortado.

—Estoy creando falsas expectativas.

—Espero que merezca la falsa pena.

—La merece.

No me esperaba eso y no supe qué contestar, así que intenté no pensar mucho en el concepto que podía tener Oliver de «merecer la pena».

—¿Está bien el libro? —pregunté por hacer algo.

—Relativamente. —Oliver me lanzó una mirada fugaz—. Estás muy hablador.

—Y tú estás muy… poco hablador.

—Es tarde. Voy a leer un rato y luego a dormir.

—Insisto. Empiezo a entender por qué la gente se aleja de ti.

—Por el amor de Dios, Lucien —me espetó—. Hemos pactado que nos seríamos útiles el uno al otro. Mañana tengo que trabajar y tú estás en mi cama con unos calzoncillos de erizos bastante reveladores. Intento mantener cierta sensación de normalidad.

—Si te molesta tanto, puedo coger mis calzoncillos reveladores e irme.

Dejó el libro encima de la mesita y empezó a masajearse las sienes, cosa que hacía demasiado a menudo.

—Lo siento. No quiero que te vayas. ¿Intentamos dormir?

—Vale.

Apagó la luz con brusquedad e intenté acomodarme sin invadir su espacio personal ni su sentido del decoro. Su cama era más dura que la mía, pero mucho mejor, y probablemente mucho más limpia. Incluso percibía el aroma de Oliver en las sábanas —fresco y cálido, como si el pan fuera una persona— y notaba su forma a mi lado, reconfortante y molesta al mismo tiempo. Era insufrible.

Pasaron unos minutos, o unas horas. Decidido a ser un buen compañero de sueño, me asaltaron mil picores, molestias y un miedo terrible a que se me escapara un pedo. La respiración de Oliver era muy acompasada y empecé a prestar atención a la mía, que cada vez se parecía más a la de Darth Vader. Entonces, mi cerebro empezó a pensar sin darme tregua.

—Oliver —dije—, mi padre tiene cáncer.

Creía que me pediría que me callara y durmiese, o que me echaría de allí, pero se dio la vuelta.

—Imagino que tardarás un poco en acostumbrarte.

—No quiero acostumbrarme. No quiero conocerlo. Y, si

tengo que conocerlo, es muy injusto que tenga que conocerlo como un tío con cáncer. —Me sorbí la nariz en la oscuridad—. Decidió no ejercer de padre. ¿Por qué espera que yo ejerza de hijo cuando las cosas se tuercen?

—Seguramente esté asustado.

—Él nunca estuvo allí cuando yo estaba asustado.

—Fue un mal padre, de eso no cabe duda, y puedes castigarlo por ello si quieres, pero, sinceramente, ¿crees que eso ayudará?

—¿Ayudar a quién?

—A cualquiera, pero estoy pensando sobre todo en ti. —Bajo la negación admisible de la ropa de cama, me rozó los dedos con las yemas de los suyos—. Debió de ser duro que te abandonara, pero no sé si la vida será mucho más fácil cuando tú lo abandones a él.

Permanecí callado un buen rato.

—¿De verdad crees que debería verlo?

—Eso es decisión tuya y te apoyaré hagas lo que hagas, pero sí, creo que deberías.

Emití un ruido quejumbroso.

—Al fin y al cabo —añadió—, si sale mal, puedes irte cuando quieras.

—Pero es que... será duro y desagradable.

—Muchas cosas lo son. Aun así, muchas otras valen la pena.

Un indicio de lo jodido que estaba era que no intenté hacer bromas con «duro», «desagradable» o «valer la pena».

—Si voy, ¿me acompañarás? —pregunté.

—Pues claro.

—Ya sabes, por...

—Verosimilitud —zanjó él.

No apartó la mano y yo no le pedí que lo hiciera.

CAPÍTULO 15

—**A** ver, Alex —dije—. ¿Cómo meterías cuatro elefantes en un Mini?

Se lo pensó más tiempo del que debería haber sido necesario.

—Hombre, los elefantes son muy grandes, así que normalmente no te plantearías meter uno en un Mini. Pero si fueran muy pequeños… Por ejemplo, si fueran crías de elefante, supongo que podrías meter dos delante y dos detrás.

—Esto… S-sí. Correcto.

—Bien. ¿Ya hemos llegado al chiste?

—Casi. ¿Y cómo meterías cuatro jirafas en un Mini?

—Pues las jirafas también son muy grandes, pero parece que estamos ignorándolo para el propósito de este ejercicio. Yo diría que dos en… Ah, no, espera. Claro, primero tendrías que sacar a los elefantes, suponiendo que fuera el mismo Mini.

Mi universo estaba implosionando.

—Correcto también. De acuerdo, última pregunta.

—Es espléndido. Tiene mucho más sentido que los chistes que me cuentas normalmente.

—Me alegra oír eso. En fin, cambiemos de tercio. ¿Qué se ve desde la torre más alta de Toronto?

Otra pausa.

—Buf, pues no tengo ni idea. Tendrías que preguntarle a Rhys, que suele viajar allí.

Estaba a punto de decir algo tipo «esto ha sido divertido», con lo cual evidentemente me refería a «no sé qué acaba de ocurrir», cuando Alex hizo bocina con una mano y gritó:

—Rhys, ¿puedes venir un momento?

Rhys Jones Bowen asomó la cabeza por la puerta del cuartucho al que denominábamos «oficina de difusión».

—¿Qué puedo hacer por vosotros, chicos?

—Luc quiere saber qué se ve desde la torre más alta de Toronto —le explicó Alex.

—Pues ahora no caigo en cuál es la torre más alta de Toronto. —Rhys Jones Bowen tenía una mirada perpleja más marcada de lo habitual—. Supongo que el lago Ontario, si miras hacia el sur. Si miras hacia el norte, probablemente el Simcoe.

—¿Gracias? —dije.

—¿Vas a ir a Canadá, Luc?

—Ejem, no. Intentaba contarle un chiste a Alex.

Rhys Jones Bowen puso mala cara.

—No sé que tiene de gracioso querer ir a Canadá. Te conozco desde hace mucho, joven Luc, y en todos estos años nunca te he considerado racista.

—Era un juego de palabras. Le estaba contando unos chistes sobre intentar meter unos animales incongruentemente grandes en un coche pequeño y luego me he acordado de este otro de qué se ve desde la torre más alta de Toronto.

—Pero eso ya te lo ha explicado —protestó Alex—. Se ve el lago Ontario.

—A menos que mires hacia el norte —añadió Rhys Jones Bowen—. En ese caso, verías el lago Simcoe.

132

Alcé las manos en un gesto de rendición.

—De acuerdo, ya tengo la información. Muchas gracias a los dos. Rhys, no era mi intención hablar mal de esa tierra.

—No pasa nada, Luc. Lo entiendo. —Asintió para tranquilizarme—. Y, si quieres visitar el reino de Dios, tengo un amigo que regenta un lugar precioso a las afueras y te hará precio de amigo. Trescientos dólares a la semana.

Alex soltó un pequeño jadeo.

—¿Por qué no llevas a tu novio nuevo?

—La idea de buscarme un novio nuevo, que deberías recordar porque se te ocurrió a ti, es dejarme ver en público con alguien apropiado. No sé si un *paparazzi* con vista de águila deambularía por las afueras de Toronto por si estoy allí de fin de semana.

—Bueno, podríamos hacer lo que hacen en Westminster.

—¿Falsear mi declaración de gastos? —aventuré—. ¿Enviar fotos de mi pene a los periodistas fingiendo que son chicas adolescentes?

—Luc, estoy seguro de que esas situaciones fueron sacadas de contexto por los grandes medios.

—Entonces, ¿de qué estamos hablando?

—Deberíamos filtrarlo a la prensa. La próxima vez que cenes con el director financiero de un medio de comunicación internacional, deja caer que tienes pensado irte de viaje a Canadá.

Contuve un suspiro.

—¿En serio tenemos que volver a hablar del tipo de gente con el que cena el ser humano medio?

—Bueno, caballeros —dijo Rhys Jones Bowen, deduciendo acertadamente que no tenía mucho más que aportar a la conversación—. Creo que ya he hecho bastante aquí por hoy. Si me necesitáis, estaré actualizando nuestra página de Myspace.

Y, dicho eso, se fue, lo cual me brindó una pequeña posibilidad de llevar las cosas en una dirección menos absurda.

—Alex, el problema es que no sé si el plan está funcionando. Y, ahora que lo he dicho en voz alta, no sé por qué pensaba que funcionaría.

Desconcertado, Alex parpadeó lentamente.

—¿En qué sentido no está funcionando?

—Bueno, he conseguido que la prensa no me despelleje durante una semana, pero he contactado con algunos de los donantes que perdimos y ninguno muerde el anzuelo, así que, o no se han dado cuenta de que ahora soy respetable o les da igual.

—Seguro que no les da igual, colega. Les importa tanto que te despidieron como si fueras un criado con las manos muy largas. Solo tienes que llamar su atención.

—La única atención que sé llamar es la negativa. —Parecía que Alex fuera a decir algo—. Y si dices «fácil, llama a la duquesa de Kensington», te meto este boli por la nariz.

—No seas tonto. Yo nunca diría eso. En Kensington no hay duquesa.

—Ya sabes a qué me refiero. —Probablemente no lo sabía—. Tú puedes contactar con gente importante de la alta sociedad y acabar en *¡Hola!* o *Tatler* o *Horse & Hound* o algo así. Yo acabaría en el *Daily Mail* chupándosela a alguien en una salida de incendios.

—La verdad es que yo iba a proponerte que vinierais conmigo al club. Miffy siempre tiene a un montón de personas persiguiéndola con sus cámaras. Creo que la mayoría son periodistas —añadió, arrugando la nariz—, aunque hubo esa historia rara del secuestro el pasado febrero.

—Lo siento. ¿Secuestraron a tu novia?

—Fue una tontería. Creían que su padre era el duque de Argyll cuando en realidad es el conde de Coombecamden. Cómo nos reímos.

Decidí pasarlo por alto.

—¿Me estás diciendo que si voy por ahí contigo, las dos posibilidades son que aparezca mi foto en revistas de más calidad o que me secuestren delincuentes internacionales?

—También saldrías en los periódicos, así que creo que es lo que los chavales de hoy en día llaman *win-win*.

Por un tema de cordura, llegué a la conclusión de que no era momento de explicarle a Alex qué era jerga y, más concretamente, qué no lo era.

—Le preguntaré a Oliver si está libre —dije. Luego me retiré a mi oficina, pasando antes por la cafetera.

Desde el domingo, Oliver y yo habíamos estado mensajeándonos falsamente, lo cual era cada vez menos distinguible de los mensajes reales. El teléfono nunca andaba lejos de mi mano y mi concepto del tiempo se había distorsionado al tratar de comprender los horarios de Oliver. Siempre me enviaba algo a primera hora de la mañana, por lo general una disculpa por la ausencia continuada de fotopollas. Luego se producía un silencio hasta la hora del almuerzo, porque tenía asuntos legales importantes que atender, y a veces también trabajaba a la hora de comer y no recibía noticias suyas. Por la noche, me hablaba antes y después del gimnasio, e ignoraba diligentemente mi petición de actualizaciones sobre sus abdominales. Cuando se acostaba, lo bombardeaba con todas las preguntas molestas sobre su lectura que se me ocurrían, en general basadas en el resumen argumental de Wikipedia que acababa de buscar. Todo este rollo que he soltado era para decir que me sorprendió que me llamara a las once y media.

—¿Has llamado sin querer o se ha muerto alguien? —pregunté.

—Ninguna de las dos cosas. He tenido una mala mañana y he pensado que sería sospechoso que no llamara a la persona con la que supuestamente estoy saliendo.

—O sea, ¿has pensado que se darían cuenta de que no me has llamado pero no de que has dicho en voz alta «con la que supuestamente estoy saliendo»?

—Exacto. —Hubo un momento de silencio—. A lo mejor solo quería hablar con alguien.

—¿Y me has elegido a mí?

—Se me ocurrió que darte la oportunidad de reírte de mí quizá me haría sentir mejor.

—Mira que eres raro, Oliver Blackwood. Pero si quieres que se rían de ti, no te decepcionaré. ¿Qué ha pasado?

—A veces, la gente no se hace ningún favor a sí misma.

—Como no haya algo más, acabaré decepcionándote.

Parecía estar haciendo inspiraciones para tranquilizarse.

—Como sabrás, los acusados a veces cambian su versión de los hechos, lo cual acostumbra a salir a relucir en el tribunal. Hoy, a mi cliente le han preguntado por qué, cuando lo interrogaron en relación con un robo reciente, dijo que estaba con un socio, al que en esta anécdota llamaré Barry.

Algo en la manera en que Oliver estaba relatando aquello, en plan «me preocupa mucho el derecho a un juicio justo incluso tratándose de delincuentes de poca monta», me hizo reír antes de lo que debía.

—¿De qué te ríes?

—De ti. Pensaba que era lo acordado.

—Pero todavía no he dicho nada gracioso —protestó.

—Eso es lo que tú te crees. Continúa.

—Me estás incomodando.

—Lo siento. Simplemente me alegro de que me hayas llamado.

—Ah. —Hubo un largo silencio y luego se aclaró la garganta—. Total, que a mi cliente le han preguntado por qué dijo que estaba con Barry cuando ahora asegura que estaba solo y mi cliente ha respondido que estaba confuso, así que la acusación le ha preguntado por qué lo estaba. Mi cliente ha explicado que estaba confuso porque, y cito textualmente: «A Barry y a mí nos detienen juntos continuamente».

—¿Has gritado «protesto»?

—De eso ya hemos hablado. Y, aunque fuera normal en el sistema judicial británico, ¿qué pretendías que dijera? ¿«Protesto, mi cliente es idiota»?

—Vale. ¿Te has puesto a frotarte las sienes y parecías muy triste y decepcionado, como haces siempre?

—Creo que no lo he hecho pero tampoco te lo puedo asegurar.

—¿Y cómo ha acabado la cosa?

—He perdido, aunque me felicito por haber hecho todo lo posible en una situación complicada y haber descrito a mi cliente, y cito una vez más, como «un hombre tan honesto que desvela voluntariamente detenciones anteriores que no constan en las pruebas».

En ese momento me rendí y empecé a reírme a carcajadas.

—Qué voluntarioso eres.

—Me alegro de que al menos te parezca divertido. Eso significa que hoy le he hecho bien a alguien.

—Venga, va. No ha sido culpa tuya. Has defendido a ese tío lo mejor que has podido.

—Sí, pero si uno va a perder, es preferible que lo haga honorablemente y no ignominiosamente.

—Pensaba ser comprensivo hasta que has empezado a referirte a ti mismo como «uno».

Soltó una pequeña risotada.

—Uno lo lamenta.

—Más vale que sea así. Uno no es la puta reina.

—¿Vendrás a tomar algo conmigo después del trabajo? —dijo. No es que lo hubiera soltado sin pensar, pero lo parecía—. Me parece que tendrían que vernos juntos más a menudo. Por el proyecto, quiero decir.

—¿El proyecto? Esto no es un episodio de *Doctor Who*, pero si tanto quieres preservar la integridad de la Operación Cantaloupe, el tío más tonto de los condados de alrededor de Londres nos ha invitado a un club privado muy caro.

—¿Es algo que ocurre a menudo en tu trabajo?

—No mucho —reconocí—. Mi plan para conseguir un novio respetable no está cumpliendo su propósito porque ninguno de los donantes se ha dado cuenta. Y mi apreciado y pijo pero muy muy lerdo compañero de trabajo me ha propuesto que salgamos con él y su pareja para generar un poco de ajetreo en la alta sociedad. No tenemos por qué hacerlo, claro. Para ser sincero, probablemente sea mala idea.

—Deberíamos ir. —Empezaba a reconocer la voz decidida de Oliver—. El objetivo de este ejercicio es mejorar tu imagen pública. Si empezamos a rechazar oportunidades, estaría siendo negligente en mi cometido como falso novio.

—¿Estás seguro? Habrá mejores oportunidades para ganar puntos como novio de pega.

—Estoy seguro. Además, conocer a tus compañeros de trabajo es lo que haría un novio de verdad.

—Te arrepentirás, pero ya es demasiado tarde. Te mandaré la... ¿Romperás falsamente conmigo si digo «info»?

—Sin dudarlo.

Colgué minutos después y le di la noticia a Alex, quien, una vez que recordó que nos había invitado, pareció muy contento.

El siguiente punto de la lista de tareas a realizar en horario de trabajo —y no podía creerme que tan siquiera estuviera pensando ello— era contactar con mi padre. Llevaba posponiéndolo desde el domingo, pero Oliver era el típico cabrón considerado que seguramente me preguntaría cómo iba todo, así que no quería verme obligado a decirle que no había tenido valor.

Por supuesto, cuando me puse manos a la obra, me di cuenta de que no tenía manera de contactar con Jon Fleming y el problema de la gente famosa es que es bastante difícil de localizar. La estrategia más rápida y efectiva sin duda habría sido preguntarle a mamá, pero yo no andaba buscando rapidez y efectividad. Básicamente necesitaba una manera de intentar contactar con mi padre que me brindara el menor número de posibilidades de tener que contactar con mi padre.

Así pues, busqué el nombre de su mánager en la página web de Jon Fleming y el número de teléfono de su mánager en la página web de su mánager. El mánager en cuestión era un tipo llamado Reggie Mangold, quien al parecer había sido un pez gordo en los años ochenta, aunque ahora mismo Jon Fleming era, con diferencia, su cliente más importante. Marqué muy muy lentamente el número en el teléfono de mi despacho, pensando que saltaría el contestador automático.

—Mangold Talent —dijo una voz ronca con acento *cockney* que desde luego no era un contestador automático—. Mangold al habla.

—Esto... Hola. Necesito hablar con Jon Fleming.

—En ese caso, le pasaré directamente con él. Espere, por favor.

La ausencia de música de espera y el sarcasmo que desprendía su tono de voz me indicaron que no iba a pasarme directamente con él.

—Va en serio. Ha dicho que quería hablar conmigo.

—A menos que tengas unas tetas más bonitas de lo que denota tu voz, lo dudo mucho.

—Soy su hijo.

—Buen intento, colega, pero no cuela.

—Me llamo Luc O'Donnell. Mi madre es Odile O'Donnell. Jon Fleming es mi padre y quiere hablar conmigo.

Reggie Mangold soltó una carcajada de fumador.

—Si me dieran un penique por cada imbécil que ha intentado ese truco, tendría ocho libras con cuarenta y siete.

—Vale, pues no me crea. No pasa nada. Pero si puede decirle que he llamado, estaría genial.

—Lo haré, desde luego. Ahora mismo estoy anotando tu mensaje en mi libreta imaginaria. ¿O'Donnell va con dos eles o con tres?

—Con dos enes y dos eles. Y es por lo del cáncer.

Entonces colgué, lo cual me infundió una satisfacción que contrarrestó momentáneamente las náuseas. La palabra clave es «momentáneamente». La verdad es que no sabía si era peor tener que contactar con el desgraciado de mi padre o intentar contactar con él y descubrir que no había hecho el menor esfuerzo por dejar que lo hiciera. Y, sí, yo no le había puesto muchas ganas, pero cabría pensar que avisar a tu mánager de que a lo mejor recibe una llamada de tu hijo figuraría entre «mínimo» e «indispensable» en la escala Intentar Contactar Con Tu Familia A La Que No Ves Hace Siglos.

Cada vez era más consciente de que si papá estiraba la pata, las últimas y casi únicas palabras que yo le habría dirigido serían «muérete joder, literalmente». Me fastidiaba lo mal que me hacía sentir, porque, aunque muchas personas tienen todo el derecho del mundo a hacerme sentir mal por los muchos años que me he pasado decepcionándolos de forma sistemática, Jon Fleming era solo un gilipollas al que no conocía de nada.

Ese era el problema de… Iba a decir «el mundo», o «las relaciones» o «la humanidad en general», pero supongo que me refería a mí mismo. Porque, cuando dejaba entrar a alguien en mi vida, solo podían suceder dos cosas: o seguían tolerándome, aunque desde luego no vale la pena hacerlo, o se me meaban encima y se largaban, reapareciendo de vez en cuando para mearse un poco más.

En ese momento recordé que aún tenía trabajo, un trabajo que consistía en algo más que sentarme en mi despacho a hacer llamadas personales y regodearme en la autocompasión, así que leí los correos.

Apreciado señor O'Donnell:

He sido simpatizante de CACCA durante muchos años y siempre he creído que mis notables aportaciones eran destinadas a una causa valiosa. Tras ser testigo de su conducta personal y emprender investigaciones independientes sobre su historia, francamente sórdida, me veo obligado a pensar que esa creencia era infundada. Yo no doy dinero a organizaciones benéficas para que puedan costearle a alguien sus orgías homosexuales con drogas. Suspenderé todas las donaciones a su organización mientras siga asociada a usted o su estilo de vida.

Atentamente,

J. Clayborne,
Miembro de la Orden del Imperio Británico

Huelga decir que había puesto en copia a la doctora Fairclough, al resto de la oficina y probablemente a toda su agenda de contactos.

Ya estaba trazando un plan detallado para irme a casa, beber mucho y quedarme inconsciente debajo de al menos tres edredones cuando Alex asomó la cabeza en el umbral.

—¿Estás listo, amigo? Ha sido un poco complicado hacer una reserva con tan poca antelación, pero siempre hay alguien que te echa un cable cuando lo necesitas.

Ah, sí. Aquello. Joder.

CAPÍTULO 16

El club de Alex se llamaba Cadwallader's y era justamente lo que podría esperarse de un club llamado Cadwallader's. Escondido discretamente tras una puerta situada cerca de St. James's Street, consistía en roble, cuero y hombres que ocupaban la misma butaca desde 1922. Como no había encontrado la manera de escaquearme de un compromiso social que habían organizado por mí con muy poca antelación, había ido con Alex.

Le dejó una nota a alguien que me pareció un mayordomo muy sincero en la que indicaba que esperábamos invitados y me llevó por unas escaleras de proporciones hogwartsianas, hechas de caoba reluciente y cubiertas por alfombras de terciopelo azul. Después pasamos entre unas columnas de mármol y entramos en lo que, según una pequeña placa, era la Sala Bonar Law. Había poca gente, lo cual permitió a Alex adueñarse de un sofá bastante grande ubicado debajo de un retrato aún más grande de la reina.

Yo me acomodé en una butaca situada cerca del sofá. Estaba un poco incómodo, en parte porque la butaca era sorprendentemente dura, sobre todo si tenemos en cuenta que sin duda era más cara que mi portátil, en parte porque mi vida estaba convirtiéndose en una concatenación de rechazos y en parte por el entorno. Al parecer, habían decorado aquella sala dando por hecho que sus habitantes padecerían un aneurisma si se daban cuenta de que ya no teníamos un imperio. Nunca había visto tantas lámparas de araña juntas, incluyendo la vez que fui a la ópera por error.

—¿No te parece acogedor? —preguntó Alex con una sonrisa—. ¿Quieres tomar algo mientras esperamos a las damas? Bueno, a mi dama y a tu damo.

—No sé si «damo» es el término adecuado.

—Lo siento mucho. Todo esto es un poco nuevo para mí. Me parece magnífico que seas homosexual, pero nunca había traído a uno al club. A fin de cuentas, solo aceptan a señoras desde hace tres años. No pueden ser miembros, por supuesto. Y, bien mirado, debe de ser fantástico que tu dama sea un caballero. Podéis ir a los mismos clubes, compartir sastre y jugar en el mismo equipo de polo. No pretendía hacer una metáfora.

—¿Sabes qué? —dije—. Creo que tomaré algo.

Alex se asomó por encima del sofá e hizo un gesto pijo y misterioso a un mayordomo con un atuendo muy sobrio. Hubiera jurado que el tipo no estaba allí hacía diez segundos.

—Lo de siempre, James.

—¿Qué es lo de siempre?

Tenía suficiente experiencia con las chorradas de la alta sociedad como para saber que «lo de siempre» podía ser desde vino blanco dulce hasta un arenque vivo que había que comer con cuchara sopera.

Alex parecía más confuso de lo normal, que no era poco.

—No tengo la menor idea. No me acuerdo nunca, pero no me atrevo a decírselo a los empleados.

Minutos después nos trajeron dos vasos con forma de cardo

que contenían un líquido de color miel, probablemente de la familia del jerez.

Alex dio un trago, puso cara de asco y dejó la bebida encima de una mesita.

—Ah, sí, claro. Es espantoso.

Me entraron ganas de preguntarle cómo era posible que «lo de siempre» fuera una bebida que no le gustaba, pero me daba miedo oír su respuesta. En cualquier caso, me salvó la llegada de Oliver. Iba muy elegante y profesional con otro de sus trajes, en esta ocasión gris marengo, y no habría sido del todo desacertado afirmar que me alegré mucho de verlo. A lo mejor era porque me había pasado la última media hora a solas con Alex, o porque Oliver era la única persona en aquel lugar que no era miembro de la Cámara de los Lores, *tory* o *tory* en la Cámara de los Lores, o tal vez... Pero, ¿a quién pretendía engañar? Me alegró que viniera. Así podría contarle que había intentado hacer lo correcto con mi padre pero que su mánager no se había creído que era yo; que un gilipollas de la Orden del Imperio Británico me había enviado otro de esos correos no homófobos pero claramente homófobos que yo estaba harto de responder con educación y elegancia, y que era muy absurdo que estuviéramos debajo de un retrato monárquico del tamaño de Cornwall tomando un vino que ninguno de los dos podía identificar. Cuánto lo había echado de menos.

Fue entonces cuando me di cuenta de que, si bien Oliver y yo supuestamente éramos pareja, no habíamos estipulado normas para nuestras interacciones en público. A menos que contemos «no me beses» y «para de decirle a todo el mundo que esto es una farsa». Y supongo que, en mi cabeza, todo se reduciría a torrijas, mensajes tontos y Oliver cogiéndome de la mano en la oscuridad. Pero no ocurrió.

Me levanté torpemente y él se situó torpemente delante de mí.

—Hola, ejem… —Hizo una pausa demasiado larga—. ¿Cariño?

—Se llama Luc —dijo Alex amablemente—. No te preocupes, a mí también se me olvida siempre.

Qué bien íbamos. Una falsa relación indetectable.

—Oliver, este es mi compañero Alex Twaddle.

Alex se levantó a estrecharle la mano a Oliver y pareció sentirse mucho más cómodo con él que yo.

—De los Twaddle de Devonshire.

—Alex, este es mi… ejem… novio, Oliver Blackwood.

—¿Estás seguro? —Alex nos miró a los dos—. Yo creía que no tenías novio. ¿El plan no consistía en buscar a alguien para hacer ver que era tu novio porque no lo tenías?

Me senté en la butaca.

—Así es. Aquí lo tienes.

—Ah, comprendo. —Era obvio que no comprendía—. ¿Te apetece tomar algo, Oliver?

—Me encantaría.

Oliver se sentó en el sofá junto a Alex y cruzó las piernas con elegancia y un aire muy relajado.

Mientras tanto, yo me balanceaba al borde de un sillón cutre como si estuviera esperando frente al despacho del director, al menos el despacho del director del colegio al que con toda probabilidad habían ido Alex y Oliver. Seguramente tenían retratos de la reina por todas partes y los utilizaban a modo de pizarra. Joder, para eso podía irme a casa y dejar a mi novio falso socializando con el tonto de la oficina.

—¿Has dicho los Twaddle de Devonshire? —preguntó Oliver—. ¿Hay parentesco con Richard Twaddle?

—De hecho es mi padre, que Dios lo tenga en su gloria.

Me lo quedé mirando.

—Alex, no me habías dicho que tu padre estaba muerto.

—Y no lo está. ¿Qué te hace pensar eso?

—Pues que… Da igual.

Alex se volvió de nuevo hacia Oliver.

—Entonces, ¿de qué conoces al viejo cabrón?

—No lo conozco, pero es partidario de limitar el derecho a litigios con jurado, así que tengo una especie de interés profesional.

—Parece que ese es él. Se pasa las cenas hablando del tema. Dice que al Gobierno le cuestan muchísimo dinero, que la gente solo está a favor por un sentimentalismo absurdo y que propagan la tuberculosis.

—No estoy seguro —dijo Oliver—, pero creo que estás confundiendo los litigios con los tejones.

Alex chasqueó los dedos.

—Eso es. No los soporta. Son unos bichejos peludos blancos y negros que provocan retrasos innecesarios en nuestro ya tensionado sistema de justicia criminal.

Oliver abrió la boca y volvió a cerrarla, momento en el cual fuimos piadosamente interrumpidos por James, que volvió con otro vaso de «lo de siempre» que tomaba Alex.

—Gracias. —Oliver probó la bebida con decoro—. Ah, un amontillado fantástico. Me siento bastante mimado.

Estaba cantado que Oliver Blackwood podría identificar el jerez por su sabor. Empezaba a resultar evidente que lo que yo esperaba que fuéramos él y yo contra el pijo imbécil se había convertido en él y el pijo imbécil contra mí.

Alex me ofreció su vaso.

—Bébete el mío si quieres. Yo no puedo tolerarlo.

—Es muy generoso por tu parte, pero creo que por ahora seguiré tomando las copas de una en una.

147

—Aquí no hace falta ser ceremonioso, amigo.

En aquel momento, Alex decidió darle una palmada en la rodilla a mi novio falso.

—Lord Ainsworth normalmente lleva un vaso en cada mano en cuanto cruza la puerta. Por eso le llaman Ainsworth Doble Puño. Al menos eso creo. A lo mejor tiene algo que ver con las prostitutas.

—Sí —coincidió Oliver—. Siempre es difícil saberlo, ¿eh?

—Bueno —dije, en voz mucho más alta de lo que esperaba—, ¿qué problema hay con los litigios con jurado?

Ambos me miraron con expresiones similares de leve preocupación. Probablemente los había abochornado a los dos con mi volumen inadecuado y mi torpe transición. Pero al menos Oliver recordó que existía y clavó su fría mirada gris en mí.

—Bajo mi punto de vista, ninguno. Creo que son un elemento vital de nuestra democracia. Imagino que lord Twaddle esgrimiría el argumento de que son lentos e ineficaces y dejan decisiones complejas en manos de personas que no saben lo que hacen.

—Además —terció Alex, agitando un dedo—, dejan unos agujeros terribles por todas partes... Lo siento. Los tejones otra vez. Ni caso.

Lo cierto es que era un tema en el que no había pensado jamás. Pero, joder, mi novio de mentira era Oliver, no el puto Alex Twaddle. Íbamos a mantener una conversación agradable bebiendo jerez aunque nos fuera la vida en ello.

Decidí soltar lo primero que se me pasara por la cabeza.

—Supongo que si me acusaran de algo que no he hecho, confiaría mucho más en un profesional del derecho que en doce personas cualquiera. Quiero decir, ya sabes cómo es la gente, ¿no?

Oliver esbozó una ligera sonrisa.

—Comprendo esa postura, pero, curiosamente, los abogados casi nunca la comparten.

—¿En serio? —dije—. ¿De verdad quieres dejar tu destino en manos de una docena de personas a las que no conoces y ninguna de las cuales quiere estar allí por si da la casualidad de que una se marca un Henry Fonda?

—En la vida real, los jurados no están formados por once fanáticos y un ángel. Y yo preferiría dejar mi destino en manos de una representación de la ciudadanía que de una sola persona que ve la ley en términos totalmente abstractos.

Adopté la que esperaba que fuese una postura pensativa, pero obedecía sobre todo a un deseo de impedir que se me durmiera la nalga izquierda.

—Pero, ¿no quieres a alguien que vea la ley en términos abstractos? —¿Qué era eso? ¿Una frase de *Una rubia muy legal*?—. ¿No fue Sócrates quien dijo: «La ley es una razón exenta de pasión»?

—En realidad fue Aristóteles y se equivocaba. O, mejor dicho, acertó en un sentido, pero la ley solo es una parte de la justicia.

Oliver estaba desconcertantemente intenso. Reconozco que en la mayoría de los casos era un hombre bastante atractivo, pero cuando hablaba con pasión, se le afilaba la mirada y ponía una boca interesante, ascendía a la categoría de buenorro. Y era el peor momento posible para empezar a percatarme de ello, porque, mientras yo veía lo atractivo que podía ser, él veía que yo era un ser humano patético.

—¿Ah, sí? —dije inteligentemente, pero sin mirarlo.

—El objetivo de un juicio con jurado es que unas personas razonables, y antes de que digas nada, la mayoría de las personas lo son, decidan si el acusado de verdad merece un castigo por sus acciones. La letra de la ley es, en el mejor de los casos, la mitad de esa cuestión. La otra mitad es la compasión.

—Eso es lo más cursi que he oído nunca.

Creo que en realidad quería decir «es lo más adorable que he oído nunca», pero no podía reconocerlo. Tendría que haberme callado, porque Oliver se cerró como un abanico en las manos de una *drag queen* cabreada.

—Por suerte, no necesito que valides mis creencias.

Genial. Ahora tenía a papá, a un donante desconocido y a Oliver atacando mi autoestima por distintos flancos. Y, sí, en el caso de Oliver me lo merecía, pero eso no hacía que me sintiera mejor.

—Esto es sumamente interesante —terció Alex. En aquel momento, había un cincuenta por ciento de posibilidades de que aún pensara que hablábamos de los tejones—. Pero no puedo evitar pensar que, aun así, a la gente le va mejor sin un juez. Es más probable que entiendan mejor al acusado, ¿no?

Oliver se volvió hacia él con una sonrisa espontánea.

—En este caso coincido totalmente, Alex.

—Vaya, ¿en serio? ¿Sabes una cosa? Siempre estoy un poco menos equivocado de lo que la gente cree. Como un reloj parado. Ah, ahí está Miffy.

Alex se puso en pie y Oliver hizo lo propio, aunque con más elegancia. Ambos mostraron la cortesía instintiva de quienes habían recibido una buena educación. Yo salí detrás de ellos, un poco ladeado debido al problema con la nalga.

—Hola, chicos. —La mujer que caminaba grácilmente hacia nosotros era una bombonera inmaculada, toda ella ojos, pómulos y cachemira—. Siento mucho el retraso. Me ha costado una barbaridad pasar entre los fotógrafos.

A continuación se formó un pequeño alboroto cuando ella y Alex intercambiaron una secuencia sorprendentemente compleja de besos al aire.

—No te preocupes, chica. Los he entretenido. Este es Oliver Blackwood. Es abogado, un hombre increíblemente inteligente.

Hubo más besos al aire, que Oliver encajó con pericia, porque, al parecer, todo el mundo excepto yo podía tocar a mi novio. A mi novio falso, quiero decir.

—Y este es Luc O'Donnell, del que tanto te he hablado.

Miffy se acercó a besarme, moví la cabeza en la dirección equivocada y nuestras narices acabaron chocando.

—Vaya —dijo—, pareces muy joven para ser presidente de la Cámara de los Comunes.

—Uy, no. Ese no soy yo.

—¿Estás seguro? Desde luego es de quien me habló Ally.

—¿Es posible que te haya hablado de más de una persona? —pregunté.

Miffy no parecía entenderlo.

—Es posible, pero sería terriblemente confuso.

—En fin —intervino Alex de nuevo y, por primera vez en toda mi vida, fue un alivio que hablara—, Luc y Oliver son novios, pero no de verdad. Solo tienen que fingir hasta la Campaña del Pelotero. Es una broma tremenda. —Se sonrojó un poco—. En realidad fue idea mía.

—Oh, Ally. Mira que eres listo.

—Pero no se lo cuentes a nadie, porque es un secreto gigantesco.

Miffy se dio unos golpecitos en la sien.

—*Video et taceo.*

—Y esta —añadió Alex— es mi… Miffy, ¿estamos prometidos?

—No me acuerdo, pero creo que deberíamos estarlo. Diga-mos que por ahora sí y que perfilaremos los detalles más ade-lante.

—En ese caso, esta es mi prometida, Clara Fortescue-Lettice.

Sabía que me arrepentiría, pero lo dije de todos modos:

—Yo pensaba que se llamaba Miffy.

—Sí. —Alex me miró como diciendo: «¿A ti qué te pasa?»—. Miffy, el diminutivo de Clara.

—Pero tiene el mismo número de síla... Da igual.

Con una seguridad pasmosa, Alex entrelazó su brazo con el de Miffy-Diminutivo-de-Clara.

—¿Vamos al comedor?

—Sí, vamos —respondió ella—. Podría zamparme a un equipo de doma clásica entero.

Oliver y yo nos miramos con nerviosismo, dudando si man-teníamos una relación de las de entrelazar los brazos, pero al final echamos a andar el uno al lado del otro como parientes distanciados en un entierro. Sí, me había rebajado de «no me beses» a «no soporto la idea de mantener contacto físico contigo».

—Y bien —dijo Miffy mientras enfilábamos otro pasillo ab-surdamente opulento—, ¿de qué habéis estado hablando?

Alex nos miró un momento.

—La verdad es que ha sido fascinante. Oliver nos estaba hablando de los méritos y deméritos de los litigios con jurado.

—Sí que parece fascinante, sí. Mi padre se opone a ellos, por supuesto. Son terribles para las granjas de productos lácteos.

Oliver se llevó rápidamente una mano a la boca como si quisiera contener la tos, pero estoy convencido al noventa y nueve por ciento de que era una sonrisa. Por desgracia, él no me miró, así que ni siquiera pude compartir eso.

CAPÍTULO 17

Resultó que había dos comedores —la Sala Edén y la sala Gascoyne-Cecil—, pero, según Alex, la Sala Edén le parecía «más amigable». No sabría decir qué tenían de amigables unas paredes amarillo mostaza, unos revestimientos de madera y unos retratos enormes de hombres serios totalmente vestidos de negro. La carta ofrecía pollo asado, ternera asada, cerdo asado, ternera Wellington, faisán asado, pastel de caza de temporada y venado asado.

—Ah, fantástico —exclamó Alex—. Igual que en las cenas del colegio.

Me lo quedé mirando. A lo mejor si me concentraba en lo irritante que me parecía Alex me encontraría a mí mismo más soportable.

—Alex, ¿en el colegio comías faisán a menudo?

—No mucho. Una o dos veces por semana, quizá.

Me volví hacia Oliver, que estaba estudiando la carta como si tuviera la esperanza de que se le hubiera pasado por alto una opción sin animales muertos. ¿Un novio falso debía ocuparse de aquello? Probablemente sí. Y, si lo hacía bien, tal vez empezara a prestarme atención. Joder, qué patético me sentía.

—Debería haber mencionado —anuncié con gallardía— que Oliver es vegetariano.

—Lo siento mucho. —Miffy lo miró con sincera preocupación—. ¿Qué ocurrió? ¿Hay algo que podamos hacer?

Oliver esbozó una sonrisa burlona.

—Me temo que no. Pero, por favor, no os preocupéis. Ya me las arreglaré.

—No, no —protestó Alex—. Seguro que no pasa nada. Vamos a preguntarle a James. —Hizo un gesto y apareció junto a Alex un mayordomo totalmente diferente que, aun así, respondía al nombre de James—. Tenemos un pequeño problema, James. Por lo visto, he traído por accidente a un comensal vegetariano.

James hizo una de esas reverencias imperceptibles que parecen salidas de *Downton Abbey*.

—Estoy seguro de que el cocinero puede prepararle algo a la señora.

—No soy vegetariana. —Miffy abrió más los ojos en señal de indignación—. Mi padre es conde.

—Mis disculpas, señora.

Oliver hizo un gesto cautivadoramente tímido.

—Me temo que el problema soy yo, James. Si puedes pedirme algo tipo ensalada de la huerta, será más que suficiente.

James nos tomó nota a todos y, veinte minutos después, estábamos rodeados de carnes diversas, en su mayoría asadas y algunas con hojaldre. Oliver tenía delante un montón de hojas con bastante buena pinta. A ver, yo no habría querido eso para cenar, pero le estuvo bien empleado por tener ética.

Alex miró a Oliver con semblante compungido.

—¿Seguro que con eso tendrás suficiente? Miffy y yo tenemos Wellington de sobra si quieres un poco.

—No pasa nada. Estoy disfrutando la ensalada.

—Si el problema es la presencia de carne, podemos mezclarla con la col.

—Me temo que seguiría siendo carne.

¿Qué tal salió mi astuto plan para ganarme a Oliver mostrándome sensible con sus necesidades y respetuoso con sus decisiones? Fue un fracaso absoluto. Con toda la intención del mundo, me llevé a la boca un buen trozo de pastel de caza. Al fin y al cabo, si entraba comida, no saldrían palabras, lo cual, teniendo en cuenta mi aportación a la conversación hasta ese momento, seguramente era lo mejor para todos.

Miffy reapareció detrás de la ternera Wellington.

—Lo siento, pero me parece una tontería. ¿Qué haríamos con la carne si no nos la comiéramos? ¿Dejar que se pudra?

—Es una pregunta bastante complicada. —Oliver ensartó un rábano con destreza—. Y el resumen es que sacrificaríamos menos animales.

—Entonces, ¿no habría demasiados animales? ¿Qué haríamos con todas las vacas?

—Creo que también criaríamos menos vacas.

—Eso sería poco ventajoso para las vacas, ¿no? —exclamó—. Por no mencionar a los granjeros. En nuestras tierras tenemos granjeros fantásticos. Montan una exposición muy chula para la fiesta de la cosecha y nos regalan jamones muy buenos por Navidad. Y aquí estás tú, intentando dejarlos a todos sin trabajo. Es bastante feo por tu parte, Oliver.

—Ya ves —dijo Alex, agitando el tenedor con energía—, le has tocado la fibra sensible. Y tiene razón. Me parece que no lo has meditado mucho.

Masticando con determinación, miré de soslayo a Oliver para ver cómo se lo estaba tomando, y parecía sorprendentemente cómodo. Pero era abogado; tenía mucha práctica en lo de ser educado con gente pija.

—Reconozco que las repercusiones económicas de unos cambios a gran escala en la dieta nacional son más complicadas de lo que la gente suele reconocer. Pero la gran mayoría de la carne que consumimos a día de hoy difícilmente habrá sido producida por el tipo de granjero del que vosotros habláis y la agricultura industrializada en realidad representa una amenaza importante para el campo.

Hubo una pausa.

—Ah —dijo Alex—. A lo mejor sí que lo has meditado. ¿No te he dicho que era increíblemente inteligente?

Miffy asintió.

—Sí, es espléndido. Creo que has elegido a un novio falso excelente, Ally.

—Un momento. —Estuve a punto de atragantarme con un trozo de masa quebrada—. No es el novio de Ally… El novio falso de Alex, quería decir. Es mi novio falso. Además, probablemente deberíamos dejar de utilizar en voz alta la palabra «falso», porque se descubrirá el pastel.

Alex se había sumido en su habitual estado de confusión.

—¿Estás del todo seguro? Porque yo recuerdo que fue idea mía.

—Sí, fue una idea tuya para mejorar mi reputación.

—Es una lástima. —Miffy se había terminado la ternera Wellington y estaba haciendo incursiones en la de Alex—. Parece que Ally y Olly se llevan estupendamente. Por supuesto, su nombre de pareja sería Ollivander, que estoy segura de que he oído en algún sitio.

—Diría que es el nombre del fabricante de varitas mágicas de Harry Potter —comentó Oliver.

De repente, Alex soltó un grito de alegría.

—¡Exacto! Debería haberlo acertado al momento. Me he leído toda la serie treinta y ocho veces. No era mi intención, pero, cuando llegaba al final, se me había olvidado el principio. Lo único que he leído más veces es *La república*.

—Sí —dije, intentando cruzar una mirada con Oliver, aunque sin éxito—, entiendo que se solapen esos dos grupos de fans.

Alex seguía sonriendo como si tuviera un colgador de abrigos en la boca.

—Me trae recuerdos muy alegres. Cuando estrenaron las películas, junté a todos mis amigos de la universidad, nos sentamos en primera fila en el cine y gritábamos «casa» cada vez que aparecía la vieja alma máter en la pantalla.

Era una de esas anécdotas para la cual hacía falta un diccionario inglés-pijo imbécil. ¿Por qué aparecía la casa de Alex en una película de Harry Potter?

—Ah. —Por supuesto, Oliver había leído el diccionario inglés-pijo imbécil cuando tenía cuatro años y adoptó su expresión de «cuéntame más», que yo habría preferido que dirigiera a mi persona—. Entonces, ¿eres un hombre de la Iglesia de Cristo?

Eso tenía más sentido, aunque, si pensaba que alguien había estudiado en Hogwarts, ese era Alex.

—Por mis pecados. Igual que Pater. Y Mater, de hecho. En realidad, es una tradición familiar. Mi tatara tatara tatara tatara tatara tatara tatara tatara tatara tatara tatara… —dijo Alex, mientras iba contando con los dedos— tatara tatara tatara tatara tatara tatara tatara tatara tatara tatarabuelo iba de bares con el cardenal Woolsey. Hasta que se exilió, claro. Ahí se acabó la diversión.

Oliver seguía escuchando cortésmente. Cabrón educado.

—Ya me imagino.

—¿Y tú? No fuiste a ese otro sitio, ¿verdad? Eso explicaría muchas cosas.

Miffy le dio un codazo.

—Perdón —se apresuró a añadir Alex—, me refería al vegetarianismo, no a la homosexualidad.

—Oriel.

Ya habían vuelto a su lenguaje en clave. Más o menos pude deducir que la casa tenía algo que ver con Oxford. Pero, ¿dónde estaba ese otro sitio? ¿Era el infierno? Si es así: «Hola, hace un tiempo espléndido por aquí». Hasta donde yo sabía, Oriel podía ser el canto de un pájaro o una galleta. ¿Qué estaba pasando?

Esa era la razón por la que alguien como Oliver jamás saldría con alguien como yo en la vida real.

Alex asintió con aprobación.

—Buen lugar. Conocí a mucha gente espléndida de Oriel. La mayoría jugaban al rugby. ¿Tú estabas en el equipo?

—No —respondió Oliver—. Estaba muy centrado en los estudios. Me temo que era una persona bastante aburrida en la universidad.

—Y ahora también —murmuré, quizás un poco más alto de lo que pretendía.

Lo cual hizo que Oliver me mirara al fin, pero no como yo quería.

—Luc —exclamó Miffy—, yo pensaba que Oliver era tu supuesto novio. Qué manera más desagradable de hablar de él.

Ahora, Alex también me estaba mirando con mala cara.

—Bien dicho, colega. Uno no puede ir insultando a las damas de esa manera. A los caballeros, quería decir. A tu caballero.

—Yo de ti —dijo Miffy, mientras le daba una palmada a Oliver en la mano—, lo mandaba a paseo, novia. Novio. Vaya, parece que no funciona.

—Coincido bastante, Miffles. —Alex agitó el tenedor con firmeza—. Jamás le habría aconsejado a Luc que buscara novio de haber sabido que se burlaría de él. Deberías dejarlo y salir conmigo. *Hashtag* Ollivander.

Miffy asintió.

—Claro, sal con Ally. Así podría llevaros a los dos del brazo. Sería de lo más divertido.

—La puta de oros —dije, hablando una vez más más fuerte de lo que pretendía—, deja de intentar robarme al novio. Ni siquiera te gustan los hombres.

Alex me miró con una expresión de auténtico dolor.

—Por supuesto que me gustan. Todos mis amigos son hombres. Mi padre es hombre. Eres tú quien se comporta de forma horrible con todo el mundo, diciéndole a Oliver que es aburrido cuando es exalumno de Oxford y ha sido una magnífica compañía toda la noche. Y ahora insinúas que soy la clase de hombre que no se lleva bien con otros hombres, cuando en realidad —dijo, poniéndose altanero— tengo claro que precisamente tú eres la clase de hombre que no se lleva bien con otros hombres. Me veo en la obligación de pedirte disculpas, Oliver.

—Hazme un favor. —Me puse de pie—. No te disculpes por mi comportamiento con mi novio. Me he pasado toda la puta cena oyendo hablar de la puta Oxford. Ya sé que es absurdo quejarse de que te han excluido de un pequeño club privado cuando estás literalmente en un pequeño club privado, pero, lo siento, ha sido un día largo y, sí, me estás haciendo un favor, pero esta velada es una mierda y… y voy al lavabo.

Salí disparado, descubrí que no tenía ni idea de dónde estaba el baño, pregunté a uno de los James y di una media vuelta vergonzosa. Cuando entré en el lavabo —que era de buen gusto pero sencillo, como diciendo: «Solo los estadounidenses y las clases medias sienten la necesidad de poner mármol en un baño»—, me quedé delante del lavamanos e hice lo que hace la gente en las películas: apoyarme en la encimera y mirarme intensamente en el espejo.

Pero no sirvió de nada. Era un capullo mirando a un capullo y preguntándose por qué siempre era tan capullo.

¿Qué estaba haciendo? Oliver Blackwood era un hombre aburrido e irritante con el que fingía salir y Alex Twaddle era un bufón privilegiado que a menudo se grapaba los pantalones a la mesa. ¿Qué más me daba a mí que se llevaran mejor entre ellos que conmigo?

«¡Albricias! ¿A qué universidad fuiste? ¿Dónde te sentaste en la ceremonia anual de persecución de patos? A tomar por culo, engreídos de mierda».

Bueno. Insultarlos tampoco sirvió de nada.

Y, en realidad, Oliver no era aburrido, solo un poco irritante. Y Alex era terriblemente irritante, pero solo intentaba ayudarme. A lo mejor, y hacía tiempo que lo sospechaba, era imposible ayudarme, porque en algún momento había convertido el anticiparme a la historia en un estilo de vida.

Cuando Miles me arrojó a los tiburones de la prensa sensacionalista, no estaba preparado para ello, por lo que la única manera de sobrevivir era cerciorarme de que había suficiente carnaza para que solo comieran lo que yo quería. Solo había funcionado a medias, pero, cuando quise darme cuenta, tenía el hábito tan interiorizado que hacía lo mismo con la gente.

Lo cierto es que las cosas eran más fáciles así. Significaba que, ocurriera lo que ocurriera, no era cosa mía. Era una persona ficticia que salía de fiesta, follaba y pasaba de todo. Así pues, ¿qué más daba no gustarle a alguien, que no me quisieran o que me dejaran tirado?

Pero esa persona fictica no salía con Oliver, o fingía salir con Oliver. Yo sí. Y, de repente, todo importaba de nuevo y no sabía si podría soportarlo. Entonces se abrió la puerta y por un milisegundo tuve la esperanza de que fuera Oliver viniendo a rescatarme. Y esas eran precisamente las gilipolleces que no quería tener en la cabeza. Pero daba igual, porque no era Oliver. Era un viejo vestido de *tweed* que se hubiera parecido a Papá Noel si Papá Noel solo tuviera una lista de niños malos.

—¿Tú quién eres? —gruñó.

Di un salto.

—¿Luc? ¿Luc O'Donnell?

—¿No te juzgué una vez por defecar en público?

—¿Qué? No. Yo defeco muy en privado.

El Papá Noel maligno entrecerró los ojos.

—A mí no se me olvida jamás una cara, jovencito, y la tuya no me gusta. Además, nunca me he fiado de los irlandeses.

—Eh… —Probablemente debería haber defendido al pueblo del padre de mi madre, pero cada vez tenía más ganas de largarme de allí. Por desgracia, el Papá Noel racista estaba bloqueando la salida—. Siento lo de la… cara. Pero tengo que…

—¿Qué estás haciendo aquí?

—Utilizando… las instalaciones.

—Merodeando, eso estás haciendo. Espiando en un lavabo común como si estuvieras esperando a Jeremy Thorpe.

—Yo solo quiero volver con mis amigos.

Conseguí pasar junto a él con las manos levantadas como si me hubieran detenido. Él giró la cabeza como si estuviera en *El exorcista* y me siguió con sus ojos muertos hasta que salí.

—Te estaré vigilando, O'Toole. Nunca olvido una cara. Nunca olvido un nombre.

Cuando volví a la mesa, mis supuestos compañeros estaban disfrutando de mi ausencia.

—… cuarto de azul en pulga saltarina —estaba diciendo Alex animadamente—. El auténtico deportista es Miffy. Auténtica, perdón. Supongo que debemos ser políticamente correctos en estas cosas. Azul entero en *lacrosse*, ¿sabes? La invitaron a unirse al equipo olímpico, pero lo rechazó, ¿verdad, chica? Quería concentrarse en… ¿A qué te dedicabas, Miffy?

Me senté, tratando de averiguar si me sentía aliviado o cabreado por que todos se comportaran como si yo no hubiera montado una escena descomunal.

Miffy se golpeó sus labios perfectos con una uña perfecta.

—Ahora que lo mencionas, no tengo ni idea. Creo que tengo una oficina en algún sitio y es posible que lance algún producto, pero más que nada recibo invitaciones a fiestas. No como Ally, que tiene un trabajo de verdad, lo cual le parece increíblemente divertido a todo el mundo. Pero va cada día, lo cual es un detalle por su parte, ¿no?

Habría sido el momento perfecto para actuar con madurez y pedir disculpas, pero dije:

—No sé si «es un detalle por su parte» es la frase adecuada. ¿Quizás «está obligado por contrato»?

—¿Estás seguro? —Alex ladeó la cabeza como un loro desorientado—. No me parece muy acertado. Cuando una persona se compromete a algo, lo cumple. No siempre hace falta recurrir a la ley. Sin ánimo de ofender, Oliver.

—No es ninguna ofensa.

Pues claro que no se había ofendido. Oliver era un ángel y yo un demonio del planeta Gilipollas.

—A mí me parece espléndido. Y, por supuesto —dijo Miffy, dedicándome en ese momento una sonrisa deslumbrante que, dadas las circunstancias, me recordó mucho a un premio de consolación—, tú también eres espléndido, Luc, porque hacéis el mismo trabajo.

Genial. Ahora Oliver no solo sabía que mi trabajo no me apasionaba mientras que a él sí le apasionaba el suyo, sino que pensaría que se podía desempeñar con tres neuronas funcionales.

—¡Uy, no! —exclamó Alex—. Luc es mucho más importante que yo. No tengo ni idea de qué hace, pero parece increíblemente complicado y tiene que ver con… ¿Cómo se llaman? Eso de las cajitas…

Miffy arrugó la nariz con aire pensativo.

—¿Equipos de críquet?

—No exactamente. Hojas de cálculo, así se llaman. Yo solo manejo la fotocopiadora, compruebo que no tengamos más de dos reuniones en la misma sala al mismo tiempo y mantengo a Daisy con vida.

—¿Quién es Daisy? —preguntó Oliver, que seguía ignorándome, aunque, seamos sinceros, probablemente me lo merecía.

—Es el aloe vera que he plantado en el archivador. El encargado de las redes sociales se quema bastante a menudo con la cafetera y la niñera siempre nos ponía aloe vera cuando éramos pequeños. Es muy eficaz. De hecho, creo que necesitaríamos dos, porque el pobre anda bastante pelado de hojas.

—Cambiando de tema —anuncié con toda la elegancia y sutileza de alguien que dice «¿Podemos cambiar de tema ahora mismo?»—, un viejo aterrador ha ido a por mí en el lavabo. Me ha gritado, quería decir. No es que me haya tirado los tejos.

—Gracias por la aclaración.

Era el tono más seco de Oliver. La Operación Quedar Como Un Gilipollas Redomado se había activado antes de tiempo.

Alex frunció el ceño.

—Qué raro. ¿Has hecho algo para provocarlo?

Las posibilidades de que pidiera disculpas se habían esfumado más o menos cuando mencionaron el aloe vera, así que solo me quedaba fingir que yo no había estado desagradable, aunque sin duda lo había estado, y buscar el mítico término medio entre hacerlo peor y compensarlo.

—Es agradable saber que ya estás de su parte. Pero, para que conste en acta, no. Yo estaba a lo mío delante del lavamanos cuando ha entrado ese viejo loco y...

—¡Hombre, Alex! —bramó el viejo loco, que apareció detrás de mí como el asesino en serie de una película de terror—. ¿Cómo está el viejo?

—No se puede quejar, Randy. No se puede quejar.

—Hace poco disfruté mucho con su discurso en la Cámara de los Lores sobre... ¿De qué trataba?

—¿Tejones?

—No, no eran tejones. Esos otros. ¿Cómo se llaman? Inmigrantes.

—Claro. Debía de ser papá. Ah, por cierto —dijo Alex, sobresaltándose un poco—, debería presentaros. Recordarás a Clara, por supuesto.

—Pues claro. Nunca se me olvida una cara.

—Y estos son mis amigos Luc y Oliver.

Deslizó su mirada por todos nosotros y yo me encogí en la silla.

—Un placer. Cualquier amigo de un Twaddle es amigo mío. Pero tengo que advertiros que no os acerquéis al lavabo. Hay un chiflado irlandés tendiendo emboscadas a la gente.

—En realidad, señoría —dijo Oliver con su voz de «señor

juez, eso es improcedente»—, usted y yo nos conocemos. Juzgó usted a un cliente mío el mes pasado.

—Imposible. A mí nunca se me olvida una cara y no tengo ni idea de quién es usted. —Hubo una pausa—. Aun así, ¿metimos a ese cabrón entre rejas?

—Yo era el abogado defensor, señoría, y en este caso, la defensa fue fructífera.

El juez se lo quedó mirando con el ceño fruncido y Oliver le correspondió con estudiada benevolencia.

—Bueno, supongo que no podemos cazarlos a todos. Os dejo seguir con la cena. Nos vemos en el Levantamiento del Cisne, Alex, si no antes.

Y, dicho eso, el Honorable Racista se fue.

—Vaya —exclamó Alex, volviéndose hacia mí—, parece que Randy se ha encontrado con el mismo desconocido que tú. ¿Crees que tenemos un intruso? ¿Debería avisar a alguien?

—Sospecho que no será necesario —dijo Oliver.

—¿Estás seguro? Toda precaución es poca, ya sabes.

—No me cabe duda de que el juez Mayhew se ha ocupado debidamente de ese bribón.

Alex esbozó una sonrisa de satisfacción.

—Es un viejo peleón, ¿eh?

—Es una manera de expresarlo, sí.

Se impuso un breve silencio, que Oliver interrumpió con delicadeza para preguntar si todo el mundo estaba listo para el postre.

—No he podido evitar fijarme en la porra rellena de nata —añadió—. Siempre me han gustado bastante.

Alex se irguió en la silla como un beagle mal adiestrado.

—Yo también soy de porras. Bien gruesas y firmes, y rellenas de lo que los franceses llaman *crème anglaise.*

165

Todavía sentía demasiadas emociones relacionadas con Oliver, pero no pude evitar mirarlo de soslayo. Y, por supuesto, no tenía pinta de estar a punto de partirse de risa en una sala que llevaba el nombre de un *tory* muerto.

—Reconozco que suena bien.

Madre de Dios, le brillaban los ojos y todo.

Miffy parecía estar soñando despierta.

—Estaba pensando que me apetece mucho un tres leches.

¿Lo hacían adrede? Tenía que ser adrede.

En cualquier caso, resultó que podían estar hablando de pudin indefinidamente, compartiendo anécdotas de infancia y debatiendo los méritos de las tartas de trufa y los crujientes. Al menos, por fin habían sacado un tema —o, mejor dicho, Oliver les había planteado un tema— del que yo sabía algo. Y, si hubiera sido mejor persona, les habría dado mi opinión sobre el orden en que se pone la mermelada y la nata en un bollo (primero la mermelada y luego la nata). Por desgracia, soy a lo sumo una persona mediocre, así que allí me quedé, mirando mi tarta de piña e intentando no enfurruñarme.

Nos acabamos el postre y ya casi me sentía aliviado cuando se acercó uno de los James para servirnos queso, después café, después coñac y después puros. Al final agotamos el tema del pudin, pero Oliver seguía reorientando testarudamente la conversación hacia temas accesibles. Estaba seguro de que lo hacía con buena intención y, después del escándalo que había montado, quería cerciorarme de que me incluían.

Pero, entre mi padre, mi trabajo, el juez Mayhew y mis meteduras de pata de aquella noche, no tenía fuerzas para mostrarme agradecido.

CAPÍTULO 18

Ochenta y siete mil quinientos sesenta y cuatro millones de horas después, salimos por fin del Club Cadwallader. Teniendo en cuenta lo atroz que había sido la velada, estaba deseando irme a casa en taxi, meter la cabeza debajo del edredón y morirme. Pero, por supuesto, el propósito de la noche era que me fotografiaran al lado de gente socialmente aceptable, lo cual significaba que, en cuanto salimos a la calle, nos vimos rodeados de una mezcla de *paparazzi* de primera y periodistas de segunda.

Empecé a verlo todo blanco, ya que había demasiadas cámaras disparando en mi cara. Me quedé quieto. Por lo general, cuando me hacían fotos tenían la decencia de acercarse furtivamente para poder descubrirme follando contra un contenedor de basura o vomitando en el aparcamiento de un pub, pero esto era otro nivel de atención. Y no es que me gustara en especial el antiguo nivel.

—¿De quién es el conjunto que llevas? —gritó alguien entre la multitud.

Obviamente no se dirigían a mí. Mi ropa se acercaba mucho más a un «de qué» que a un «de quién».

Miffy se echó el pelo hacia atrás y enumeró algo incomprensible que, supuse, era una lista de diseñadores.

No pasaba nada. Estaba bien. Solo tenía que parecer que yo pertenecía a aquel bonito mundo en el que la gente guapa podía tener cosas guapas. No podía ser tan difícil.

—¿Ya tenéis fecha?

—El 18.

«Relájate, pero sin pasarte. Sonríe, pero no demasiado». Intenté recordarme a mí mismo que los periodistas eran como los tiranosaurios. Su visión se basaba en el movimiento.

—¿El 18 de qué?

—Sí —respondió Miffy.

¿Estaban acercándose? Estaba convencido de que cada vez se acercaban más. Tampoco sabía si podía respirar. Ya me habían hecho suficientes fotos, ¿no? La buena publicidad empezaba a parecer peor que la mala. Al menos, la mala publicidad, o la mala publicidad a la que yo estaba acostumbrado, no me arrinconaba y empezaba a gritarme.

Escruté la media luna de periodistas arracimados y busqué un hueco entre los cuerpos. Pero solo podía imaginarme las fotos posteriores y la idea de que me agarraran y me dieran tirones mientras intentaba abrirme paso entre un montón de desconocidos me encogía el estómago. Estaba a punto de vomitar. Delante de las cámaras. Una vez más. Hubo otro fogonazo plateado y, cuando cesaron los destellos, me di cuenta de que estaba mirando a un tío a los ojos. Traté de darme la vuelta, pero ya era demasiado tarde.

—¿Ese es el hijo de Jon Fleming? —gritó—. ¿Te gustan Rights of Man, Miffy?

«Mierda, mierda, mierda».

—Me encantaría charlar —dijo Miffy, cuya voz oscilaba en mis oídos como la marea—, pero a misa no se va con prisa.

—¿Qué misa?

—¿Prisa por qué?

Hubo otra tormenta de flashes, que esta vez me apuntaron de forma más directa, y me tapé la cara con el brazo como si fuera un vampiro al acecho.

—¿Qué te pasa, Luc?

—¿Te has atiborrado?

—¿Haciendo que tu padre se sienta orgulloso?

—S-s-sin comentarios —murmuré.

—¿Te has hecho socio del Club Cadwallader?

—¿Estás haciendo borrón y cuenta nueva?

Eran preguntas trampa.

—Sin… sin comentarios.

—¿Te ha comido la lengua el gato, Luc?

—¿Vas de coca ahora mismo?

—¿Dónde has dejado las orejas de conejo?

—Ya basta.

De repente, un brazo me rodeó la cintura y me arrastró hacia el costado de Oliver, hacia aquel abrigo cálido y precioso. Era lo más patético que había hecho nunca, probablemente lo más patético del mundo, pero me volví hacia él y hundí la cara en su cuello. El aroma de su pelo, tan limpio y, en cierto modo, tan él, me aminoró el ritmo cardíaco.

—¿De qué te escondes?

—Venga, tío, dedícanos una sonrisa.

—¿Quién es tu novio?

—Me llamo Oliver Blackwood. —No gritó, pero tampoco hizo falta. Algo en su forma de hablar hendió aquel clamor—. Soy abogado de Middle Temple y os recomiendo que os apartéis de mi camino.

—¿Cómo os conocisteis?

—¿Cuánto crees que duraréis?

—¿Ya te lo has tirado en un callejón?

En aquel momento me sentía como un espagueti del día anterior, pero Oliver me ayudó a atravesar la multitud. No fue tan difícil como imaginaba. La mayoría se apartaron y, cuando no lo hacían, mirar a Oliver los obligaba a replanteárselo. Y en todo momento me cobijé en el círculo de su brazo y nada me tocaba, excepto él.

Al final nos alejamos y yo me tranquilicé lo suficiente como para tomar conciencia de lo mal que debía de haber quedado, aferrándome a Oliver y temblando como un gatito.

—Bueno —dije, intentando separarme de él—, ya los hemos dejado atrás. Puedes soltarme.

Oliver me agarró con más fuerza.

—Aún nos siguen. Aguántame un rato más.

Como siempre, el problema no era Oliver. El problema era yo y lo agradable que habría sido aquella situación si lo hubiera permitido.

—No podemos hacer esto eternamente. Acompáñame al metro y ya me las arreglaré a partir de ahí.

—Se te ve muy alterado. Cogeremos un taxi.

Un momento. ¿Qué creía que estaba sucediendo?

—Espera. ¿Qué es eso de «cogeremos»?

—Te acompaño casa. Y ahora para de discutir conmigo delante de la prensa.

—Perfecto —protesté—. Podemos discutir de camino.

Oliver dio el alto a un taxi que, por supuesto, se detuvo en lugar de acelerar con actitud despectiva. Luego me metió en la parte trasera y di mi dirección a regañadientes. Y entonces salimos de allí.

Sabiendo que a Oliver seguramente no le gustaría que no lo hiciera, me puse el cinturón de seguridad.

—Mira, te agradezco la caballerosidad, pero no vas a venir a mi casa.

—¿Ni siquiera si me presento sin avisar después de dejarte tirado? —preguntó, arqueando desagradablemente una ceja.

—Era una situación muy diferente.

—Lo cual no cambia el hecho de que yo te he invitado a mi casa y tú no me dejas entrar en la tuya.

—Pues lo siento. Atribuyámoslo a otro caso en el que tú eres mejor persona que yo.

—No me refería a eso. Aunque —dijo, poniéndose serio bajo los destellos de la ciudad— tu comportamiento de esta noche me ha parecido un poco… sorprendente.

—¿Porque se suponía que tenía que quedarme sentado y tragar mientras tú me ignorabas por completo para charlar con el puto Alex Twaddle?

Oliver empezó a masajearse las sienes con aquella actitud de «Lucien es terrible».

—No te estaba ignorando. Solo intentaba causar buena impresión porque pensaba que esa era la finalidad del ejercicio.

—Pues lo has conseguido —repuse con más vehemencia de la que quizá tenía lógica en aquel contexto—. Les has parecido un encanto, desde luego.

—No lo entiendo. ¿Estás enfadado porque he constatado demasiado bien tu buen gusto para los novios?

—Sí. O sea, no. O sea… Que te follen, Oliver.

—No le veo la utilidad a eso.

—No pretendía ser útil. —Mi voz rebotó en el interior del taxi—. Estoy enfadado y no entiendo por qué no lo estás tú. Porque está claro que la noche ha sido una mierda para los dos.

—La verdad es que tus amigos me han parecido bastante majos, siempre que no esperaras que fueran algo que no son.

En mi opinión, lo que ha convertido esta noche en una mierda han sido tus ganas de demostrar el mal concepto que tienes de mí.

Eso no me lo esperaba y, por un momento, no supe qué decir.

—¿Perdona?

—Soy muy consciente de que no estarías conmigo si tuvieras alternativa, pero esto no funcionará si no puedes disimular en público tu desprecio hacia mí.

Dios mío. Me sentía la peor persona del mundo.

—Siempre te gasto bromas.

—Esta noche ha sido distinto.

Quería decirle que era culpa suya, pero no lo era. Supongo que no me esperaba que se diera cuenta y, menos aún, que le importara. Mieeeerda.

—Lo siento, ¿vale?

—Gracias por las disculpas, pero ahora mismo no creo que sirvan de mucho.

Sí, eso había quedado un poco deslucido.

—Oye —dije, mirando al suelo—, no me creo ninguna de las chorradas que he soltado.

—Pues lo parecía.

—Porque pensaba… pensaba que sería diferente.

—¿Diferente el qué?

—Creía que sería como cuando estamos los dos solos, pero ni me has mirado. Ni siquiera sabías cómo tocarme. Y supuestamente tenías que estar de mi parte por lo imbécil y pijo que es Alex, y no de la suya porque no fui a Oxford.

Hubo un largo silencio.

—Lucien —dijo Oliver con una voz tan suave que me daban ganas de acurrucarme dentro de él. Pero no en plan asesino en serie. En plan debajo de una manta—, creo que yo también te debo una disculpa. No era mi intención que te sintieras incómodo, o excluido, y reconozco que no sabía cómo actuar delante de tus amigos porque nunca he tenido que hacerme pasar por el novio de alguien. —Hizo una pausa—. Sobre todo delante de un par de... ¿Cómo los has llamado? Pijos imbéciles que creen que «salario mínimo nacional» es la carrera hípica de la duquesa de Marlborough.

Me descubrí riéndome a carcajadas.

—¿Lo ves? —Oliver me lanzó una mirada bastante engreída—. Yo también puedo ser malo.

—Sí, ¿pero dónde estaba esa maldad cuando yo la necesitaba?

—Me gusta hacerte reír, Lucien. Y no me gusta que los demás se sientan pequeños.

—Supongo que podré vivir con eso.

Me quité el cinturón de seguridad y me deslicé hacia él.

—Deberías ponerte el cinturón. Es un requisito legal.

Apoyé ligeramente, casi sin querer, la cabeza en su hombro.

—Cállate, Oliver.

CAPÍTULO 19

Haciendo caso omiso de mi raciocinio y mi sentido de la supervivencia, invité a Oliver a casa, y debo agradecerle que no se desmayara inmediatamente de asco y *E. coli.*

—Ya sé que a veces me consideras sentencioso —dijo—, pero, la verdad, no entiendo cómo puedes vivir así.

—Es fácil. Yo toco algo y, me provoque alegría o no, lo dejo exactamente donde está.

—No sé si recomendaría tocar algo en este edificio.

Me quité la chaqueta y, con bastante conciencia situacional, la lancé sobre la pila más vergonzosa de calzoncillos.

—He intentado salvarte, pero no me has hecho caso. En este momento eres básicamente la mujer de Barba Azul.

—Yo pensaba que te avergonzabas de mí. —Oliver seguía observando boquiabierto la impresionante colección de envases de comida para llevar que, sin duda, me pondría a lavar un día u otro para poder reciclarlos—. Pero resulta que eres tú quien se avergüenza de sí mismo. Y con razón.

—En eso te equivocas. La vergüenza es para la gente que se respeta a sí misma.

Volvió a pasarse los dedos por la ceja en un gesto de tristeza y decepción que no era en modo alguno adorable.

—Al menos Barba Azul guardaba a sus difuntas mujeres bien ordenadas en un armario.

—Ya sé que ahora mismo te arrepientes mucho de nuestra falsa relación, pero, por favor, no vuelvas a dejarme.

—No, no. —Oliver tensó los hombros como si estuviera en un cartel de propaganda bélica—. Me ha costado un poco, pero ya pasó.

—Puedes irte si quieres.

Por un instante pareció tentado por esa posibilidad, pero recuperó su actitud de «el país te necesita».

—Por guardar las apariencias, deberíamos intentar no repetir los errores de esta noche. Creo que ninguno de los dos había pensado en cómo comportarse cuando estuviéramos en público.

—Caray —dije, mientras me desplomaba en el sofá, que estaba prácticamente vacío con la salvedad de dos pares de calcetines y una manta—, creo que he subestimado el trabajo que acarrearía todo esto.

—Bueno, como dicen los chavales: ajo y agua. ¿Crees que tendríamos que cogernos de la mano?

—¿Acabas de decir «ajo y agua»?

—He pensado que comentar que para mí también es mucho trabajo y que no me quejo, aunque fuera una observación certera, habría sido pedante.

Me lo quedé mirando, medio irritado, medio divertido.

—Sabia decisión.

—Entonces, ¿nos cogemos de la mano o no?

Cuando menos, su capacidad para aferrarse a un argumento era admirable.

—No tengo ni idea, sinceramente.

—Entraña un mínimo de intimidad, pero deja claro que estamos juntos si por casualidad nos hacen fotos.

175

—A mí me encanta un mínimo de intimidad.

Oliver frunció el ceño.

—Déjate de frivolidades, Lucien, y dame la puñetera mano.

Me levanté, hice un eslalon entre un montón de tazas y le di la puñetera mano.

—Hum. —Oliver la recolocó varias veces—. Esto queda forzado.

—Sí, es como si mi madre me estuviera arrastrando por el supermercado.

—Pues no nos cogemos de la mano. Intenta agarrarme del brazo.

—El puñetero brazo, querrás decir.

Parpadeó con agresividad.

—Tú hazlo.

Lo agarré del brazo, pero seguía siendo extraño.

—Ahora parezco mi tía soltera en una fiesta.

—O sea, que o te hago sentir como un niño o como una anciana. Qué halagador.

—No eres tú. —Le solté el brazo—. Es la situación.

—Entonces, tendremos que ser una de esas parejas que nunca se tocan cuando hay alguien mirando.

—Pero yo no quiero ser una de esas parejas —dije con aire quejumbroso—. Ni siquiera pretendo fingir que somos una de esas parejas.

—En cuyo caso, te propongo que idees alguna manera de soportar tocarme.

—Vale. —No se me ocurrió nada inteligente, así que dije lo primero que se me pasó por la cabeza—. ¿Por qué no practicamos sexo?

Torció la boca en un gesto inquisitivo.

—No creo que fuera apropiado para una gala benéfica.

Bueno, de perdidos al río.

—Yo me refería a ahora.

—¿Disculpa?

—Joder, Oliver. —Puse los ojos en blanco—. ¿Quién responde a una proposición con un «disculpa»?

—Eso no ha sido una proposición. Ha sido… Ni siquiera sé qué ha sido.

—Se me ha ocurrido —dije con una expresión que no quise considerar abochornada— que si practicamos sexo, a lo mejor nos incomodaría menos tocarnos.

—Claro, hombre. Porque todo el mundo sabe que el sexo hace que las cosas no sean tan complicadas.

—De acuerdo. Mala idea. Me has preguntado cómo podíamos sentirnos más cómodos en público y te he hecho una propuesta. Perdona por ser creativo.

Oliver se dio la vuelta y pareció que iba a ponerse a andar de un lado para otro, pero mi suelo no era muy apto para paseos, así que no supo qué hacer.

—Ya sé que no me has conocido en la cúspide de mi autoestima, pero hace falta algo más que «¿por qué no tenemos sexo ahora mismo?» para llevarme a la cama.

—Hemos cenado antes.

—Una cena en la que, según has reconocido abiertamente tú mismo, te has comportado como un gilipollas conmigo y con tus amigos.

Sin duda no era momento para bromas, pero estaba intentando no pensar en que Oliver Blackwood acababa de dejarme a la altura del betún una vez más.

—¿Sabes qué? Dejemos de hablar de lo mucho que no quieres tener sexo conmigo.

—Lo siento. —Su expresión se suavizó un poco, pero eso

no hizo que me sintiera mejor—. Ya sé que suena anticuado, pero no creo que el sexo sea algo que debas practicar porque conviene.

—¿Por qué? ¿Todo el mundo tiene que esperar a tener una conexión profunda y trascendental y a poder mirar a los ojos del otro mientras hacen el amor con ternura delante de una hoguera?

La suavidad se evaporó.

—Realmente me consideras un puritano, ¿verdad?

—Sí. No. Quizá. —Dios. ¿Cómo podía hacer que aquello sonara menos... retorcido y necesitado?—. No suelo darle demasiada importancia a un revolcón, así que el hecho de que te niegues constantemente a hacerlo me lo tomo como algo personal.

—¿A qué te refieres con «constantemente»?

—En el cumpleaños de Bridget. Hace un par de años. Estuvimos a punto de acabar juntos, pero al final te largaste.

Me miró con incredulidad manifiesta.

—Lo siento. ¿Te sientes insultado porque no te violé en la primera cita?

—¿Qué?

Le devolví una mirada de asombro.

—Recuerdo aquella noche y estabas totalmente ido. Creo que no sabías ni quién era yo, mucho menos lo que estabas haciendo.

—No me jodas —le espeté—. He follado muchas veces yendo borracho. Habría estado bien.

—Lucien, ¿cómo puedo explicarte esto? —Parecía triste por alguna razón—. No quiero que esté bien. Con estar bien no basta. No tiene nada que ver con la hoguera o cualquier otro tópico que se te ocurra, pero sí, quiero una conexión. Quiero que te importe tanto como a mí. Quiero que lo necesites, que lo quieras y que lo hagas en serio. Quiero que sea importante.

O dejaba de hablar o, no sé, me pondría a llorar o algo. Él no tenía ni idea de lo que estaba pidiendo y yo no tenía ni idea de cómo dárselo.

—Estoy seguro de que todo eso es… precioso. —Tenía la boca tan seca que se me trababa la lengua—. Pero conmigo estará bien. No hay más.

Hubo un silencio muy muy muy largo.

—Entonces, lo mejor es que nada de esto sea real.

—Sí, será lo mejor.

Hubo un silencio muy muy muy, pero que muy largo. Entonces, Oliver me rodeó con el brazo y me acercó a su costado. Y, sabe Dios por qué, dejé que lo hiciera.

—¿Esto servirá?

—¿S-servir para qué?

—Para tocarnos en público. —Se aclaró la garganta—. No todo el rato, obviamente. Nos costaría pasar por las puertas.

En aquel momento habría podido vivir sin puertas. Giré la cabeza por un instante e inhalé su aroma. Y me pareció, aunque probablemente fueron imaginaciones mías, que me rozaba la sien con los labios.

—Supongo que servirá —dije.

Porque, ¿qué otra cosa podía decir? ¿Que los momentos en que casi funcionaba hacían que todos los momentos en que no funcionaba parecieran un poco peores?

Aun así, necesité hasta la última gota de orgullo que poseía para no seguirlo cuando se apartó.

—Bueno —dije, metiéndome las manos en los bolsillos por si intentaban salir tras él—, ¿y ahora qué? Obviamente, no querrás dormir en esta mierda de apartamento.

—Reconozco que me preocupa un poco el estado de tu habitación. Pero, si me ven yéndome, podría parecer que hemos roto.

—¿Alguna vez haces algo a medias?

Meditó su respuesta.

—Dejé *En la corte del lobo* cuando iba por dos tercios más o menos.

—¿Por qué?

—Pues la verdad es que no lo sé. Es bastante largo y exigente, creo que me distraía. ¿Hacer algo a medias no estriba precisamente en eso?

De repente, me eché a reír.

—No me puedo creer que esté fingiendo salir con una persona que acaba de decir «hacer algo a medias estriba precisamente en eso».

—¿Me creerías si te dijera que lo he hecho a propósito para hacerte reír?

—No. —No quería que me abrazara otra vez. No quería que me abrazara otra vez. No quería que me abrazara otra vez—. Es tu manera de hablar.

—Es posible, pero al parecer te proporciona una singular satisfacción.

—Vale. Esta vez ha sido a propósito.

Me dedicó una sonrisa lenta, no la sonrisa espontánea que utilizaba con tanta libertad en público, sino algo real, cálido y casi reacio que hizo que los ojos le brillaran desde dentro, como una lámpara apoyada en una ventana en una noche oscura.

—De acuerdo. Estoy preparado para lo peor. Enséñame tu habitación.

Minutos después, Oliver dijo:

—No estaba preparado para lo peor.

—Venga, va. No está tan mal.

—¿Cuándo fue la última vez que cambiaste las sábanas?

—Cambio las sábanas. —Se cruzó de brazos.

—No me has respondido. Y, si no lo recuerdas, es que hace demasiado.

—Perfecto. Cambiaré las sábanas. Pero es posible que tenga que poner una lavadora antes. —Intenté no mirar mi ropa, que estaba un poco por todas partes—. O puede que unas cuantas lavadoras.

—Vamos a mi casa en taxi. Ahora mismo.

—Vaya, esto se está convirtiendo en un episodio de *Queer Eye*, pero con menos tíos buenos y sin la escena conmovedora en la que te hacen sentir bien contigo mismo.

—Lo siento de veras. No pretendía juzgarte, pero, sinceramente, esta situación exige juicios. ¿Cómo no vas a estar amargado viviendo aquí?

Levanté las manos exasperado.

—No lo entiendo. ¿Qué te hace pensar que estoy amargado?

—Lucien...

—Además —me apresuré a añadir, porque no sabía si me daba más miedo que dijera algo agradable o algo desagradable—, puede que tu casa esté limpia, pero es obvio que tú tampoco eres feliz. Al menos yo lo reconozco.

La parte superior de los pómulos perfectamente definidos de Oliver había adquirido una tonalidad rosa.

—Sí, me siento solo. A veces me da la sensación de que no he conseguido lo que debería. Basándome en bastantes indicios, me preocupa no ser muy fácil de cuidar, pero no intento disimularlo. Intento llevarlo lo mejor posible, eso es todo.

181

Lo odiaba cuando se mostraba fuerte, vulnerable, honesto, decente y todo lo que yo no era.

—No eres… totalmente difícil de cuidar. Y puede que tenga unas sábanas limpias que compré la última vez que me di cuenta de que no me quedaban sábanas limpias.

—Gracias. Ya sé que a veces soy un poco controlador.

—¿En serio? —Lo miré con los ojos muy abiertos—. No me había dado cuenta.

Quitamos las sábanas de la cama, que, sinceramente, creo que era menos desagradable de lo que imaginaba Oliver, aunque me habría gustado que mi dispositivo de placer personal no aterrizara junto a sus pies como un perro que quiere salir de paseo. Pero dentro de mi culo. Lo metí a toda prisa en el cajón de la mesita, lo cual, por desgracia, conllevó mostrar aún más objetos de mi deprimente colección onanista.

Ya fuera por vergüenza o por educación, Oliver no dijo nada y siguió colocando las esquinas de mis sábanas nuevas hasta que estuvieron lisas como el vidrio y perfectas como las de una habitación de hotel. Después cambió las fundas de las almohadas y el edredón, e incluso se molestó en cerrar los corchetes de la parte de abajo, cosa que estaba bastante convencido de que ningún humano hacía jamás. Y, por último, empezó a desnudarse.

Me lo quedé mirando de forma inexpresiva. O no tan inexpresiva.

—¿Qué haces?

—No duermo con traje y, no te ofendas, pero no me apetece mucho pedirte —dijo, mientras describía un círculo que abarcaba los varios montones de porquería esparcida por el suelo— nada de eso.

—Comprensible. —Se me ocurrió una idea—. Eh, ¿eso significa que al fin podré hacer amistad con tus abdominales?

Tosió de una manera un poco rara.

—Seréis conocidos como mucho.

—Acepto.

Salté encima de la cama recién aprobada por Oliver y me arrodillé para ahuecar el edredón y observar con cierto descaro cómo se desabrochaba la camisa.

—Lucien —dijo—, eso se parece sospechosamente a una mirada lujuriosa.

Puse las manos alrededor de la boca.

—¡Quítatela, quítatela, quítatela!

—No soy estríper.

—Pues ahora mismo estás haciendo un estriptis. Yo solo te animo.

—Lo que estás haciendo es avergonzarme.

Se quitó la camisa, la dobló concienzudamente, se dio cuenta de que no tenía donde dejarla y se quedó allí quieto con cara de confusión.

Pero.

Madre del amor hermoso.

Por lo general, hay que pagar para ver algo así. Estamos hablando de surcos, crestas, la cantidad justa de pelo —velloso, no peludo— e incluso un par de venitas juguetonas que le asomaban por encima de la cinturilla del pantalón.

Mierda. Tenía ganas de lamerlo.

Doblemente mierda. De repente me di cuenta de que nunca sería capaz de desnudarme delante de aquel hombre.

—¿Y ahora qué pasa? —preguntó Oliver—. ¿Y dónde puedo dejar la camisa?

—Te… te… te busco un colgador.

Y, no sé, un traje de apicultor para mí. Algo que me tapara bien.

Salí a toda prisa de la habitación y me puse la camiseta más holgada que encontré y los pantalones menos ajustados. No me malinterpretéis, no estaba descontento con mi aspecto. No había recibido quejas de nadie por mi cuerpo, pero sí muchas sobre otras cosas, así que no era un problema de reticencia. Pero Oliver era la clase de fantasía que normalmente no me molestaba en tener porque me parecía muy poco realista. Además, no tenía ni idea de qué podía ver en mí un hombre como él.

Un momento.

No había nada que ver. Eso era lo que habíamos pactado.

Cuando volví a la habitación, Oliver me estaba esperando con unos bóxers negros que resultaban prudentes a la par que sensuales. Llevaba el traje colgando del brazo y la camisa en la otra mano. En un momento de pánico, le lancé un colgador y me metí debajo del edredón.

No pensaba mirar a Oliver mientras colocaba la ropa a su gusto y la colgaba en un armario por lo demás vacío. A la mierda. ¿A quién intentaba engañar? Estaba mirando porque era bello y me moría por enrollarme con él. De hecho, me moría por enrollarme con él antes de saber que lo de los abdominales no era broma.

Esto no iba bien. Esto no iba nada bien.

Horas después, o eso me pareció, estaba tumbado en la oscuridad junto a Oliver, sin tocarlo e intentando no pensar en hacerlo, lo cual significaba que estaba pensando en todo lo demás. Por ejemplo, en lo mucho que estaba haciendo por mí cuando no tenía por qué y en lo mal que lo trataba yo a cambio. Y en lo aterrador que podía volverse todo aquello si lo permitía.

—Oliver —dije.

—¿Sí, Lucien?

—Siento mucho lo de esta noche.

—No te preocupes. Duerme.

Pasó un rato más.

—Oliver —dije.

—¿Sí, Lucien? —respondió él con algo menos de paciencia.

—No… entiendo por qué te preocupa lo que yo piense.

La cama se movió cuando se dio la vuelta y, de repente, me di cuenta de lo cerca que estábamos.

—¿Y por qué no iba a preocuparme?

—Hombre, porque eres un… abogado/modelo de bañadores increíble.

—¿Perdona?

—Lo digo metafóricamente. Bueno, lo de abogado no. Ese es tu trabajo. Joder. Mira, yo solo digo que eres lo que se entiende por exitoso y lo que se entiende por atractivo. Y eres buena persona. Y yo… no.

—No eres mala persona, en parte porque no existen las malas personas y en parte…

—Espera. ¿Y los asesinos, por ejemplo?

—La gran mayoría matan a una persona y, o bien se arrepienten toda su vida o tienen un motivo para hacerlo que probablemente entenderías. Lo primero que se aprende como abogado penal es que las cosas malas no son exclusivas de la gente mala.

Supongo que era una especie de penitencia masoquista por haberle llamado cursi hacía un rato, pero le dije:

—Estás guapo cuando te pones idealista.

—Yo soy guapo todo el rato, Lucien. Como has podido observar, parezco un modelo de bañadores.

Mierda. No. Auxilio. Ahora me estaba haciendo reír.

—Hablando del tema —añadió—, imagino que no pondrás

en duda tu… —Empezó a retorcerse, y me habría encantado ver su expresión, porque el Oliver que se quedaba sin palabras era mi Oliver preferido—. ¿Atractivo?

—Te asombrarías de lo que puedo llegar a dudar. —Esa era la razón por la que tenías sexo. Para estar demasiado cansado como para contar a los demás cosas personales a las tres de la mañana—. Además, cuando lo único que ves de ti mismo es lo que te enseña la prensa amarilla, es difícil creerse otra cosa.

Noté una ínfima corriente de aire en la cara, como si hubiera hecho ademán de tocarme pero se lo hubiera pensado mejor.

—Eres guapo, Lucien. Siempre lo he pensado. Como uno de los primeros retratos de Robert Mapplethorpe. Bueno —dijo y prácticamente lo oí ruborizarse—, no el del látigo metido en su ano, obviamente.

No estaba seguro, pero me pareció que Oliver Blackwood acababa de llamarme guapo. Tenía que comportarme con elegancia, tranquilidad y madurez.

—Un consejo: cuando le hagas un cumplido a alguien, evita la palabra «ano».

Se echó a reír.

—Tomo nota. En serio, a dormir. Los dos tenemos trabajo mañana.

—Ya has conocido a Alex. Estar consciente no es un requisito en mi oficina.

—¿Hay alguna razón por la que quieres tenerme despierto?

—N-no… No lo sé. —Tenía razón. Me estaba comportando de manera extraña. ¿Por qué?—. ¿De verdad te parezco guapo?

—En este momento me pareces molesto, pero en general sí.

—Ni siquiera te he dado las gracias por ayudarme a escapar de esos periodistas.

Oliver suspiró y noté su cálido aliento bajo el edredón que compartíamos.

—Interpretaré tu silencio como un gesto de gratitud.

—Lo siento… lo… siento.

Me puse de lado. Y luego me giré hacia el otro. Y luego me tumbé boca arriba, antes de girarme hacia el lado que había probado en primer lugar.

—Lucien —dijo Oliver, cuya voz retumbó en la oscuridad—, ven aquí.

—¿Qué? ¿Por qué? ¿Venir dónde?

—Da igual. Estoy aquí. —Entonces, Oliver se pegó a mi cuerpo, todo él brazos fuertes y piel suave, y noté sus latidos en la espalda—. Estás bien.

Me quedé quieto, como si mi cuerpo no supiera si quería salir corriendo o… fundirse por completo.

—Ejem… ¿Qué está pasando aquí?

—Que vas a dormir.

Eso no iba a pasar. Aquello era demasiado.

Pero resultó que Oliver tenía razón y no era demasiado y yo estaba bien.

CAPÍTULO 20

Siento haberme comportado como un capullo ayer por la noche —le dije a Alex a la mañana siguiente.

Él me miró expectante.

—¿Y?

—Bueno, tendría que haber sido más agradable contigo.

—¿Y?

—Y… —Por lo visto, estaba decidido a tenérmelo en cuenta—. ¿Soy un mal amigo y un compañero de trabajo horrible?

—Ah. —Frunció el ceño—. Me temo que no lo entiendo en absoluto. Tu último chiste no fue gracioso, pero al menos tenía sentido.

—En serio, Alex. Intentaba disculparme por lo de ayer noche. Yo pensaba que utilizar las palabras «lo siento» y «ayer por la noche» te serviría de pista.

—En ese caso, no le des importancia, colega. Y, sinceramente, es culpa mía. Debería haber dicho algo en su momento. En vista de que no comimos pescado, deberías haberte saltado el cubierto de pescado.

Tiré la toalla.

—De acuerdo, genial. Me alegro de que hayamos aclarado las cosas. De nuevo, siento lo del cubierto de pescado.

—Pasa en las mejores casas. Una vez, en una mesa de honor, tuve un momento de abstracción mental e intenté usar un tenedor de ensalada para comer verdura cocinada y todo el mundo se rio de mí.

—Dios. Sí, sí, solo de imaginarlo ya me desternillo.

—¿Verdad? Es que la longitud de los dientes ni se parece.

—Dios da tenedor a quien no tiene dientes —dije con una confianza que mi historial con Alex no justificaba en absoluto.

Me miró inexpresivamente.

—Supongo. Siempre hay que cambiar de tenedor entre plato y plato.

Cuando volví a mi mesa, hice lo que estaba convirtiéndose en un ritual matinal un tanto deprimente: tomar café, preocuparme por si me enemistaba con más donantes y consultar las páginas de escándalos, pero casi no aparecía en ninguna, porque me había escondido casi por completo detrás de Oliver. La mayoría de los artículos hablaban de Miffy: qué llevaba puesto, adónde iba y cuándo se casarían ella y Alex. Oliver y yo habíamos quedado felizmente relegados al papel de comparsas, aunque algún becario ambicioso había averiguado quién era el diseñador del abrigo de Oliver. Y se sabía que era la cobertura adecuada cuando la gente escribía más sobre lo que uno llevaba puesto que sobre lo que estaba haciendo. Incluso me gané una pequeña mención en *Caballos y sabuesos*, a pesar de que no era ninguna de las dos cosas.

Así pues, solo debía enfrentarme a la interminable oleada de crisis innecesarias que siempre afectaban a la Campaña del Pelotero, como aquella vez que Rhys Jones Bowen me dijo que la sala había sido alquilada por partida doble porque había confundido el Royal Ambassadors Hotel Marylebone con el LaserQuest que quería reservar para la despedida de soltero de su amigo. O aquella vez que desaparecieron las invitaciones impresas y creímos que las habían perdido en Correos, pero resultó que Alex llevaba tres meses utilizando la caja como reposapiés. Y no olvidemos cuando la doctora Fairclough canceló el acto porque consideró que el término «pelotero» era científicamente poco riguroso y no se retractó hasta que le recordamos que en realidad no figuraba en el nombre oficial del acto.

Hoy era Barbara Clench, nuestra gerente, una persona dogmáticamente frugal que cuestionaba la necesidad de liberar fondos para, en fin, gestionar nuestra gala benéfica. Lo cual me obligó a pasarme casi todo el día respondiendo correos, ya que nuestra capacidad para colaborar se cimentaba en la idea de que jamás hablaríamos en persona.

Querido Luc:

He consultado los costes del hotel y me pregunto si es necesario.

Atentamente,

Barbara

Querida Barbara:

Sí. Es donde celebraremos el acto.

Atentamente,

Luc

Querido Luc:

He estado pensando en ello y quizá sería más práctico que los donantes se quedaran en casa e hicieran aportaciones telefónicas en unos horarios previamente aprobados.

Atentamente,

Barbara

Querida Barbara:

Agradezco tu compromiso con el buen funcionamiento de la Campaña del Pelotero. Por desgracia, ya hemos impreso las invitaciones y el acto ha sido anunciado como una «cena y baile» y no como «quédate en casa y si eso nos llamas». El coste del hotel debería cubrirlo de sobra la venta de entradas.

Atentamente,

Luc

Querido Luc:

¿Al menos podemos elegir un hotel más barato?

Atentamente,

Barbara

Querida Barbara:

No.

Atentamente,

Luc

Querido Luc:

Considero tu último correo innecesariamente brusco. Llevaría este asunto al Departamento de Recursos Humanos, pero no tenemos.

Atentamente,

Barbara

P.D.: Gracias por solicitar una nueva grapadora. La solicitud ha sido denegada.

Querida Barbara:

Quizá podrías preguntarle a la gerente si podemos liberar recursos suficientes para contratar un Departamento de Recursos Humanos. A lo mejor yo también podría pedirles prestada una grapadora.

Atentamente,

Luc

Querido Luc:

El sarcasmo no tiene cabida en el lugar de trabajo. Te remito a la circular del mes pasado sobre la nueva política de grapado de papel. Por cuestiones económicas y medioambientales, exigimos que todos los documentos estén unidos con cordeles con herretes, y esperamos que sean reutilizados siempre que sea posible.

Atentamente,

Barbara

Querida Barbara:

Paga el hotel, por favor. Acaba de llamarme el director y corremos el riesgo de perder la sala.

Atentamente,

Luc

P.D.: Nos hemos quedado sin cordeles con herretes.

Querido Luc:

Si os habéis quedado sin cordeles con herretes, envía un formulario de solicitud, por favor.

Atentamente,

Barbara

Estaba redactando una respuesta devastadora, porque tenía una y no supondría estar perdiendo el tiempo en horario laboral, cuando vibró mi teléfono. Era un mensaje de Oliver que, tal como me informó la visualización previa, empezaba con las palabras «malas noticias».

«Mierda. Mierda. Mierda».

Sin que yo se lo pidiera, mi cerebro empezó a completar la frase de cien maneras distintas: el mensaje probablemente decía algo sobre el desorden que había en mi casa y saltaba directo a «quiero dejarlo» en lugar de «ha muerto mi abuela» o «tengo sífilis».

Pero era lógico, ¿no? La noche anterior me había portado como un energúmeno. Oliver había tenido que rescatarme de los periodistas y luego hacerme arrumacos hasta que me quedé dormido como un cachorrito nervioso. Y, por la mañana, desperté totalmente desparramado sobre él y me quejé de que se fuera, cosa que como es obvio ocurrió porque seguía medio dormido y no pensaba con claridad. Aunque, teniendo en cuenta lo medio dormido que estaba y la poca claridad con la que pensaba, recuerdo que planteé argumentos bastante convincentes. Después de todo eso, hasta yo quería romper conmigo mismo.

Al final actué con madurez: metí el teléfono en el cajón sin leer el mensaje y fui a buscar café. En circunstancias normales no me habría sentido aliviado al ver a Rhys Jones haciendo algo, pero el hecho de que ya estuviera instalado junto a la cafetera significaba que aquella operación duraría el triple de lo normal… y eso era exactamente lo que necesitaba.

—¡Gracias a Dios que has venido! —exclamó—. Nunca me acuerdo. ¿El agua va delante y el café detrás o es al revés?

—El café va en la cestita en la que quedan restos de café y el agua va en la parte trasera que ya está medio llena de agua.

—Eso mismo pensaba yo. Pero, ¿sabes cuando lo haces siempre al revés e incluso cuando lo haces bien te equivocas y acabas haciéndolo de la otra manera?

Estaba a punto de decir «no» con mi tono de voz más fulminante, pero algo de razón tenía. A mí me pasaba cuando me tocaba poner la h en «desahucio». Además, Oliver no lo habría aprobado. Oliver, que acababa de mandarme un mensaje diciendo que tenía malas noticias, un mensaje que tendría que leer y afrontar en algún momento, y por el cual probablemente me sentiría herido y... Joder, ¿qué sentido tenía buscarse una distracción si no te distraía de nada?

—Ya sé a qué te refieres —dije.

Adopté una útil postura de espera mientras Rhys Jones Bowen se enfrentaba a las complejidades de la que, para ser sinceros, era una cafetera un poco enrevesada.

—Ay, mierda. —Se golpeó el dorso de la mano con la boquilla de vapor—. Siempre se me olvida que está ahí. Ahora me saldrá una ampolla. Y, encima, es la mano con la que tecleo.

Contuve un suspiro.

—¿Por qué no le pides a Alex un poco de aloe vera? Ya acabo yo y te llevo el café a la mesa.

Hubo una pausa de asombro.

—Eso es muy amable por tu parte, Luc. —Para ser alguien que estaba dedicándome un cumplido, parecía preocupantemente sorprendido—. ¿Va todo bien? ¿Te ha visitado el fantasma de los oficinistas pasados?

—¿Qué? No. Soy... Soy una persona a la que le gusta ayudar.

—No, no lo eres. Eres un gilipollas total, pero aceptaré el café de todos modos. Muchas gracias.

Luego se fue a buscar un remedio para la quemadura y yo acabé de recargar la cafetera. Mientras esperaba a que filtrara, busqué tazas limpias en el fregadero, los armarios y el escurridero, pero no encontré ninguna. Ese era el problema de las buenas obras: que se complicaban. Estaba limpiando un círculo especialmente resistente de la preciada taza con un dragón galés de Rhys cuando la doctora asomó la cabeza.

—Ya que te pones —dijo—, solo y sin azúcar.

Mierda. Aunque no, mierda no. Era perfecto.

Mientras filtraba el café, volví a mi despacho con la intención de mirar el teléfono como un adulto con un sentido de la proporción. Pero, ¿y si la mala noticia era que los periódicos habían convertido la salida de la noche anterior en algo terrible para los dos? «Hijo borracho de estrella del rock secuestra a abogado». O, a lo mejor, un ex de Oliver había vuelto de París para decirle: «Cariño, acabo de acordarme de que eres la persona más maravillosa que he conocido y no debería haberte dejado. Huyamos juntos ahora mismo». Bueno, no lo sabría a menos que mirara.

No miré. El cajón permaneció acusadoramente cerrado mientras abría Outlook y, con los dedos manchados de poso de café, escribía una respuesta mucho más conciliadora para Barbara.

Querida Barbara:

Perdona mi grosería de antes. Estoy preparando té y café para los compañeros de la oficina. ¿Quieres uno?

Luc

Querido Luc:

No.

Atentamente,

Barbara

Reconozco que en esta ocasión me lo merecía.

Ahora que la rama de olivo había sido devuelta al remitente, entré en la cocina, serví dos cafés —solo para la doctora Fairclough y con leche y demasiado azúcar para Rhys Jones Bowen— y se los llevé. Abrigaba la esperanza de poder charlar unos minutos con ellos, cosa que, al menos en el caso de la doctora Fairclough, era tan improbable que Carly Simon podría haber compuesto una enigmática canción sobre el tema. En condiciones normales habría podido contar con Rhys Jones Bowen, pero Alex estaba procurándole tratamiento botánico para las quemaduras. En vista de ello, no tenía más remedio que leer el mensaje de Oliver y, al expresarlo de ese modo, me sentí muy tonto por reaccionar con tanta vehemencia.

Aunque no tan tonto como para que el teléfono no se pasara otros cinco minutos encima de la mesa. Si, por alguna razón, Oliver había decidido que no podía seguir adelante, probablemente no me destrozaría la vida. Ya había cosechado buena publicidad. Y, cuando la prensa amarilla se diera cuenta de que no nos veía juntos desde hacía tiempo, sería demasiado tarde para publicar antes de la Campaña del Pelotero los inevitables titulares de «*Playboy* gay hijo de Fleming abandona a bondadoso abogado». Además, si Oliver pensaba romper, sería más por la situación que por mí. Y, la verdad, nos iría mejor no teniendo que fingir que salíamos, cosa que jamás debería haber aceptado.

Era lo mejor. Sin duda era lo mejor.

Respiré hondo y abrí el mensaje.

Malas noticias —decía—. Caso importante. Me temo que estaré bastante ocupado la próxima semana.

No me jodas. ¿Pero qué clase de analfabeto tecnológico empieza un mensaje con «malas noticias» cuando las noticias son como mucho normales? Me sentí tan aliviado que me enfadé. Por supuesto, lo más probable era que Oliver no hubiera tenido en cuenta mi arraigada —y repetidamente validada— creencia en que todas las cosas buenas de mi vida estaban esperando el momento perfecto para dejarme tirado.

También cabía la ínfima posibilidad de que estuviera siendo un poco dramático.

Cuando dejaron de temblarme las manos, respondí: **¿Esto es una manera educada de decirme que necesitas tiempo para recuperarte de mi apartamento?**

No te engañaré. Ha sido bastante horrible, pero ha tenido compensaciones.

¿Como cuál?, pregunté.

Tú.

Me quedé mirando esa palabra largo rato.

«Recuerda que esto es falso. Recuerda que esto es falso. Recuerda que esto es falso».

CAPÍTULO 21

Fue la semana más larga de la historia, lo cual era absurdo, porque solo había tenido un novio falso durante diez minutos. Y tampoco es que hubiera sabido nunca qué hacer con mi vida, pero antes de que apareciera Oliver me conformaba con pasarme el día ligando en Grindr y luego muriéndome de miedo por si me reconocían y salía otra vez en los periódicos, así que me pasaba las noches medio desnudo debajo de un montón de mantas viendo capítulos de series policíacas escandinavas en Netflix y odiándome a mí mismo. Y ahora... No sé... Supongo que en realidad no me conformaba.

Oliver seguía enviándome mensajes, por supuesto, aunque decía cosas como: Comprando un bagel. El caso es complicado. No puedo hablar del tema. Disculpas por la falta de fotopollas. Lo cual era agradable unos tres segundos y luego me hacía echarlo de menos. ¿Y por qué? ¿Tan vacía estaba mi vida que Oliver podía entrar en ella, sentarse y empezar a ocupar espacio? Probablemente lo estaba, sí. Pero, por alguna razón, después de tan poco tiempo no podía imaginarme a nadie haciendo eso, excepto a él. A fin de cuentas, ¿quién podía ser tan irritante? Y considerado. Y protector. Y un poco divertido en el fondo. Y... joder.

El martes a las nueve de la noche, a mitad de un episodio de *Bordertown* al que no había prestado atención, llegué a la repentina conclusión de que todos mis problemas se resolverían si ordenaba el piso. A las nueve y treinta y seis, llegué a la repentina conclusión de que había sido la peor idea del mundo. Había intentado guardar cosas en sitios, pero los sitios en los que quería guardar cosas ya estaban llenos de cosas que no eran las cosas que supuestamente debían ir en esos sitios, así que tuve que sacar cosas de los sitios, pero no había sitios donde guardar las cosas que salían de los sitios, así que intenté volver a guardar las cosas en los sitios, pero no cabían, lo cual significaba que ahora tenía más cosas y ningún sitio donde guardarlas, y algunas cosas estaban limpias y otras no lo estaban en absoluto, y las cosas que no lo estaban en absoluto se mezclaron con las cosas limpias, y todo era horrible y quería morirme.

Intenté tumbarme en el suelo a llorar patéticamente, pero no había espacio, así que opté por la cama, que estoy convencido de que olía un poco a Oliver, y lloré patéticamente allí.

«Bien jugado, Luc. No eres para nada un fracasado».

¿Qué me ocurría? ¿Por qué me estaba obligando a pasar por aquello? Era todo culpa de Oliver, con su mirada de «eres especial» y sus chorradas de «eres guapo, Lucien». Casi me había convencido de que poseía algún valor, cuando en realidad yo sabía que apenas valía un puto penique.

Entonces sonó el teléfono y estaba tan hecho polvo que lo cogí sin querer.

—¿Eres tú, Luc? —preguntó el gilipollas de mi padre con voz ronca.

—Eh. —Me incorporé de un salto, secándome los mocos y las lágrimas e intentando disimular que había estado llorando desesperadamente—. Yo mismo.

—Siento lo de Reggie. Tiene que gestionar un montón de mierda mía.

Ya éramos dos.

—No pasa nada. Yo…

—Me alegro de que llamaras. Sé que esto es difícil para ti.

Vaya, no me digas.

—Sí, pero supongo que no tendría que haberte dicho que te murieras literalmente.

—Es normal que estés enfadado. Además —se rio como diciendo: «He vivido, experimentado y descubierto dónde radica mi felicidad»—, es lo que habría hecho tu madre cuando tenía tu edad. Y lo que habría hecho yo también.

—Para ya. No tienes derecho a buscar nada de ti en mí.

Hubo un silencio y, sinceramente, no sabía si quería que insistiera o no, si quería que luchara por mí.

—Si es lo que quieres… —dijo.

—Es lo que quiero. —Respiré hondo—. ¿Y ahora qué?

—Como dije en casa de tu madre, quiero conocerte. Cómo ocurra, si es que ocurre, está en tus manos.

—Lo siento. Como nunca he tenido intención de conocer al padre que me abandonó cuando tenía tres años, no lo he planeado con antelación.

—Te propongo una cosa. Estaremos grabando en la granja en un par de semanas. ¿Por qué no vienes el domingo? Para entonces ya deberíamos haber terminado y tendré tiempo para hablar.

Me sonaba que mi padre tenía una absurda granja/estudio/refugio creativo de estrella del rock en Lancashire, cerca de donde me había criado yo.

—Perfecto. Mándame la información. Y —añadí, con bastante agresividad— llevaré a mi novio. ¿Algún problema?

—Ninguno. Si es importante para ti, me gustaría conocerlo.

Aquello me desinfló un poco. No es que esperara que mi padre fuera homófobo, pero me sentía muy cómodo pensando cosas malas de él.

—Ah, vale.

—Me ha gustado hablar contigo, Luc. Nos vemos pronto.

Colgué. Era la única muestra de poder que me quedaba, pero la utilizaría. Por desgracia, hacerlo me dejó tan exhausto, sobre todo después de mi estrepitoso fracaso a la hora de introducir cambios importantes en mi existencia, que me tapé la cabeza con el edredón y me quedé dormido con la ropa puesta.

Cuando volví a mirar el teléfono era mucho más tarde y no había oído ni los doce mensajes de Oliver ni la alarma. Los mensajes decían:

Te echo de menos.

Lo siento. ¿Me he excedido?

Ya sé que solo llevamos unos días.

A lo mejor por eso la gente no quiere salir conmigo.

Aunque no estás saliendo conmigo de verdad.

Espero que no haya sonado presuntuoso.

Seguramente está resultando muy raro.

Imagino que no me contestas porque sigues durmiendo, no porque pienses que soy desagradablemente inseguro.

Si estás despierto y me consideras desagradablemente inseguro, ¿al menos podrías decírmelo?

Vale. Lo más probable es que estés durmiendo.

Y cuando te despiertes y leas todo esto, me moriré de vergüenza.

Lo siento.

Y la alarma decía: «Llegarás tarde al trabajo, carapolla». Pero, aun así, me tomé mi tiempo para contestarle a Oliver.

> **Yo también te echaba de menos, pero me enviaste un millón de mensajes y era como si estuvieras en la habitación.**
> **Por cierto, ¿no hay fotopolla?**
> **Quedaremos con mi padre dentro de dos domingos.**
> **Espero que no te moleste.**

Aunque el piso seguía pareciendo una bomba que se había planteado estallar pero estaba demasiado deprimida y se había sentado en una esquina a comer Pringles y llorar, me sentía extrañamente alegre. A lo mejor me gustaba leer mensajes de Oliver al despertar.

Como de costumbre, llegar tarde a la oficina no acarreaba grandes consecuencias, al margen de las diminutas punzadas de culpabilidad y el hecho de no poder contarle un chiste a Alex, lo cual era una decepción y un alivio a partes iguales. Al zambullirme en lo que yo denominaba de forma ridícula «mi trabajo», me complació ver un correo de un par de donantes que habían retirado su apoyo a la Campaña del Pelotero.

> Apreciado Luc:
>
> Muchas gracias por su correo. Adam ha sabido hoy que nuestro retiro Johrei se ha cancelado, así que tal vez podamos asistir a la Campaña del Pelotero. Nos encantaría aceptar su invitación a comer y poder hablar.
>
> Namasté,
>
> Tamara

Madre de Dios. No tenía donantes favoritos o menos favoritos porque, y sé que digo esto aun siendo una persona que ha vivido toda su vida de los *royalties* de un disco que compuso su madre en los años ochenta, los ricos son unos imbéciles. La variedad particular de imbecilidad de Adam y Tamara Clarke era que se habían enriquecido más de lo que cualquier ser humano tenía derecho a enriquecerse a la vez que daban la tabarra continuamente con lo éticos que eran y el hecho de que habían conseguido el dinero para montar la empresa porque él era banquero de inversiones en 2008. Regentaban una cadena de restaurantes de comida sana en plan vegano llamada Gaia. Porque, claro, la empresa se llamaba Gaia.

Y, ahora que lo pensaba, también significaba que tenía que encontrar un sitio donde llevarlos que no solo contara con la aprobación financiera de Barbara Clench, sino que no sirviera productos animales, que no fuera propiedad del cliente y que no pareciera un intento manifiesto por apoyar a su competencia.

Solté un suspiro de desesperación.

—Venga, méteme una berenjena de canto por el culo.

—¿Puedo ayudarte en algo, Luc? —Rhys Jones Bowen, que se dirigía a la cafetera o a la unidad de quemados, asomó la cabeza en el umbral—. Bueno, en eso no, aunque no te juzgo.

—Era una berenjena retórica, Rhys.

—No sé qué es peor. ¿Qué problema tienes?

—Nada. —Aleteé una mano como restándole importancia—. Cosas de donantes.

Entró sin que nadie lo invitara y se apoltronó en la silla que quedaba libre.

—Cuéntame. Un problema compartido es un problema para dos.

—Me temo que no podrás ayudarme mucho en esto. A menos que conozcas un restaurante vegano barato, pero no insultantemente barato, a poder ser un poco moderno e *indie*, pero no amenazadoramente moderno e *indie*, donde pueda llevar a Adam y Tamara Clarke.

—Ah, fácil. Llévalos al restaurante de Bronwyn.

Me quedé con la boca abierta unos instantes.

—¿Quién es Bronwyn?

—Una amiga mía de hace mucho tiempo. Es vegana y abre un restaurante temporal estos días.

—De acuerdo —dije con escasa convicción—. Suena prometedor. Por curiosidad: ese restaurante temporal no estará en Aberystwyth...

—Luc, me parece ofensivo que des por hecho que solamente conozco cosas en Gales. Está en Islington, aunque ella es de Aberystwyth.

—¿Y seguro que es vegana? ¿No será vulcanóloga o veterinaria?

—Tu falta de confianza en mi persona me resulta un poco dolorosa, Luc. —Sí, parecía bastante dolido, la verdad—. En Gales hay veganos. Y no me refiero solo a las ovejas.

—Lo siento.

—Eso último era broma. Yo puedo hacerla porque soy galés, así que puedes reírte.

El momento, fuera el que fuera, ya había pasado, pero Rhys me estaba haciendo un favor —quizás—, así que forcé un ruido que esperaba que sonara moderadamente divertido.

—Pero no —añadió Rhys a la defensiva—, te aseguro que es vegana. Lo recuerdo porque antes era vegetariana, pero luego explicó que no consideraba éticamente defendible ser vegetariana pero no vegana debido a la compleja interdependencia de la explotación animal en la agricultura industrializada. Por ejemplo, Luc, ¿sabías que hay dos tipos de gallinas, una para poner huevos y otra para comer y, como solo necesitamos a las hembras por los huevos, a los pollitos los tiran en una trituradora grande y hacen comida para gatos con ellos?

—Pues no lo sabía. Gracias por arruinarme los huevos.

—Sí, pero a los soldados les van genial, ¿eh?

Como en la mayoría de las conversaciones con Rhys Jones Bowen, no sabía cómo habíamos llegado hasta allí.

—En fin, volvamos a tu intento por encontrarme un sustituto del beicon. Esa tal Bronwyn que antes era una vegetariana de Aberystwyth y ahora es una vegana de Islington, ¿es…? ¿Cómo lo diría? ¿Lo hace bien?

Se rascó la barba con aire distraído.

—Hace un par de años ganó el Premio de Comidas y Bebidas Eco del sur de Gales, aunque se casó con una inglesa, así que su gusto es cuestionable.

—Un momento. ¿Bronwyn es lesbiana?

—Sería un poco raro que se casara con una mujer si no lo es.

—Ya, pero imaginaba que todos tus amigos serían más…

—Luc, eso suena bastante homófobo, si me permites que te lo diga. —Se puso de pie y, antes de salir al pasillo, se volvió para atravesarme con la mirada—. No eres el único gay de la ciudad, ¿lo sabías?

Me habían dado mi merecido.

Aquella noche, mientras empujaba el desorden de mi piso como si fuera un Sísifo desganado, recibí un mensaje y un adjunto de Oliver. Por un momento me emocioné, hasta que me vi mirando a los ojos de Johnny Depp.

¿Qué coño es esto?, respondí.

Una foto de un capullo.

No tiene gracia, le dije, riéndome, **y ahora no te echo de menos.**

Minutos después: Me alegra que decidieras contactar con tu padre.

Pues a mí no.

Veo que lo llevas bien.

Soy inseguro. Dime lo maduro que estoy siendo.

Creo —y, por alguna razón, podía oírlo como una voz en *off*— que la gente verdaderamente madura no pide elogios por serlo.

Pasito a pasito —escribí—. **Elógiame de todos modos.**

Estás siendo muy maduro y estoy muy impresionado.

¿Eso era tu voz sarcástica? Lo he leído con tu voz sarcástica.

Estoy orgulloso de ti, pero he pensado que sonaría condescendiente si lo decía.

Ya te habrás dado cuenta de que tengo cero respeto por mí mismo.

Hubo una pausa.

No creo que sea verdad. Simplemente has olvidado dónde lo dejaste.

Bueno, ya has visto mi piso.

Normalmente lo habríamos dejado ahí. Él me habría dicho algo más o menos agradable y yo no habría sabido cómo encajarlo. Pero, por alguna razón, aquella noche no estaba preparado para despedirme.

Ya sé que no puedes hablar de ello, bla, bla, bla, pero, ¿estás bien? ¿El trabajo bien? ¿Todo bien?

Ahí estaba yo haciéndome el frío. Como un puto pepino.

Oliver hizo una pausa más larga de lo habitual.

Mierda, me había pasado de la raya. O se había quedado dormido.

Sí, dijo al fin. No estoy acostumbrado...

Dejó la frase a medias un buen rato y luego:

Lo siento. He pulsado enviar antes de tiempo.

No iba a irse de rositas.

Me gustaría ver la otra parte.

No tenía intención de enviar la primera.

Pero lo has hecho y, en cuanto a frases de tres palabras, NO ESTOY ACOSTUMBRADO es casi tan mala como TENEMOS QUE HABLAR.

Lo siento. Lo siento.

¡¡¡OLIVER!!!

No estoy acostumbrado a tener algo en mi vida que para mí es tan importante como el trabajo.

Escribí **Te estás tomando en serio esto del novio falso, ¿verdad?**, pero no tuve valor para enviarlo, así que probé con: **¿Y tus tropecientas mil relaciones?**

Eran diferentes. Y, mientras deslizaba el dedo: Por cierto, creo que deberíamos comer mañana.

Y, de nuevo, antes de que pudiera contestar: Si te parece bien, claro. Soy muy consciente de que el objetivo de este ejercicio era generarte buena publicidad, cosa que no conseguiremos si no nos dejamos ver en público.

Así que comamos.

Como proponía.

En mi otro mensaje.

Vaya, conque le había entrado la histeria.

En mi condición de histérico de talla mundial, era la persona adecuada para interpretar las señales. Podría haber hecho varias cosas. Podría haberle gastado una broma, o haberlo presionado, o haberle tomado el pelo. Pero ninguna parecía adecuada, así que lo dejé pasar.

Suena genial, pero, ¿y tu caso?, respondí.

Sería fantástico que me trajeras algo, un burrito o algo así. He pensado que podríamos comer en un banco.

Si juegas bien tus cartas, te llevo también una bolsa de patatas.

No será necesario, gracias. Una pausa. Me estás vacilando, ¿verdad?

Supongo que lo averiguarás mañana.

Nos vemos en la estatua de Gladstone a la 1. Iremos a algún sitio bonito y fotografiable.

Madre mía, pensaba en todo. Y, en el silencio posterior a su último mensaje, me senté en el sofá con la barbilla apoyada en las rodillas y el cerebro trabajando sin descanso. Era aquel espacio extraño en el que no sabía qué estaba pensando, tan solo que estaba pensando. Pero después llegó la calma, como una llovizna en un día demasiado caluroso.

Bueno, había quedado para comer. Con un abogado. Una cita falsa para comer, eso era cierto. Pero el abogado era real.

Y, de repente, mi trabajo ya no me parecía tan nefasto.

Y mi piso ya no me parecía tan imposible.

Y ya no me sentía tan vacío.

Cogí de nuevo el teléfono, entré en el grupo de WhatsApp y envié otro grito de socorro: **Hace mucho que se me da fatal lo de ser adulto. El piso está hecho una porquería. Novio falso horrorizado. ¡SOS!**

Priya fue la primera en responder: Luc, ¿solo nos mandas mensajes cuando necesitas algo?

Después lo hizo Bridget: YO IRÉ A AYUDARTE. DIME CUÁNDO Y DÓNDE. CÓMO VA CON EL NOVIO FALSO???

Suerte que no quería contárselo a todos mis amigos... Siempre podía pedirles que fueran especialmente discretos con el tema. ¿Cómo era el dicho? Tres pueden mantener un secreto si dos de ellos se esfuerzan mucho.

En mi piso, escribí. **Este fin de semana. Te invito a una pizza. Aunque puede que eso empeore las cosas.**

¡NO encarguéis pizza! James Royce-Royce sonaba afectado incluso por mensaje. Las grandes cadenas están regentadas por nazis. Además, la pizza es terrible. Prepararé un pícnic.

FIESTA DEL ORDEN!!!!! Era Bridget, por supuesto. Creo que tenía las mayúsculas bloqueadas desde 2002. QUÉ ILUSIÓN!!!! QUÉ TAL EL NOVIO FALSO???

Y después Priya: Solo me quieres por la camioneta, ¿verdad?

No pude evitar contestar: **Seguro que eso se lo dices a todas.**

QUÉ TAL EL NOVIO FALSO???

Lo que yo les diga a todas es cosa mía. ¿Quieres follar?

LUC VOY A SEGUIR PREGUNTANDO CÓMO VAN LAS COSAS CON OLIVER HASTA QUE CONTESTES O SE ME CAIGAN LOS DEDOS

Me apiadé de ella, o tal vez de todos los demás.

Es maravilloso. Vamos a casarnos. ¿Por qué crees que tengo que ordenar el piso?

QUE TE PONGAS SARCÁSTICO SIGNIFICA QUE EN EL FONDO TE GUSTA!!! NOS VEMOS EL SÁBADO, QUÉ GANAS!!!

A partir de ahí, la conversación derivó hacia otros temas y la alargué el tiempo suficiente para demostrar que, dijera lo que dijera Priya, no solo hablaba con mis amigos cuando necesitaba algo de ellos. Y luego un poco más para demostrar que no solo me dejaba ver para demostrar que solo hablaba con mis amigos cuando necesitaba algo de ellos. Y luego un poco más porque me di cuenta de que Priya tenía razón y yo era mala persona. Además, era agradable. No me había dado cuenta de lo mucho que me había distanciado de ellos porque habían seguido remando en mi dirección. Pero lo había hecho. Y no debería.

CAPÍTULO 22

Unas fotos mías con Oliver comiendo en un banco cerca de una estatua de Gladstone difícilmente coparían los titulares. «Dos hombres se comen un bocadillo» nunca tendría el tirón de «Famosillo vomita encima de otro famosillo», pero ahí estaban, mostrándome con mi novio en actitud nada amenazante. Volvimos a comer el viernes sin demasiadas expectativas de que a alguien fuera a importarle, pero pensamos que debíamos guardar las apariencias de todos modos. Y aparte, en fin, me gustaba, en fin, verlo, en fin. Y tal. Evidentemente no duraría mucho, porque, cuando pasara un tiempo prudencial desde el aniversario de sus padres, cada uno se iría por su lado sin necesidad de volver a hablar nunca más, pero quizás era… ¿bueno? Cuando todo era ficticio había mucha menos presión. Y por ahora no tenía que pensar mucho en qué haría cuando la ficción desapareciera.

El sábado dio paso al domingo y, a pesar de que Bridge me había asegurado en letras mayúsculas que no veía el momento de ordenar mi piso, no me sorprendió demasiado que llamara a las nueve de la mañana.

—¡Luc, lo siento mucho! —exclamó—. Tenía muchísimas ganas de ir a tu casa, pero no te creerás lo que ha pasado.

—Cuéntame.

—No puedo hablar del tema, pero, ¿conoces *Las espadas él-ficas de Luminera*? Es una serie de veintipico novelas de fantasía de Robert Kennington que llevan publicando desde finales de los años setenta.

—¿No había muerto?

—Sí, en 2009, pero le dejó sus notas a Richard Kavanagh, que iba a escribir los tres últimos libros de la saga. Pero hubo que dividir el primero en tres partes para publicarlo y los otros dos se han dividido en una cuatrilogía y una tetralogía…

—¿No significan las dos cuatro partes?

—Existe una diferencia técnica, pero ahora mismo no tengo tiempo para entrar en eso. En fin, la cuestión es que iba todo muy bien y Netflix estaba interesado en los derechos de los libros tres, siete y nueve, y estábamos intentando que echaran un vistazo a los volúmenes uno, dos y seis. Creo que estaban a punto de que-dárselos, pero ahora Kavanagh también se ha muerto. Y tanto Raymond Carlisle como Roger Clayborn dicen que Kavanagh quería que tomaran ellos el testigo y se niegan a colaborar.

—Sí —dije—, parece… complicado.

—Lo sé, y seguramente tendré que pasarme el día hablan-do por teléfono. Si no consigo que arreglen sus diferencias, me echarán a la calle.

Puse los ojos en blanco, solo porque no podía verme.

—No te van a echar, Bridge. Nunca te echan. Siempre te en-dilgan esas absurdidades porque eres fantástica en tu trabajo.

Hubo un largo silencio.

—¿Te encuentras bien?

—Claro. ¿Por qué?

—No recuerdo la última vez que dijiste algo bonito so-bre… algo.

Pensé en ello más tiempo del que me sentía cómodo teniendo que pensar en ello.

—Cuando te hiciste ese corte de pelo nuevo, el del flequillo mono. Te dije que te sentaba muy bien.

—Eso fue hace tres años.

—No es verdad —repuse con voz entrecortada.

—Luc, recuerdo cuándo se llevaban los flequillos.

—Madre mía. —Me senté en el reposabrazos del sofá—. Lo siento.

—No pasa nada. Me guardo esas historias para cuando sea madrina de tu boda.

—Pues tendrás que guardártelas una buena temporada.

—Entonces será un discurso muy largo. Tengo que dejarte. Pero, por favor, antes dime cuánto te gusta Oliver.

—Con Oliver no hay nada —insistí.

Soltó un gritito de alegría.

—Ya, pero no te quejas de lo pomposo y aburrido que es. Eso significa que está saliendo exactamente según lo planeado. Te dejo. *Ciao*, cariño.

Había colgado antes de que pudiera despedirme.

Veinte minutos después, aparecieron los James Royce-Royce, y James Royce-Royce llevaba una cesta de pícnic.

—Vaya, Luc. —Miró a su alrededor con pesar—. No pensé que esto fuera a estar tan mal. No sé si me sentiré seguro comiendo aquí.

—La gente come en el campo —dije—, donde cagan las vacas. En mi piso no ha cagado ninguna.

—Guisantito, ¿te suena la palabra «eufemismo»?

—¿Has venido a ayudar o a cachondearte de mí?

Se encogió de hombros.

—Quería probar las dos cosas.

212

Fuera, un rugido anunció la llegada de Priya, su novia y su camioneta *pickup*. Bueno, el rugido era la camioneta. Su novia daba miedo en otros sentidos, entre ellos que era una persona adulta de verdad. Cuando por fin estuvimos los cinco hacinados en el salón y rodeados de residuos de los últimos cinco años, me sentí bastante desanimado.

—Bueno —dije, haciendo un gesto de impotencia—, pues esta es mi vida. Ojalá no os hubiera invitado a que la vierais.

—En circunstancias normales diría algo perverso —anunció Priya—, pero ahora mismo eres tan patético que no lo encontraría satisfactorio.

Su novia —que se llamaba Theresa, aunque me costaba no referirme a ella como profesora Lang—, le dio un codazo en las costillas.

—Eso sigue siendo perverso, cariño.

—Te gusto cuando me pongo perversa.

James Royce-Royce las ahuyentó caballerosamente.

—Te diría que buscaras una habitación, pero, como se puede ver, no la hay.

—No está tan mal. —La profesora Lang agarró un cojín del sofá y volvió a soltarlo enseguida—. En mi época de estudiante viví en sitios peores.

—Luc tiene veintiocho años.

Siempre podía contar con que Priya me animara cuando estaba triste.

—Bueno —dijo la profesora Lang, que para mi sorpresa me dedicó una sonrisa pícara—, teniendo en cuenta que cuando yo tenía veintiocho años le mentía a mi marido, negaba mi sexualidad y fingía que el trabajo resolvería todos mis problemas, no estoy en posición de juzgar a nadie.

Me las quedé mirando a las dos.

—No entiendo cómo acabó Priya con alguien que es mucho menos gilipollas que ella.

—Soy una artista torturada —replicó Priya—. Y soy increíble en la cama. Y ahora, ¿cómo abordamos el montón de porquería al que llamas hogar?

Hubo un largo y humillante silencio.

Entonces, James Royce-Royce tomó la palabra de forma inesperada.

—Yo daría prioridad a las cosas que hay que tirar a la basura. Reciclaje ahí —señaló una esquina moderadamente vacía—, basura ahí —señaló otra esquina—, residuos, material electrónico y eléctrico en esa mesa. Priya, Luc y Theresa irán al vertedero mientras James y yo nos ponemos con los platos. Cuando volváis, habrá espacio suficiente para ordenar la ropa. Limpia. —Había llegado el momento de señalar otra vez—. Blanca sucia. Color sucia. Entonces nos reagruparemos y empezaremos con las superficies.

Todos nos tomamos un momento para recordar que a James Royce-Royce se le daban asombrosamente bien algunas tareas.

—¿No es fabuloso? —preguntó James Royce-Royce, que dio un exagerado beso a su marido en la mejilla.

Teníamos trabajo que hacer, y no poco. Aquel sistema facilitaba mucho la tarea, pero había tirado un montón de cosas a lo largo de los años, metafórica y literalmente, y recogerlas todas y encontrar la manera de deshacerse de ellas fue sorprendentemente agotador. Tampoco ayudó que Priya no dejara de preguntar con sarcasmo si quería deshacerme de algo con tanto valor sentimental como un tubo vacío de Twiglets de la Navidad anterior o un solitario calcetín de Mr. Grumpy con un agujero en la punta. Luego llenamos la camioneta de porquería y fuimos al vertedero.

Estuve a punto de enviarle a Oliver una foto del material recién clasificado para su reciclaje con la intención de demostrarle lo sensato y maduro que estaba siendo, pero me di cuenta de que quería sorprenderlo con lo sensato y maduro que estaba siendo. Oliver había dejado dolorosamente claro que el sexo no entraba en la ecuación, pero si al menos ponía orden en mi vida, a lo mejor llegaba a gustarle lo suficiente para que me diera un beso.

Aunque no tenía ningún derecho a esperar eso, pedir eso o imaginarme cómo sería eso. Sin embargo, ahora que me había venido la idea a la mente, no me apetecía soltarla, lo cual era una señal de alarma descomunal. Toda mi vida giraba en torno a no querer cosas que no tenía y, sí, eso me había dejado solo y amargado en un piso desordenado, pero aun así me preocupaba que la alternativa fuera peor.

Cuando volvimos del vertedero, la lavadora iba por la primera carga de un total de unas veintisiete mil y James Royce-Royce había extendido una manta de pícnic a cuadros rojos y blancos en el suelo del comedor, ahora visible. Encima había manjares, e incluso platos limpios donde comerlos. Hacía tiempo que no veía uno de esos.

Nos sentamos todos y esperamos casi pacientemente a que James Royce-Royce explicara qué era cada cosa. Nunca supe si era típico de cocineros o típico de él, pero se enfurruñaba si alguien intentaba comerse un plato suyo sin que antes lo hubiera explicado todo.

—De acuerdo —anunció—, esta es una tradicional tarta de cerdo con hojaldre hervido. Lo siento, no es apto para Priya, pero esto un pícnic. Un pícnic sin tarta de cerdo no es un pícnic.

Priya se lo quedó mirando.

—Sí, eso es totalmente cierto. Tengo un montón de mágicos recuerdos de infancia de cuando en verano íbamos al parque con la familia y mi madre preparaba *roti, samosas, raita* y una tarta que nadie podía comer. Cuando llegábamos a casa, se la prestábamos a nuestros vecinos judíos para que pudieran sacarla en su próximo pícnic.

—Lo siento, cariño. Ha sido culturalmente insensible por mi parte, pero te he cocinado una quiche buenísima.

—Ooh. —Priya se irguió—. ¿Es la de brócoli y queso de cabra?

—Cebolla roja caramelizada, nata y Stilton.

—Vale, me has conquistado. Podéis quedaros vuestra tarta, infieles.

—También hay una ensalada Waldorf de *kale* —prosiguió James Royce-Royce con su habitual ceremoniosidad— con aliño de suero de mantequilla; una selección de cosas para untar, incluido el hummus que tanto te gustó la última vez, Theresa; mi pan casero, naturalmente, y una variedad de quesos locales. Para acabar, tenemos frambuesas con nata en tarros de conserva. Y no te preocupes, Luc, he traído cucharas.

Priya sacó una nevera de detrás del sofá.

—Yo he traído cerveza. —Adoptó una pose royce-royceiana—. Es una suntuosa bebida de lúpulo servida en botella.

—Ya veo por dónde vas, Priya. —Fingió que la fulminaba con la mirada por encima de sus gafas hípster de montura negra—. Y, como ya he mancillado mi reputación cultural, siempre me he preguntado por qué te parece bien el alcohol pero los cerdos no.

—¿Quieres la respuesta larga o la corta?

—¿Cuál es la corta?

—Que te jodan, James —dijo con una sonrisa.

—¿Y la larga? —preguntó él con tiento.

—Porque, por si no te habías percatado, no soy muy buena musulmana. Follo con mujeres, bebo alcohol y no creo en Dios. Pero no comía cerdo de pequeña, así que aún se me hace

216

raro comerme un animal que se revuelca en su propia mierda todo el día.

—En realidad, los cerdos son animales muy limpios.

—Ya —dijo encogiéndose de hombros—, pero aun así no pienso comérmelos.

Hubo un breve periodo de calma mientras intentábamos catar el pícnic típicamente excesivo de James Royce-Royce. Al final, Theresa, que sin duda tenía mejores modales que el resto, dijo:

—Priya me ha contado que tienes un novio nuevo, Luc. ¿Vendrá?

—Tiene trabajo. —Agité un trozo del delicioso pan casero de James Royce-Royce con cierta timidez—. Es abogado.

—¿Qué especialidad?

Ayuda. No me había preparado para el interrogatorio.

—Eh… ¿cosas criminales? Los defiende y tal.

—Eso es admirable. Yo tenía un amigo de la universidad que trabajaba en derecho penal, pero ahora se dedica a la asesoría. Imagino que puede ser agotador y no especialmente lucrativo.

—Bueno, Oliver es muy apasionado. No creo que quiera hacer otra cosa.

Se mostró pensativa unos instantes.

—Entonces está de suerte. Aunque, en mi experiencia, una sola cosa no puede hacerte feliz.

—¿Es tu manera de decirme que quieres hacer un trío? —dijo Priya.

Theresa esbozó una sonrisa irónica.

—Desde luego. Delante de tus amigos, durante un pícnic en un piso que todavía recuerda un poco al sitio de Constantinopla, es exactamente como decidiría mantener esa conversación.

—Imagino que fue algo malo —dije, mientras cogía otro

trozo de tarta infiel—, pero no sé qué pasó en el sitio de Constantinopla.

Theresa volvió a ponerse pensativa. Supongo que la actitud pensativa era lo normal en el mundo académico.

—Lo cierto es que depende del sitio del que estemos hablando, pero yo estaba pensando en el de 1204.

—Menos mal, porque si llega a ser cualquiera de los otros me hubiera ofendido mucho.

Después, la conversación degeneró en una amalgama de descripciones bastante sofisticadas sobre el saqueo de Constantinopla durante la cuarta cruzada (por parte de Theresa) y una especulación bastante pueril sobre la presencia, o ausencia, de mis calzoncillos a rayas en el acto (por parte de todos los demás). Podría haber intentado cambiar de tema, pero, conociendo a mis amigos, cualquier otro tema habría sido igual de malo. Así pues, mientras intentaban averiguar qué elementos de mi colada serían más útiles contra un ejército cruzado, me descubrí mirando disimuladamente el teléfono y resultó que, mientras arrastraba bolsas de basura entre el piso y la camioneta y entre la camioneta y el vertedero, no había visto un mensaje de Oliver.

Me había enviado una foto de Tom Cruise.

Bonito capullo, contesté.

—¡Dios mío, Luc! —gritó James Royce-Royce—. ¿Qué te ha pasado en la cara?

Lo miré sorprendido.

—Si me he manchado de hummus, dímelo.

—Es mucho peor. Estabas sonriendo.

—¿En… en serio?

—Mirando el teléfono.

Entre la sensación de incomodidad y la forma en que me

miraban todos, estaba bastante seguro de que me había ruborizado.

—He visto una cosa graciosa en Internet.

—¡Uau! —dijo Priya, poniendo una cara especialmente sardónica que solo utilizaba cuando me comportaba como un lerdo—. Menuda trola. Con tantos detalles, ha colado.

—Era un gato. Asustándose de... algo.

—Son pepinos. Siempre son pepinos. Y no era una sonrisa de meme de gato. Era una sonrisa de «he recibido un mensaje de alguien que me gusta».

Alcé las manos.

—Vale. Oliver me ha mandado una foto de un capullo, ¿de acuerdo?

Hubo un largo silencio.

—Bueno —dijo James Royce-Royce, suspirando profundamente—, a mí me gusta un buen pene tanto como a cualquiera, pero no suelo poner caritas cuando lo veo.

Un tanto avergonzado, le di la vuelta al teléfono y les enseñé a un joven Tom Cruise con mono de piloto y gafas de sol.

—Es... una especie de... una broma nuestra.

De repente, todos —con la salvedad de Theresa, que parecía un tanto confusa—, sacaron su teléfono y al mío llegaron varias notificaciones del grupo de WhatsApp, que acababa de ser rebautizado como «Cambio de Luc».

Bridget, tenemos algo importante que contarte.

Luc y Oliver están hasta las trancas.

¡No es verdad!

Le ha mandado una foto de un capullo y se ha puesto a reír.

QUÉ? ESO ES IMPOSIBLE, OLIVER NUNCA HARÍA ESO!!!

Era una foto de Tom Cruise.

Eso significa que tienen bromas privadas. Se casan en agosto.
Síííííííí

Nadie se va a casar con nadie. Es solo una broma tonta.
  No significa NADA.

Me parece que es una broma sobre fotopollas. Es del nivel de Luc.
DIOS MÍO, QUÉ MONOS... LUC, MÁNDALE UNA FOTOPOLLA
  AHORA MISMO

No pienso mandarle a mi novio una foto de mi pene ni
  de un tío famoso que sea un capullo solo porque me
  lo han dicho mis amigos.

DIOS MÍO, LO LLAMAS NOVIO!!!

TENGO QUE DEJAROS

EL ESTADO DE WYOMING VA A DEMANDAR A UNO DE MIS
  ESCRITORES

Además, mi novia está aquí y la estamos ignorando y es
  demasiado educada para mencionarlo.

Estaba acostumbrado a que mis amigos se metieran conmigo
por todo, así nos relacionábamos entre nosotros, pero aquella
tarde habían encontrado todo un arsenal de munición. Por lo
visto, la idea de que me importara alguien era tan nueva que dio
pie a una oleada interminable de bromas, mofas y pullas. Y, por
alguna razón, me sentía totalmente indefenso, reducido a tarta-
mudeos y rubores, cuando estaba seguro de que antaño todo
aquello habría rebotado contra mi armadura de apatía.

Me costó un poco acostumbrarme, porque me había pasado
mucho tiempo fingiendo que era invulnerable. Pero era tan obvio que se alegraban por mí, y estaba tan claro que su objetivo
era que reconociera que era feliz, que ni siquiera yo pude justificar ponerme gilipollas. Lo cual significaba que ellos podían
reírse de mí y yo tenía que aguantarlo. Y no estuvo tan mal.

CAPÍTULO 23

Al día siguiente me desperté en un piso limpio, lo cual era raro de la hostia. Era casi como si me hubiera mudado. No reconocía nada, ni sabía dónde estaba nada, y reinaba una sensación de vacío de la que no era consciente desde que se fue Miles. Aunque también reinaba una sensación de posibilidad completamente nueva.

Era todo tan emocionante que salí de la cama sin mi habitual «cinco minutos más. Uy, ya es mediodía». Incluso me planteé vestirme apropiadamente, pero tampoco quería agobiarme con demasiada madurez de golpe y acabé poniéndome la bata. En cambio, sí que hice la cama, no tan bien como Oliver, pero lo suficiente para que no se frotara las sienes de consternación al verla.

Estaba en la cocina, preparando café con sumo cuidado para que no cayeran posos en la reluciente encimera, cuando sonó el teléfono.

—*Allô*, Luc, *mon caneton* —dijo mamá.

—Hola, mamá. ¿Qué tal?

—Solo quería decirte lo orgullosa que estoy de que hicieras el esfuerzo de hablar con tu padre.

—Supongo… —Suspiré—. Supongo que era lo correcto.

221

—Pues claro que lo es. Tiene cáncer. Pero también te habría apoyado si hubieras querido hacer lo incorrecto.

—Me habrías apoyado pero no te habrías sentido orgullosa de mí.

—No, no, aun así me habría sentido orgullosa. Reconozco que una pequeña parte de mí desearía tener valor para mandarlo a la mierda.

—Compusiste un disco entero donde lo mandabas a la mierda.

—Sí, pero en ese momento no tenía cáncer.

—Bueno, no sabemos cómo irá la cosa. —Apoyándome el teléfono entre la oreja y el hombro, intenté sostener la cafetera recta mientras bajaba el émbolo, pero debí de llenarla demasiado, porque salió todo por arriba—. A lo mejor acabo mandándolo a la mierda.

—Es comprensible. Pero también tengo que ajustar cuentas contigo, *mon cher*.

Limpié desesperadamente la encimera con lo que quedaba del papel de cocina que había traído James Royce-Royce.

—¿Por qué? ¿Qué he hecho?

—Lo que has hecho es no contarme que tienes novio. Y lo que es aún peor, se lo has contado a tu padre, cuando ambos sabemos que objetivamente es un enculado total.

—¿Un qué?

—Pierde la gracia traducido. Pero ese no es el tema. El tema es que estoy muy enfadada porque me has estado ocultando cosas.

—Yo no…

Con el ansia por limpiar el pequeño vertido de café, acabé tirando el resto de la cafetera. Mierda.

—Tenías información importante que darme, por ejemplo, que tienes novio, y no me lo constaste. ¿Eso no es ocultarme cosas?

—Ya te dije que tenía una cita.

—Luc, eso es hilar fino.

De acuerdo, ahora tenía dos crisis. Mamá pensaba que le estaba mintiendo y yo había dejado la cocina hecha una calamidad. Abandoné el café momentáneamente y volví al salón, donde me tumbé en el sofá para no estropear nada más.

—Mira, siento no habértelo dicho. Es un poco más complicado que eso.

—*Mon dieu*, está casado, está en el armario, en realidad eres hetero y estás saliendo con una mujer… Ya sabes que te querría igual, incluso si fueras hetero.

—No, no. No es nada de eso.

—Espera, ya lo tengo. En realidad no estás saliendo con nadie. Simplemente has convencido a un pobre hombre para que finja ser tu novio porque estás cansado de que todo el mundo piense que estás solo y eres patético.

El problema de mamá era que me conocía demasiado.

—Pues la verdad es que sí. Justamente. Pero nadie cree que esté solo y sea patético. Resulta que tengo un acto de trabajo muy importante y tenía que ir acompañado.

Oí un suspiro al otro lado de la línea.

—¿Qué estás haciendo, *mon caneton*? Ese comportamiento no es normal ni siquiera teniendo unos padres que son estrellas del rock de los ochenta y encima no se llevan bien.

—Lo sé, lo sé. Pero creo que ha acabado siendo la relación más funcional que he tenido. Por favor, no me la gafes.

—No, tranquilo. Es culpa mía. No fui un modelo de decisiones amorosas positivas cuando eras pequeño y ahora estás saliendo con un hombre de mentira.

—No es un hombre de mentira. —Me incorporé tan de golpe que se cayó medio cojín del sofá—. Es real.

—¿Al menos es gay de verdad? Seguro que acabas enamorado de él y descubres que él está prometido con un duque e intentarás arrebatárselo al duque, el duque intentará que te maten, y él tendrá tuberculosis e intentará hacerte creer que no te ama cuando en realidad sí, y…

—Mamá, ¿eso es *Moulin Rouge*?

—Podría ocurrir. No digo que lo tuyo sea como un musical, pero me preocupa que ese gay de mentira te parta el corazón.

Apoyé la cabeza en las manos.

—¿Puedes dejar de utilizar «gay» como sustantivo, por favor?

—Primero no podía utilizarlo peyorativamente y ahora no puedo utilizarlo como sustantivo. Me cuesta mucho.

—Mira mamá. —Era el momento de emplear mi voz más pausada y racional—. Siento mucho no habértelo explicado antes. Oliver es una persona real, no es Nicole Kidman y hemos acordado que durante un par de meses fingiremos que estamos saliendo para hacernos la vida más fácil a los dos.

Se impuso un largo silencio.

—Solo me preocupa que alguien te haga daño otra vez.

—Ya, bueno. A mí también me preocupó mucho tiempo, y creo que aún me hacía más daño.

Otro silencio prolongado, seguido de:

—Entonces quiero conocerlo.

—¿Qué parte de «novio falso» se te ha pasado por alto? —pregunté.

—No se me ha pasado nada por alto, sobre todo la parte donde has dicho que es la relación más funcional que has tenido en tu vida.

Me había salido el tiro por la culata.

—Aun así no es real.

—Pago las facturas gracias a canciones que compuso una chica que a duras penas recuerdo haber sido. Lo real no es algo que me interese demasiado.

Después de veintiocho años, había llegado a un punto en que solo discutía con mamá para ver cómo salía derrotado.

—Vale, se lo preguntaré. Ahora mismo está trabajando.

—¿Vive en Estados Unidos?

—No, vive en Clerkenwell.

Emitió un sonido galo.

—Deberías venir a verme de todos modos. Judy y yo estamos a punto de empezar una temporada nueva de *Drag Race* y nos gustaría que cotillearas con nosotras sobre las *drag queens*.

Observé el piso, que poco a poco dejaba de estar inmaculado. Al paso que iba, cuando lo viera Oliver volvería a ser un estercolero.

—Iré esta noche.

—¡Yupiii!

—Mamá, nadie dice «yupiii».

—¿Seguro? Lo leí en un libro de expresiones en 1974. En fin, que Judy y yo te veremos esta noche. Haré mi curri especial.

—No hagas tu curri especial

Demasiado tarde. Había colgado.

Me pasé el resto del día tardando el doble de lo normal en hacerlo todo, ya que ahora hacer cualquier cosa en mi piso me obligaba a recoger después o, de lo contrario, me cargaría el duro trabajo de mis amigos antes de tener la oportunidad de ganar puntos con Oliver. Estaba a punto de partir hacia Epsom cuando volvió a sonar el teléfono.

—Siento llamar sin avisar —dijo Oliver.

Me alegró estar solo para poder sonreír como un tonto sin tener que oír comentarios constantemente.

—¿Por qué? ¿Sueles programar las llamadas? ¿Llamas antes de llamar? «Hola, soy Oliver. Solo llamaba para decirte que te llamaré».

Hubo una breve pausa.

—No he caído en lo absurdo que sonaría. Ya sé que te dije que este fin de semana trabajaría, así que igual estás ocupado y quería ser respetuoso.

—«Quería ser respetuoso» sería el título perfecto para tu peli porno.

—Pues se me ocurren títulos peores —murmuró.

—¿Ah, sí? ¿En serio? Porque a mí no.

—¿«El coro de la escuela St. Winifred presenta "No hay nadie como la abuela"»?

Me quedé boquiabierto.

—Eres retorcido.

—Perdóname. Solo intentaba demostrar mi argumento.

—Diría que acabas de destrozar la canción, pero ya se había destrozado ella sola por el mero hecho de existir.

—Lucien —dijo, en un tono que de golpe parecía muy serio y, a pesar de la lección que debería haber aprendido después del mensaje con malas noticias, noté una leve náusea—, te llamo porque he trabajado todo lo que podía en el caso y me… Me gustaría verte esta noche. Si es… conveniente.

Mi corazón dejó de intentar estrangularse a sí mismo.

—Joder, Oliver. No uses esa voz a menos que quieras romper con alguien o que vayas a contarle que se le ha muerto el gato. Por cierto, ¿has dicho «si es conveniente»?

—Me ha entrado el pánico.

—Ese es el título de tu próxima peli porno.

—¿«Si es conveniente» o «Me ha entrado el pánico»?

—Los dos.

—Imagino que andarás ocupado. Ya sé que nos vimos el viernes, y es probable que los periódicos se hayan hartado de ti durante una semana como mínimo… Lo siento, debería haberlo planeado mejor. Y, por favor, no digas que es el título de mi tercera peli porno.

Podría haberme mofado eternamente de sus pelis porno imaginarias, pero también estaba lo de que quería verme. Lo cual era… ¿perfecto?

—No… No es que no…

Mierda. Estaba peligrosamente cerca de decirle a Oliver que prefería verlo a él antes que ver viejos episodios de *Drag Race* con mi madre, su mejor amiga y los spaniels de su mejor amiga. Que, bien mirado, tampoco era el cumplido tremendo que yo había imaginado. Aun así, no pude decirlo.

—Le he dicho por accidente a mi madre que iría a verla esta noche.

—Me gustaría que reconocieras formalmente mi superioridad moral al no mencionar que «Le he dicho por accidente a mi madre» es el título de tu peli porno.

—Ni de coña —protesté—. No te colgarás medallas por no gastar una broma que desde luego estás gastando.

—Negación admisible, Lucien. Negación admisible. —¿Cómo era posible que lo oyera sonreír?—. Pero tendrías que ir a ver a tu madre. Sé lo mucho que significa para ti.

—No… Podrías… —Mierda. Estaba pronunciando aquellas palabras y no podía impedirlo— ¿Venir? Si quieres. Será horrible, porque mi madre ya piensa que eres Nicole Kidman… no hagas preguntas… y preparará curri, plato que no sabe cocinar pero no lo reconoce, y su amiga es… una… Ni siquiera sé cómo describirla, pero una vez me dijo que abatió un elefante en camisón. Y cuando le pregunté qué hacía un elefante en camisón, me dijo que se había metido en su tienda de campaña y se le había enrollado en la trompa.

—Te recomiendo que respires en algún momento del futuro inmediato.

Tenía razón. Respiré.

—Total, que esta vez puedes saltártelo. Estoy seguro de que nuestra relación falsa no ha durado lo suficiente como para que conozcas a mi madre.

—¿No voy a conocer a tu padre la semana que viene?

—Es distinto. Mi madre me importa.

—Me gustaría conocerla si no te incomoda.

Abrí la boca, me di cuenta de que no tenía ni idea de lo que iba a decir, y al final me decanté por:

—De acuerdo.

Como ya llegaba tarde, Oliver propuso que nos encontráramos en Waterloo, y le dije que sonaba a canción de amor terrible de los años cuarenta. Luego le escribí a mi madre para decirle que llevaría a mi novio falso, me puse el abrigo, salí de casa e intenté no pensar mucho en lo que significaba que quisiera que Oliver conociese a mi madre.

CAPÍTULO 24

Media hora después iba en el tren con Oliver y fue raro. El problema era que ir en transporte público con alguien más de dos paradas de metro caía en ese extraño término medio entre necesidad y acto social. Estáis los dos sentados uno delante del otro más o menos el mismo rato que si estuvierais en un restaurante, pero en un entorno mucho peor y sin comida que le dé sentido a todo. Y lo que es peor, me preocupaba soltar algo patético tipo «te he echado de menos» o «he ordenado mi casa por ti».

—¿Cómo va el caso? —dije.

—Me temo que no puedo…

—¿Hablar de ello?

—Exacto.

Hubo una pausa y ambos miramos a todas partes excepto al otro.

—¿Y… —dijo, mientras cruzaba una pierna, volvía a descruzarla y me daba una patada en la rodilla— tu trabajo? Va bien, deduzco.

—Pues digamos que sí. Porque el listón está bastante bajo, la verdad. La Campaña del Pelotero no ha sido trasladada accidentalmente a un almacén de Tooting Bec. Hace al menos un par de semanas que no se incendia nada. Y algunos donantes a los que ahuyenté comportándome como un mal gay podrían dignarse a volver con nosotros.

—Me alegro de que el plan parezca estar funcionado, pero confieso que cada vez me incomodan más las suposiciones subyacentes.

—Será mejor que no te entre el miedo en un tren a medio camino de casa de mi madre.

—No me entra el miedo, pero no creo que debas salir con alguien como yo para que sea aceptable ser alguien como tú.

Finalmente lo miré a los ojos. ¿Cómo era posible que en algún momento me hubieran parecido fríos?

—Ya lo sé. Y lo que más me hincha las gónadas es que ni siquiera son mis numerosos defectos de personalidad lo que les parece objetable, sino que crean que a veces puedo tener sexo esporádico. Lo cual, irónicamente, haría con más frecuencia si estuviera mejor en lo emocional.

—Yo preferiría que no lo hicieras. —Parpadeó varias veces—. No lo digo en plan negativo, pero, que yo sepa, nunca acordamos que esta sería una falsa relación abierta.

—¿Qué es eso? ¿Me estás diciendo que no quieres que mantenga sexo falso con otra gente mientras salga falsamente contigo?

—Bueno, no he pensado mucho en ello, pero, si estuviéramos saliendo de verdad, querría ser monógamo, porque lo prefiero así. Por tanto, si vas a fingir que sales conmigo, me temo que deberás fingir que eres monógamo. Supongo que cuando nos persiga la prensa, se parecerá mucho a ser verdaderamente monógamo. ¿Te supone algún problema?

Parecía que Oliver fuera a hundirse en el asiento.

—Me encantaría poder decir que sí porque los estoy esquivando a codazos, pero, en la práctica, eso solo cambia un poquito el motivo por el que no me acuesto con nadie.

—Yo creía que cuando decías que no mantenías una relación te referías a que no estabas manteniendo una relación, no que... —dijo, mientras yo me lo quedaba mirando como si pretendiera retarlo a acabar la frase— ¿no pudieras tenerla? Por así decirlo.

Tuve que reírme.

—Y seguro que no podrías considerarme más fracasado.

—Ya sabes que no te considero un fracasado, pero no entiendo por qué tienes dificultades... en...

Pareció retorcerse de nuevo en su asiento.

—¿Por así decirlo?

—En ese ámbito.

Habría sido una fantástica oportunidad para forjar una relación más profunda y duradera basada en la confianza, la honestidad y la comprensión mutua. Podría haberle hablado de Miles y de las fiestas locas. Oliver lo habría entendido. Era su estilo.

—Es complicado —acabé diciendo.

Y Oliver no insistió, porque, por supuesto, él no era así, y yo casi quería que lo hiciera para acabar con todo aquello. Pero también era lo peor que podía imaginarme, así que estuvimos callados el resto del camino. Qué divertido.

Nunca me había alegrado tanto de ver la estación de Epsom (falta de servicios, según Google). Con suerte, la lamentable deficiencia de la estación, en la que ni siquiera se podía utilizar la puta tarjeta multiviajes, me distraería de mis intentos lamentablemente inadecuados por conectar con mi novio falso. Nos apeamos y cruzamos el campo en dirección a Pucklethroop-in-the-World.

Se estaba poniendo el sol, y todo era suave, dorado y brillante, como si estuviera tentándome con el romanticismo. Y Oliver llevaba ropa informal: otros vaqueros impecables, en los que anidaba su trasero cautivadoramente fabuloso, y un jersey trenzado de color crema que habría ido que ni pintado en un Tumblr llamado buenorrosconjerseistrenzados.

Se detuvo y apoyó un pie en un escalón. El viento le alborotaba el pelo y por un momento me molestó que la puta atmósfera interactuara más con mi novio falso que yo.

—He estado pensando —dijo—. Seguramente deberíamos perfeccionar un poco nuestro papel de novios antes de la Campaña del Pelotero.

—¿El qué?

No estaba mirando… nada, sobre todo nada relacionado con su paquete. Pero. El peldaño. Tenía un pie apoyado en un peldaño. Ningún juez del país me condenaría.

—No quiero decepcionarte y… Lucien, tengo los ojos aquí arriba.

—Pues para… de restregarme por la cara tus… vaqueros.

Apartó el pie del peldaño.

—Funcionamos cuando estamos los dos solos, pero deberíamos practicar lo de estar en compañía.

—¿Esa es tu manera de decirme que quieres pasar más tiempo conmigo? —pregunté, mirándolo con picardía.

—No, mi manera de decirte que quiero pasar más tiempo contigo ha sido llamarte esta mañana y preguntarte si podía pasar tiempo contigo.

—Ah. Sí. Claro. —Se me ocurrió una cosa—. Un momento. ¿Me estás diciendo que quieres pasar más tiempo conmigo?

—¿Me creerías si te dijera que era por una cuestión de verosimilitud?

—Es posible. Tengo muy poca autoestima.

Consciente sin duda de que estaba mirándolo con suma atención, subió el peldaño y me esperó al otro lado de la valla. Yo subí tras él y, al bajar, le cogí la mano sin pensarlo.

—Pues claro que quiero pasar tiempo contigo —dijo, todavía sosteniéndome la mano—. Me gustaría que me acompañaras al treinta cumpleaños de Jennifer dentro de un par de semanas.

Pusimos rumbo a casa de mi madre. No mencioné lo de la mano por si me la soltaba.

—¿Quién es Jennifer?

—Una vieja amiga de la universidad. Ella y su marido nos han invitado a unos cuantos a cenar.

Lo miré con desconfianza.

—¿Son tus amigos heteros?

—No suelo categorizar a mis amigos por su sexualidad.

—¿Solo tienes amigos heteros?

—Conozco a Tom. Y… y a ti.

—Tom no cuenta, no porque sea bisexual. No cuenta porque sale con Bridget. A ver, no es que salir con una mujer lo haga menos bisexual. Yo solo digo que no es amigo tuyo. La amiga es ella. Y yo soy el desconocido con el que finges salir, así que estoy bastante seguro de que tampoco cuento.

Se alisó el pelo, adorablemente alborotado por el viento.

—Mis amigos son simplemente personas que resulta que son amigas mías. Hay muchas personas heterosexuales en el mundo, y a veces me caen bien.

—Madre de Dios. —Me lo quedé mirando horrorizado—. Eres como esos documentales sobre, no sé, un cerdo que se pierde a las afueras del pueblo y acaba siendo criado por gorilas.

—Creo… Creo que eso podría ser insultante.

—Los cerdos son graciosos.

—Me refería a que, por lo visto, no te gusta que no elija a mis amistades basándome solo en la gente con la que quieren o no quieren acostarse.

—Pero ellos no te… ¿entienden?

—Lucien, la mayoría de las veces eres tú quien no me entiende. —No paraba de retorcer los dedos entre los míos—. Intenté implicarme en la… comunidad. Pero fui a una fiesta LGBTQ+… bueno, por aquel entonces se llamaba LGB… en la universidad, me di cuenta de que no tenía nada en común con aquellas personas salvo mi orientación sexual y no volví más.

Me reí un poco, no porque me pareciera gracioso, sino porque distaba mucho de mi experiencia.

—Cuando yo asistí a mi primera fiesta fue como volver a casa.

—Y me alegro por ti. Pero yo tomé otras decisiones y preferiría que no las vieras como un error.

Sinceramente, no le encontraba el sentido a todo aquello, pero no quería que se enfadase y aún estaba un poco dolido después de que me dijera que no le entendía. Y así era. Pero quería hacerlo. Le di un apretón en la mano.

—Lo siento. Me encantaría ir contigo a esa fiesta hetero.

—Gracias. —Frunció los labios—. Un consejo rápido: si vas a una fiesta hetero, deberías intentar no llamarla así delante de otros heteros.

Solté un resoplido.

—Madre mía, a eso le llamo yo corrección política llevada al extremo.

Atravesamos un par de sembrados que, con el anterior, formaban los tres campos que desembocaban en la Calle de los Tres Campos.

—Ya casi hemos llegado —anuncié, señalando el serpenteante camino—. La calle principal esta por ahí y mamá vive a la vuelta de la esquina.

Oliver emitió un ruido que probablemente no era hipo, pero se le parecía bastante.

—¿Estás bien? —pregunté.

—Un… un… poco nervioso.

—Como debe ser. El curri de mamá es… Mierda, no le he dicho que eras vegetariano.

—No pasa nada. Puedo hacer una excepción.

—No hagas una excepción. De hecho, si puedes, finge que tampoco quieres que yo coma carne. Le estarías haciendo un enorme favor a mi intestino delgado.

—No sé si quedar como el típico hombre que controla la dieta de su hijo me granjearía el afecto de tu madre.

Pensé en ello unos instantes.

—Estoy dispuesto a correr ese riesgo.

—Pues yo no.

Me lo quedé mirando.

—¿Te preocupa conocer a mi madre?

Le sudaba un poco la mano.

—¿Y si no le caigo bien? A lo mejor cree que no soy lo bastante bueno para ti.

—Bueno, si no te marchas y me dejas solo con un niño de tres años, ya lo estarás haciendo mucho mejor que mi padre con ella, así que no tienes mucho que perder.

—Lucien —dijo, mientras le entraba de nuevo el hipo a causa de los nervios—, hablo en serio.

—Y yo también. —Paré y me volví hacia él—. Mira, eres… No puedo creer que me estés obligando a decir esto, pero eres fantástico. Eres listo y considerado, estás bueno, fuiste a Oxford y eres un puto abogado. No te estás muriendo de tuberculosis ni te has prometido con un duque... no preguntes... y... eres bueno conmigo. Y eso es lo que a ella le importa de verdad.

Me miró un buen rato. No sabía qué estaba pensando, pero de repente me sentí desarmado. Tenía la boca seca, se me aceleró el pulso y, en ese momento, lo único que quería era que Oliver...

—Venga —dijo—. Llegaremos tarde.

CAPÍTULO 25

Estaba a punto de meter la llave en la cerradura cuando se abrió la puerta principal. Casi parecía que mamá estuviera agazapada detrás, vigilando la calle a través del vitral en plan chiflada.

—¡Luc, *mon caneton*! —gritó y, cual víbora, desvió su atención hacia Oliver—. Y tú debes de ser el novio falso.

Suspiré.

—Este es Oliver, mamá. Oliver, esta es mi madre.

—Es un placer conocerla, señora O'Donnell.

En cualquier otro caso habría sonado poco natural. En el de Oliver, era su manera de hablar.

—Llámame Odile, por favor. Bienvenido.

Vale. Todo iba bien.

—Pero —añadió mamá—, tienes que aclararme una cosa.

O tal vez no.

—Me ha dicho Luc que eres un novio falso pero no un gay falso. Si es así, ¿por qué no sales con mi hijo de verdad?

—Mamá —dije, estremeciéndome en el umbral—, ¿qué estás haciendo? ¿Ni siquiera conoces a Oliver y ya quieres intimidarlo para que salga conmigo?

—Parece majo. Va limpio, es alto, lleva un jersey bonito…

—No puedo creerme que intentes venderme a un completo desconocido porque te gusta su jersey. Podría ser un asesino en serie.

—No… No lo soy —precisó Oliver al instante—. Para que quede constancia.

Mamá me fulminó con la mirada.

—Así funciona. Aunque sea un asesino en serie, tendría que querer salir contigo.

—Reitero que no soy un asesino en serie —terció Oliver.

—Eso no responde a mi pregunta. Quiero saber qué problema tiene mi hijo para que solo quieras fingir que sales con él. Míralo. Es guapo. Supongo que es un poco desordenado y tiene la nariz un poco grande, pero ya sabes lo que dicen de los hombres con la nariz grande.

Oliver tuvo un ligero acceso de tos.

—¿Que son buenos *sommeliers*?

—*Exactement*. Y que tienen un buen pene.

—Mamá —estallé—, tengo veintiocho años. Para de avergonzarme delante de los chicos.

—No te estoy avergonzando. Estoy diciendo cosas agradables. He dicho que tienes el pene grande. A todo el mundo le gustan los penes grandes.

—Para… de… decir… pene.

—No es más que una palabra, Luc. No seas tan inglés. Yo no te crie así. —Se volvió hacia Oliver—. El padre de Luc tenía el pene enorme.

Comprobé horrorizado que Oliver ponía la mirada pensativa que uno nunca querría que pusiera su novio al imaginarse la polla de su padre.

—¿Tenía? ¿Qué le ha ocurrido en este tiempo?

—Pues no lo sé, pero me gusta pensar que, o bien se le ha

encogido por las drogas, o bien que la vagina de una *groupie* se la dejó diminuta.

—Mamá… —murmuré como si estuviera dándome un abrazo delante de los amigos del colegio.

—Vaaaa, *mon cher*. Siento haberte avergonzado. —Me dio una bochornosa palmada en la mejilla y luego miró al chico ante el cual me estaba avergonzando—. Será mejor que entres, Oliver.

Los seguí y enfilamos el pasillo, que era del tamaño adecuado para mamá, un poco pequeño para mamá y para mí, y muy pequeño para mamá, Oliver, yo y los cuatro spaniels que llegaron corriendo desde el salón y empezaron a olisquear al recién llegado. Oliver hizo eso que hace la gente maja con los perros, es decir, agacharse mientras los perros empiezan a corretear a su alrededor, sacudiendo la cola y moviendo las orejas, esa escena tan adorable y hogareña y asquerosa. Y seguro que, en el futuro, Oliver querría un perro. Probablemente adoptado. Y tendría tres patas, pero lo adiestraría para que atrapara frisbis igual que haría un perro de cuatro patas. Y entonces iría al parque con él a lanzarle el frisbi y se le acercaría un tío muy bueno y le diría: «Qué perro más bonito. ¿Quieres follar?». Y él respondería: «Claro, porque tu madre nunca ha pronunciado la palabra "pene" delante de mí». Y luego alquilarían una casita preciosa en Cheltenham y Oliver haría torrijas cada mañana y pasearían al perro cogidos de la mano y mantendrían conversaciones trascendentales sobre ética y…

—¡Venga! —gritó Judy—. Salid ya del pasillo. Quiero conocer al novio nuevo de Luc.

Entramos en el salón y Oliver esquivó a los spaniels mucho mejor de lo que yo lo había hecho nunca.

—Usted debe de ser la baronesa Cholmondely-Pfaffle —dijo

Oliver con su habitual cortesía innata—. He oído hablar mucho de usted.

—No habrá para tanto. Llámame Judy. Y yo no he oído hablar de ti porque Luc no cree que merezca la pena contarnos nada, ¿verdad, Luc?

Me desplomé en el sofá, como llevaba haciendo toda mi vida.

—Siento no haberos hablado antes de mi novio falso.

—Tú te lo pierdes. Yo sé muy bien lo que es tener un novio falso.

—¿En serio? —pregunté con desconfianza—. ¿De verdad?

Mamá, que solo había interactuado con unas tres personas desde el comienzo del milenio, al parecer confundió «hospitalidad» con «empujón» y empujó a Oliver hacia mí.

—Siéntate, Oliver. Siéntate. Como si estuvieras en tu casa.

—Pues claro —continuó Judy—. Justo después de salir del armario en 1956, me pasé tres meses fingiendo que me había prometido con un ruso encantador.

Oliver se sentó a mi lado y todos los spaniels intentaron subírsele al regazo a la vez. Sinceramente, era comprensible.

—Carlos, Camilla. —Judy chasqueó los dedos—. Miguel de Kent. Abajo. Dejad al pobre en paz.

Carlos, Camilla y Miguel de Kent bajaron avergonzados al suelo y Oliver se quedó con un solo spaniel más manejable. Un spaniel que le había apoyado las patas delanteras en los hombros y le estaba lamiendo la nariz a la vez que lo miraba fijamente a los ojos. Si lo hubiera intentado yo, Oliver me habría dicho que quería que significara algo.

—Dijo… —Si Judy dejara que los perros revoltosos se interpusieran en el camino de una anécdota, jamás habría pronunciado palabra— que era muy importante que la gente pensara que tenía una razón legítima para quedarse en Inglaterra e interactuar con la aristocracia. Puedes quedarte con Eugenie. Es encantadora. Ahora que lo pienso, yo creo que trabajaba para el KGB.

—¿El spaniel? —preguntó Oliver.

—Vladislav. Al final lo sacaron del Támesis con una bala de calibre pequeño en la cabeza. Pobre hombre. Tú no trabajarás para el… Bueno, imagino que ahora sería el FSB, ¿verdad?

—No, pero eso es lo que diría si trabajara para el FSB.

—No trabaja para el FSB —confirmé antes de que Judy se llevara a engaño—. Ni para el KGB. Ni para el NKVD. Ni para SPECTRE. Ni para Hydra. Es abogado. Y es majo. Y ahora déjalo tranquilo.

Mamá, que andaba arriba y abajo por la cocina, asomó la cabeza.

—Es simple interés.

—¿Por saber si es espía?

—En general. Es un invitado. Además, hacía mucho que no traías a un chico.

—Y empiezo a recordar por qué —protesté.

Oliver agitó la mano por detrás de Eugenie.

—No pasa nada, de verdad. Gracias por vuestra hospitalidad.

—Qué educado es el chico —comentó Judy como si Oliver no estuviera presente—. Me cae mucho mejor que Miles. Tenía una mirada perversa, como mi tercer marido.

—¿Miles?

Oliver ladeó la cabeza con semblante de curiosidad.

Mierda. Estaba a punto de vivir una experiencia horrible que probablemente habría podido ahorrarme si hubiera sido más honesto con él. Es como si aquello tuviera moraleja. Judy dio un puñetazo en el reposabrazos y asustó un poco a Miguel de Kent.

—Siempre tuvo mal carácter. Era encantador, claro, pero siempre supe que acabaría…

—Judy —dijo mamá saliendo al rescate, como siempre… bueno, el noventa por ciento de las veces, cuando el problema no era ella—, hemos venido aquí a comer mi curri especial y ver el programa de las *drag queens*, no a hablar de ese hombre.

—Pues empieza a servir, chica. Ya debe de estar listo.

—No se le puede meter prisas a mi curri especial.

—Lleva en la olla de cocción lenta desde que te has levantado esta mañana. Si le metiéramos menos prisa, estaría catatónico.

Mi madre levantó las manos.

—Se llama olla de cocción lenta por algo. Es lenta. Si no lo fuera, se llamaría olla de cocción rápida. O simplemente olla.

Oliver soltó a Eugenie y se puso de pie.

—¿Puedo ayudaros en algo?

Mamá y Judy lo miraron con adoración. Qué bien se le daba el papel de padre. Y lo que era aún peor: estaba bastante convencido de que lo decía sinceramente.

—Por cierto —dije—, debería haberlo mencionado antes, pero Oliver es vegetariano.

Me lanzó una mirada de traición, como si el hecho de que yo hubiera respetado sus decisiones éticas lo dejara en mal lugar delante de mi madre.

—Por favor, no os preocupéis. No hay problema.

—Pues claro que no lo hay. —Mamá consiguió convertir «puf» en un gesto—. Separaré la carne en la cocina.

Judy negó con la cabeza.

—No seas boba, Odile. Eso es una falta de respeto. Lo que tienes que hacer es sacar las verduras y servirlas aparte.

—Os aseguro que no es necesario —protestó Oliver.

Mamá se volvió hacia mí.

—¿Lo ves? ¿Por qué siempre montas un escándalo por nada, Luc? Estás quedando en ridículo.

Mamá se fue y Oliver, diciéndome un «lo siento» mudo, salió detrás de ella. Le tendí a Eugenie una mano para que me hiciera caso, pero lo único que conseguí por las molestias fue que me lanzara una mirada de desdén y saliera corriendo tras Oliver.

Muy bien. Mi novio falso perfecto y el perro bonito podían ir a jugar con mi madre en la cocina mientras yo me veía atrapado en el salón con una divorciada en serie de ochenta y cinco años.

—Nos hemos quedado solos, ¿eh? —Judy tenía esa mirada de «estoy a punto de contar una anécdota larga y no puedes hacer nada al respecto»—. ¿Te he contado alguna vez lo que pasó con esos terneros?

Me rendí con tanta elegancia como pude reunir. Y no era mucha, francamente.

—No me lo has contado. ¿Qué pasó?

—Fueron una decepción terrible. Fui a ver al tío pensando que tendría un buen par de terneros sanos para mí. Pero, cuando llegué, descubrí que iba bastante errada.

—Sí, ya pasa.

—Lo sé. Fuimos al prado y, cuando los trajo, eran inservibles, más o menos la mitad de grandes de lo que yo esperaba. Creo que tenían algún problema, si quieres que te diga la verdad. El de la izquierda tenía una hinchazón rara y el de la derecha cojeaba una barbaridad.

—Por lo visto —comenté, por decir algo—, es mejor que no te los quedaras.

—Eso pensé yo. Como es lógico, les eché un buen vistazo

por si acaso. Los palpé y todo. Pero al final tuve que decirle al hombre: «No, lo siento, pero no me quedaré esos terneros tan raros».

Me sentí enormemente aliviado cuando volvieron mamá, Oliver y Eugenie con el curri antes de que Judy me explicara que el tipo había intentado ofrecerle su gallo de concurso. Oliver le tendió a Judy un cuenco de curri, y luego él, mamá y yo nos sentamos en el sofá como tres monos no especialmente listos.

—¿Esto lleva plátano? —pregunté, hurgando nervioso en lo que dudaba en denominar «mi cena».

Mamá se encogió de hombros.

—Siempre le ponen plátano al curri.

—En según qué curris. En curris en los que el resto de los ingredientes se eligen para complementar el plátano.

—Es como el tofu o la ternera. Absorbe el sabor.

—Está delicioso, Odile —declaró Judy en una muestra de lealtad—. El mejor que has hecho nunca.

Nos quedamos callados mientras nos peleábamos con la comida de mamá. No es que yo fuera un mago de la cocina, pero creo que mamá era un brujo malvado de la cocina. Hacían falta destreza y años de práctica para ser tan sistemática y específicamente mala como era ella.

—Bueno. —No sé si, como de costumbre, Oliver estaba aplicando su lubricante social o si acababa de darse cuenta de que, si hablaba, no tendría que comer. Tenía los ojos llorosos—. ¿Esa guitarra es tuya?

Lo era, y por lo general vivía en la buhardilla. Me gustaría pensar que la habría visto si no hubiera estado tan distraído con todo lo demás.

—Ah, *oui*. El padre de Luc quiere que colabore con él en un nuevo disco.

Me atraganté con el curri. Bueno, ya llevaba rato atragantándome, pero esta vez la reacción fue más emocional que química.

—No me lo habías contado.

—Y tú no me habías contado a mí que tenías un novio falso.

—Eso es distinto. Oliver no nos abandonó hace veinticinco años ni es un completo gilipollas.

—Ni siquiera sé si lo haré, *mon caneton*. —Mamá pinchó con el tenedor un poco de plátano al curri con lo que parecía auténtico deleite—. Hace años que no compongo nada. Creo que ya no tengo nada que decir.

Judy apartó la mirada de su cuenco semivacío. No era de extrañar que la reina siguiera viva: la aristocracia estaba hecha de cemento.

—Eso no es verdad. Solo tienes que volver al ruedo, eso es todo.

—No sé si el ruedo es lo de antes. A veces es mejor dejarlo donde está.

—No puedo creerme que te lo estés planteando siquiera. —Callé cuando ya estaba a punto de gritar—. Obviamente, si quieres componer, me parece fantástico, pero, ¿por qué tienes que hacerlo con el puto Jon Fleming?

—Siempre hemos trabajado bien juntos, y puede que esta sea mi última oportunidad.

Dejé el resto del curri en la mesita. Era la excusa perfecta para no comérmelo, pero ahora mismo también estaba demasiado enfadado para ingerir nada.

—Su última oportunidad, querrás decir. Te está utilizando descaradamente.

—¿Y? Yo también puedo utilizarlo a él.

—Eso es verdad —añadió Judy—. Nunca eres más famoso que cuando estás muerto. Mira a Diana.

—Sí, pero —dije, mientras hacía un esfuerzo por gesticular y le daba un codazo a Oliver sin querer— tendrás que pasar tiempo con él. No merece pasar tiempo contigo.

—Luc, soy yo quien decide con quien paso el tiempo, no tú.

Abrí la boca y volví a cerrarla.

—Lo siento. Yo solo… Lo siento.

—No te preocupes, *mon cher*. No tienes que cuidar de mí. —Se levantó con decisión—. Y ahora, ¿podemos recoger la cena y ver a las reinas locas?

CAPÍTULO 26

En parte debido al deseo de no parecer mal hijo y en parte porque necesitaba un cambio de escena, persuadí a mi madre de que me dejase a mí la tarea de fregar los platos. Hasta que llegué a la cocina no recordé el zafarrancho que mi madre era capaz de formar, sobre todo cuando preparaba el curri especial.

—Ya veo de quién lo has heredado —me dijo Oliver, que entró detrás de mí seguido por Eugenie.

Dejé los cuencos junto al fregadero, que estaba lleno de otras cosas que de ningún modo deberían haber sido necesarias para elaborar algo como lo que acabábamos de comer.

—Lo siento. —Seguí con la vista fija en el fregadero, demasiado asustado para mirar a Oliver, por si acaso estaba horrorizado o decepcionado o confuso o despectivo—. Esto es horrible, ¿verdad?

—Desde luego que no. Son tu familia, y está claro que todos os preocupáis mucho los unos de los otros.

—Sí, pero hemos hablado del pene de mi padre, te hemos servido un curri no vegetariano que estaba de verdad incomible y después yo he tenido con mi madre una pelea que en realidad me gustaría que no hubieras visto.

Me rodeó con los brazos de esa forma envolvente que se le daba tan bien y se apretó contra mi espalda.

—Efectivamente, es muy distinto de aquello a lo que estoy acostumbrado. Pero no… No me parece mal. Es sincero.

—No debería haber perdido los papeles con lo de Jon Fleming.

—Has tenido una discrepancia ligeramente emocional que, según he podido ver, tenía razones fundadas.

Me dejé hundir en él y Oliver apoyó la barbilla cómodamente en mi hombro como si fuera su lugar natural.

—No puedes querer nada de esto.

—Si no quisiera esto, no habría venido.

—Pero debe de parecerte de lo más raro. —Me volví y descubrí demasiado tarde que nos habíamos acercado demasiado, y muy rápido. Probablemente yo debería haberme apartado, pero entre el fregadero y el apocalipsis del curri, no tenía adónde ir. Y, además, no estaba del todo seguro de querer irme—. A ver, tú tienes unos padres plenamente funcionales, y ninguno de los dos ha estado nunca en la cárcel ni en la televisión. Seguro que no reñís en público ni preguntáis a una persona si es del KGB a los dos segundos de haberla conocido.

Él emitió una risa suave, y sentí su aliento tibio y dulce en los labios… Extrañamente dulce, la verdad, teniendo en cuenta el curri. Debía de ser por el plátano.

—No, no hacemos esas cosas. Y reconozco que me alegro bastante de ello. Pero eso no quiere decir que esté mal que lo hagas tú. La gente expresa el amor de maneras muy distintas.

—Y, por lo visto, yo lo expreso siendo un capullo.

—Pues entonces… —Dios, su boca en ese preciso momento no era severa en absoluto—. Debes de sentir un gran afecto por mí.

—Yo…

Yo estaba que me moría. Iba a morirme de puro sonrojo.

—Chicos —llamó mi madre—, estamos cansadas de esperaros y ya estamos calentando motores. No os conviene perderos las entradas. Son una parte muy importante de la experiencia.

Sobresaltados, nos apartamos el uno del otro, casi con sentimiento de culpa, y nos apresuramos a volver al salón.

—Vamos, vamos —dijo mi madre haciéndonos señas para que fuéramos al sofá—. Esta es mi primera velada de visionado. Estoy muy orgullosa.

No podía imaginar nada peor que sentarme en el sofá entre mi madre y mi novio —quiero decir mi novio falso, al que quizás había provocado sentimientos en la cocina de forma accidental— mientras veíamos la *RuPaul's Drag Race* con su mejor amiga y cuatro spaniels que tenían nombres de personas de la realeza. Así que en vez del sofá me senté en el suelo, un poco más cerca de la pierna de Oliver de lo que sin duda era estrictamente necesario. Además, no tenía valor para decirle a mi madre que Judy, Oliver y yo en realidad no formábamos un equipo de visionado. Éramos más bien unas personas que estaban viendo la televisión.

Al parecer, mi madre y Judy iban ya por la sexta temporada, lo cual no debería haberme sorprendido, porque, que yo supiera, la velada normal y corriente de mi madre y Judy consistía en ver Netflix y relajarse, solo que no era un eufemismo. Por lo menos supuse que no era un eufemismo. Probablemente, lo mejor era no pensar demasiado en ello. Antes de que empezara la descripción de lo que iba pasando, ellas ya tenían toda la información de una reinona y, durante los dos episodios siguientes asignaron puntuaciones a las acrobacias que se veían en la pantalla, hicieron predicciones poco acertadas sobre quién iba a ser eliminado y nos preguntaron muy serias qué chico nos parecía que estaba más guapo.

Mi madre detuvo el visionado antes de que comenzara automáticamente el episodio número tres.

—Oliver, ¿te está gustando la *Drag Race*? ¿No te sientes demasiado confuso?

—No —respondió él—, lo estoy llevando bastante bien.

—A lo mejor deberíamos explicarte que la mujer que asigna las puntuaciones al final y el hombre del estudio del principio en realidad son la misma persona.

Me puse la cabeza entre las manos.

—Al principio, pensábamos que era como *Project Runway* y que el hombre del principio era como Tim Gunn y la mujer del final como Heidi Klum. Pero entonces Judy se dio cuenta de que parecían tener el mismo nombre y como se trata de un programa que consiste en que los hombres se disfrazan, seguramente ella es en realidad el mismo hombre, solo que con un vestido.

Levanté la vista de nuevo.

—No se te pasa nada, ¿eh, mamá?

—Sí —coincidió Oliver, siempre educado—, la pista me la ha dado el nombre.

—En serio, Oliver —le pregunté yo, nervioso—, ¿qué te está pareciendo el programa? Podemos dejarlo cuando quieras. En cualquier momento.

—Hum… No tenemos por qué marcharnos, me estoy divirtiendo. Y el programa está… interesante.

—Tienes mucha razón, Oliver —le dijo mi madre girándose hacia él con entusiasmo. Había un 60/40 de probabilidades de que a continuación añadiera algo de lo más inapropiado—. No sabía que había tantas clases distintas de gais. En mis tiempos teníamos a Elton John y a Boy George, y nada más.

—¿Y Freddie Mercury? —propuse yo.

A Judy se le descolgó la mandíbula.

—¿Lo era? ¡Pero si tenía bigote y todo!

—Un gay famoso, me temo.

—En fin, que me aspen si no es verdad que cada día se aprende algo nuevo. —Se volvió hacia Oliver con una expresión de profundo interés. Ay, Dios—. ¿Y qué me dices de ti, hombretón? ¿Alguna vez has probado esa pasarela?

—¿Quiere decir —repuso él— si alguna vez me he disfrazado de reinona?

—¿Es una pregunta insensible? Hoy en día lo dan en la tele, así que me ha parecido oportuna.

Oliver adoptó su gesto reflexivo.

—No estoy muy seguro de querer declararme una autoridad acerca de lo que es insensible o no. Por si sirve de algo, la mayoría de las personas no lo hacen, y yo personalmente tampoco lo he hecho nunca. Sinceramente, no le veo el atractivo.

Siguió una breve pausa.

—En fin, lo hacen para divertirse, ¿no? —dijo Judy—. Como aquellas fiestas a las que íbamos en los años cincuenta, cuando los chicos se ponían vestidos y las chicas trajes, y bebíamos demasiado champán, nos escondíamos en el bosque y hacíamos cositas.

Ay, Dios. Yo estaba peligrosamente cerca de decirles a mi madre y a Judy la frase de «existe un espectro».

—Es complicado —probé a decir en vez de eso—. Lo que para una persona es diversión para otra puede ser muy importante. Y, para otra, realmente problemático.

—Yo pienso por mí mismo. —Oliver cambió de postura, ligeramente incómodo—. Y debo hacer hincapié en que estoy

hablando de manera totalmente personal. Nunca me he identificado del todo con esa forma particular de señalar la identi-
dad. Lo cual siempre me deja con la sensación de que estoy
defraudando un poco a los compañeros.

Mi madre le dio una palmadita tranquilizadora.

—Ah, Oliver, pensar así es muy triste. Estoy segura de que tú
eres uno de los mejores gais.

Miré a Oliver y vi que se había quedado un tanto aturdido.

—Mamá, deja de clasificar a los homosexuales. La cosa no
funciona así.

—No estoy clasificando a nadie. Lo único que digo es que
no tienes por qué sentirte mal porque no te guste ver a hombres que van vestidos de mujer y cuentan chistes verdes. O sea,
a mí me divierte, pero yo soy francesa.

—Claro —dije—, eso es una parte muy importante de la
cultura francesa. Junto con Edith Piaf, Cézanne y la torre Eiffel.

—Oye, ¿has visto cómo vestían antes nuestros reyes? Llevaban la cara perfectamente maquillada y calzaban unos tacones
imposibles.

Oliver lanzó una carcajada.

—Gracias. Creo.

—Es verdad. Nunca permitas que nadie te diga que haces
mal en ser como eres. —Mi madre lo estaba mirando con una
expresión que me recordó todos los reveses que había sufrido
yo en la infancia—. Es igual que el curri especial. Luc lleva
años diciéndome que le pongo demasiado picante, que no debería meterle carne de salchicha y que no debería prepararlo
cuando tengo invitados.

—¿Adónde quieres ir a parar con esa historia? —pregunté—. Porque todas esas cosas son ciertas y tu curri es horrible.

—Adonde quiero ir a parar con esto, *mon caneton*, es a que

me importa un comino. Ese curri es el que hago yo, y lo preparo como me da la puta gana. Y así es como Oliver debería vivir su vida. Porque las personas que importan te querrán de todas maneras.

—Yo... —Por primera vez desde que lo conocía, Oliver se había quedado verdaderamente sin saber qué decir.

—Venga —dijo mi madre al tiempo que cogía el mando a distancia—. Vamos a ver el episodio tres. Las reinonas van a salir en una película de terror.

Judy, que por lo visto había llegado a la conclusión de que el tema había pasado a ser serio, se levantó y atenuó las luces. Mientras nos preparábamos para lo que probablemente iba a ser una maratón del programa *Drag Race*, yo en realidad no sabía muy bien cómo me sentía ni cómo debía sentirme. Mi vida con mi madre y con Judy era una burbuja en la que no permitía que entraran otras personas, en parte porque me preocupaba que no la entendieran, pero también, supongo, porque quería que siguiera siendo mía, por extraño que eso pudiera parecer. Aquel espacio privado en el que mi madre siempre estaba cocinando o diciendo algo horrible, y Judy y ella siempre estaban demasiado ensimismadas en el pasatiempo, el libro o el programa de televisión que les hubiera llamado la atención esa semana; aquel espacio en el que yo siempre era bienvenido, estaba seguro y me sentía amado.

A Miles lo había traído de visita, desde luego, pero nunca había intentado hacerlo formar parte de nuestro mundo. Normalmente bajábamos al *pub* del pueblo y nos tomábamos unas gambas rebozadas con patatas fritas para demostrar que éramos civilizados En cambio, aquí estaba ahora con Oliver y, si bien era exponerse un poco y resultaba un tanto inquietante, también era… ¿Cuál es la palabra? Agradable. Además, Oliver aún no había salido huyendo, a pesar de que mi madre y Judy estaban siendo enormemente ellas mismas.

Apoyé la cabeza en su rodilla y, en algún punto situado entre el minidesafío y la pasarela, Oliver empezó a acariciarme suavemente el cabello con la mano.

CAPÍTULO 27

O liver aún siguió ocupado con su caso (del cual no podía hablar, pero se negó a permitir que yo fingiera que era un asesinato) durante unos cuantos días. Y yo, naturalmente, pasé un fin de semana con mi padre acechando y, a modo de fabuloso aperitivo de ese banquete de tres platos de mierda, también tuve que reunirme con Adam y Tamara Clarke. Esperaba que fuera una experiencia emocionante en un restaurante vegano de moda, y no en un local que acabara de inventarse Rhys Jones Bowen.

Llegué bastante antes de la hora convenida para poder otear el establecimiento y, en caso de total emergencia, pensar una excusa para cancelar. Por suerte, el sitio parecía normal. Sí, visto desde fuera era el típico espacio genérico de reciente creación: una fachada pintada de blanco con un letrero encima del toldo que decía «De Bronwyn», pero por dentro estaba lleno de cestas colgadas de lo alto y muebles reutilizados que abrigué la esperanza de que a los Clarke les pareciesen éticos, de emisiones de carbono neutras y todo eso.

Cuando le di mi nombre a la adolescente hippy que se ocupaba de recibir a los clientes, me condujeron a un acogedor rinconcito y, cortesía de la casa, me entregaron un cuenco lleno de, no sé, semillas. Lo cual fue horrible, porque no me apetecía mucho comerlas, pero me las pusieron delante, así que tuve que probarlas y seguramente me las habría terminado antes de que llegasen mis compañeros de mesa. Estaba intentando, sin éxito, dejar de picotear del cuenco de semillas; la verdad era que estaban bastante bien sazonadas, siempre y cuando fuera posible sazonar algo que en sí mismo ya servía para sazonar cosas, cuando de pronto se acercó a saludarme una mujer corpulenta que llevaba su abundante cabellera castaña recogida en una redecilla y vestía una chaquetilla blanca de cocinero.

—Tú debes de ser Luc —dijo—. Yo soy Bronwyn. Rhys me ha hablado de ti.

—Bueno, no sé qué te habrá dicho, pero no soy racista.

—Oh, lo más seguro es que sí lo seas. Los ingleses sois todos iguales.

—¿Y eso —pregunté— te parece correcto?

—Creo que vas a descubrir que se trata de una cuestión de interseccionalidad. Pero, fundamentalmente, mi pueblo nunca ha invadido tu país ni ha intentado erradicar tu idioma.

Me arrellané en el barril de whisky reciclado sobre el que estaba sentado.

—De acuerdo. Bien visto. Gracias por aceptar la reserva.

—No pasa nada. Rhys me ha dicho que eres un imbécil que no tiene remedio y que si esto no sale a la perfección te despedirán.

—Me alegro de saber que os tengo a los dos de mi parte. En fin, ¿qué es lo que está bueno?

—Todo está bueno. —Sonrió de oreja a oreja—. Soy buenísima en mi trabajo.

—Voy a expresarlo de otro modo. Supón que yo fuera un carnívoro empedernido que está intentando impresionar a dos posibles donantes que dirigen una cadena de cafés veganos. ¿Qué puedo pedir para dar la impresión de que sé lo que me hago?

—Bueno, si quieres algo relativamente predecible, puedes pedir la hamburguesa de anacardos y semillas de girasol, pero entonces daría la sensación de que lo que te gustaría de verdad es poder comerte un filete.

—No pretendo ofender, pero lo más seguro es que esté deseando de verdad poder comerme un filete.

—Sí, eso resulta un poco ofensivo, teniendo en cuenta que estás en mi restaurante. Si quieres fingir que sabes de verdad lo que es una verdura, podrías pedir la ensalada César con yaca o la lasaña de tomate. Y si te sientes aventurero, podrías probar el tofu rebozado de sésamo.

—Gracias. Es cierto que tengo algún problemilla de desprecio hacia mí mismo, pero me parece que todavía no estoy por la labor de comer pasta de soja.

—Permíteme que te dé un consejo, Luc. Deja de hablar así cuando vengan tus invitados. No les va a gustar.

—Sí, ya lo sé. Es que estoy intentando sacármelo de encima antes de verme en la obligación de ser educado con los Clarke.

Ella hizo una mueca.

—¿Quiénes, los de Gaia?

—¿No eres admiradora suya? ¿No son el Starbucks del veganismo?

—No es por eso. Pero es que son muy… En fin, digamos que hago esto porque opino que comer productos de origen animal representa una crueldad innecesaria y una catástrofe medioambiental que podría evitarse. No lo hago porque quiera envolver el mundo en una energía sanadora divina ni promocionar las esterillas de yoga.

La miré con una expresión de ligera alarma.

—No irás a decirles eso a ellos, ¿no?

—De los dos, ¿cuál es el que ha hablado mal del tofu delante de un cocinero vegano?

—Pensaba que más bien he hablado mal de mí mismo, pero tienes razón.

—Sea como sea, te dejo ya con el… Ah, te has comido todas las semillas.

Mierda. Era verdad.

—E imagino que no podrás traerme más, ¿verdad? De todas formas, ¿qué aliño les pones? ¿Cocaína?

—Sal, más que nada, y unas cuantas especias.

—Son realmente adictivas.

—Ya lo sé, y ni siquiera salen de una vaca muerta.

Unos minutos después de que ella regresara a la cocina y la adolescente me hubiera rellenado el cuenco de semillas, llegaron Adam y Tamara, esbeltos, bronceados y sonrientes. Me saludaron con un *namasté* y se sentaron enfrente de mí, un gesto que creó cierta incomodidad, como si fuera una entrevista de trabajo. Lo cual, supongo, es lo que era aquello en cierto modo.

—Es un sitio encantador —dijo Tamara—. Bien hecho.

Compuse mi mejor sonrisa.

—Sí, la chef llevaba ya una temporada en mi radar. Y cuando me enteré de que iba a abrir un restaurante nuevo, inmediatamente pensé en vosotros.

—Tengo la sensación de que ha pasado bastante tiempo desde la última vez que hablamos. —Adam se metió una semilla en la boca. Era atractivo a su extraña manera de persona que intenta parecer mayor. La última vez que busqué su nombre en Google, tenía cincuenta y pocos pero aparentaba cualquier edad entre treinta y unos seis mil años.

—Así es. —Estaba bastante seguro de que Adam estaba insinuando que yo no les había acariciado el ego lo suficiente en los últimos tiempos, así que adopté la estrategia de poner una excusa que sonase a cumplido.

—Pero ahora que la franquicia ya está en marcha, no voy a preocuparme tanto de molestaros. Tengo entendido que va muy bien.

Tamara, que era justo lo bastante más joven que Adam como para que la diferencia resultara extraña pero no lo bastante para que uno no se sintiera como un moralista por encontrarla extraña, se llevó tímidamente la mano a lo que yo enseguida sospeché que era un chakra.

—Hemos sido bendecidos.

—Si uno vierte buena energía al universo —agregó Adam—, recibe a su vez buena energía.

Dios. Para cuando acabara aquello, iba a tener una acumulación casi letal de sarcasmo sin usar.

—Me parece una filosofía de lo más positiva y sé que siempre os habéis guiado por ella.

—Consideramos que tenemos el deber de dar un ejemplo positivo. —Esto lo dijo Tamara.

Adam asintió con un gesto de aprobación.

—Para mí es de una gran importancia, porque antes trabajaba en un sector muy negativo, e incluso con la ayuda de Tamara tardé mucho tiempo en superarlo.

Llegado este momento, tuve un respiro momentáneo cuando se acercó la adolescente a tomarnos el pedido, y Adam y Tamara la sometieron al tercer grado preguntándole de dónde procedían los ingredientes que se utilizaban en el restaurante y qué partes concretas eran orgánicas. Me pregunté a medias si no habría sido mejor estrategia llevarlos a otro lugar que guardara menos afinidad con sus valores, para que pudieran tener la satisfacción de sentirse insatisfechos con él. Al final, me decidí por la ensalada César con yaca, a pesar de que no sabía lo que era la yaca, porque supuse que era un buen punto intermedio entre hacer un esfuerzo y esforzarme demasiado.

—En fin —dijo Tamara inclinándose hacia delante con cara seria—, estamos muy contentos de tener esta oportunidad para hablar contigo, Luc. Como ya sabes, consideramos que la labor que está llevando a cabo CACCA para restaurar el equilibrio natural de la tierra tiene una importancia increíble.

Hice un verdadero esfuerzo por adoptar el mismo aire de seriedad que ella.

—Gracias. Siempre nos hemos sentido muy agradecidos por vuestra generosidad. Pero, más que eso, siempre hemos tenido la impresión de que vosotros entendéis cuál es nuestra misión.

—Me alegro mucho de ello —dijo Adam—. Pero, Luc, la cosa es que nuestros valores constituyen el centro de nuestro estilo de vida.

—Y... —Ahora le tocaba hablar a Tamara—. Algunas cosas que venimos oyendo recientemente nos han resultado muy preocupantes.

—Como lo que estábamos diciendo. Pensamos que de verdad es muy importante emitir la energía adecuada.

—Y, como es lógico, la naturaleza nos importa mucho. Y estar en armonía con la naturaleza y con nosotros mismos.

—Así pues, para ser francos, y dicho de forma estrictamente no oficial, nos preocupa un poco que ciertos elementos de tu estilo de vida no sean necesariamente compatibles con lo que nosotros consideramos vivir de forma saludable y positiva.

Estaba bastante seguro de que podrían haber continuado así al menos durante otra hora, pero, gracias a Dios, al parecer pensaron que ya habían dejado clara su postura. Y ahora me estaban mirando con gesto expectante.

No sé por qué, pero no les arrojé las semillas.

—Entiendo muy bien a qué os referís —les dije—. Y, para seros franco, y dicho de forma estrictamente no oficial, en los últimos tiempos yo no he estado en el mejor sitio. Pero he dedicado un tiempo a reflexionar y hacer introspección, y aunque calculo que va a ser un proceso bastante lento y holístico, estoy empezando a dar pasos para reorientarme con el lugar en el que se supone que debo estar en la vida.

Tamara deslizó una mano sobre la mesa y la posó encima de la mía, como dándome su bendición.

—Eso sí que es estar centrado, Luc. No hay muchas personas que tengan el valor necesario para hacer eso.

—Solo para que quede claro —dijo Adam, que de repente pareció sentirse un tanto incómodo—, esto no tiene nada que ver con el hecho de que seas gay.

Tamara hizo un gesto de asentimiento.

—Tenemos montones de amigos gais.

Abrí muchos los ojos en una expresión de tranquilizadora incredulidad que llevaba mucho tiempo ensayando.

—Qué va, ni siquiera se me ha pasado por la cabeza que tuviera algo que ver.

Un par de horas más tarde ya se habían ido, después de no haberse borrado de la Campaña del Pelotero, a la cual podrían asistir porque no iban a tener su retiro espiritual Johrei. Lo celebré y/o me consolé comiéndome un *brownie* con caramelo que estaba la mar de bueno. Mi teoría era que tomarse un postre en un restaurante vegano era como tener sexo con alguien menos atractivo que uno: sabían que era difícil venderlo, así que se esforzaban más.

—¿Qué tal estaba la yaca? —me preguntó Bronwyn después de aparecer a mi lado.

—Sorprendentemente buena. Incluso ha habido una pausa de treinta segundos en la que he dejado de desear que fuera carne.

La chef se cruzó de brazos.

—Estabas deseando desahogarte, ¿verdad?

—Sí, sí, en efecto. Son gentuza, Bronwyn.

—Le echo la culpa al yoga. Pasar tanto tiempo boca abajo en la postura del perro no puede ser bueno.

—Lo cierto es que han dicho que «no tiene nada que ver con el hecho de que seas gay».

—Ah, ¿o sea que tiene que ver con el hecho de que seas gay?

—Sí. —Recogí las últimas migas del *brownie*—. Han llegado a ese punto en el que se han dado cuenta de que ser homófobo es malo, pero todavía no se han reconciliado con el hecho de que son un poco suspicaces con los gais.

Bronwyn lanzó un bufido.

—¿Vas a necesitar otro *brownie*?

—La verdad es que creo que sí. Esto va a la cuenta de la empresa. Y considero que me lo deben.

De hecho, Bronwyn me trajo otro *brownie*. Y yo, de hecho, me lo comí.

—Ah, a propósito —dijo sentándose en un palé de botellas de vino reciclado—. Rhys me ha mandado un mensaje. Quiere saber si van a despedirte o no. Se preocupa por ti, Luc. Le preocupa que seas tan capullo.

—Me parece que la cosa ha ido bien. Sea capullo o no, se me da de miedo mimar a los heteros cuando es necesario.

—En fin, con algo hay que ganarse la vida, ¿no? Seguro que es mejor que cavar agujeros.

Me removí inquieto en el sitio.

—¿No crees que la cosa está… jodida?

—No sirve de nada que me preguntes a mí. No soy el papa de los gais. ¿Qué opinas tú?

Seguí removiéndome inquieto.

—No es lo que se dice una parte importante de mi trabajo. Simplemente lo parece en este momento.

—¿Quieres decir —propuso ella, solícita— que es porque has salido en los periódicos retratado como una puta drogata?

—Disculpa. Últimamente he salido en los periódicos con un novio muy guapo.

—Sí, pero eso ha sido solo para guardar las apariencias, ¿no?

Me pasé una mano por la cara.

—¿Rhys les ha contado esto a todos los habitantes de Gales?

—Oh, lo dudo. No creo que conozca a nadie en Llanfyllin. Sea como sea —volvió a levantarse—, deberías traerte aquí a tu falso novio en una falsa cita. Hasta le serviré una falsa hamburguesa.

—De hecho, es vegetariano.

—Pues ahí lo tienes. Con un poco de suerte, yo obtendré un poco de publicidad de ello y tú conseguirás disfrutar de mi comida sin la homofobia ocasional.

Ahora que lo mencionaba, a Oliver le encantaría este restaurante, y ya que lo único que yo había conseguido llevarle en nuestras citas para comer habían sido dos típicos e idénticos bocadillos de aguacate de Pret, le debía una comida en condiciones. Además, podría dejar que él pidiera por mí, y así podría observarlo en su faceta seria y gastronómica y…

La publicidad, eso era lo principal. Estaba seguro de que

acudir a restaurantes veganos con el abogado con el que uno estaba teniendo una relación monógama era un comportamiento que los donantes verían con buenos ojos.

—Gracias —le dije—. Eso estaría… genial.

Ella asintió con la cabeza.

—Voy a traerte la cuenta.

Me saqué el teléfono del bolsillo y descubrí que tenía una foto de Hugh Jackman esperándome. Que era, sin lugar a dudas, mi capullo favorito.

¿Te apetece venir conmigo a un nuevo restaurante vegano?, le escribí.

Al cabo de unos minutos me respondió.

Por supuesto. ¿Es por trabajo o para seguir gestionando tu reputación?

Para ambas cosas. Porque era verdad. Pero también no lo era. **Pero te va a gustar.**

Muy atento por tu parte, Lucien.

En absoluto. Era muy atento por parte de una lesbiana galesa. Aun así, era lo más cerca que había estado de hacer un esfuerzo en mucho tiempo. Y eso sí que daba un miedo de cojones.

Pero no lo suficiente como para detenerme.

CAPÍTULO 28

No había pensado mucho en cómo se iba a la casa de mi padre. Mi plan consistía en quitármelo totalmente de la cabeza hasta el sábado por la noche, después de caer presa del pánico y después tal vez de descubrir que al final no iba a poder ir. Sin embargo, Oliver no solo había consultado la ruta en Google sino que había alquilado un coche para el fin de semana. Lo cual fue muy considerado por su parte. Y también exasperante.

Con un ojo para la logística que podría haber parecido romántico si uno sufriera estrabismo —y nuestra relación no fuera totalmente ficticia—, sugirió que lo más práctico sería que yo me quedara a dormir en su casa la noche anterior. A mí esa idea me pareció sumamente atractiva, excepto que la alternancia de ahora juntos sí, ahora juntos no de nuestra relación empezaba a resultarme difícil de llevar. Mi cerebro no sabía qué hacer con un hombre amable, considerado y comprensivo salvo decirme que saliera, que saliera ya mismo, antes de que él utilizara lo que le había dado yo para hacerme daño. Cosa que, como es lógico, no podía hacer porque los dos necesitábamos aquello y habíamos hecho un trato.

Habría sido mucho más fácil si solo estuviéramos follando. En ese caso, él sería un tipo con el que yo me acostaba y yo sabría a qué atenerme. Y sí: después él podría acudir a los periódicos y contar un puñado de sucias anécdotas sexuales. Pero a aquellas alturas, eso apenas era noticia, aunque yo lo hubiera aceptado sin dudar antes que los artículos que hablaran de lo mucho que amaba a mi madre o lo mucho que me había jodido mi padre, o el hecho de que tenía una trágica fijación con las torrijas. Cosas relativas a mi persona.

Sea como fuere, el sábado por la noche lo llevé a By Bronwyn y, sin vergüenza alguna, pasé unos doce segundos exhibiendo mis conocimientos de la cocina vegana, hasta que él me miró como diciendo «chorradas» y me preguntó qué era la yaca. De modo que reconocí que no tenía ni idea y le dije que pidiera por mí, lo cual lo puso mucho más contento de lo normal. Él pidió el tofu rebozado y, demostrando que intuía muy bien mis preferencias, eligió para mí la hamburguesa que yo no habría pedido por considerarla demasiado superficial. Y lo cierto es que fue una velada muy agradable: estuvimos hablando de su caso en los tribunales, ahora que ya había terminado, y yo le conté mis impresiones sobre Adam y Tamara Clarke, y a mitad de una botella de vino vegano (porque, por lo visto, la mayoría de los vinos contienen vejiga de pescado por no sé qué motivo), pasamos a hablar de los detalles del programa *Drag Race*. Y de aquello a prácticamente todo, la conversación fue haciendo sus giros y sus meandros y volviendo sobre sí misma como solo me sucedía con mis amigos más antiguos y más íntimos.

Como es natural, Oliver insistió en que no quería postre y luego se comió la mitad de mi *brownie* tras una pequeña refriega sobre quién debía sostener la cuchara.

—¿Qué demonios te pasa? —le pregunté cuando intentó quitármela de la mano. Una vez más.

—Sé comer solo, Lucien.

—También puedes pedirte un puto postre para ti.

—Ya te lo he dicho. No soy muy aficionado a los postres.

Lo miré con cara de pocos amigos.

—Estás mirando mi *brownie* con ojos de cachorrito.

—Es que... —Estaba sonrojándose—. Es que se me hace raro no comer mientras comes tú.

—Oliver. ¿Eso es mentira?

El sonrojo se acentuó.

—«Mentira» es una palabra muy fuerte. Podría resultar un poco... engañosa.

—No puedes tener las dos cosas a la vez. Puedes obtener los puntos de virtuoso por no comer tarta o puedes comer tarta. Y ya ves en qué lado de esa ecuación me encuentro yo.

—Supongo que simplemente pienso que no debería.

Solo Oliver era capaz de transformar un *brownie* en un dilema ético. Bueno, Oliver y Julia Roberts.

—Seguirás siendo una buena persona aunque te tomes un postre.

—Ya, bueno. —Se removió en el asiento en uno de sus gestos de timidez—. También están las consideraciones prácticas.

—¿Cuáles, que eres literalmente alérgico a divertirte?

—En cierto modo. El... el... torso en forma de V que tú admiras tanto no se mantiene solo.

Me lo quedé mirando y de repente me sentí culpable. Supongo que, aunque racionalmente sabía que uno no consigue un cuerpo así a no ser que se mate, de todas formas lo había dado por sentado.

—Si te sirve de ayuda, te diré que sigues rechazándome en el terreno sexual, aunque empieces a parecer una persona normal.

—Eso dices tú. Pero hasta que me quité la camisa no expresaste el menor interés.

—No es cierto. ¿Y lo del cumpleaños de Bridget?

—Eso no cuenta. Estabas tan borracho que sospecho que te habrías follado hasta el palo de una escoba.

—Tampoco es cierto. Y, para que conste —dije, mientras me echaba al coleto un trago de vino vegano—, de hecho llevo bastante tiempo estudiándote. Lo del torso en forma de V ha sido simplemente una excusa cómoda. Claro que si no quieres comer *brownies* porque prefieres cuidar tu cuerpo, perfecto. Pero si te apetece el puñetero *brownie*, podemos compartir el puñetero *brownie*.

Siguió un largo silencio.

—Creo que… —dijo Oliver— me apetece el *brownie*.

—Bien. Pero, como castigo por no haber tenido el valor de pedirte uno para ti, voy a dártelo yo de forma muy sexi.

Y otra vez volvió el sonrojo.

—¿Es necesario?

—Pues no. —Le sonreí desde el otro lado de la mesa—. Pero voy a hacerlo de todos modos.

—Me parece que vas a descubrir que no es un alimento muy sexi.

—Te he visto comer un *posset* de limón. Voy a encontrar esto muy sexi, te guste o no.

—Genial. —Me miró con calma—. Dámelo, nene. Dámelo bien duro.

—Estás intentando aguarme la fiesta. Pero no te está funcionando.

Aunque Oliver mostraba un gesto ligeramente horrorizado, me apoyé en la mesa y le metí un trozo de *brownie* en la boca. Transcurridos unos segundos pasó a adoptar esa maravillosa expresión de felicidad que ponía cuando se tomaba un postre. Hasta que regresamos a casa y estuvimos decorosamente tumbados en la cama el uno al lado del otro, no me di cuenta de que ponerme meloso y sensual con un tipo que nunca iba a follarme había sido un error de estrategia de proporciones épicas. Porque de repente solo podía pensar en cómo se le habían ablandado de placer los labios y los ojos, y en cómo su aliento me había rozado las yemas de los dedos. Y se me estaba yendo la cabeza. Pero estaba en su casa, y él estaba allí mismo, así que ni siquiera podía aliviarme haciéndome una paja.

Creo que no dormí bien. Y, además de eso, Oliver me hizo levantarme a las siete. Lo cual, no exagero, es lo peor que le puede suceder a un ser humano. Y así lo reflejé en mi comportamiento, escondiéndome debajo de las mantas, lloriqueando e insultándolo.

—Pero —terminó diciendo con las manos en las caderas— si he preparado torrijas.

Lo miré desde debajo de la almohada que me había puesto encima de la cabeza.

—¿De verdad? ¿De verdad, verdad?

—Sí. Aunque ahora que me has insultado llamándome tirano del alegre desayuno, no estoy seguro de que te las merezcas.

—Lo siento. —Me incorporé—. No me había dado cuenta de que de verdad habías preparado el desayuno.

—Pues lo he preparado.

—¿Y de verdad hay torrijas?

—Sí. De verdad hay torrijas.

—¿Para mí?

—Lucien, no entiendo por qué te obsesiona tanto el pan rebozado con huevo.

Me parece que me ruboricé.

—No lo sé. Es que encuentro que las torrijas tienen un maravilloso aire doméstico que me resulta, no sé, especial.

—Entiendo.

—Y, sinceramente —reconocí—, nunca había imaginado que alguien fuera a preparármelas.

Oliver me apartó el pelo de los ojos casi con ademán distraído.

—¿Sabes? A veces eres un encanto.

—Yo… —Mierda, no sabía qué hacer conmigo mismo—. Vale, vale. Ya me levanto.

Cuarenta minutos después, ya duchado a regañadientes pero atiborrado de torrijas, estábamos en la carretera de camino a Lancashire. Y yo ya iba aceptando poco a poco que Oliver y yo habíamos firmado el acuerdo de hacer juntos un viaje de cuatro horas en coche. O, mejor dicho, Oliver había firmado pasar cuatro horas al volante para llevarme a ver a mi padre en un coche alquilado por él. Y, una vez más, yo tenía que enfrentarme al hecho de que Oliver se estaba tomando aquella farsa del falso novio mucho más en serio que cualquier novio auténtico que yo hubiera tenido.

—Hum. —Me removí en el asiento—. Te agradezco que hagas esto. No pensaba que Lancashire estuviera tan… lejos.

—Bueno, he sido yo el que te ha animado para que vayas a ver a tu padre, de modo que supongo que esto me lo he buscado yo mismo.

—Ya sé que apenas lo he visto, pero es que esto es muy típico de él.

—¿A qué te refieres?

—Pues ya sabes. A lo de armar tanto escándalo con eso de recuperar el contacto y después obligarme a desplazarme hasta Lancashire con ese objetivo. ¿Qué pasaría si yo no tuviera un novio falso que supiera conducir? Esto sería una gilipollez.

—Menos mal que sí tienes un novio falso que sabe conducir.

Lo miré de soslayo.

—Sí. Y me ofrecería a compensártelo, pero tú me rechazas continuamente.

—Solo una observación, Lucien. Hay otras maneras de devolver un favor a una persona, aparte del sexo.

—Eso lo dices tú. Yo sigo siendo escéptico.

Emitió un leve carraspeo.

—¿Cómo te sientes respecto a ver a tu padre?

—Molesto.

Oliver, siempre la viva personificación del tacto, no siguió presionando.

—¿Te importa que ponga un pódcast? —me preguntó.

Obviamente, a Oliver le iban los pódcast.

—Vale, pero si es una charla TED o el pódcast de ficción del *New Yorker*, me voy hasta Lancashire andando.

—¿Qué tiene de malo el pódcast de ficción del *New Yorker*?

—Que es el pódcast de ficción del *New Yorker*.

Enchufó su teléfono en el salpicadero y el coche se llenó de música tipo *En los límites de la realidad* y de la voz de un estadounidense que poseía una sonoridad muy extraña.

—De acuerdo —le dije—, ¿podemos añadir *This American Life* a la lista de pódcast prohibidos?

—Bienvenidos a Night Vale —dijo el estadounidense de voz extraña y sonora.

Contemplé el perfil sereno de Oliver.

—¿Qué está pasando?

—Es *Bienvenidos a Night Vale*.

—Ya, eso lo he deducido por el tipo que acaba de decir «Bienvenidos a Night Vale». ¿Por qué escuchas esto?

Oliver se encogió de hombros.

—Porque me gusta.

—Eso me lo he figurado porque es lo que has elegido escuchar en el coche para lo que van a ser cuatro horas de viaje. Es que no imaginaba que conocieras siquiera una cosa así.

—Está claro que tengo facetas ocultas. Además, estoy bastante interesado en Cecil y en Carlos.

—¿En serio? ¿Quieres shippearlos? ¿También tienes Tumblr?

—No sé lo que significa ninguna de esas palabras.

—Me lo habría creído, hasta el momento en que he descubierto que te gusta *Bienvenidos a Night Vale*.

—¿Qué puedo decir? A veces necesito descansar de escuchar reportajes sobre la actualidad y de menospreciar a la gente.

Estaba a punto de replicar, pero algo me retuvo.

—¿Otra vez he vuelto a burlarme?

—Puede. Es que no me había dado cuenta de que te iba a resultar tan chocante que me interesara algo que no fueran las leyes y las noticias.

—Perdona. Me… Me gusta ver otras facetas tuyas.

—¿Tan desagradable te parece la faceta que normalmente ves?

—No —gruñí—. Esa también me gusta. ¿Por eso no practicas el sexo casual?

Oliver parpadeó.

—¿Por lo de *Bienvenidos a Night Vale*?

—Porque estás esperando a alguien que tenga el pelo perfecto.

—Sí. Ese es el motivo. —Hizo una pausa—. Eso y las instrucciones de Glow Cloud.

CAPÍTULO 29

ntre la voz meliflua de Cecil y el hecho de que me había levantado a las siete, me quedé dormido. Oliver me despertó sacudiéndome con delicadeza y, tras apearme lentamente del coche, me encontré en la parte de atrás de la casa de campo de mi padre, insultante de tan idílica y propia de una estrella del rock. Sin el menor atisbo de sorpresa, observé que la zona de aparcamiento en la que habíamos metido nuestro coche alquilado estaba llena hasta los topes de unas personas que se parecían mucho a los miembros de un equipo de rodaje. Hasta había una jodida furgoneta de comida de la que un tipo calvo y con cazadora de cuero estaba cogiendo una patata asada.

—En fin —dije—, de verdad estoy deseando pasar tiempo de calidad con mi padre emocionalmente distante.

Oliver me rodeó la cintura con el brazo. Resultaba preocupante lo natural que estaba empezando a parecerme ese gesto.

—Seguro que todo esto se terminará dentro de poco.

—Debería haberse terminado ayer.

—En ese caso, sospecho que se han pasado de tiempo, pero eso no es culpa de tu padre.

—Le echaré la culpa si me apetece.

Atravesamos la zona de gravilla y pasamos entre varias cons-

trucciones exteriores, todas encantadoras y con techos de paja
—aunque era obvio que al menos una de ellas contaba con
cristales insonorizados—, y ya casi habíamos conseguido llegar
a la puerta de entrada cuando nos cerró el paso un guardia de
seguridad.

—¿Adónde creen que van?

Lancé un suspiro.

—Llevo preguntándome eso desde que salimos de Londres.

—Disculpe, amigo —dijo el otro alzando una mano—, pero
no pueden estar aquí.

—Nos han invitado —dijo Oliver—. Este es Luc O'Donnell.

—Si no forman parte del programa, no pueden estar aquí.

Conseguí girarme a medias, pero el brazo de Oliver me lo
estaba poniendo difícil.

—Oh, qué lástima. Vámonos. Si nos damos prisa, puede
que lleguemos a esa monísima estación de servicio a tiempo
para cenar.

—Luc —me dijo Oliver obligándome a girarme de nuevo—, has hecho un viaje muy largo. No te rindas ahora.

—Pero es que me gusta rendirme. Es el único talento que
tengo.

Tristemente, Oliver no estaba por la labor de hacerme
caso. Taladró al guardia de seguridad con su mejor mirada de
abogado.

—Señor… Disculpe, no recuerdo cómo se llamaba.

—Briggs —contestó el guardia.

—Señor Briggs, este es el hijo del señor Fleming. Ha sido
invitado y, por lo tanto, tiene derecho a estar aquí. Si bien comprendo que su trabajo consiste en decirnos que nos vayamos,
no vamos a hacerlo. Si intenta impedirnos físicamente que veamos al señor Fleming, se considerará agresión. Ahora voy a pa-

sar por delante de usted y entrar en la casa, y le recomiendo que vaya a hablar con su jefe.

Personalmente, incluso dejando a un lado lo poco que me apetecía estar allí, yo no habría optado por actuar de un modo que tuviera como posible consecuencia resultar agredido. Por lo visto, Oliver no tenía ningún problema con ello. Pasamos por delante del guardia y entramos en la casa.

Donde inmediatamente nos recibió a gritos una mujer pelirroja de cincuenta y pocos años.

—¡Corten, corten! ¿Quién coño ha abierto la puerta?

Nos encontrábamos de pie en lo que, de no haber estado lleno de micrófonos jirafa y personas enfadadas, sin duda debía de ser un magnífico vestíbulo de estilo rústico dotado de un suelo de madera, alfombras ligeramente descoloridas y una enorme chimenea construida en una pared.

—Le pido perdón por la interrupción —dijo Oliver sin alterarse—. Venimos a ver a Jon Fleming. Pero, al parecer, hay un conflicto entre horarios.

—Me importa una mierda, como si han venido a ver al puñetero Dalai Lama. Me están pisando el set.

En ese momento apareció Jon Fleming saliendo de una habitación, un saloncito decorado con el mismo estilo que la entrada, que se las arreglaba para resultar acogedor a pesar de ser también enorme.

—Perdón. Perdón. —Hizo un gesto que James Royce-Royce definiría como de *mea culpa*—. Están conmigo. Geraldine, ¿te importa que entren y se sienten?

—Está bien. —Nos miró con cara de pocos amigos—. Pero que no hablen ni toquen nada.

—En fin —suspiré con tristeza—, a la porra mi plan de chillar y pasar la lengua por los muebles.

Jon Fleming me dirigió una mirada de sincera contrición, aunque yo estaba seguro de que no era ni sincera ni contrita.

—Enseguida estoy contigo, Luc. Ya sé que esto no es lo que esperabas.

—En realidad, se parece con bastante exactitud a lo que esperaba. Tómate el tiempo que necesites.

Se tomó cinco horas enteras.

La mayor parte de ese tiempo lo pasó aleccionando a Leo de Billericay acerca de una sentida interpretación acústica de «Young and Beautiful». Estaban sentados en uno de aquellos sofás tan hogareños, Leo de Billericay con la guitarra posada en la rodilla como si fuera un corderito moribundo y mi padre observándolo atentamente con una mirada que decía: «Creo en ti, hijo».

Yo no sabía una mierda de música, pero a mi padre se le daba la mar de bien. No dejaba de hacer sugerencias técnicas interesantes, pero sin presionar, y ofrecía los típicos comentarios de elogio y apoyo que uno no olvidaba en toda una vida. Y, de paso, también generaba grandes momentos televisivos. Hubo una ocasión en la que incluso guio los dedos de Leo de Billericay para que adoptaran una posición mejor al pasar de un acorde a otro.

Después, tuvimos que despejar el vestíbulo para que Leo de Billericay pudiera sentarse junto a la chimenea y decir a la cámara lo increíble que era mi padre y lo importante que había llegado a ser su relación con él. Para eso hicieron falta seis tomas, porque no dejaban de pedirle que pusiera más emoción. Al final estaba ya a punto de echarse a llorar, aunque yo no sabía muy bien si era porque para él había sido una experiencia muy importante o porque se había pasado media tarde bajo el calor de los focos sin comer ni beber mientras la gente no dejaba de hablarle a gritos. Bueno, sí lo sabía. Pero lo cierto era que me daba igual.

Mientras ellos hacían lo que como se llame en jerga televisiva equivale a la tarea de recogerlo todo —desmontar el chiringuito o irse con la música a otra parte—, yo me escabullí para robarle una patata asada a la ITV. Ello no hizo que me sintiera mucho mejor. Pero finalmente Oliver, Jon Fleming, mi patata robada y yo nos sentamos a la mesa de la cocina para compartir un momento de incomodidad.

—Bueno —dije—, dado que desde que hemos llegado has estado continuamente enfrascado en el rodaje, no he podido presentarte a mi novio.

—Soy Oliver Blackwood. —Oliver le tendió la mano, y mi padre se la estrechó con un fuerte apretón—. Encantado de conocerlo.

Jon Fleming hizo un lento gesto afirmativo con la cabeza que decía: «Has sido juzgado y hallado digno».

—Lo mismo digo, Oliver. Me alegro de que hayáis podido venir. Los dos.

—En fin… —Hice un ademán que fue lo más parecido a un «que te den» sin enseñarle literalmente el dedo—. Es genial, pero nos iremos pronto.

—Podéis quedaros a pasar la noche, si queréis. Podéis ocupar el anexo. Así tendréis un espacio exclusivamente para vosotros.

Una parte de mí quiso responder que sí solo porque estaba bastante seguro de que él contaba con que respondiera que no.

—Tenemos que trabajar.

—En otra ocasión, entonces.

—¿Qué otra ocasión? Hemos tenido que alquilar un coche

277

para venir hasta aquí y hemos pasado media tarde viendo cómo filmabas una birria de programa para la televisión.

Mi padre adoptó una expresión grave y arrepentida, cosa que resulta fácil cuando se es un hombre calvo de setenta y tantos años con más carisma que conciencia.

—Esto no era lo que yo quería. Y lamento que mi trabajo se haya interpuesto.

—¿Y qué era lo que querías? —Apuñalé mi patata con un tenedor-cuchara de madera—. ¿Cuál era el plan?

—No hay ningún plan, Luc. Simplemente pensé que sería bueno que pasáramos un rato juntos, en este lugar. Era algo que deseaba compartir contigo.

Yo no tenía ni idea de qué decir. Jon Fleming no me había dado nada en toda mi vida. Y ahora de repente quería compartir... ¿el qué, Lancashire?

—Es una zona muy bonita del país —comentó Oliver.

Dios, cómo se esforzaba. Todas... y cada una... de las veces.

—En efecto. Pero no es solo por eso. Tiene que ver con las raíces, con el lugar del que provengo yo. Del que provienes tú.

Está bien. Ahora sí que tenía algo que decir.

—Yo provengo de un pueblo que hay cerca de Epsom. Donde me crio el progenitor que no me dejó abandonado.

Jon Fleming no se inmutó.

—Ya sé que me has necesitado en tu vida y sé que ha estado mal por mi parte no pasar tiempo contigo. Pero no puedo cambiar el pasado. Tan solo puedo intentar hacer lo correcto en este momento.

—¿Te... —empecé a decir, aunque me molestaba de verdad tener que decirlo—. ¿Te arrepientes siquiera?

Él se acarició la barbilla.

—Opino que arrepentirse es demasiado cómodo. Tomé mis decisiones y vivo con ellas.

—Hum. Eso se parece mucho a un no.

—Si hubiera dicho que sí, ¿cambiaría algo?

—No lo sé. —Fingí que estaba reflexionando profundamente—. Tal vez no pensara que eres un tremendo hijo de puta.

—Lucien… —Oliver me rozó la muñeca con los dedos.

—Puedes pensar de mí lo que quieras —dijo Jon Fleming—. Estás en tu derecho.

Yo notaba en mi interior una presión intensa y amarga que iba aumentando lentamente, como si fuera a vomitar o a romper a llorar. El problema era que mi padre estaba siendo muy razonable. Pero lo único que oía yo era: «Me importa una mierda».

—Se supone que soy tu hijo. ¿Es que no te importa lo que sienta por ti?

—Por supuesto que sí. Pero hace mucho tiempo que aprendí que no se pueden controlar los sentimientos de otra persona.

Mi patata ya no me protegía. La aparté y enterré la cabeza entre las manos.

—Con todo el respeto, señor Fleming. —No sé cómo, pero Oliver se las ingenió para parecer tan conciliador y tan inflexible como mi padre—. Considero que es un error aplicar las mismas normas a los que escriben para las revistas que a la propia familia de uno.

—Eso no es lo que he querido decir. —Tuve la impresión de que a Jon Fleming no le hacía ninguna gracia que lo retaran—. Luc es un hombre adulto. No pienso intentar que cambie la opinión que tiene respecto de nada, mucho menos respecto de mí.

Yo sentía la quietud de Oliver a mi lado.

—Yo no soy quién para decir nada —murmuró—, pero con esa postura puede dar la impresión de que pretende eludir la responsabilidad de tener en cuenta el impacto que causan sus actos en otras personas.

Se hizo un silencio breve e incómodo.

—Entiendo por qué te sientes así —dijo Jon Fleming al fin.

—Oh, venga ya. —Levanté la vista—. No puedo creer que cuando te hacen ver tu mentira respondas con esa misma mentira.

—Estás enfadado. —El muy cabrón seguía asintiendo.

—Vaya, sí que tienes un gran conocimiento del alma humana, papá. Ahora entiendo por qué la ITV te considera una leyenda de la música.

Entrelazó las manos sobre la mesa, unas manos de dedos largos y nudosos.

—Luc, ya sé que estás buscando algo de mí, pero si es que te diga que me arrepiento de haber escogido mi carrera antes que mi familia, no puedo decirlo. Admitiré que te he hecho daño, admitiré que he hecho daño a tu madre. Incluso diré que he sido egoísta, porque es verdad, pero lo que hice fue justo para mí.

—Entonces —supliqué sintiéndome como un niño, mucho más de lo que quisiera—, ¿qué estoy haciendo aquí?

—Lo que es justo para ti. Y si es marcharte por esa puerta y no volver a hablarme, lo aceptaré.

—¿Así que me has pedido que haga un viaje en coche de ocho horas en total para decirme que apoyas mi derecho a decidir si quiero venir a verte? Pues menuda mierda.

—Lo entiendo. Pero es que cada vez soy más consciente de que quizá me queden ya muy pocas oportunidades.

Lancé un suspiro.

—Desde luego, papá, tengo que concederte que sabes jugar muy bien la carta del cáncer.

—Solo estoy siendo sincero.

Nos miramos fijamente el uno al otro, trabados en aquel extraño callejón sin salida. No debería haber ido a verlo. Lo último que necesitaba era que Jon Fleming encontrara maneras nuevas y creativas de decirme que nunca había querido tenerme. Y ahora, ni siquiera podía marcharme sin sentirme el malo de la película. Aferré con desesperación el brazo de Oliver.

—No está usted siendo sincero —dijo—. Está siendo preciso. Soy abogado y conozco la diferencia.

Jon Fleming miró a Oliver con cierta cautela.

—Me temo que no te sigo.

—Quiero decir que todo lo que está diciendo usted es algo que no admite objeciones si se toma al pie de la letra. Pero está intentando que aceptemos una equivalencia totalmente falsa entre el hecho de que usted abandonó a su hijo de tres años y el de que Lucien le hace responsable de una decisión que usted admite haber tomado con total libertad. No son la misma cosa.

A modo de reacción, mi padre esbozó una sonrisa irónica, aunque no le llegó a los ojos.

—Ya sé que no conviene discutir con un abogado.

—Quiere decir que yo tengo razón, pero no es capaz de reconocerlo, así que hace un chiste acerca de mi profesión con la esperanza de que Luc lo confunda con una refutación.

—De acuerdo. —Jon Fleming hizo un ademán como diciendo: «Calmémonos todos»—. Veo que la cosa se está calentando.

—No se está calentando en absoluto —replicó Oliver sin alterarse—. Usted y yo estamos la mar de calmados. El problema es que usted lleva diez minutos irritando profundamente a su hijo.

—Ya has dicho lo que querías decir, y te admiro por ello. Pero esto es entre Lucien y yo.

De repente salté con tanta brusquedad que mi silla cayó al suelo y chocó con una fuerza increíble contra unas baldosas que estoy seguro de que eran auténticas de Lancashire.

—No puedes llamarme Lucien. Y tampoco puedes ya hacer… —dije, mientras agitaba las manos en un intento de abarcarlo absolutamente todo— esto. Has sido tú el que ha intentado ponerse en contacto conmigo. Y, sin embargo, he terminado siendo yo el que debe hacer todo el esfuerzo y el que tiene que asumir la responsabilidad cuando todo se venga abajo.

—Yo…

—Y si dices eso de «entiendo de dónde vienes», o «te comprendo» o algo remotamente parecido, te juro que te arreo un puñetazo aunque seas un viejo y tengas cáncer, y que Dios me ayude.

Abrió los brazos medio dando la bienvenida a Jesús y medio diciendo: «Aquí te espero, hermano».

—Si quieres intentarlo, adelante.

Me produjo un extraño alivio descubrir que en realidad no sentía ningún deseo de golpearlo.

—Ahora veo —dije lentamente, con una voz al mejor estilo Jon Fleming— por qué eso podría ser lo que te gustaría que hiciera. Pero me temo que no puedo darte lo que estás buscando.

A lo mejor era producto de mi imaginación, pero me pareció que mi padre se sentía casi desilusionado.

—Mira —continué—. Esto es decisión tuya. O haces un verdadero esfuerzo para pasar tiempo conmigo en algún sitio al que yo pueda ir o me marcho de aquí ahora mismo para que disfrutes de morirte de tu cáncer a solas.

Jon Fleming guardó silencio durante unos instantes.

—Probablemente me lo merecía.

—Me da igual que te lo merecieras. Es lo que hay. ¿Y bien? ¿Qué me dices?

—Dentro de un par de días voy a ir a Londres. Iré a verte.

Dejé escapar un profundo suspiro.

—Bien. Vamos, Oliver. Vámonos a casa.

CAPÍTULO 30

Nos pusimos en marcha en silencio.

—¿Te importa —pregunté— si por ahora nos saltamos *Night Vale*?

—En absoluto.

El espacio del coche se llenó del suave ronroneo del motor. Y, por debajo de él, el ritmo pausado de la respiración de Oliver. Apoyé la cabeza contra la ventanilla y contemplé la autovía, que iba pasando en medio de una neblina gris.

—¿Estás…?

—¿Puedo poner un poco de música? —pedí.

—Por supuesto.

Enchufé mi teléfono en el salpicadero y conecté Spotify. Por algún motivo que bien podría estar pidiendo a gritos una sesión de terapia, sentí la urgente necesidad de escuchar uno de los álbumes antiguos de Jon Fleming. Medio a regañadientes, medio con nerviosismo, introduje «Rights of Man» en la barra de búsqueda. Y, me cago en la puta, mi padre había hecho un montón de cosas a lo largo de los años. Sin contar varias recopilaciones de éxitos, mezclas nuevas y colecciones con motivo de décimos aniversarios, allí había como treinta álbumes, entre ellos *The Hills Rise Wild*, que era uno de los que había hecho con mi madre. Y que yo no pensaba escuchar jamás, por nada del mundo.

Dudé entre *The Long Walk Home*, que era el último que había sacado, y *Leviathan*, que era el que conocía todo el mundo y que había ganado un Grammy en 1989, y terminé escogiendo *Leviathan*. Hubo una breve pausa mientras se cargaba la pista. Después, los altavoces empezaron a emitir un rabioso rock progresivo para el que no habían sido diseñados.

Para ser franco, no estoy muy seguro de que yo mismo estuviera diseñado para esa música.

Cuando tenía unos trece años, atravesé una etapa en la que escuchaba la música de Jon Fleming de manera obsesiva. Después decidí que no quería volver a escucharla nunca más, así que escucharla ahora estaba siendo una experiencia de lo más raro. Porque lo recordaba todo perfectamente, no solo la música sino también la sensación que me había provocado a aquella edad, sobre todo teniendo un padre que se encontraba al mismo tiempo tan accesible y tan ausente. Él estaba abstraído por completo en su música. E incluso ahora, después de haber pasado una hora gritándole, seguía sin estar en mi vida.

Oliver me lanzó una breve mirada.

—¿Esto es…?

—Sí.

—Es… Hum… Ruidoso.

—Ya, mi padre era ruidoso en los ochenta. En los setenta era todo árboles y panderetas.

Otro interludio de gruñidos escépticos y guitarras potentes.

—Perdona mi ignorancia —dijo Oliver—, pero ¿de qué va?

—Según mi madre, y si quieres podemos consultarlo en la Wikipedia, porque la última vez que yo escuché este álbum no existía, trata de la Gran Bretaña de Thatcher. Ya sabes, porque en los años ochenta en este país todo trataba de la Gran Breta-ña de Thatcher.

—¿Y tiene algo que ver con el *Leviatán* de Hobbes?

—Hum. Es probable. A no ser que estemos hablando del tigre de los dibujos animados, en cuyo caso es posible que tam-bién, no tengo ni idea.

Oliver dejó escapar una de sus risitas.

—Bueno, él llamó a su grupo Rights of Man, así que supon-go que le interesaría algo la filosofía de los siglos XVII y XVIII.

—Mierda. —Me recosté contra el reposacabezas—. Todo el mundo sabe más cosas que yo acerca de mi padre.

—Yo no sé más cosas que tú acerca de tu padre, simplemen-te sé más acerca de la Ilustración.

—Bueno, no sé si eso me sirve de mucho consuelo. Solo significa que tú sabes más cosas acerca de mi padre y también más historia.

—Oye —dijo, lanzándome otra mirada fugaz—, no lo he dicho con esa intención.

—Yo sí. Pero disfruto aguijoneando tu moralidad de clase media.

—En cuyo caso, te alegrará saber que en este momento ten-go sentimientos, como mínimo, ambivalentes acerca de alen-tarte a que busques el contacto con tu padre.

—Llevas razón. Esto ha sido un desastre, y es todo culpa tuya.

Oliver se encogió.

—Lucien, yo…

—Estoy bromeando, Oliver. Nada de esto es culpa tuya. La culpa es del puto Jon Fleming. Y —me pregunté por qué me hacía decir siempre lo mismo— me alegro de que estés aquí. Sin ti, habría sido mucho peor.

La siguiente pista fue más suave y más aflautada.

—Es «Livingstone Road». —Advertí, irritado, que aún la recordaba.

—Lamento —dijo Oliver pasados unos instantes— que la cosa no haya ido mejor.

—No podía ser.

—¿Y tú no te sientes… demasiado herido?

Si eso me lo hubiera preguntado cualquier otra persona, o si me lo hubiera preguntado Oliver dos semanas atrás, probablemente habría contestado algo como que «hace ya mucho tiempo que Jon Fleming perdió la capacidad de hacerme daño».

—Demasiado, no… pero sí.

—Me cuesta trabajo entender por qué una persona no iba a querer tenerte a ti en su vida.

Yo solté un bufido.

—¿No me conoces?

—Por favor, no te lo tomes a risa. Lo digo en serio.

—Ya lo sé. Pero es que es más fácil apartar a las personas que esperar a que se alejen ellas solas. —La frase quedó suspendida en el aire y pensé que ojalá pudiera volver a metérmela en la boca—. Sea como sea —dije a toda prisa—, tenías razón. Si no hubiera intentado esto, habría pasado el resto de mi vida siendo el cabrón que dejó abandonado a su padre moribundo.

—Nada de eso. Tal vez hubieras tenido esa sensación, pero no sería acertada. —Una pausa—. ¿Qué vas a hacer ahora?

—Y yo qué coño sé. A ver qué pasa cuando me llame.

—Has hecho todo lo que era correcto, Lucien. Ahora le toca a él. Aunque, francamente, opino que no te merece.

Mierda. De verdad necesitaba que dejase de ser amable conmigo. Bueno, o que no lo dejase nunca.

Permití que *Leviathan* se reprodujera hasta el final, y después Spotify decidió que me apetecía escuchar a Uriah Heep, así que pasamos a escuchar a Uriah Heep. Y después de un recorrido de cuatro horas por el rock progresivo de los años ochenta, guiado de forma algorítmica, la mayor parte de las cuales las pasé no dormido del todo pero sí lo suficiente para no tener que pensar en nada, llegamos a mi casa.

—¿Quieres… —dije, haciendo un esfuerzo por parecer indiferente—. ¿Quieres quedarte?

Oliver se giró hacia mí y me miró con una expresión indescifrable a la luz de las farolas de la calle.

—¿Tú quieres que me quede?

Tenía demasiado sueño para discutir y estaba demasiado agotado para fingir.

—Sí.

—Voy a buscar un sitio para aparcar, y luego te veo arriba.

En circunstancias normales, esta habría sido mi oportunidad para intentar no mostrar las peores pruebas de mi horrible estilo de vida, pero lo cierto era que últimamente había sido supercuidadoso y había logrado que mi piso estuviera casi tan recogido como cuando se habían marchado mis amigos. Lo cual quería decir que no tenía nada que hacer salvo quedarme de pie, incómodo, delante de mi sofá y esperar a Oliver. Y así fue como me encontró, todavía con el abrigo puesto y tirado como un limón en la alfombra que me había regalado Priya para dar un poco de coherencia a la habitación.

—Hum —dije—. ¿Sorpresa?

Él me miró primero a mí, luego miró lo limpio que estaba todo y luego volvió a mirarme a mí.

—¿Has hecho limpieza?

—Sí. Bueno, me han ayudado.

—Esto no lo habrás hecho por mí, ¿no?

—Lo he hecho por mí mismo. Y un poco por ti.

Oliver puso cara de sentirse sinceramente abrumado.

—Oh, Lucien.

—No es gran cosa si...

De repente me dio un beso. Y fue un beso al mejor estilo Oliver, tomándome la cara entre las manos con delicadeza para acercarme a él y posando sus labios en los míos con sumo cuidado, que era su manera de demostrar pasión. El mismo modo en que uno se come un trozo de chocolate del caro, saboreándolo, porque sabe que puede que no haya otro. Oliver olía a familiaridad, a regreso al hogar y a la noche que yo había pasado acurrucado en sus brazos. E hizo que me sintiera un objeto tan preciado que no supe muy bien si iba a poder soportarlo.

Excepto que tampoco quería que aquello terminara. Ese momento de haber encontrado algo que ya hacía mucho tiempo que había dejado de buscar. Puede que incluso hubiera dejado de creer en ello. La imposible dulzura de que alguien te bese por ser quien eres, por ti mismo, mientras todo lo demás —la presión de dos cuerpos, las respiraciones agitadas, la embestida de las lenguas— se lo lleva el viento como a las hojas secas en otoño.

Fue un beso de los que lo vuelven a uno invencible: apasionado y lento, profundo y perfecto. Y durante un corto espacio de tiempo, mientras Oliver estuvo tocándome, me olvidé de necesitar nada más Aferré con desesperación las solapas de su abrigo.

—¿Qué está pasando?

—Esperaba que fuera obvio. —En la boca que se había posado sobre la mía apareció una suave sonrisa.

—Sí, pero… Dijiste que solo besabas a las personas que te gustaban.

Al oír esto, Oliver se ruborizó al instante.

—Y es verdad, pero lamento haberte dicho eso a ti. Porque tú sí me gustas. Lo cierto es que me has gustado siempre. Pero pensaba que te parecería ridículo si supieras hasta qué punto.

—Oh, vamos. —La cabeza aún me daba vueltas—. ¿Cuándo he necesitado tu ayuda para encontrarte ridículo?

—En eso tienes razón.

—Pues entonces, bésame otra vez.

No estaba acostumbrado a que Oliver hiciera lo que yo le decía, pero supongo que esta era una ocasión especial. O que la limpieza del piso se le había subido a la cabeza. En cualquier caso, no conservó la prudencia mucho tiempo: acabamos en el sofá, él entre mis piernas y sujetándome las manos contra el cojín, en una maraña de jadeos, cuerpos que se arqueaban y mucha, muchísima ropa. Y, Dios, aquellos besos suyos. Profundos, ahogados, desesperados. Como si le hubiesen dicho que el mundo iba a acabarse y por alguna razón descabellada hubiera decidido que aquello era lo último que quería hacer.

—Y yo que creía —dije jadeando— que se suponía que eras un buen chico.

Me miró fijamente. Con el pelo revuelto, la boca enrojecida y los ojos oscuros por la pasión, parecía un chico malo.

—Y yo creía que tú dabas demasiada importancia a lo que la gente piensa de ti para creer en ese estereotipo de que el sexo es algo negativo.

—Y así es. Le doy mucha importancia a lo que la gente piensa de mí. Lo que quería decir era que esta era una faceta tuya que yo pensaba que no iba a conocer nunca.

—Bueno, se suponía que no ibas a conocerla. —Su expresión se tornó solemne de nuevo—. Acordamos que... bueno... lo que estamos haciendo. Se supone que no es...

Yo no sabía muy bien qué iba a decir Oliver a continuación, pero sí sabía que no deseaba oírlo. Al día siguiente podríamos volver a actuar como si esto no hubiera sido nada. Pero esa noche... No sé... Imagino que estaba demasiado cansado para mis propias historias.

—Oliver, por favor. Dejemos de fingir. Hoy has estado increíble. Desde el principio has estado increíble.

Estaba sonrojándose.

—He hecho lo que acordamos. Nada más.

—Bien, vale. Pero tú me has hecho más feliz que, en fin, que nadie. En mucho tiempo. Y no estoy intentando jugar con lo que tenemos ni obligarte a que hagas algo que no quieras hacer. Simplemente, yo... supongo que quería que... lo supieras.

—Lucien...

—Sí... —dije tras una pausa larguísima—, ¿estabas intentando terminar la frase?

Él se echó a reír.

—Perdona. Es que esta es una faceta tuya que no pensaba que fuera a conocer nunca.

—Ya. —Reímos los dos—. No estoy acostumbrado a... nada de esto. A estar con una persona y poder contar con ella, y querer que ella pueda contar conmigo.

—Si te sirve de consuelo, yo tampoco estoy acostumbrado a esto.

—Pero ¿no tienes montañas de amigos?

—Sí, pero... —dijo, mientras desviaba la mirada un instante— nunca he tenido la sensación de valer lo suficiente para ninguno de ellos.

—Eso no tiene ningún sentido.

—Bueno —repuso él sonriendo—, tú no dejas de repetirme que tienes el listón muy bajo.

—Eh, estaba siendo crítico conmigo mismo. Aquí la palabra clave es «conmigo».

Se inclinó y volvió a besarme, un efímero roce de sus labios contra los míos. Normalmente a mí no me gustaban las cosas tan suaves, pero, bueno, era Oliver.

—Entonces… —Me preocupaba un poco gafarla, pero tenía que preguntárselo—. ¿Ahora los besos forman parte de nuestro acuerdo?

—Si tú… Si a ti no te importa.

Dejé escapar un profundo suspiro.

—Ya que insistes…

—Hablo en serio, Lucien.

—Ya lo sé, y resulta adorable. Sí, opino que deberíamos añadir a nuestro contrato de novio falso una subcláusula que incluya los besos.

Estuvo a punto de sonreír.

—La redactaré mañana por la mañana.

Sinceramente, no me habría venido mal una buena dosis de acción adolescente en el sofá con Oliver, pero habíamos hecho un viaje de ida y vuelta a Lancashire, mi padre se había portado con nosotros como un verdadero capullo y, técnicamente, teníamos un trabajo de adulto que desempeñar al día siguiente, todo lo cual sumaba horas de sueño. Además, yo no tenía libros, así que Oliver se vería obligado a depender de mí para distraerse, y ahora que habíamos negociado lo de los besos, mi intención era distraerlo con verdadero ahínco.

Como era un caballero, dejé que Oliver usara primero el cuarto de baño y después entré yo a lavarme los dientes y cerciorarme de que no necesitaba darme una ducha antes de intentar acurrucarme con el hombre tan atractivo que me había traído a casa. Estaba con el cepillo dentro de la boca cuando advertí que mi teléfono estaba parpadeando de forma bastante insistente y, sin pensarlo mucho, examiné las alertas. El problema era que en los últimos tiempos Google había sido muy amable conmigo con sus artículos en plan «Hijo de famoso no la caga mucho», lo que implicaba que yo tenía la guardia mucho más baja que de costumbre. Así que me llevé una buena patada en los dientes al ver el título que rezaba: «Una vida corriente; la irrelevancia de Luc O'Donnell», escrito por Cameron Spenser.

Luc O'Donnell no es famoso —empezaba diciendo—. Hasta sus padres, los llamados «celebridades» en este artículo que habla del estilo de vida de las celebridades, tienen nombres más dados a suscitar un «quién» o un «creía que se había muerto» que esa universal chispa de reconocimiento que suscitan los famosos de verdad. Cuando lo conocí hace aproximadamente un mes, en una fiesta, un amigo común me contó que su padre era ese tipo que salía en ese *reality show* de la televisión («ese tipo» era Jon Fleming, y el *reality show* era *El paquete*, lo digo porque los detalles son importantes). En aquel momento, a pesar de que se nos dice constantemente que vivimos en una cultura obsesionada con los medios, ni aquel tipo ni aquel programa de televisión significaban gran cosa para mí, pero me pareció un buen tema para romper el hielo, así que me acerqué a hablar con él.

Vale, hasta ahí estaba bien. Eran meramente datos. Datos acerca de una cosa concreta que me había sucedido recientemente y que tenía que ver con un individuo que había jurado por Dios que él no haría algo así, pero eran datos.

—Hola —empecé—. Eres el hijo de Jon Fleming, ¿verdad?

Jamás olvidaré el modo en que me miró con aquellos intensos ojos verdiazulados que quince años atrás me habría parecido que estaban diciéndome: «Ven a la cama». Rebosaban esperanza, suspicacia y miedo al mismo tiempo. He aquí un hombre, pensé, que nunca ha sabido lo que es no ser nadie. Y hasta ese momento no comprendí la carga que debía de representar aquello. Es un cliché decir que la fama ha sustituido a la religión en el siglo XXI, que las Beyoncés y los Brangelinas de nuestro mundo están llenando el vacío que dejaron los dioses y los héroes de la Antigüedad, pero, al igual que la mayoría de los clichés, contiene una pizca de verdad. Y los dioses de la Antigüedad eran despiadados. Por cada Teseo que mata al Minotauro y regresa triunfante a casa hay una Ariadna abandonada en la isla de Naxos. Hay un Egeo que se arroja al mar al ver una vela negra.

Seguía siendo correcto. Tenía que ser correcto. Era solo aire. Solo texto. Palabrería interesada que no decía nada. Pero los ojos de los que estaba hablando eran los míos. Eran mis puñeteros ojos.

Me gusta pensar que en otra vida tal vez Luc O'Donnell y yo hubiéramos podido llevarnos bien. En el breve lapso de tiempo en que lo conocí, vi a un hombre de potencial infinito atrapado en un laberinto que ni siquiera era capaz de definir. Y de vez en cuando pienso en los miles de talentos como el suyo que debe de haber en el mundo, un número insignificante en un planeta poblado por varios miles de millones de personas pero enorme si se toma en su conjunto, todos avanzando a trompicones, cegados por el reflejo de la gloria, sin saber nunca dónde pisar ni de qué fiarse, bendecidos y malditos por el toque Midas de la divinidad de nuestra era digital.

El otro día leí que está saliendo con un chico nuevo, que está rehaciendo su vida. Pero cuanto más reflexiono sobre ello, menos creo que haya tenido nunca una vida. Espero estar equivocado. Espero que sea feliz. Pero cuando veo su nombre en los periódicos, vuelvo a acordarme de aquellos extraños ojos suyos, de aquella expresión atormentada. Y me quedo pensando.

Dejé el cepillo de dientes con cuidado junto al lavabo. Después, me senté en el frío suelo del cuarto de baño, apoyé la espalda contra la puerta y levanté las rodillas a la altura del pecho.

CAPÍTULO 31

—¿Lucien? ¿Va todo bien?

Oliver todavía estaba llamando educadamente a la puerta del baño. Yo no sabía muy bien cuándo había empezado. Me sequé los ojos con la manga de la camiseta.

—Estoy bien.

—¿Seguro? Llevas bastante rato ahí dentro.

—Te he dicho que estoy bien.

Se oyó un ruido de titubeo procedente del otro lado.

—Quiero respetar tu intimidad, pero estoy cada vez más preocupado. ¿Te encuentras mal?

—No. Si me encontrase mal, te habría contestado que me encontraba mal. Si he dicho que estoy bien, es porque estoy bien.

—Pues por tu voz no lo parece. —Era el tono más paciente de los tonos pacientes—. Y, para serte sincero, tampoco me parece que tu conducta sea normal.

—Pues es la mía.

A continuación se oyó un golpe suave, como si Oliver hubiera apoyado la cabeza en la puerta.

—Y no te lo discuto, es solo que… sé que hoy han ocurrido muchas cosas, y si estás molesto por algo, esperaba que pudieras hablar de ello conmigo.

Con otro golpe, esta vez un poco más fuerte, dejé caer yo la cabeza contra la puerta, con más intensidad de la prevista. Pensé que el repentino dolor que me causó me hubiera servido para aclarar las cosas, pero probablemente no fue así.

—Ya lo sé, Oliver, pero ya he hablado demasiado contigo.

—Si te refieres a lo de esta tarde, yo… no sé qué decir. Me ha gustado tener contigo esa conexión, me ha gustado saber que yo te importaba, y no creo que eso sea algo de lo que debamos arrepentirnos ninguno de los dos.

—Que no debamos no garantiza que no vaya a suceder.

—Tienes razón. Ninguno de los dos puede tener la seguridad de que dentro de cinco años no miremos atrás y pensemos que esta fue la peor idea que tuvimos nunca. Pero ese es un riesgo que estoy dispuesto a asumir.

Rasqué absurdamente la suciedad que había entre las baldosas del suelo.

—Eso es porque tú, cuando te arrepientes de algo, lo haces a solas en una casa, con una taza de té y una botella de ginebra. Cuando yo me arrepiento de algo, lo hago en la página ocho del *Daily Mirror*.

—Soy consciente de que eso es una preocupación para ti, Lucien, pero…

—Esto es más que una puñetera preocupación. Es mi vida. —La uña se me enganchó y se rompió, y al momento brotó una medialuna de sangre que se me extendió por la yema del dedo—. Tú no entiendes lo que es. Cada vez que hago una tontería. Cada vez que alguien me deja tirado. Cada vez que me han utilizado. Cada vez que me he mostrado siquiera un poco vulnerable. Eso se queda ya para siempre. En la mente de todos. Ni siquiera es un artículo como Dios manda. Es el artículo que uno lee en el periódico de otro cuando va en el metro. Es el medio titular que alcanza a ver cuando pasa junto a un periódico que no va a comprar. Es algo que uno mira de pasada en la red cuando está cagando.

Siguió un largo silencio.

—¿Qué ha pasado?

—Has pasado tú —solté irritado—. Me has jodido la vida y me has hecho creer que las cosas podían ser distintas, y nunca pueden ser distintas.

Otro largo silencio, más largo que el anterior.

—Lamento que pienses eso. Pero, sea lo que sea lo que esté ocurriendo ahora, está claro que tiene que ver con algo más que conmigo.

—Puede, pero tú eres la parte con la que puedo lidiar ahora mismo.

—¿Y lidias conmigo teniendo una discusión a través de la puerta del baño?

—Lidio contigo diciéndote que esto no está funcionando. Por lo visto, no puedo tener ni siquiera una relación falsa.

—Lucien, si vas a deshacerte de mí —dijo Oliver, que había adoptado un tono glacial—, ¿por lo menos puedes hacerme el favor de decírmelo a la cara y no a través de cinco centímetros de madera contrachapada?

Yo, con el rostro oculto entre las rodillas, decididamente no estaba llorando.

—Lo siento. Esto es lo que hay. No puedes decir que no te lo advertí.

—Me lo advertiste, pero esperaba que pensaras que me merecía algo mejor.

—No, soy así de gilipollas. Ahora, vete de mi piso.

Siguió un ruido ligerísimo, como si Oliver hubiese estado a

punto de probar la manija de la puerta pero luego se lo hubiera pensado mejor.

—Lucien, yo… Por favor.

—Oh, lárgate de una puta vez, Oliver.

No respondió. Desde mi celda de baldosines blancos lo oí vestirse, después oí sus pisadas alejándose y por último oí cómo se cerraba la puerta de la calle.

Pasé un rato demasiado cabreado para hacer nada. Un rato después, estaba demasiado cabreado para hacer nada excepto llamar a Bridget. Así que llamé a Bridget.

Ella contestó de inmediato.

—¿Ha ocurrido algo malo?

—Yo —contesté—. Yo soy lo malo.

—¿Qué pasa? —El teléfono de Bridget era tan sensible que captó la voz soñolienta de Tom.

—Es una urgencia —le dijo ella.

Tom dejó escapar un gruñido.

—Son libros, Bridge. ¿Qué problemas pueden tener a la una y media de la madrugada?

—No es una urgencia editorial, sino de un amigo.

—En ese caso, te adoro. Y eres la persona más buena y más leal que conozco. Pero me voy a dormir a la otra habitación.

—No es necesario. Enseguida termino.

—No va a suceder tal cosa. Y tampoco quiero yo.

A través de la conexión, un tanto deficiente, me llegó el roce de la ropa de cama y un beso de despedida. Luego, Bridge volvió a ponerse al aparato.

—Vale, ya estoy aquí. Cuéntame qué es lo que pasa.

Abrí la boca y entonces me di cuenta de que no tenía idea de qué decir.

—Oliver se ha marchado.

Una breve pausa.

—No sé cómo decirte esto sin parecer mala, pero... ¿qué has hecho esta vez?

—Gracias. —Solté una carcajada que sonó más bien a un sollozo—. Eres mi roca.

—Así es. Y por eso sé que tomas decisiones muy erróneas.

—No ha sido una decisión —gimoteé—, ha sucedido sin más.

—¿Qué es lo que ha sucedido sin más?

—Le dije que me había jodido la vida y que se largase.

—Hum. —Bridge contestó con el equivalente sonoro de una expresión de no entender—. ¿Por qué?

Cuanto más reflexionaba sobre ello, menos seguro estaba.

—Bridge, he salido en el *Guardian*. En el puñetero *Guardian*.

—Pensaba que el propósito de salir con Oliver era obtener mejor prensa. Al fin y al cabo, es prensa seria. Probablemente, solo publicarían un artículo sobre la vida sexual de un famoso si se tratara de un miembro del Gobierno o de la Casa Real.

—Ha sido peor que un artículo sobre mi vida sexual. Ha sido un artículo de opinión que invita a reflexionar sobre el hecho de que soy un juguete roto, una víctima de la cultura del famoseo, escrito por ese tipo al que no conseguí ligarme en la fiesta de Malcom.

—¿Quieres que eche un vistazo?

—¿Por qué no? —Me acurruqué en un rincón del cuarto de baño—. Lo va a ver todo el mundo.

—Quiero decir si el hecho de leerlo me ayudaría a saber cómo apoyarte.

Murmuré algo parecido a un «no lo sé».

—Vale, ahora vuelvo.

Siguió una pausa en la que ella cambió de aplicación y leyó el artículo mientras yo sudaba, temblaba y tenía ganas de vomitar.

—Vaya —dijo Bridget—. Este tío es un completo gilipollas.

Eso me consoló menos de lo que esperaba.

—Pero tiene razón, ¿no? Soy una media persona que sale de los restos de la fama de otra, que nunca tendrá una vida normal, ni una relación normal ni...

—Luc, para. Yo trabajo en el mundo editorial y sé distinguir las chorradas a un kilómetro de distancia.

—Pero así es como me siento. Y él debió de notármelo, y ahora también puede notarlo el mundo entero. —Apreté la cara contra la pared con la esperanza de que el frío me aliviara un poco—. No es una simple foto en la que se me ve besándome con alguien o vomitando. Es... otra vez lo de Miles.

—No es en absoluto como lo de Miles. Este tipo es alguien que te conoció durante cinco segundos y decidió utilizar tu nombre para vender un artículo totalmente genérico que no habla de nada en particular. Además, uno solo necesita echar mano de tantas alusiones al mundo clásico cuando tiene un pene minúsculo.

Dejé escapar una risa llorosa.

—Gracias por el dato. Yo aquí creyendo que estaba sufriendo una crisis, y resulta que lo único que estaba buscando era una oportunidad de insultar la polla de un desconocido.

—Hay muchas maneras de consolarse.

Tal vez sí, pero también había muchas maneras de desconsolarse.

—Ojalá se me diera mejor no preocuparme. De hecho, durante un tiempo me esforcé como un cabrón para no preocuparme. Salvo que después empecé a preocuparme y mira dónde he terminado.

—¿Dónde has terminado? —me preguntó Bridget con delicadeza—. Si te refieres a lo de llamarme a mí por teléfono a las dos de la madrugada, eso viene siendo una constante de nuestra vida desde que tengo memoria.

—Bridge, cuando ambos estemos en nuestro lecho de muerte, espero que lo último que hagamos sea llamarnos el uno al otro. Pero más bien me refería a Oliver.

—Vale, ¿qué es lo que ha pasado? Ese artículo no tiene nada que ver con él.

—Ya lo sé, pero… —Intenté ordenar mis pensamientos, que se empeñaban en seguir desordenados—. Fue muy amable conmigo, y eso me dio seguridad y cierto sentimiento de autoestima. Así que me ablandé y me animé. Pero luego ocurrió esto y ya no he podido con ello. Y va a seguir ocurriendo, y yo no voy a poder con ello mientras intente vivir como una persona normal.

Bridget lanzó un profundo suspiro de tristeza.

—Te quiero, Luc, y eso me parece terrible. Pero no creo que destrozarte a ti mismo sea la panacea que tú crees que es.

—Pues hasta ahora me ha funcionado.

—¿De verdad crees que te habrías sentido mejor con ese artículo si lo hubieras leído en voz alta en un piso lleno de envases de galletas vacíos?

—Por lo menos, no habría tenido que romper con una persona a través de la puerta del cuarto de baño.

—No tenías necesidad de romper con él. Has decidido romper con él.

Me restregué la frente contra los baldosines.

—¿Y qué otra cosa iba a hacer?

—Bueno, puede que te parezca una idea bastante radical. —Siempre era capaz de percibir cuándo Bridget estaba haciendo un gran esfuerzo para no parecer enfadada conmigo. En ese momento lo estaba percibiendo—. Pero ¿se te ha ocurrido siquiera que podrías haberle dicho que había sucedido una cosa muy desagradable y luego tener una conversación al respecto?

—No.

—¿No crees que a lo mejor habría sido una buena idea? ¿No crees que quizá te hubiera ayudado?

—No es tan simple. —Mierda, ya estaba llorando otra vez—. Para mí no lo es.

—Podría serlo, Luc. Solo tienes que probar.

—Ya, pero no sé cómo. He visto ese artículo en el periódico y de repente me he sentido como si hubiera pasado este último mes yendo desnudo por ahí y ni siquiera me hubiera percatado.

—Pero estar con Oliver te gustaba.

—Sí —dije sorbiéndome la nariz—. La verdad es que sí. Pero no se merece esto.

Bridget emitió un ruidito que indicaba que se sentía confusa.

—No entiendo. ¿Qué es esto? Ese artículo se habría publicado de todas formas. Y no puedes romper con una persona para no tener que romper con ella.

—No, no es ni una cosa ni la otra. Son las dos. Es todo junto. Mierda, soy un puto desastre.

—No eres un puto desastre, Luc. A veces la cagas, sí. Pero, y te digo esto de la forma más amable posible, sigo sin entender de qué estás hablando.

Tiré con los dientes del borde roto de mi uña.

—Ya te lo he dicho, es todo. No puedo… No soy… Las relaciones. No puedo tener relaciones. Nunca más.

—No existe una fórmula mágica —dijo Bridget—. A todos nos cuesta mucho trabajo, ya has visto cuántas veces la he cagado yo, pero hay que seguir esforzándose.

Terminé de resbalar por la pared y me hice un ovillo en el

suelo del cuarto de baño con el teléfono encajado contra el hombro.

—No es eso. Es… más grave que eso. Es…

—¿Es qué?

—Soy yo. —De nuevo me asaltó esa náusea que no tiene que ver con el cuerpo—. Odio cómo me siento al estar con alguien.

Siguió una breve pausa.

—¿A qué te refieres? —me preguntó después Bridget.

—Es como si me hubiera dejado el gas encendido.

—Hum. Me alegro bastante de que en este momento no puedas verme la cara. Porque sigo sin tener ni idea de qué estás hablando.

Hice ese ademán de subir las rodillas y meter los codos, con la idea de hacerme lo bastante pequeño como para desaparecer.

—Lo sabes perfectamente. Es como si un día, al volver a casa, descubriera que todo mi mundo se ha prendido fuego.

—Vale —dijo Bridget con un quejido de dolor—, la verdad es que no sé qué contestar a eso.

—Porque no hay nada que puedas contestar. Es lo que es.

—Muy bien —anunció Bridget con la inamovible seguridad en sí misma de un general de la Primera Guerra Mundial que ordena a sus hombres salir de las trincheras—, tengo cosas que decir.

—Bridge…

—No, escucha. Lo cierto es que tienes dónde elegir: o no volver a confiar nunca en nadie y fingir que con eso evitas que te hagan daño, cuando está claro que no es así; o volver a confiar. Y puede que tu casa se prenda fuego, pero por lo menos estarás calentito. Y, probablemente, la siguiente casa será mejor. Y vendrá con una vitrocerámica de inducción.

No supe distinguir si la estrategia de Bridget de ser tan críptica para distraerme de mis problemas era deliberada o no.

—Me parece que has pasado de darme una charla motivacional a defender un incendio intencionado.

—Estoy defendiendo que te des una oportunidad con un hombre agradable que está claro que te gusta y que va a tratarte bien. Y si eso te parece un incendio intencionado, pues vale.

—Pero ya lo he mandado a la mierda.

—Pues vuelve a traerlo.

—No es tan…

—Si vuelves a decir que no es tan simple, me cojo un Uber, me planto en tu casa y te arreo un puñetazo en las costillas.

Solté otra carcajada llorosa.

—No llames a un Uber. Tienen unas prácticas profesionales muy poco éticas.

—Lo que quiero decir es que todo esto se puede arreglar. Si quieres estar con Oliver, puedes estar con Oliver.

—Pero ¿debería él estar conmigo? Me lleva en coche hasta Lancashire para que vea a mi padre, me defiende ante él, me trae otra vez a casa, y después voy yo y lo mando a la mierda hablando desde el otro lado de la puerta de un cuarto de baño.

—Estoy de acuerdo —concedió Bridget— en que no ha sido lo ideal. Y lo más probable es que hayas herido profundamente sus sentimientos. Pero, en última instancia, estar contigo será decisión suya.

—¿Y no crees que quizá decida no salir con el tipo que estaba llorando encerrado en el cuarto de baño?

—Lo que creo es que la gente nos sorprende. Además, ¿qué tienes que perder?

—¿El orgullo? ¿La dignidad? ¿El respeto por mí mismo?

—Luc, tú y yo sabemos que no tienes ninguna de esas cosas.

De nuevo me hizo reír. Estaba bastante seguro de que ese era su superpoder.

—Eso no significa que quiera darle a Oliver Blackwood la oportunidad de pisotear mis sentimientos.

—Ya sé que no quieres. Pero, por lo que me cuentas, se merece que se la des. Y, de todas formas, a lo mejor sale bien.

—Ya —murmuré—, eso decían de la invasión de Irak.

—Aquí estamos hablando de pedirle a un chico encantador que te dé una segunda oportunidad. No de iniciar una guerra.

—No tienes ni idea de cuántas segundas oportunidades me ha dado ya.

—Lo que quiere decir claramente que le gustas. Ahora, ve a decirle que lo sientes mucho y que él también te gusta a ti, porque ambas cosas son obvias.

—Pero la cagaré, o no querrá volver a verme o…

—O seréis increíblemente felices para siempre. Y si la cosa sale mal, ya pensaremos algo, como siempre.

Eso era un cincuenta por ciento consolador y otro cincuenta por ciento embarazoso.

—No deberías tener que levantarme continuamente del suelo.

—Para eso están los amigos. Para levantarse del suelo el uno al otro y sujetarse el pelo cuando vomitan en el inodoro.

—Qué sentimental eres, Bridget.

—Sujetarle el pelo a alguien mientras vomita es uno de los mayores gestos de amor que se pueden hacer por una persona.

—¿Sabes qué? También podrías beber menos.

—Podría, pero no quiero.

Murmuré algo por lo bajo.

—¿Qué has dicho?

—TequieroBridget.

—Yo también te quiero, Luc. Ahora ve a buscar a tu chico.

—¿A las tres de la madrugada? No es lo más adecuado.

—Es romántico. Salir a buscarlo bajo la lluvia.

—No está lloviendo.

—No me lo estropees.

—¿Y no crees que preferiría un mensaje educado después de que los dos hayamos dormido como Dios manda?

Bridget lanzó un gritito de exasperación.

—No. Además, él no va a dormir. Estará mirando por la ventana, preguntándose si tú estarás viendo la misma luna que él.

—¿Cómo vamos a estar viendo lunas distintas? Además, no puede ver la luna porque, por lo que parece, está lloviendo.

—Vale, ya has entrado en barrena, así que voy a colgar.

Y colgó.

Una vez terminada la conversación con Bridget, empecé a desenroscarme. Aún no estaba preparado del todo para salir del cuarto de baño, pero me alegraba de mis pequeños triunfos. Por más entusiasta que se hubiera mostrado Bridget con el plan, yo no estaba seguro de que presentarme en la casa de Oliver a horas intempestivas de la madrugada pareciera tan romántico ni espontáneo como ella esperaba, sobre todo teniendo en cuenta que ya lo había hecho anteriormente, aunque en aquella ocasión por lo menos había sido a una hora más normal. En mi defensa debo decir que en esa ocasión él me mandó a la mierda a mí, de modo que, en cierto sentido, estábamos empatados. Si dejábamos a un lado el hecho de que él me había mandado a la mierda concretamente por mi conducta y yo a él… ejem… concretamente por mi conducta.

Y aunque comprendía lo que me decía Bridge acerca de dejarle decidir si quería lidiar con mis pamplinas o no, no podía quitarme de encima la sensación de que habíamos llegado a tal nivel de pamplineces que esa decisión iba a ser evidente. Porque eso era lo que Oliver iba a recibir: un tipo que había pasado cinco años enterrándose en el escepticismo y la apatía y que, la verdad sea dicha, tampoco había sido tan importante antes. Yo no quería ser esa persona para Oliver, no quería agredirlo verbalmente ni huir cada vez que pensara que algo podía hacerme daño, pero para salir del hoyo iba a necesitar algo más que un mes de citas fingidas y un par de rondas de torrijas.

Sería más fácil para todos que yo no volviera a hablarle.

Pero Bridget llevaba razón: Oliver se merecía algo más. Y si eso quería decir que yo tenía que presentarme de nuevo en su casa y pedirle perdón de nuevo, pues lo haría. Y quizás esta vez le permitiera ver mi auténtica personalidad, tal vez le dejara ver que era un desastre, que me sentía herido y perdido, y que él me curaba. A lo mejor también se merecía eso.

Veinte minutos después, muy a mi pesar, estaba dentro de un taxi camino de Clerkenwell.

CAPÍTULO 32

Estaba de pie en la acera de la casa de Oliver, intentando calcular con exactitud hasta qué punto había sido una mala idea, cuando empezó a llover. Lo cual, como mínimo, se interpuso en mi plan de quedarme veinte minutos dudando impotente antes de ser un gallina y marcharme a casa. Todavía no había descartado del todo la Operación Huida, pero, por alguna razón, allí estaba, nada sexi, de tan empapado y aterrorizado, llamando al timbre de Oliver a las cuatro de la mañana.

Mierda, ¿qué había hecho?

Miré fijamente los bonitos paneles de vidrio de la puerta preguntándome si no sería demasiado tarde para huir como un crío que acaba de gastar una broma pesada. Pero de repente se abrió la puerta y apareció Oliver, con un pijama diminuto, la cara pálida y los ojos inyectados en sangre.

—¿Qué haces aquí? —me preguntó con un tono de voz que sonaba a «esto es lo que menos me apetece».

Como no tenía ni idea de qué responder, saqué el artículo de Cam de mi teléfono y se lo puse a Oliver delante de la cara, como hacen los agentes del FBI en las películas.

—¿Qué es esto?

—Un artículo que cuenta que soy un perdedor, escrito por un tipo que conocí hace un mes y con el que hablé cinco minutos.

—Al ver que me sacabas de la cama —dijo Oliver— a una hora tan intempestiva que ni siquiera se puede decir que sea en mitad de la noche, porque de eso hace dos horas, tenía la esperanza de que por lo menos hubieras venido para pedirme perdón. No esperaba que fueras a pedirme que leyese algo en un teléfono mojado.

Joder, ya la estaba cagando.

—Y así es —probé—. O sea, he venido a eso. A pedirte perdón. Pero quería que supieras por qué se me fue la pinza. Que conocieras el contexto.

—Ah, ya. —Me lanzó una de sus miradas gélidas—. La parte más importante de pedir perdón.

La lluvia me resbalaba de las puntas del pelo y me caía por la cara.

—Oliver, lo siento. Siento haberte mandado a la porra. Siento haber perdido los nervios. Siento haberme encerrado en el cuarto de baño como un adolescente en una fiesta que se ha torcido. Siento que se me dé tan mal pedir perdón. Siento haber sido una mierda de novio falso. Y siento haberme presentado en tu casa a suplicarte que me des otra oportunidad.

—No es que no aprecie el gesto… Bueno, los gestos. —Estaba frotándose la sien con aquel ademán que significaba que no tenía ni idea de cómo tratar conmigo—. Pero no entiendo por qué sucede una y otra vez. La verdad, ni siquiera entiendo lo que ha sucedido esta noche.

—Precisamente por eso —exclamé blandiendo de nuevo el teléfono— intento darte contexto.

Él me miró primero a mí, luego miró el teléfono y luego otra vez a mí.

—Creo que deberías entrar.

Entré y me quedé en el vestíbulo chorreando agua. Ninguno de los dos parecía saber muy bien lo que iba a ocurrir a continuación.

Entonces, Oliver dijo:

—Por qué no te tomas unos momentos para secarte. Yo voy a echar un vistazo a ese artículo, si con ello te sientes mejor.

No me sentía mejor con ello en absoluto, pero después de haberle plantado el teléfono delante de las narices ya era un poco tarde para retractarse. Además, me había empeñado en ser sincero y transparente. Socorro.

Procurando no dejarme llevar por el pánico, permití que Oliver me condujera al piso de arriba, donde sacó una toalla del armario de secado porque, por supuesto, tenía un armario de secado. Y, por supuesto, la toalla estaba mullida y desprendía olor a perfume. Me abracé a ella con desesperación.

Él me empujó con suavidad en dirección al cuarto de baño.

—Hay una bata colgada detrás de la puerta. Estaré en la cocina.

Sintiéndome ya más seco y más ligero, bajé unos minutos después envuelto en un albornoz azul marino y encontré a Oliver sentado a la mesa, mirando mi teléfono con el ceño fruncido.

—Lucien. —Levantó la vista con una expresión menos alentadora de lo que yo habría esperado—. Sigo sin entender. Por tu reacción, supuse que habías leído algo que, como mínimo, ponía en peligro tu carrera o la mía. Pero esto es una banalidad egocéntrica y sin contenido alguno, escrita por alguien que obviamente es un aficionado.

Tomé asiento con torpeza en la silla de enfrente.

—Ya lo sé, pero en ese momento me pareció muy verídica.

—Yo diría que no soy una persona poco comprensiva, pero después de ver cómo te has encerrado en el baño y me has mandado a la mierda, me resulta difícil mostrarme comprensivo.

—Lo… Lo entiendo.

Oliver cruzó una pierna sobre la otra y compuso una expresión seria y estirada.

—Opino que lo que tienes que entender es que, aunque no tengamos una relación oficial, sí tenemos un compromiso el uno con el otro en el que ambos nos apoyamos. Y cuando tú te comportas faltando a dicho compromiso, eso tiene consecuencias para mí, tanto logísticas —dijo, con una breve tos— como emocionales.

Aquello era todo lo que pensaba que no me gustaba de Oliver Blackwood: su actitud severa, rígida, autoritaria pero no en un sentido morboso, y aquel leve toque de superioridad que sugería que jamás se echaría atrás ni la cagaría. Pero ya lo conocía un poco mejor, y sabía que lo había herido.

—Me doy cuenta de que te he tratado mal. Y me doy cuenta de que mis muchos, muchísimos problemas no son excusa para ello. Ojalá pudiera decirte que no voy a hacerlo más, pero no puedo, porque me preocupa volver a hacerlo.

—Si bien agradezco tu sinceridad —repuso él todavía con cierta frialdad—, no sé muy bien dónde nos coloca eso.

—No puedo decirte dónde te coloca a ti, pero en mi caso quiero darle otra oportunidad a esto y me esforzaré por hacerlo mejor.

—Lucien… —Lanzó un pequeño suspiro—. La verdad es que no deseo acudir solo al aniversario de mis padres. Pero ya se me ha hecho un poco tarde para buscar otro acompañante.

No podía decirse exactamente que Oliver se hubiera arrojado de nuevo a mis brazos, como Bridget me había llevado a pensar.

—Si eso es lo que necesitas y lo único que quieres, todavía puedo dártelo. Creo que te conozco lo bastante bien como para pasar por novio tuyo en una fiesta, aunque no nos hablemos hasta que llegue ese momento.

—¿Y qué pasa con tu evento de trabajo?

—Me las arreglaré —dije encogiéndome de hombros—. He recuperado a la mayoría de los donantes. ¿Y sabes una cosa? He empezado a pensar que si vuelven a meterse con mi vida personal, a lo mejor ya puedo plantearme llevarlos ante un tribunal laboral.

Oliver me estaba mirando, me interrogaba con sus ojos gris plateado.

—¿Por qué antes no has podido?

—Porque pensaba que merecía que me despidieran.

—¿Y ahora no lo piensas?

—A veces. Pero no tanto.

—¿Qué es lo que ha cambiado? —me preguntó con perplejidad.

—No me hagas decirlo —gemí.

—¿El qué? —Agitó un pie con impaciencia—. Tendrás que perdonar que en este momento no sea tan perspicaz, pero es que solo he dormido tres horas.

—Más que suficientes para pronunciar la palabra «perspicaz», por lo que veo. Oliver, has sido tú. Tú eres lo que ha cambiado. Y ahora lo he estropeado todo. Y me siento triste.

Él se ablandó unos breves instantes. Y luego volvió a endurecerse de pronto.

—Si he sido una influencia tan positiva, ¿por qué diablos me has mandado a la mierda desde la puerta del cuarto de baño después de leer un artículo de nada que ha salido en un periódico famoso por sus faltas de ortografía?

—Me parece que estás subestimando lo mucho que soy capaz de mejorar sin dejar de ser un completo desastre.

—No eres un completo desastre, Lucien. Es que no quiero volver a pasar por esto dentro de quince días, y no has sido capaz de darme la seguridad de que no vaya a suceder tal cosa.

Respiré hondo.

—Está bien. Mira, lo cierto es que a los dos se nos dan fatal las relaciones. Por eso hemos llegado a esta situación, ya de entrada. Pero tengo la impresión de que estás pidiendo un imposible.

—¡No me digas! —Oliver, nada convencido, enarcó una ceja—. Me congratulo por estar pidiendo algo bastante razonable, como es que nuestra relación, sea falsa o no, no vaya a verse constantemente salpicada de apariciones tuyas en la puerta de mi casa para pedirme perdón por tu reprochable conducta.

—Y yo veo por qué eso no es genial. Excepto que no estoy seguro de que ese sea el verdadero problema. No sé cómo prometerte que no voy a reaccionar de forma exagerada, ni a agredirte verbalmente ni a decir algo que no deba. Lo único que puedo prometer, y de verdad considero que es lo que debo prometer, es que seré sincero contigo sobre… sobre lo que me esté pasando. —Aquello era el infierno. Estaba bastante seguro—. Es lo que debería haber hecho esta noche. Y por eso he venido aquí.

Siguió un largo silencio. Mitad bueno y mitad malo.

—De acuerdo. —Oliver me miró con cautela—. Entonces, si hubieras sido sincero conmigo, como acabas de sugerir, ¿qué habrías dicho?

Abrí la boca, pero no salió nada.

—Me parece —dijo— que hemos descubierto el fallo de este plan.

—No, no. Dame un momento. Puedo hacerlo. Soy capaz de confiar en alguien. Expresarle, no sé, mis sentimientos y todo eso.

¿Por qué me estaba resultando tan difícil? A ver, se trataba de Oliver. A grandes rasgos, la persona más decente que había conocido en la última década que no fuera ya amiga mía. Mierda.

—Esto… —probé—. Puede que suene totalmente estrambótico, pero ¿te importa que pase a tu cuarto de baño?

—Perdona, ¿me estás pidiendo usar el baño?

—No, es que… me gustaría entrar en él.

—Si vuelves a mandarme a la mierda desde el otro lado de la puerta, voy a enfadarme mucho.

—No voy a hacer eso. Y mi objetivo final es llegar a la etapa en la que podamos tener esta conversación en la misma habitación. Pero ya sabes, hay que ir pasito a pasito.

Oliver hizo un ademán de derrota.

—Está bien. Si es lo que necesitas.

Así que me metí en el cuarto de baño de Oliver, eché el pestillo y me senté en el suelo con la espalda apoyada contra la puerta.

—Todavía me oyes, ¿verdad?

—Alto y claro.

—Bien. —Respirar. Respirar. Tenía que respirar—. Esto… sea lo que sea… lo que hay entre nosotros… es lo mejor que me ha pasado en varios años. Y ya sé que se suponía que iba a ser una relación fingida, pero yo ya no la siento como tal desde… No sé. Desde hace un tiempo. Y supongo que has reorganizado mis problemas personales de varias formas que en conjunto han sido muy… buenas. Pero también me siento vulnerable y asustado, no sé, todo el rato.

La puerta tembló ligeramente, lo cual tardé unos momentos en interpretar. Pero después se me ocurrió que a lo mejor

Oliver acababa de sentarse al otro lado, con la espalda pegada a la mía.

—Yo… Lucien. No sé qué decir.

—No es necesario que digas nada… Limítate… no sé, a escuchar.

—Claro.

—Entonces, cuando he visto ese artículo, me ha recordado otra vez todo lo antiguo que yo… Sí. Verás, mi último novio, Miles, y yo estuvimos juntos durante toda la universidad y un poco más. Y creo que fue una de esas relaciones en las que lo que une a dos personas en la universidad no funciona en el mundo real. Estábamos pasando por un bache, pero supongo que yo no sabía hasta qué punto era así, porque Miles se marchó y vendió mi historia, nuestra historia, al *Daily* no sé qué. Ni siquiera me acuerdo. Por cincuenta de los grandes.

Oí que Oliver contenía una exclamación.

—Lo siento. Debió de ser horrible.

—Bastante. Lo que no logré entender fue que… Yo creía que cuando uno está enamorado se supone que se encuentra a salvo, ¿no? Se supone que puede hacer cosas y probar cosas y cometer errores, pero no pasa nada porque cada uno sabe qué es para el otro. Yo estaba convencido de que teníamos eso, pero él lo cogió y se lo entregó a la prensa, y la prensa convirtió cinco años de mi vida en un par de tríos sexuales y en una ocasión en que consumimos cocaína en una fiesta de Soho.

—Gracias por contármelo —susurró Oliver a través de la puerta—. Está claro que esto es muy difícil para ti, y aprecio tu confianza.

Debería haberlo dejado ahí. Pero, sin saber por qué, ahora que había empezado a hablar de aquellas cosas ya no pude parar.

—Miles conoció a mi madre. Le hablé de mi familia, de mi

padre, de cómo me sentía, de lo que quería y lo que me daba miedo. Y él lo transformó en algo desagradable y barato. Y ahora todo el mundo cree que así es como soy. Y la mitad del tiempo también lo creo yo.

—Pues no deberías. Y ya sé que eso es fácil de decir y más difícil de creer, pero tú eres mucho más que unas cuantas fotos en un periódico y un par de tristes articulillos escritos por tristes hombrecillos.

—Puede ser, pero aquello también repercutió en mi madre. Ella ya ha tenido que soportar mucho sin que la prensa sensacionalista la convierta en una vieja gloria.

—Por supuesto —respondió Oliver en voz baja—. Yo no la conozco tan bien como tú, pero me parece... resiliente, como poco.

—No se trata de eso. Ella no debería haber tenido que pagar el pato de que yo confiara en la gente en la que no debí confiar.

—Una única persona. Que te traicionó. Fue él quien obró mal.

Dejé caer la cabeza contra la puerta, con suavidad.

—La cosa es que ni siquiera lo vi venir. Pensaba que lo conocía mejor que nadie. Y así y todo, él...

—Te repito que los culpables fueron él y sus decisiones. No tú y las tuyas.

—Racionalmente, eso ya lo sé. Pero es que no sé cuándo va a suceder de nuevo.

—¿Y por eso no has estado con nadie desde entonces?

—Más o menos. —Intenté raspar el suelo del baño de Oliver en el mismo sitio en que había raspado el mío, pero las juntas estaban demasiado limpias—. Al principio, resultó liberador. Tenía la sensación de que lo peor había pasado ya, así que pensé que podía hacer lo que se me antojase. Claro que hacer lo que se me antojase se convirtió en un modo de dirigir a la gente para que pensara lo peor de mí. Y antes de que me diera cuenta ya había perdido el trabajo, había alejado a la mayoría de mis amigos, mi salud se había resentido y mi casa era una pocilga.

Noté otro temblor en la puerta que resultó extrañamente reconfortante, como si Oliver me estuviera tocando.

—No tenía ni idea de lo difícil que ha sido para ti. Lo siento mucho, Lucien.

—No lo sientas. Porque entonces te conocí a ti.

Salir del cuarto de baño me parecía una perspectiva aterradora, pero estaba llegando a la conclusión de que esperando no iba a conseguir que me lo pareciera menos. Y aunque el baño de Oliver era más bonito que, digamos, el mío, no había caído tan bajo como para querer vivir allí dentro durante el resto de mi vida. Me incorporé con las piernas temblorosas, abrí la puerta y me dirigí a los brazos de Oliver.

—Sí —dije al cabo de unos minutos, todavía abrazado a él—, probablemente debería haber hecho esto la primera vez.

Él me dio un saludable apretón de pijama de algodón.

—Podemos trabajar en ello.

—¿Eso quiere decir que me aceptas otra vez?

Me regaló una de sus miradas intensas.

—¿Tú quieres volver? Solo ahora estoy empezando a comprender que es mucho pedirte.

—No, Oliver. Si he venido hasta tu casa a no sé qué horas de la madrugada y he volcado mis entrañas en el suelo de tu cuarto de baño, ha sido porque no lo tengo muy claro.

—Me resulta extraño, de tan reconfortante, que te sientas lo bastante bien como para ser sarcástico conmigo.

Me arriesgué a sonreírle, y él, muy despacio, me devolvió la sonrisa.

CAPÍTULO 33

Unos minutos más tarde estábamos de nuevo en la cocina de Oliver y él estaba haciendo sus cosas en el fogón porque, por lo visto, había decidido que lo que necesitábamos de verdad en ese momento era tomarnos un chocolate.

Sentado a la mesa sin hacer nada, me puse a tontear con el teléfono y vi que ya eran bastante más de las cinco.

—Mañana vas a estar hecho polvo en el trabajo.

—No tengo ningún juicio. De modo que no tengo la intención de hacer acto de presencia.

—¿Puedes hacer eso?

—Bueno, técnicamente soy un autónomo, aunque los empleados del juzgado no suelen verlo de esa forma, y no me he cogido una baja por enfermedad desde… nunca.

—Lo siento. Otra vez.

—No lo sientas. Como es obvio, preferiría que no hubiéramos tenido una crisis, pero he terminado reconociendo que hay algo que me importa más que mi trabajo.

Yo no tenía ni idea de qué contestar a eso. Una parte de mí quería señalar que probablemente no debería anteponer a los chicos a su carrera profesional, pero, como el chico era yo, sería bastante contraproducente.

—Sí, creo que yo también voy a cogerme el día como baja por enfermedad.

—No creo que estar pasando una mala racha cuente como baja por enfermedad.

—¿Qué? —Observé los músculos de la espalda de Oliver mientras él removía el contenido del cazo. Y no supe distinguir si el hecho de fijarme en una cosa así era indicativo de que estaba empezando a curarme o si lo mío no había tenido cura nunca—. ¿Debería llamarlos por teléfono y decirles: «Lo siento, me he provocado yo solo una crisis nerviosa con un artículo del *Guardian*»?

Oliver vino a la mesa con un par de tazas y las colocó con cuidado en sendos posavasos. Yo coloqué las manos en torno a la mía y dejé que el calor se transmitiera a mis palmas al tiempo que el penetrante aroma del chocolate y la canela se extendía sobre la mesa.

—Hoy has pasado por mucho —dijo Oliver—. No hay necesidad de subestimarlo.

—Ya, pero si no subestimo las cosas, tengo que afrontarlas con su tamaño real, y eso es horrible.

—En mi opinión, es mejor afrontar el mundo tal como es. Cuanto más nos esforzamos en escondernos de algo, más poder le damos.

—No te las des de saber tanto de mí, Oliver —le dije mirándolo—. No es sexi.

Él, con el aire de quien tiene un montón de cosas en la cabeza, dio un cuarto de vuelta a su taza de chocolate en una dirección y luego en la dirección contraria.

—Ya que hablamos del tema…

—¿De lo no sexi?

—De esforzarse por esconderse de las cosas.

—Ah.

—En el baño has comentado que nuestro acuerdo ya no parecía tan artificial como en su fase preliminar.

—¿Pretendes evitar que pierda los papeles usando una forma de hablar que sabes que va a provocar que me burle de ti?

Me taladró con la mirada desde su lado de la mesa.

—¿Lo has dicho en serio, Lucien?

—Sí. —¿Había algo peor que el hecho de que alguien apelara a tu sinceridad?—. Lo he dicho en serio. ¿Podemos, por favor, volver a lo importante, que es saber por qué has dicho «fase preliminar»?

—Sucede —dijo Oliver, mientras continuaba ajustando el ángulo de su taza— que yo también he tenido últimamente la misma impresión.

En ese momento no supe distinguir si había estado esperando escuchar esas palabras o si había temido que eso ocurriera. Pero el hecho de que no saliera huyendo demostró lo mucho que había avanzado y lo seriamente que estaba decidido a hacer mejor las cosas por Oliver.

—De acuerdo. ¿Bien? ¿Está bien?

En mi defensa, diré que mi tono de voz solo se había elevado media octava.

—No hay necesidad de dejarse llevar por el pánico. Solo estamos teniendo una conversación.

—¿Puedo volver al cuarto de b...?

—No.

Solté un resoplido.

—Oye, yo... Como digo, tengo esos sentimientos. Y no estoy acostumbrado a tener esos sentimientos. Y cada vez que tengo esos sentimientos, tengo también otros que son... No sé...

Cuándo va a acudir a la prensa, cuándo va a dejarme tirado, cuándo va a joderme de verdad.

—Lucien…

—Y… —Lo interrumpí porque no podía parar—. Creo que no voy a poder soportarlo. De ti, no.

Oliver guardó silencio durante unos instantes con el ceño fruncido, pensando.

—Sé que lo que menos va a ayudarte en este momento son las promesas y los tópicos. Pero yo me siento muy seguro de mí mismo al asegurarte que jamás venderé tu historia a la prensa sensacionalista.

—Estoy bastante seguro de que Miles también habría dicho eso.

—Pero en un contexto distinto. —Su tono era muy mesurado, casi distante, pero también alargó un brazo por encima de la mesa y me cogió una mano lacia y húmeda—. No te estoy pidiendo que confíes en mí personalmente. Como es obvio, me sentiría gratificado si lo hicieras, pero entiendo que con todo lo que has sufrido te resulta bastante difícil.

—Pero yo quiero confiar en ti.

—No tienes por qué. Pero puedes confiar en que no tengo nada que ganar y sí todo que perder si convierto nuestra relación en un espectáculo público. No necesito el dinero especialmente, y he invertido más de diez años en un trabajo que depende de mi reputación de persona discreta.

Le ofrecí una frágil sonrisa.

—Lo más probable es que en estos momentos yo valga en la televisión mucho más que mi padre.

—Para mí, mi carrera profesional es mucho más importante que cualquier suma de dinero que razonablemente me puedan ofrecer.

Supongo que tardé demasiado tiempo en resolver el cubo de Rubik en mi cerebro para conseguir algo que diera sentido a aquello.

—Vale. Sí. Lo entiendo.

—Y, si vamos a eso —continuó Oliver—, tú también.

Bueno. Ya era algo.

—Muchas gracias. De verdad. Yo… Joder, ¿cómo vamos a hacer esto?

—Confieso —dijo Oliver, con un leve rubor alrededor de las orejas— que no había pensado tanto. Esto es territorio nuevo para los dos.

—Hum. No quisiera parecer un gallina, pero ¿y si simplemente… siguiéramos como hasta ahora?

—¿Te refieres —dijo él despacio— a que quieres que sigamos fingiendo tener una relación que ambos reconocemos que nos parece real?

Vaya, sí que estaba resultando difícil actuar correctamente. Y se parecía mucho a cagarla del todo.

—Me preocupa que si intentamos cambiar demasiadas cosas de golpe, salga mal, y entonces yo te habré decepcionado y tú te quedarás solo en el aniversario de tus padres y será todo por mi culpa.

—Es muy amable por tu parte, pero no voy a poner una fiesta familiar por encima de nuestra relación.

—No tienes por qué. —Puse la mano sobre la suya—. Dejando a un lado mis ocasionales desastres, los cuales prometo aprender a controlar, esto está funcionando bien para los dos y, desde luego, las cosas irán como tienen que ir. ¿Qué prisa hay? ¿Para qué liarlo?

Oliver me miraba como diciendo: «No sé muy bien quién eres, pero me gusta».

—Estoy empezando a pensar que tal vez las relaciones se te dan mejor de lo que crees.

—Es que estoy —anuncié— creciendo como persona.

—Quizá yo… también pueda hacerlo mejor.

Le sonreí, demasiado cansado para preocuparme de si parecía bobalicón.

—Tú no tienes necesidad. Ya eres perfecto.

Después de eso, la cama llegó bastante pronto. Y, como yo acababa de mostrar abiertamente toda mi fragilidad emocional, pareció un poco inútil preocuparme de lo que opinara Oliver de mis calzoncillos o mi falta de abdominales. Por lo que vi, no se sintió decepcionado ni asqueado; en vez de eso, me envolvió en sus brazos y yo me quedé allí, arropado y en silencio, y enseguida me dormí.

Nos despertamos tarde, bueno, tarde para Oliver, o sea a las nueve, aunque yo lo retuve en la cama aproximadamente otra hora más enroscándome a él como un pulpo y negándome a soltarlo hasta que me dijo en tono muy firme que necesitaba ir al baño. Mientras él hacía sus abluciones, y sin duda se acordaba de usar el hilo dental y todas esas otras cosas que se supone que debemos hacer pero no hacemos, saqué mi teléfono y llamé al trabajo.

—Centro de Ayuda y Protección del… Ah, no, espere, no es así… —Al parecer, se había puesto Alex—. Centro de Ayuda y Reunificación del… Maldita sea. Centro de Rescate y Ayuda al…

—Soy yo.

—¿Quién?

—Luc.

—Lo siento, pero Luc no ha llegado todavía. Está hablando con Alexander Twaddle.

—Ya sé quién eres, Alex. Soy Luc. Luc soy yo.

—Oh. —Casi me pareció oírlo cavilar—. Entonces, ¿por qué has dicho que querías hablar con Luc?

—No he dicho… Perdona, debo de haberme equivocado,

—No te preocupes, es normal. Pasa mucho. Precisamente ayer contesté al teléfono diciendo buenas tardes y luego caí en la cuenta de que solo eran las once y media.

—Alex —dije despacio—. ¿Ayer no era domingo?

—Ay, Dios. Tienes razón. Ya me parecía que había mucho silencio.

—Sea como sea. —Si no ponía fin a aquello de inmediato, nos llevaría toda la semana—. Llamo para decir que hoy no me encuentro muy bien y que no voy a ir a la oficina.

Alex emitió un ruidito de sincera compasión.

—Cuánto lo siento. ¿Va todo bien?

—Sí, es que he tenido un par de días horribles.

—Conozco esa sensación. El mes pasado se puso enfermo mi aparcacoches y me costó muchísimo pasar sin él.

—Procuraré ser fuerte.

—Tómate todo el tiempo que necesites. Cuesta mucho encontrar un buen hombre.

En ese momento salió Oliver del cuarto de baño, desnudo hasta la cintura.

—Creo que en ese aspecto no voy a tener problemas.

—Me alegro. Hasta lueguito.

Colgué y procuré no mirar a Oliver con gesto demasiado embobado, lo cual me resultó más fácil de lo que esperaba porque mi teléfono estaba intentando ahogarse él solo enviando notificaciones sin parar. Eché un vistazo al WhatsApp y vi que el grupo estaba tranquilo y actualmente se llamaba «eLUCubraciones». Me apareció de golpe un mensaje privado de Bridget:

LUC ESTÁS BIEN?
QUÉ HA PASADO CON OLIVER?
LUC?
LUC ESTÁS BIEN?
LUC?
LUC?
ESTÁS BIEN?
VA TODO BIEN?

Oliver sonrió a medias. Como él también conocía a Bridget, probablemente también había caído víctima de sus mensajes.

—Estaré en la cocina. Cuando termines, ven.

Sí, tecleé, **perdona el silencio. Va todo bien. Hemos hablado de sentimientos, de Miles y demás.**

OH DIOS MIO… OS ESTÁIS BESANDO EN ESTE MOMENTO???
No, Bridge. Te estoy escribiendo a ti.
PUES DÉJALO Y VETE A BESAR A OLIVER
EN FIN, TENGO QUE IRME PORQUE EL FOLLÓN GEOPOLÍTICO HA
    HECHO QUE FALTE SUMINISTRO DE PAPEL EN TWICKENHAM
    Y NO SE ESTÁ IMPRIMIENDO NINGUNO DE NUESTROS LIBROS
AAHHHH
Buena suerte con eso. Gracias por lo de anoche.
CUANDO QUIERAS. TENGO QUE IRME

Me puse la bata de Oliver y fui al piso de abajo. Oliver estaba comiendo de un tarro de cristal algo que daba miedo, de tan saludable que parecía, y leyendo el *Financial Times* en su iPad. Dios, estaba adorable.

—Hay torrijas. —Levantó la vista. Parecía una imagen de porno raro y muy concreto para personas a las que les gustasen los hombres increíblemente guapos y los periódicos de vivos colores—. O fruta. O muesli casero. Si lo prefieres, puedo prepararte unas gachas.

Yo todavía estaba demasiado afectado emocionalmente para tanta fibra. Así que cogí un plátano de un manojo que colgaba de lo que parecía ser un gancho hecho a medida para colgar plátanos, al lado, pero no dentro, de un cuenco de fruta tan bien provisto que resultaba ofensivo.

—¿Qué pasa con…? —dije señalando—. ¿Tienes algún problema con los plátanos?

—Personalmente, no. Pero emiten etileno, que es una sustancia que los pone maduros y que puede hacer que se estropeen otras frutas.

—Ah. Vale.

—Lo siento. Preferirías que hubiera dicho que me preocupa que estalle un motín en mi frutero y que por eso los tengo colgados del patíbulo, *pour encourager les autres.*

—¿Recuerdas esa ocasión en la que fingí que hablaba francés para impresionarte? Bueno, pues sigo sin hablarlo.

Él se echó a reír y me atrajo hacia sí para darme un beso, lo cual no me hizo caer en su regazo pero sí bastante cerca.

—No es necesario que hables francés para impresionarme.

Sentí un aleteo en el corazón. Pero seguía sin estar acostumbrado a toda aquella… intimidad y aquiescencia.

—¿Qué es lo que estás comiendo? —pregunté abruptamente—. Parece semen con trocitos de fruta.

—Gracias, Lucien. Tú siempre sabes exactamente qué decir.

Le olisqueé el cuello con timidez y me alegró descubrir… lo contrario de una barba incipiente de las cinco de la mañana. El roce de aquel vello bajo los labios me recordó que yo seguía estando allí. Que estábamos los dos. Juntos.

—Es muesli —continuó él—. Avena remojada durante la noche en leche de almendras y, como has observado acertadamente, fruta. Pero, que yo sepa, no contiene semen, ni humano ni de otra clase.

—¿Así que son gachas frías?

—Mucho más ligeras y frescas, pero lo bastante sustanciales para sostenerme en pie cuando tengo un caso en el juzgado. También puedo prepararlas al principio de la semana y me duran hasta el sábado, lo cual es muy cómodo.

Yo estaba sonriendo sin poder evitarlo.

—¿Pones etiquetitas a los tarros para saber cuál es para cada día?

—No. —Me dirigió una mirada severa que, por alguna razón, no era severa en absoluto—. El muesli se estropea.

—Pues si se estropea, no deberías comerlo.

Oliver, indulgente, lanzó una carcajada. Pero, bueno, yo podía acostumbrarme a que la gente fuera indulgente conmigo, sobre todo Oliver.

CAPÍTULO 34

El resto del lunes lo pasé con Oliver, sintiéndome frágil pero satisfecho, envuelto en una especie de neblina. Habíamos hablado tanto la noche anterior que ya no teníamos mucho que decirnos, pero eso era bueno. Oliver pasó casi todo el tiempo sentado decorosamente en su sofá, leyendo *La canción de Aquiles*, y yo mayormente tirado encima de él y dormitando. Abrigaba la esperanza de no seguir teniendo emociones, porque enseguida iba a quedar agotado. Luego, a primera hora de la tarde y a pesar de mis protestas, Oliver insistió en que fuéramos a dar un paseo, lo cual resultó ser mucho más agradable de lo que cabía esperar de un paseo por Clerkenwell.

Lógicamente, tomarse el lunes libre significó tener que compensarlo el martes. Y como la Campaña del Pelotero se acercaba rodando a toda velocidad igual que una bola de estiércol bajo las patas de un *Scarabaeus viettei*, también conocido como escarabajo pelotero (ay, llevaba demasiado tiempo trabajando en CACCA), cuando llegué a la oficina me encontré con un montón de cosas que hacer.

Cuando organizamos (es decir, organicé yo) la primera cena de recaudación de fondos, unos años atrás, habíamos decidido que en ella se debía incluir una subasta silenciosa, y creo que en aquel momento nos pareció genial. Pero resultó que esas subastas representaban una jodida montaña de trabajo, porque se necesitaba un pequeño número de cosas caras y una cantidad enorme de gente rica, o bien un gran número de cosas de precio moderado y una cantidad razonable de gente rica, y siempre resultaba impredecible saber si el saldo iba a salir positivo.

No ayudaba el hecho de que la doctora Fairclough insistiera en donar un ejemplar firmado de su monografía sobre la distribución de los estafilínidos en el sur de Devon entre los años 1968 y 1972, que por lo visto había sido un período muy fructífero para los estafilínidos de Devonshire. Y yo terminaba teniendo que comprarlo todos los años amparado en una serie de seudónimos cada vez más inverosímiles, porque nadie más hacía una oferta por él. El más reciente lo había adquirido una tal A. Stark, de Winterfell Road.

Justo cuando estaba aplicando un descuento que esperaba que fuera útil, de tan obsceno, a una cesta de productos de Fortnum & Mason, que siempre funcionaba bien en una subasta, aun cuando no fuera tan difícil de conseguir, apareció Rhys Jones Bowen en la puerta de mi oficina con su habitual sentido de la oportunidad.

—¿Estás ocupado, Luc? —me preguntó.

—Sí, muchísimo.

—Oh, bueno. Solo tardaré un momento. —Reclamó mi otra silla con la actitud de un hombre que no tiene intención de quedarse solo un momento—. Solo quiero pasarte un mensaje de Bronwyn. Me ha dicho que te dé las gracias por fotografiarte en la puerta de su restaurante. Que le ha venido la mar de bien y que ya tiene todo reservado para el resto de la temporada. Iba a ofrecerse a hacerte la cena, pero no puede porque está hasta arriba.

Entre eso y el estúpido artículo escrito por Cam, que casi había destrozado mi relación con Oliver, me había tomado un respiro de las alertas de Google.

—No hay problema. De verdad, no me había dado cuenta.

—Al final ha sido un artículo precioso, decía que estabas entrando en una etapa más saludable e intentando arreglar las cosas con tu padre. Y el tipo del periódico le preguntó a Bronwyn y ella le dijo que no eras tan gilipollas como ella pensaba. Así que todo bien, ¿no?

—En un mundo ideal, mis apariciones en la prensa no incluirían el término «gilipollas», pero vale, lo aceptaré.

Aguardé esperanzado a que Rhys Jones Bowen se marchara, pero en vez de eso se quedó allí, acariciándose la barba.

—Sabes, Luc, he estado pensando. En mi calidad de lo que se podría denominar un gurú de las redes sociales, hace poco he descubierto que existe una red llamada Instagram. Y, al parecer, si uno es un poquito famoso y un poquito capullo, puede ganar muchísimo dinero fingiendo que le gustan cosas.

—¿Estás sugiriendo —dije, aunque me llevó unos instantes incluso concentrarme en ello— que yo debería convertirme en un *influencer* de las redes sociales?

—No, no, simplemente estoy sugiriendo que deberías abrir una cuenta en Instagram y ayudar a las personas como Bronwyn. Eso es lo que los del oficio denominamos apalancar tu plataforma.

—Gracias, pero creo que prefiero que mi plataforma se quede sin apalancar.

—En fin, tú mismo, como dicen. —Se levantó, se estiró teatralmente y echó a andar hacia la puerta, pero se detuvo y se volvió—. A propósito, ¿recuerdas lo mucho que disfrutasteis tu guapo novio y tú de la experiencia culinaria del nuevo restaurante de Bronwyn?

No estaba seguro de que la respuesta fuera a gustarme.

—Sí.

—Pues he hablado con mi colega Gavin, de Merthyr Tydfil, y ha hecho una serie de esculturas en vidrio inspiradas en la Insurrección de 1831.

Decididamente, no me gustaba adónde iba a parar aquello, pero, no sé por qué, hice la pregunta de todas formas:

—¿Quién? ¿El qué?

—Es muy típico de los ingleses. Imponen a mis paisanos el 93.º Regimiento de Montañeses y luego no tienen la decencia de enseñarlo en los colegios. En fin —hizo una pausa grave—, ya te informarás de todo eso cuando vayas a hacerte la foto en la exposición de Gavin.

Que me llamen paranoico, pero estaba empezando a pensar que Rhys Jones Bowen tenía un motivo oculto para querer que yo abriera una cuenta en Instagram. Estaba a punto de decirle que no tenía intención de acudir a la exposición de esculturas en vidrio de su colega, pero le debía una por todo lo del rescate vegano, y además... supongo que estaba bien ayudar a la gente. Por otro lado, tal vez a Oliver le gustara.

—Está bien —contesté—. Parece interesante. Mándame los detalles por correo electrónico, y le preguntaré a mi novio si le apetece ir.

—No te preocupes, Luc —repuso Rhys afirmando con la cabeza—, entiendo perfectamente que... Ah, bien. La verdad, no esperaba que dijeras que sí.

—Debe de ser el día de suerte de Gavin. Pero en serio que tengo que volver al trabajo.

—¿Sabes qué? Voy a traerte un café.

Le di las gracias y volví al tema de la subasta silenciosa. Bueno, a la subasta y a mandar un mensaje a Oliver:

¿Quieres venir conmigo esta noche a una exposición?

¿Qué clase de exposición?

Tiene gracia que tú me preguntes eso. Esculturas en vidrio. Trata de —mientras tecleaba eso, me di cuenta de que se me había olvidado lo que me había dicho Rhys, y aunque me acordase, no habría sabido cómo se escribía— **algo malo que ocurrió en Gales.**

No me parece que eso acote mucho la búsqueda.

¿Una insurrección?

Siguió una pausa. Cualquier otra persona se habría puesto a buscar en Google, pero Oliver solo estaba tecleando.

Ha habido varias insurrecciones.

Sí. Una de esas. Rhys quiere que obtenga un poco de publicidad para un amigo suyo y le he dicho que sí porque tú me has hecho mejor persona, cabrón.

Lo siento. No era mi intención.

No pasa nada. Puedes compensármelo presentándome como un entendido en arte.

Me encantaría, Lucien, pero esta tarde tengo que trabajar.

Lo siento. No te vas a escapar tan fácilmente. La exposición dura toda la semana.

De verdad que estoy deseando ir.

Por supuesto que sí.

¿El fin de semana, entonces?

Tenemos el cumpleaños de Jennifer. —E inmediatamente añadió—: Quiero decir que lo tengo yo y que tú estás invitado, pero no tienes que sentirte obligado. —E inmediatamente añadió—: Por supuesto, serás muy bien recibido. Les gustaría conocerte.

Cálmate. ¿Qué tal el viernes?

Por mí, bien.

Vale. Después le comenté que iba a intentar sacar unas entradas *premium* para ver *Harry Potter y el legado maldito* a un precio que no fuera exorbitante. Empezaba a pensar que la taquilla no iba a llamarme de nuevo, cuando de pronto sonó el teléfono.

—Diga. Luc O'Donnell al habla.

—Hola, Luc. —Era Alex, de recepción. Lo cual quería decir que alguien estaba intentando llamarme, pero existía un cincuenta por ciento de probabilidades de que él ya les hubiera colgado—. Tengo en la línea a un tío ligeramente gay que quiere hablar contigo. ¿Quieres que te lo pase?

—Adelante.

—Muy bien. ¿Se te ocurre cómo podría yo... ya sabes... hacer eso?

No suspiré. Me sentí muy orgulloso de no suspirar.

—¿Ya has pulsado Transfer antes de marcar mi extensión?

—Sí. Me he acordado de hacerlo así porque tengo una estupenda regla mnemotécnica. No tengo más que recordar la frase *Sic transit gloria mundi*, y luego acordarme de que primero hay que pulsar Transfer porque «*transit*» es la segunda palabra de la regla. La cosa es que no me acuerdo de lo que sigue después.

—Cuelga.

Alex pareció sentirse herido.

—Tranquilo, tío, no tienes por qué ponerte así. Que alguien tenga una pequeña dificultad para recordar cómo se usa el teléfono no significa que debas decirle que cuelgue, así de repente.

—Si cuelgas —expliqué—, la llamada se transferirá automáticamente.

—¿En serio? Este sistema es de un inteligente que te mueres. Tropecientas gracias.

—No hay problema. Gracias, Alex.

Se oyó un brevísimo chasquido de reconexión de la línea y después la voz grave de Jon Fleming, leyenda del rock, hablando conmigo.

—Hola, Luc. Me parece que el domingo no fue como queríamos ninguno de los dos.

Ese era el problema de intentar recuperar el contacto con las personas. Que a veces ellas intentaban recuperarlo contigo. Y si bien yo estaba esforzándome por ser una persona más amable, más delicada y más buena, Jon Fleming era la excepción.

—No me digas.

—Estoy de nuevo en Londres. Y te dije que te llamaría.

—Pues ya lo has hecho. Felicidades por haber cumplido en parte tu promesa.

—En fin, ¿qué tal estás?

De ninguna manera iba a contarle... bueno, nada.

—Bien, la verdad. Lo cual, debo aclarar, no tiene absolutamente nada que ver contigo.

Siguió una ligera pausa.

—Veo que todavía llevas mucha rabia dentro. A mí me pasaba igual cuando...

—Ni se te ocurra decirme que a ti te ocurría lo mismo cuando tenías mi edad.

—Conforme va pasando el tiempo, uno aprende a aceptar las cosas que no son como uno quisiera.

—¿Querías hablar —dije, mientras me apoyaba el teléfono de la oficina en el hombro y repasaba una lista de otras posibilidades para la subasta— o estás ensayando citas para la próxima vez que salgas en el programa *Loose Women*?

—Me preguntaba si estarías libre para que nos viéramos mientras estoy en Londres.

Mierda. Casi había hecho las paces con la idea de que había intentado recuperar el contacto y no había funcionado, y que no iba a ver a Jon Fleming nunca jamás. Y el muy cabrón ni siquiera me había dado eso.

—Hum… Depende. ¿Cuánto tiempo vas a quedarte?

—No tengo prisa. Vamos a estar rodando un mes o así.

Paseé la mirada por mi oficina, que era un zafarrancho de preparativos para la Campaña del Pelotero.

—Supongo que no te apetecerá —probé, dado que, en justicia, tenía que haber alguna ventaja en el hecho de tener un padre famoso— venir a una cena de recaudación de fondos de la organización benéfica para la que trabajo.

—Esperaba tener la ocasión de charlar contigo a solas. Quisiera una oportunidad para arreglar las cosas.

—Mira, yo…

Nota para mí: No empieces una frase que no tienes ni idea de cómo vas a terminar. Ojeé el comunicado con aire distraído y mi silla giratoria se hundió unos cinco centímetros: hasta el silbido de cansancio estaba en consonancia con mi estado de ánimo. Fundamentalmente, no tenía ni idea de cómo podía ser una conversación con Jon Fleming acerca de «arreglar las cosas», pero tuve la lúgubre sospecha de que al final de la misma él se sentiría mejor y yo me sentiría peor.

Se hacía obvio que yo había dejado un espacio en blanco de lo más audible, porque dijo:

—No es necesario que lo decidas de inmediato —añadió, en ese tono que daba la impresión de que me estaba haciendo un favor enorme.

—No, está bien. Podemos cenar, o algo. Te llamaré cuando Oliver tenga un hueco.

Otra pausa. Esta vez por su parte.

—Me alegra que tengas a Oliver en tu vida, pero ¿no te parece que sería más fácil si estuviéramos los dos solos?

Más fácil para él, quizá.

—Además —siguió diciendo—, sé que los abogados tienen una agenda muy apretada. Puede que resulte difícil encontrar un hueco en el que podamos los dos.

Tal como sucedía siempre, cuando se trataba de Jon Fleming: simplemente no pude. ¿Se suponía que debería sentirme halagado por el hecho de que me quisiera solo para él? ¿O aterrorizado de que estuviera actuando como alguien que se proponía *Cazar a un depredador*?

Nada bueno empezaba con un «y asegúrate de venir solo».

Ahí siguió otra de mis pausas que decían: «Tengo sentimientos encontrados, por favor llena este silencio».

Ya fuera porque era sensible a mis necesidades o porque le encantaba su voz, Jon Fleming llenó el silencio.

—Soy consciente de que estoy siendo egoísta. Por supuesto que puedes traer a tu pareja, si eso es lo que sientes que necesitas.

Genial. Menuda manera de hacer que me sintiera débil y dependiente.

—Pero lo cierto es… —dijo dudando, como si de verdad estuviera sosteniendo una lucha interna— que para una persona como yo no es fácil reconocer que se ha equivocado. Y me resultará mucho más difícil teniendo público.

—Espera. ¿Qué?

—Esta no es una conversación para tenerla por teléfono.

Llevaba razón. Pero era lo más cerca que iba a estar yo nunca de obtener algo medianamente auténtico de mi padre. Y no sabía cómo hacer para no… lanzarme a cogerlo. Salvo que no podía. Porque ¿cómo iba a estar seguro de que no desaparecería por una puertecita a Narnia en cuanto yo fuera a buscarlo? Hubo una época en la que yo deseaba vivamente que esto ocurriera, y a lo mejor en aquel entonces merecía el riesgo.

O a lo mejor, no.

—¿Puedo…? —pregunté—. ¿Puedo pensármelo?

Siguió una pausa más larga de lo que me habría gustado.

—Claro que sí. Te enviaré mi número personal, y podrás ponerte en contacto conmigo cuando quieras. Pero acuérdate de que voy a estar aquí hasta… hasta el final.

Y tras ese útil recordatorio de que tenía cáncer, Jon Fleming colgó.

CAPÍTULO 35

Oliver parecía estar disfrutando de verdad de la exposición de Gavin, aunque podría haberme ahorrado lo primero que dijo nada más cruzar la puerta:

—Ah, de modo que te referías a la insurrección de Merthyr Tydfil de 1831.

En cualquier caso, aunque yo no habría escogido esa exposición como primera opción, ni como segunda, para una cita, estaba disfrutando de ser una persona que llevaba a su novio, un abogado socialmente aceptable, a experiencias en restaurantes recién inaugurados y a eventos de arte independiente. Además, todo ello me proporcionaba unos cuantos puntos como persona culta que de inmediato canjeé premiándome a mí mismo con un helado Twix McFlurry de camino a casa. El cual compartí generosamente con Oliver, a pesar de las objeciones que puso él respecto al contenido de aquel postre y la ética comercial de la empresa que lo vendía.

Me desorientó bastante regresar a su casa y darme cuenta de que era viernes por la noche y de que no estaba solo en mi piso sintiéndome desgraciado o en una fiesta sintiéndome igualmente desgraciado. Todavía me desorientó más estar en la cama antes de la una. Claro que la cama de Oliver tenía sus compensaciones, la más obvia era el propio Oliver, pero estoy bastante seguro de que sus sábanas eran de algodón egipcio y normalmente estaban recién lavadas.

—Hum —dije, acurrucado bajo su brazo—, ¿sabes eso de que iba a abrirme y sincerarme acerca de mis sentimientos y tal?

—Espero que ese tono amenazante resulte innecesario.

Me avergoncé.

—Perdón, perdón. Siempre es amenazante en mi cabeza.

—¿Qué pasa, Lucien?

—Me ha llamado mi padre. Quiere que nos veamos los dos a solas, como padre e hijo.

—¿Y qué es lo que quieres tú?

—No lo sé, ese es el problema. —Intenté encogerme de hombros, pero solo conseguí acurrucarme todavía más—. Le he dicho que necesito pensarlo.

—Probablemente ha sido lo más sensato.

—Ya, yo y mi sensatez.

Oliver subió y bajó suavemente los dedos por mi columna vertebral.

—¿Se te ocurre más o menos de qué lado te decantas?

—La verdad es que no. Es una de esas veces en las que quiero pero no quiero. Cada vez que decido apartarme, oigo una vocecilla dentro de mi cabeza que me dice: «Tu padre tiene cáncer, so capullo». Y sé que sería un idiota si me fiara de él y que es probable que todo acabe siendo una mierda. Pero luego pienso, y de verdad que me entran ganas de vomitar al decirlo, que tengo que hacer algo.

—Entiendo.

Por supuesto que lo entendía.

—Por supuesto que lo entiendes.

—No consigo dilucidar si me siento querido o dado por sentado.

—¿Un poco de ambas cosas? —Me revolví y le rocé el cuello con la nariz—. A ver, supongo que estoy dando por sentado que tú vas a ser increíble. Pero eso no significa que no sea increíble.

Oliver emitió una tosecilla cohibida.

—Gracias. Aunque debería añadir que no es que no me preocupe nada. Sé que solo conozco a tu padre de una vez, pero no puedo decir que me causara una buena impresión.

—Me parece que tú tampoco le caes bien a él.

—Lamento haberte complicado las cosas.

—No seas ridículo. —Me liberé de su abrazo y le di un beso—. Tú siempre lo mejoras todo. Y no estoy seguro de que me gustara alguien que le cayera bien a Jon Fleming.

—Aun así, temo haber quemado un puente que no había que quemar.

—Era una birria de puente, Oliver. Y sigo sin saber muy bien en qué lado de él quiero estar.

—Estoy seguro de que no necesitas que te lo diga nadie —dijo Oliver al cabo de un momento—, pero existe la posibilidad de que vuelva a hacerte daño.

Giré la cabeza y miré a Oliver con esa intensidad que uno solo puede permitirse el lujo de adoptar con otra persona cuando ambas están en la cama y casi desnudas.

—Es una posibilidad muy alta, ¿a que sí?

—Una vez más, es obvio lo que voy a decir, pero no quiero que te hagan daño.

—A mí tampoco me haría gracia. Es que supongo que tengo la sensación de estar en una posición en la que, incluso si la cosa sale mal, yo estaré bien. Como si no pudiera destruirme.

—Eso resulta —me dijo esbozando una sonrisa ladeada— extrañamente tranquilizador.

Al día siguiente, sentado en la cama recién hecha de Oliver, estaba empezando a pensar que tal vez me hubiera sobrestimado afirmando que mi situación no iba a poder destruirme. Fue relativamente fácil decir que me encontraba bien estando en los brazos de mi novio un poco postizo y otro poco real. En estos momentos no me encontraba bien. Pero al fin reuní el valor suficiente para llamar a Jon Fleming al número de teléfono que él había pedido a su gente que enviara a mi gente. Bueno, a mí. Mi gente, más bien, soy yo.

—Jon al habla —rugió la voz de mi padre con la seguridad de un hombre que sabe que es el único Jon que importa.

—Hum. Hola. Soy yo.

—¿Quién? No es buen momento, estoy a punto de salir al set.

—Tu hijo. Ya sabes, con el que quieres tener contacto.

—Sí, sí, enseguida voy. —Ah, no me estaba hablando a mí—. ¿Qué hay, Luc?

—Solo te llamo para decirte que...

—Sí. No. Eso está genial, gracias. Lo agradezco. —Seguía sin hablar conmigo.

—Oye —le dije—, si quieres que nos veamos, esta semana tengo tiempo.

—Me gustaría. ¿Qué tal el miércoles? ¿Conoces The Half Moon, que está en Camden?

—Pues no, pero puedo buscarlo en Google.

—Te veo allí a las siete. Ya voy, Jamie.

Y se fue. Yo, si fuera supersticioso, habría pensado que no era buena señal que lo último que me había dicho fuera «Ya voy, Jamie», pero supongo que ya no podía arrepentirme. Y había quedado con Jon Fleming. Mi padre. A solas. Tal vez me dijera que lamentaba haberme abandonado.

Pero no existía la menor posibilidad de que sucediera tal cosa.

Mi primera reacción, fruto de años de práctica, fue la de… La verdad es que no sabía. Cinco años atrás, habría salido a la calle, me habría colocado y me habría acostado con alguien. Seis meses atrás, me habría ido a casa, me habría emborrachado y me habría metido debajo del edredón. Ahora, lo único que me apetecía era estar con Oliver.

¿Y podía? ¿Porque estaba en la planta de abajo?

Iba a tener que acostumbrarme a aquella semblanza de estilo de vida saludable.

Lo encontré sentado a la mesa de la cocina, envolviendo cuidadosamente un cartón entero de galletas de barquillo Kinder Happy.

—Me cuesta trabajo creer —le dije— que antes te considerase una persona aburrida.

Él me miró con una expresión que yo ya conocía, como diciendo «no sé muy bien si debería sentirme insultado».

—¿Lo dices porque, cuando hago un regalo, me gusta prestar atención a la manera de presentarlo?

—No estoy siendo sarcástico, Oliver. Eso que estás haciendo es maravilloso, por lo raro, y no era lo que esperaba ver hoy.

—Estoy envolviendo un regalo. ¿Se puede saber qué tiene eso de raro?

—Es el hecho de que pongas un palito de canela totalmente del estilo *Love Actually* en un paquete de galletas alemanas industriales y baratas.

Emitió un breve carraspeo.

—Italianas.

—¿La palabra *Kinder* no significa niños en alemán?

—Sí, pero la empresa está en Italia.

—Me alegra que nos concentremos en lo importante. —Tomé asiento en una silla, frente a él—. Qué… estás… haciendo.

—Es para el cumpleaños de Jennifer.

—Ah, sí —afirmé con gesto convincente—. De eso sí que me acuerdo.

Oliver me dirigió una de esas miradas irritantes que lanzan las personas cuando no se sienten decepcionadas porque te conocen y se preocupan por ti, en vez de no sentirse decepcionadas porque tienen expectativas sumamente bajas.

—¿Qué tal ha estado tu padre?

—Tan hijo de puta como siempre. —Jugueteé ociosamente con el jarrón de la mesa, que tenía flores nuevas—. Ya sé que me estoy esforzando por mejorar en esto, pero la verdad es que no me apetece hablar de ello.

—No hay necesidad. Y entendería que no estuvieras de humor para la fiesta de esta noche.

—No, quiero asistir. Aunque solo sea por ver la cara que pone tu amiga cuando descubra que le has comprado quinientas galletitas de barquillo con forma de hipopótamo y rellenas de una sustancia gomosa que recuerda vagamente al chocolate.

Oliver parpadeó irritado.

—No es chocolate. Es una crema de leche con avellanas. Y es lo que le regalo siempre.

—¿Y aun así seguís siendo amigos?

—A ella le gustan. Y ya es una especie de tradición.

Le toqué la pierna con los dedos del pie.

—No sé, pensaba que serías demasiado adulto o algo así para tener un ritual con los regalos.

—Creo que descubrirás que puedo ser tan poco convencional como tú, Lucien. —Con gesto arrogante, añadió una ramita de lavanda a su exquisita creación—. Cuando me lo propongo.

—Ya, pero yo pensaba que a los heteros les gustaban, ya sabes, las botellas de vino. O, no sé, los soportes para tostadas.

Oliver se tapó la boca con la mano. No supe muy bien si estaba horrorizado o riéndose.

—Lucien, tú trabajas con heterosexuales. Tu madre es heterosexual. Bridget es heterosexual.

—Ya, y siempre les regalo vino.

—Pero —dijo, señalándome con el dedo—, y, por favor, sé sincero conmigo al responder a esta pregunta: jamás soportes para tostadas.

Me hundí un poco más en mi silla y estuve a punto de terminar en el suelo.

—Es que… me ha entrado el pánico, ¿vale? Sí, conozco a varios heteros. Pero nunca he elegido acudir a un evento social con un gran número de ellos al mismo tiempo. Me da miedo.

—¿Y qué crees que van a hacer? ¿Echarte abejas a la cara?

—No sé. ¿Y si no les caigo bien? ¿Y si opinan que tú deberías salir con una mujer o con otro gay mejor?

—Son mis amigos, Lucien. Se alegrarán de que yo sea feliz.

Me lo quedé mirando.

—¿Tú… eres feliz? ¿Yo te hago feliz? ¿De verdad?

—Ya sabes que sí. Solo procura no darles la tabarra con sus soportes para tostadas. Podrían pensar que eres un tipo un poquito peculiar.

Eso abrió una nueva caja de ansiedades.

—¿Y de qué debo hablar con ellos, entonces? Yo no veo deportes.

—Bueno, la mayoría de ellos tampoco. Jennifer es una abogada de derechos humanos a la que le gustan los hipopótamos. Peter es un ilustrador para niños al que le gusta Jennifer. Son gente, nada más. Los conozco desde hace mucho tiempo. Y en ningún momento han amenazado con condenarme al ostracismo si no podía decirles... decirles... —Calló durante largos instantes, con el ceño fruncido—. Iba a citar alguna información deportiva de difícil comprensión, pero, como puedes ver, no conozco ninguna, y no pasa nada por eso.

Suspiré.

—Vale. Así que estoy siendo un tonto.

—Pues sí, pero tiene su explicación. Y lo haces con bastante encanto.

—Creo —reconocí— que me estoy obsesionando con el tema hetero porque... esas personas son importantes para ti. Y no quiero cagarla.

—Tal como lo veo yo —dijo Oliver, que había pasado a un tono de voz más serio, así que me preparé para una andanada de sinceridad—, no la cagarás, lo cual será estupendo, o sí la cagarás, lo cual será divertido.

Rompí a reír.

Y, a continuación, aparté a un lado las galletitas de hipopótamos con su bello envoltorio, me incliné por encima de la mesa y lo besé.

CAPÍTULO 36

Esa tarde, estaba yo de pie con Oliver y con una caja de galletas de hipopótamos excesivamente decorada en la puerta de una casa de Uxbridge muy típica de una urbanización de las afueras. Y ya me estaba sintiendo increíblemente fuera de lugar.

—¿Estoy bien? —pregunté—. ¿Voy bien vestido?

—Estás estupendo. Va a ser una velada agradable y relajada. Todo el mundo será informal, normal y…

De pronto se abrió la puerta y en ella apareció una despampanante pelirroja vestida con un traje de noche largo hasta los pies y hasta un puñetero tocado en la cabeza. Al verla, me quedé con la boca abierta.

—¡Oliver! —exclamó—. Cuánto me alegro de que hayas podido venir. Y te has traído a Luc. Porque imagino que este será Luc. —Abrió mucho los ojos—. Tonterías. Eres Luc, ¿verdad?

Yo estaba procurando, sin mucha sutileza y sin mucho éxito, esconderme detrás de Oliver. Estaba claro que aquella no era la clase de fiesta a la que asistir con mis vaqueros llenos de jirones artísticos.

—Pues… sí. Soy yo.

—Pasad, pasad. Brian y Amanda ya han llegado, naturalmente. Y Bridge va a retrasarse un poco, claro.

Pasamos al interior, yo agarrado al codo de Oliver igual que un niño pequeño en el supermercado, para indicar con toda precisión lo mal que encajaba yo en todo aquello. En la puerta del salón acudió a nuestro encuentro un hombre ataviado con una corbata negra.

—Hola —dijo al tiempo que nos ofrecía una bandeja de plata en la que había una pirámide de bombones Ferrero Rocher—. Y ten cuidado, porque esto es bastante inestable.

Una vez más, intenté pedir socorro a Oliver con la mirada. Pero él parecía estar tomándoselo todo con mucha calma, y cogió un bombón de la pirámide.

—*Monsieur*. —Era su tono de voz más seco y lacónico, y, creedme, fue bastante seco y lacónico—. Con estos Ferrero Rocher, nos ha conquistado realmente.

Al otro casi se le cayó la bandeja por la emoción.

—Gracias. Brian ha sido incapaz. Y a mí me ha llevado varias horas.

—¿Sabes qué? —dijo una voz grave desde dentro—. Ahora ya se puede comprar la pirámide hecha.

—Cállate, Brian. Has perdido el derecho de dar tu opinión al respecto.

—Peter —dijo Oliver al tiempo que nos hacían pasar al salón—, por favor, dime que toda esta velada no va a ser una secuencia de rebuscadas referencias a la década de los noventa.

—No. —Jennifer le lanzó una mirada herida—. Algunas son rebuscadas referencias a la década de los ochenta.

Él rio y la abrazó.

—Feliz cumpleaños, querida. Nada de Twister ni de Pokémon.

—¿Y qué te parecen los Pogs?

Se volvió hacia mí.

—Disculpa, Lucien. Estos son mis amigos. No sé muy bien cómo ha ocurrido.

—Eh —protestó Jennifer—, hoy es mi cumpleaños. Si me apetece vestirme como una idiota y obligaros a todos a comer cóctel de gambas para celebrar las décadas que hace que me engendraron, es decisión mía, y tú tienes que apoyarme.

—Por lo menos, podrías haberme avisado. He estado intentando convencer a este chico de que soy un tipo guay.

Ella suspiró.

—Ay, Oliver. Incluso en la época en que la palabra «guay» era guay, la gente guay no la utilizaba.

Si bien Jennifer estaba totalmente en lo cierto, pensé que por lo menos debía intentar defender a mi novio ambiguamente falso de sus amigos claramente reales.

—Eso no es verdad. Bart Simpson decía «guay».

—Bart Simpson era un niño ficticio de diez años —señaló el tipo que había fracasado con los Rocher. Brian, creo que se llamaba.

—No estoy seguro —terció Oliver— de sentirme cómodo al verme comparado con Bart Simpson.

Lo más probable era que me mandaran a la mierda. Pero es que no había otra respuesta.

—No te cabrees, tío —dije exactamente al mismo tiempo que todos los demás.

—¿Sabéis? —dijo Oliver rodeándome la cintura con el brazo—. A Lucien le preocupaba la posibilidad de no tener nada en común con vosotros. Está claro que no tuvo en cuenta el hecho de que el pasatiempo favorito que tenéis todos es el de burlaros de mí.

Jennifer me observó con curiosidad.

—¿Es verdad eso, Luc? Estábamos preocupados de espantar a otro de los novios de Oliver.

—No los espantamos nosotros. —Aquel era Brian, de nuevo, hablando con el tono alegre de alguien que va a resultar ligeramente más insultante de lo que pretende—. Los espanta Oliver.

—Debo reconocer —dije, pues me había dado cuenta de que Oliver se había puesto tenso a mi lado y me había parecido un buen momento para zambullirme en la conversación— que ese traje de noche me ha dejado noqueado. Pero estoy dispuesto a aceptar lo... lo que sea esto.

Jennifer reflexionó unos instantes.

—Bueno, no sé muy bien lo que es, la verdad. Es una especie de celebración de las cosas que mi yo de ochenta años creía que mi yo de treinta años tendría en el futuro. Salvo que pensé que celebraríamos esta fiesta en la luna.

—Bien. —Peter dio una palmada a modo de anfitrión—. ¿Os pongo una copa? Tenemos Lambrini, Breezers de Bacardi, Cointreau, cosas que en realidad están bastante buenas. Y en la cocina está Amanda preparando aguamiel.

Parpadeé.

—¿Me he perdido el furor por el aguamiel de los noventa?

—Estamos recreando —explicó Brian—. Nunca nos olvidamos del aguamiel. Además, no se ha especificado qué tramo de los noventa.

Oliver se acercó a uno de los sofás y me sentó a su lado.

—Voy a tomarme una de esas cosas que en realidad están bastante buenas.

—Tú —le dije pinchándolo en la rodilla— no estás actuando en consonancia. ¿Qué sabores tenéis?

Peter levantó la vista.

—Buena pregunta. Me parece que hay unos que son… de color rosa. Y puede que otros de color naranja. Y quizás haya uno ligeramente distinto que podría ser melocotón.

—Tomaré el ligeramente distinto que podría ser melocotón.

—¡Marchando! Y voy a ver qué le ha pasado a Amanda.

—Peter —le dijo Jennifer—, trae los *vol-au-vents*. ¿O se dice *vols-au-vent?*

—Me parece que, técnicamente… —en la puerta apareció una mujer que, aparte de la barba, se parecía muchísimo a Brian. Quiero decir que la barba la tenía Brian, no ella— sería *volent-au-vent*. Porque *vol-au-vent* significa en francés «volar en el viento» y, por lo tanto, conjugado sería «ellos vuelan en el viento», o sea *ils volent au vent.*

La conversación fue rebotando como rebotan las conversaciones entre personas que se conocen desde hace mucho tiempo. Y aunque yo no sabía lo que era el «infame incidente de la excavadora» ni lo que había sucedido en el cumpleaños en que Amanda celebraba los veintiocho, me sorprendió no sentirme excluido. Sí que realicé una breve serie de ejercicios de gimnasia emocional haciendo memoria de lo mal que lo había pasado cuando habíamos ido a cenar con Alex y Miffy y mostrándome ligeramente protector de la intimidad que tenía con Oliver en privado. Sobre todo porque él en público tendía a mostrarse muy educado y muy correcto. Pero la verdad es que me gustó verlo relajado y contento, y rodeado de personas que le tenían afecto.

Finalmente sonó el timbre de la puerta y Peter se ubicó en el lugar de los Ferrero Rocher. Supuse que sería alguien que yo no conocía, porque Bridge me había escrito un mensaje para decir que llegaba dentro de cinco minutos y eso significaba que aún tardaría otra hora. Se oyeron unas voces procedentes del pasillo.

—Perdonad el retraso —dijo alguien que era dos veces más pijo que yo y tres veces menos pijo que Alex— Los gemelos estaban imposibles. Ah, mierda, cuál era la contraseña... *Monsieur*, con estos Ferrero Rocher nos ha conquistado realmente.

—Trágate esa, Brian. —Ese era probablemente Peter.

—Por favor —continuó el pijo—, por Dios, tráeme algo de alcohol. Y ten cuidado cuando cuelgues mi chaqueta, me parece que uno de esos diablos le ha vomitado encima.

—Cuando nacieron, te dije —intervino otra voz desconocida, esta de mujer— que deberíamos haberlos dejado una noche entera en lo alto de una colina y ver cuál de los dos lograba sobrevivir.

Se oyó un roce de abrigos y un ruido de pisadas, y después Jennifer y Peter entraron de nuevo en el salón seguidos por un caballero sorprendentemente atildado y con un chaleco de color ciruela y una mujer baja y redondeada que llevaba un vestido de lunares de los de bailar el Lindy Hop.

Oliver, que no estaba tan relajado como para olvidarse de sus modales, se puso de pie para saludarlos.

—Ben, Sophie, os presento a Luc, mi novio. Luc, te presento a Ben, que es un padre amo de casa, y a Sophie, que es Satanás.

—No soy Satanás —rio la aludida—. En el peor de los casos, soy Belcebú.

—Jennifer —llamó Oliver haciendo un gesto un tanto imperioso—. ¿Quién fue tu último cliente?

Sophie puso los ojos en blanco. Se veía a las claras que habían jugado mucho a aquel juego.

—Un refugiado de Brunéi que, si lo hubieran deportado, habría sido torturado. —Jennifer levantó su copa de Lambrini a modo de brindis—. ¿Y el tuyo, Oliver?

—Un camarero que robó a un jefe que lo había engañado. ¿Y el tuyo, Sophie?

Sophie murmuró algo incoherente.

—¿Cómo has dicho? No te hemos oído.

—Vale. —Levantó las manos en el aire—. Una compañía farmacéutica cuyos productos, voy a decirlo con toda claridad, no se puede demostrar que hayan causado la muerte a ningún niño. ¿Qué puedo decir? Me gustan los clientes que pueden pagar.

—Solo por confirmar —dije yo después de haber llegado a la conclusión de que el hecho de que los amigos de Oliver fueran heteros no era lo único que los diferenciaba de los míos—, ¿soy la única persona aquí presente que no es abogado ni está casada con uno?

Peter, con gesto reverente, volvió a depositar la inestable torre de Ferrero Rocher en la mesa de los Ferrero Rocher.

—Bueno, eso podrías arreglarlo. Ya es legal.

—Me parece que lo que quiere decir con eso —dijo Amanda levantando la vista del sofá, donde estaba sentada mayormente encima de su marido— es que sería legal que te casaras con Oliver. No que sería legal matar a todos los abogados aquí presentes, con independencia de lo que tuviera que decir Shakespeare a ese respecto.

—¿Cómo? —exclamó Peter fingiéndose sobresaltado—. ¿Por qué sacas eso? Obviamente, me refería al matrimonio. No al asesinato.

—Dímelo otra vez cuando estos tres lleven tres horas hablando de jurisprudencia.

Oliver se aclaró la garganta… Se había ruborizado un poco.

—Ya sé que estáis todos muy emocionados por el hecho de que tenga novio. Pero considero que lanzar la bomba del matrimonio en esta etapa de mi relación sería una manera excelente de garantizar que dicha relación no dure mucho tiempo.

—Perdona —dijo Peter bajando la cabeza—. Lo cierto es que no estaba… No ha sido mi intención… Por favor, Luc, no rompas con él. Coge otro Ferrero Rocher.

—Y, para que conste —siguió diciendo Oliver—, que legalmente tenga derecho a hacer una cosa no significa que tenga que hacerla. Sobre todo con una persona con la que llevo menos de dos meses saliendo. Sin ánimo de ofender, Luc.

Yo me aferré a sus brazos con gesto melodramático.

—Joder, ¿me tomas el pelo? ¿Y qué voy a hacer ahora con el vestido?

Esto provocó la correspondiente carcajada y me dio la sensación de estar representando apropiadamente el papel de novio.

—No debemos —dijo Jennifer mirando a los presentes con gesto serio— intentar que alguien se sienta cómodo sugiriendo que se case. Luc, estamos encantados de tenerte aquí. Y la buena noticia es que solo somos abogados algunos.

—Sí. —Ben estaba sirviéndose otra copa del vino bueno—. Yo vivo de mi mujer. Es algo sumamente moderno y feminista por mi parte.

—Y yo estudié Derecho en la universidad —añadió Brian—, con Morecombe, Slant y Honeyplace. Menos mal que me di cuenta de que era una carrera horrorosa y se me daba muy mal, y me pasé a la informática.

—En cuanto a mí —empezó Peter, pero enseguida lo interrumpió el timbre de la puerta—. Esa debe de ser Bridget.

Jennifer fue a recibirla, y unos segundos después irrumpió Bridge en el salón todavía quitándose el abrigo.

—¡No os vais a creer lo que ha pasado! —exclamó.

Todos los presentes ya le estaban diciendo a coro «¡Cuidado, Bridge!» cuando el borde de su abrigo chocó con la torre de bombones Ferrero Rocher que Peter había armado con tanto cariño y acabaron todos volando, rebotando y rodando por el suelo.

Bridge se giró en redondo.

—Ay, Dios. ¿Qué ha sido eso?

—Nada —suspiró Peter—. No te preocupes por ello.

Él, Ben y Tom, que había entrado después de Bridget, empezaron a recoger el estropicio de la Recepción del Embajador.

—¿Qué es lo que ha pasado? —preguntaron casi todos.

—Bueno, en realidad no puedo hablar de ello, pero recientemente hemos contratado el libro de un autor nuevo muy prometedor que está especializado en la ciencia ficción basada en una idea simple. Ha aparecido comentado en una importante reseña en *Publishers Weekly* y todo, y había varios destacados maravillosos, y el que hemos decidido usar nosotros lo recomendaba sobre todo a los seguidores de otro autor más famoso de ciencia ficción basada en una idea simple. Así que lo hemos puesto en todos los carteles y hay una tremenda campaña por todo el Metro y está en la portada del libro y ya es demasiado tarde para cambiar nada.

Oliver lucía una expresión de perplejidad que hizo que me entraran ganas de abrazarlo.

—Bridget, eso suena de lo más positivo desde todo punto de vista.

—Eso pensaba yo. —Se dejó caer en la silla libre que tenía más cerca—. Excepto que el otro autor en cuestión, el que es más famoso, era Philip K. Dick. Y el destacado decía: «Si te gusta Dick, te encantará esto».

Y nadie se dio cuenta hasta que nosotros empezamos a recibir comentarios de lectores profundamente decepcionados en Amazon.

Peter levantó la vista de los Ferrero Rocher desparramados con una expresión a medio camino entre juguetona y especulativa.

—Solo por curiosidad, ¿cómo van las ventas?

—Sorprendentemente bien, la verdad. Creo que está gustando a todo tipo de público. —De pronto me vio a mí—. Ah, Luc, estás aquí.

Le respondí con una sonrisa de oreja a oreja.

—Vengo de acompañante.

—No me lo puedo creer —dijo Jennifer interponiéndose entre Bridge y yo—. Oliver trae a su nuevo novio a mi fiesta y yo me creo que, por fin, te he ganado en lo que se refiere a cotilleos de relaciones. Y resulta que ya os conocíais.

Bridge pareció, no hay otra forma de describirlo, satisfecha.

—Desde luego. Luc es mi mejor amigo y Oliver es el único gay que conozco aparte de él. Llevaba años intentando que salieran juntos.

CAPÍTULO 37

Nos llevó unos diez minutos, pero finalmente todos conseguimos apiñarnos en torno a una mesa de comedor que estrictamente estaba diseñada para seis personas, ocho como mucho, y, ya con un descojone total, aceptaba diez.

—He de admitir —dijo Jennifer trayendo una silla de oficina con ruedas de Dios sabe dónde— que un poco contaba con que una o dos personas cancelasen en el último momento.

Brian maniobró para colocar su copa de aguamiel entre la maraña de cubiertos.

—Como mínimo, a estas alturas cabría pensar que Oliver ya habría ahuyentado a su novio.

—Brian, con amigos como tú —terció Oliver con un suspiro que me preocupó que fuera señal de algo más que exasperación fingida—, no se necesita al ministerio fiscal.

Llegado ese punto, Amanda le propinó un fuerte codazo a su marido en las costillas.

—Sigue el programa, hombre. Ahora estamos es un momento de felicitaciones. Dentro de seis u ocho días, llegará el momento de burlarse.

Oliver tenía el espacio justo para enterrar la cabeza entre las manos.

—Por favor, dejad de ayudarme.

—En fin. —Esa era Jennifer—. Por incómodo que resulte esto, me gusta pensar que el número ideal de amigos que hay que tener es justamente unos pocos más de los que puedan caber en esta mesa. Así que quiero daros a todos las gracias por haber logrado eludir crisis en el trabajo, emergencias con los niños…

De pronto sonaron unas campanillas polifónicas del bolsillo delantero de Brian. Él se levantó de un salto y a punto estuvo de dar un golpe a Tom en la cabeza.

—Mierda, es la canguro. Seguro que estos cabrones de gemelos han prendido fuego a la casa.

Y, dicho eso, salió corriendo de la habitación.

—… sobre todo emergencias con los niños —prosiguió Jennifer.

Sophie se terminó el vino.

—Querida, eso no es una emergencia. Eso es nuestra vida actual.

—Voy a deciros una cosa —dijo Jennifer haciendo un gesto de «a la mierda con eso»—: Hagamos como que he pronunciado un discurso. Os quiero a todos. Vamos a comer.

En eso llegó Peter de la cocina trayendo una bandeja de copas de Martini llenas de lechuga con alguna sustancia pringosa.

—Para empezar —anunció con su mejor tono de *Master-Chef*—, cóctel de gambas. Y lo siento, Oliver, nos hemos acordado de ti para el plato principal, pero no nos hemos dejado tocar los cojones con un entrante vegetariano, así que sencillamente en el tuyo no hemos puesto gambas.

—¿Quieres decir —repuso Oliver— que voy a empezar la velada con una copa de mayonesa rosa?

—Vaya. Sí, ahí te hemos jodido.

Bridge y Tom estaban hablando el uno con el otro en susurros, pero ahora ella levantó la vista, confusa.

—Espera un minuto. ¿Cómo es que tomamos cóctel de gambas? Nadie ha comido cóctel de gambas en veinte años. Y, ya puestos, ¿por qué estamos todos bebiendo Bacardi Breezers?

—Por lo visto —dijo Sophie, que se había servido otra copa más del vino bueno— esta fiesta tiene una temática retro que no ha contado con el consenso general.

Jennifer se removió tímidamente en el sitio.

—La cosa es que no quería que nadie se sintiera presionado para venir disfrazado o, bueno, hacer ningún esfuerzo. De modo que decidí que fuera una sorpresa. Así que… ¿sorpresa?

Nos conformamos con recordar el motivo por el que la gente había dejado de comer cóctel de gambas. *Spoiler*: el motivo es que es horrible. Por suerte, todos parecíamos coincidir en eso, de modo que ninguno se sintió obligado a comérselo por educación.

—No os preocupéis. —Peter empezó a recoger las copas—. Me parece que el plato principal es más comestible. Es un solomillo Wellington, excepto para Oliver, que tomará champiñones Wellington, un plato que, para seros franco, nos hemos inventado nosotros.

Oliver devolvió su copa de mayonesa rosa, que estaba prácticamente sin tocar.

—O sea, que el plato principal será comestible para todos menos para mí.

—Lo siento, Oliver. —Peter le dirigió una falsa mirada contrita—. Pero deberías haberte limitado a ser solo nuestro amigo gay. Intentar ser además nuestro amigo vegetariano es forzar demasiado las cosas, la verdad.

—¿Sabes? —dije yo—, ese Wellington de champiñones suena fenomenal. Si hay suficiente, también quiero tomarlo yo.

Bridget emitió un pequeño chillido.

—Con lo gruñón y poco romántico que eras antes.

—Yo nunca he sido gruñón ni poco romántico. Alguna vez he sido… —intenté acordarme de algo— reflexivo y escéptico.

—Y ahora Oliver ha sacado tu lado blandito.

—Voy a comer un champiñón, no a saltar desde las gradas cantando «I Can't Take My Eyes Off You».

Jennifer me lanzó un brindis con un Smirnoff Ice.

—Muy acertada, la canción.

Estábamos sirviendo ya los dos solomillos Wellington, que eran enormes, cuando regresó Ben con cara de consternación.

—Bébeme —dijo, y se dejó caer en la silla al lado de Sophie—. En el sentido de «dame algo de beber», no en el de *Alicia en el País de las Maravillas*.

Sophie le dio de beber.

—¿Va todo bien, cielo?

—Vamos a tener que subirle otra vez el sueldo a Eve. Uno de los gemelos ha desaparecido y ella se ha puesto a buscarlo por toda la casa. Ya estaba a punto de llamar a la policía cuando se ha asomado por la ventana y lo ha visto en la cocina de la casa de los vecinos, entre el fogón y los cuchillos.

—Entiendo que no le ha pasado nada.

—Tristemente, no. Pero los vecinos están un poco traumatizados.

Sophie puso los ojos en blanco.

—Les enviaremos una cesta de regalos. Ya sabes, como en las tres ocasiones anteriores.

El rato siguiente lo pasamos comiendo. A pesar de las advertencias, el Wellington de champiñones estaba sinceramente... ¿bueno? A ver, seguramente habría mejorado si le hubieran añadido la carne, pero, claro, es lo que sucede con la mayoría de las cosas. Por desgracia, eso también nos llevó a mi parte menos favorita de la experiencia de «conocer círculos sociales de otras personas»: la parte en la que dichas personas deciden que, por el bien de su amigo, tienen que interesarse un poco por ti.

—Tú eres —dijo Brian dando el pistoletazo de salida— una especie de estrella del rock. Es así, ¿no?

Estuve a punto de escupir un bocado de Wellington.

—No. En absoluto. La estrella del rock es mi padre. Mi madre también lo fue. Yo soy, no sé, lo contrario de una estrella del rock.

—Eso tiene más sentido. —Brian apartó las trencitas de su barba con delicadeza de la salsa—. No sabía yo muy bien qué iba a estar haciendo una estrella del rock con Oliver.

—¿Qué os pasa a todos esta noche? —se quejó el aludido. No estaba diciendo «me estáis tomando el pelo y en el fondo me gusta», sino más bien «ahora sí que estoy enfadado»—. ¿Estáis intentando que parezca lo menos atractivo posible delante de un hombre que me gusta?

—No le hagas caso, Oliver —dijo Jennifer—. Está compensando los diez años que ha pasado siendo el único soltero.

Oliver continuó mostrando una actitud estirada y glacial.

—Pues no estoy seguro de que su comportamiento sea más aceptable por eso.

—Perdona. —La mesa era demasiado pequeña para hacer movimientos expansivos, pero aun así Brian lo intentó—. Es verdad lo que dice Jennifer. Es que has salido con muchos chicos y ninguno te ha parecido bien, y quiero saber qué tiene este de distinto antes de que vuelvan a hacerte daño.

—Yo no soy tu hija adolescente —replicó Oliver—. Y, ahora que lo pienso, incluso aunque fuera tu hija adolescente, la forma en que estás actuando seguiría siendo muy controladora y bastante extraña.

—Tiene razón, cielo —dijo Amanda mirando a su marido con gesto de decepción—. Estás siendo un capullo.

—Yo... lo siento.

Siguió un largo silencio.

Hasta que Oliver finalmente lanzó un suspiro y dijo:

—No pasa nada. Supongo que eres muy amable por preocuparte. Aunque sirva de poco.

De repente me sentí como una mierda. Porque estaba allí sentado, comiendo la comida de aquellas personas y bebiendo su Bacardi, observando lo mucho que las emocionaba y las esperanzaba ver que su amigo, al que resultaba obvio que querían mucho, y que por lo visto había sufrido más de lo que yo había notado, por fin era feliz.

Y todo aquello seguía teniendo una fecha de caducidad.

Yo ya llevaba una temporada dando vueltas a la idea de que era probable que me quedase hecho mierda cuando todo aquello... si... todo aquello acababa. No se me había ocurrido pensar que a lo mejor a Oliver le sucedía lo mismo.

—Bueno. —Sophie cambió de tema con el aplomo y la dignidad de alguien que ha bebido demasiado para que le importe una mierda—. Si no eres una estrella del rock, ¿a qué te dedicas?

—Recaudo fondos para una ONG.

—Ah, claro que sí. Oliver, ¿por qué tus novios siempre son tan éticos?

—No te preocupes. —Le dirigí a Oliver una sonrisa torcida—. No soy ético en absoluto. Antes trabajaba de relaciones públicas, pero me despidieron porque pasé a ser el tema de atención. Y ahora trabajo para las únicas personas que están dispuestas a darme trabajo.

—Eso es mucho mejor. Quédate con este, cariño. Es mucho más interesante que los otros.

—Sí. —Oliver enarcó una ceja—. Apaciguar a mi peor amigo es exactamente lo que busco en un novio.

—Lo dices en broma, pero es así. —Volvió a centrar la atención en mí—. ¿Qué es lo que intenta proteger o combatir tu ONG?

—Pues… Los escarabajos peloteros.

Sophie parpadeó.

—Normalmente sería algo obvio, pero ¿los protege o los combate?

—La verdad es que —dije, mientras Oliver me apretaba la rodilla por debajo de la mesa— son sumamente importantes desde el punto de vista ecológico. Airean el suelo.

—Mis hijos se encuentran a diez kilómetros de aquí, he bebido un montón de vino, y Oliver, por lo visto, quiere que me preocupe del suelo. Estoy haciendo todo lo que está en mi mano, pero… —dijo Sophie, mientras agitaba su copa en el aire con ademán solícito— si a alguien le sobra algún tema interesante que prestarme, que me lo diga, porque se me acaban de terminar.

La parte de mi cerebro que hacía poco se había puesto en funcionamiento saltó a la acción antes de que pudiera impedírselo:

—Verás, yo puedo ayudarte a encontrar un tema interesante, pero soy muy consciente de que estoy en la fiesta de cumpleaños de otra persona y de que probablemente no debería andar pescando donantes.

—No, por favor, pesca a Sophie. —Jennifer me dirigió una

sonrisa desde su lado de la mesa—. Tiene montones de dinero que no se merece.

—Disculpa, yo trabajo mucho para mis clientes, que están en bancarrota moral. Pero continúa, chico de la ONG. —Sophie apoyó la barbilla en la mano y me miró como retándome—. Péscame.

Miré superficialmente a Sophie. Estaba muy entera, cosa extraordinaria teniendo en cuenta la tremenda cantidad de alcohol que había ingerido. A juzgar por su atuendo, le gustaba que las personas la subestimasen y, a juzgar por su manera de hablar, le gustaba recordarles que la habían subestimado. Aquella era una estrategia que sin duda le funcionaba, pero que tenía sus riesgos.

—Muy bien —dije—. Imagino que tú donas a una ONG exactamente por dos razones: desgravarte impuestos y dar caña a tus fariseos amigos. Podría intentar explicarte por qué el escarabajo pelotero constituye una parte vital de la ecología de este país, pero está claro que no te importa. Y no pasa nada. Así que, en vez de eso, te voy a explicar otra cosa: cualquier gilipollas que tenga una tarjeta de crédito puede dar dinero a los cachorritos enfermos de cáncer o comprar juguetes a los niños que están tristes, pero nada transmite mejor el mensaje de «he estado pensando más que tú acerca de mis donaciones a las ONG» que dar tu dinero a un insecto vital para el medio ambiente pero fundamentalmente desagradable. En el juego de «a ver quién es mejor filántropo», gana el que done a la ONG más desconocida. Siempre. Y no hay ninguna más desconocida que la nuestra.

Siguió una pausa. Una pausa de lo más incómoda que duró justo lo suficiente para que yo empezara a pensar que la había cagado a base de bien.

En los labios de Sophie se dibujó una sonrisilla satisfecha.

—Vendido. ¿Cuánto necesitas?

Ben estalló en una carcajada.

Y a partir de ahí ya no supe cómo continuar.

—Genial. Es genial. Pero, dado que en este momento estás cabreada, que eres amiga de Oliver y que no quiero que él se enfade conmigo...

—Estoy de lo más contento —interrumpió él—. Exprímela.

—Aun así, lo cierto es que sí tengo una cierta ética profesional. Si quieres, puedes llamarme por teléfono mañana, o puedo llamarte yo, o podemos quedar para comer o, mira, la semana que viene hay una gala importante a la que puedes asistir, podrás codearte con gente pija y arrojarnos monedas, si te apetece.

—¿Tenéis una gala en honor al escarabajo pelotero?

—Sí, lo llamamos la Campaña del Pelotero. ¿A que somos adorables?

Otra pausa.

—Me siento obligada a señalar —dijo Sophie por fin— que acabas de negarte a recibir dinero de mí porque estoy borracha. Pero me estás invitando a una fiesta en la que supuestamente intentas que muchas personas se emborrachen para que tú después les pidas dinero.

—Sí, pero si se imprimen invitaciones no es inmoral.

—Entonces, supongo que te veré allí.

Todos los comensales estallaron en un aplauso ligeramente sarcástico.

—Sea como sea —dijo Jennifer, mientras empezaba a ayudar a Peter a recoger los platos—, volviendo a mi cumpleaños, ¿alguien quiere postre?

Brian se acarició la barba.

—Eso depende bastante de lo que haya de postre.

—Es una sorpresa.

—¿Significa eso que es algo que todos vamos a odiar?

—Ooh. —A Amanda se le ocurrió una cosa—. ¿Son natillas de sobre?

A Ben se le había ocurrido algo distinto, al parecer, porque se estremeció teatralmente.

—Si es una tarta Selva Negra, me voy.

Dio la impresión de que las bromas respecto al postre iban a continuar un rato más, lo cual interpretaron un par de personas como una señal para ir a estirar las piernas y hacer una visita al cuarto de baño. Yo me quedé más o menos contento donde estaba, pero Oliver se inclinó hacia mí y me susurró que debía salir un momento.

Mierda. No debería haber intentado explotar a su amiga. ¿Qué coño me pasaba?

Con el claro sentimiento de que iba a recibir una reprimenda, fui al vestíbulo detrás de Oliver.

—Oye —empecé—. Lamento haber…

Pero él me empujó contra la pared y me besó.

Es justo decir que nos habíamos besado bastante desde que incluimos esa cláusula en el contrato de novio falso, pero no había sido nada parecido a esto desde que yo tuve mi crisis por lo del *Guardian*. Ya estaba empezando a pensar que el hecho de haber mandado a la mierda a Oliver le había causado cierto rechazo, y aunque la verdad era que me habría gustado que las cosas volvieran a ser como fueron aquella noche en mi sofá, a aquella deliciosa certeza de desear y ser deseado, había tenido la precaución de no forzar a la suerte. No habíamos podido vernos en casi toda la semana, y resultaba difícil que alguien te viera como un ser apasionado e intensamente sexual cuando los dos últimos encuentros habían consistido en una llantina en el suelo del cuarto de baño y una exposición de esculturas de cristal. Pero, por lo visto, las cosas se habían arreglado bastante con mostrar un moderado apoyo en una fiesta y con intentar que uno de sus amigos diera dinero a la causa del escarabajo pelotero.

En cualquier caso, me entregué con toda el alma.

Alguien que iba de paso al cuarto de baño nos dijo que cogiéramos una habitación.

Pero a la mierda. Aquellos no eran unos besos cualesquiera. No eran un «lo tomas o lo dejas, vámonos a un sitio más oscuro». Eran todo lo que pensaba que no iba a tener nunca, todo lo que había estado fingiendo que no quería. Oliver me estaba diciendo que me lo merecía, que él me ayudaría y resistiría conmigo, y que no iba a permitir que yo lo apartara de mí.

Oliver Blackwood me estaba dando todo eso, y yo se lo estaba dando a él. En las manos entrelazadas, en la presión de los cuerpos y en la urgencia de su boca en la mía.

Y cuando acabó, no había acabado aún, porque él continuaba mirándome fijamente, con los ojos brillantes y acariciándome despacio las mejillas con el dedo.

—Oh, Lucien.

—Esto… Entonces, ¿no estás enfadado por lo de Sophie?

—Al contrario, ha sido muy impresionante. Espero que no te estemos dando la noche.

—No, en realidad es… Está siendo muy agradable.

—Les has caído bien, ¿sabes? —Me besó de nuevo, esta vez con más delicadeza—. Se nota porque están siendo unos capullos integrales.

Me eché a reír.

—Quizá yo también debería presentarte a ti a mis amigos capullos.

—Me gustaría. Bueno, si crees que podría ser beneficioso para ti.

—Oliver —dije y, aunque me sentía demasiado cursi para dirigirle una mirada abrasadora, lo intenté de todas formas—, mis amigos saben quién soy. Por supuesto que serías beneficioso para mí.

—Perdona. Es que… Estoy muy contento de que me acompañes esta noche.

—Yo también. Hacía años que no me tomaba un Bacardi Breezer. —Callé unos instantes para saborear su reacción—. Y esto otro tampoco ha estado mal.

—En fin, me alegro de que por lo menos yo sea mejor que el cóctel de gambas.

Volví a estrecharlo contra mí y le di un mordisquito en el borde de la barbilla, allí donde era testarudo y cuadrado.

—Deberíamos regresar.

—Pues sí. —Un oscuro rubor le inundó de pronto las mejillas—. La verdad es que estaba pensando en llevarte a casa.

—Por qué. ¿Es que no te encuentras…? Ah. Oh.

—Bueno, si es conveniente.

No era el momento oportuno, pero tenía que decirlo.

—Creía que habías dicho que ese no era el título de tu peli porno.

—Mentí. —Una de sus tosecillas—. Ven, vamos a ver si podemos excusarnos y marcharnos discretamente.

Aunque conocía a los amigos de Oliver desde hacía, no sé, diez segundos, no creí que tuviéramos muchas posibilidades de irnos corriendo a casa a follar sin que ellos supieran con toda exactitud lo que nos proponíamos hacer y se quedaran comentando al respecto.

Y estaba totalmente en lo cierto.

CAPÍTULO 38

El radiotaxi eléctrico al que llamó Oliver para que nos llevase a casa tardó demasiado tiempo en llevarnos a casa. En parte porque yo estaba, por utilizar el término técnico, cachondo, pero principalmente porque cuanto más pensaba en ello, más nervioso me ponía. Oliver había dejado muy claro que él no se tomaba el sexo a la ligera, y para mí tomármelo solamente a la ligera se había convertido en un estilo de vida. Y, como es obvio, en el fondo de mi cerebro había abrigado la esperanza de que él terminara rindiéndose a mi carisma animal y me diera una oportunidad, pero ahora que estaba ocurriendo…, no estaba siendo como yo había esperado. A ver, sí, era emocionante, y sexi, y yo le gustaba a él, le gustaba de verdad, pero ¿y si yo la cagaba? ¿Y si no era lo bastante bueno? No había tenido quejas, pero nadie le buscaba los defectos a una mamada gratis, de modo que tal vez, al igual que en todos los demás aspectos de mi vida, yo contaba con que los demás tuvieran el listón muy bajo.

Lo que tienen los ligues, lo que me gustaba a mí de los ligues, era que estaba bastante claro quién era el responsable de dar placer a quién. Esos «quién» eran «tú» y «tú mismo» respectivamente. Cuando te importaba una persona, empezaban a preocuparte cosas tan confusas como si sería bueno para ella, cómo se sentiría y qué significaría. ¿Y si regresábamos a la casa perfecta de Oliver, nos acostábamos en sus sábanas perfectas, y teníamos una relación sexual y salía… bien? Ya le había dicho en una ocasión que «bien» era todo lo que podía esperar de mí, y él me había respondido que para él «bien» no era suficiente. Y ahora tampoco era suficiente para mí, pero ¿y si era lo más que podía darle?

Oliver poseía demasiada dignidad para echar a correr hacia la puerta, pero desde luego aceleró el paso. Y apenas habíamos pasado al vestíbulo cuando se me echó encima como si yo fuera un *brownie* vegano. Yo lo atraje hacia mí y nos besamos de nuevo. Lo cual estuvo fenomenal, porque decididamente ya teníamos dominado lo de los besos, pero también hizo que todo lo que me había estresado en el taxi se convirtiera en algo terriblemente real e inmediato.

Al fin y al cabo, se suponía que aquello era lo mío. Había pasado años apareciendo como un depravado en los periódicos, y en cambio allí estaba ahora, con un tipo que me gustaba de verdad y al que yo deseaba fervientemente gustar también de verdad, y me veía reducido a la sofisticación sexual de un adolescente en una película de John Hughes. He de admitir que en más de unas cuantas ocasiones había imaginado llegar a aquel punto con Oliver y siempre me había visto a mí mismo como un amante creativo y considerado, capaz de asombrarlo con mi increíble arsenal de maniobras sexuales. Pero, en vez de eso, ahora me aferraba a él, me restregaba y emitía unos leves gemidos que, para ser franco, resultaban un pelín bochornosos. Ay, Dios. Socorro. No era justo que aquello pareciera tan perfecto.

De improviso, Oliver desplazó el peso y, durante unos segundos de terror, pensé que se había enfriado por algo que yo había hecho. Pero entonces me levantó hacia sus brazos, y yo experimenté una mezcla tan rara de alivio y desconcierto que, en lugar de preguntarle a qué demonios estaba jugando, enrosqué las piernas alrededor de él como un adolescente de una película porno. Oliver, con una fuerza que no debería haberme sorprendido, dado lo comprometido que estaba en llevar una vida sana, me subió en brazos hacia el dormitorio. Fue un momento perfectamente mágico, de fantasía, hasta que se inclinó hacia delante y me soltó en la escalera.

—Hum —dije yo—. Ay.

Oliver, ruborizado y adorable, se apartó de mí retrocediendo como haría un radiotaxi en una calle sin salida.

—Lo siento mucho. No sé qué estaba pensando.

—No, no, ha estado genial. Por un momento ha sido muy sexi y romántico.

—No te habré hecho daño, ¿no?

—Estoy bien. Me acompleja un poco ver que peso demasiado para que me lleven en brazos.

Estaba bromeando, pero, como es lógico, Oliver se puso de lo más serio y temió haberme avergonzado físicamente sin querer, del mismo modo que, también sin querer, me había dejado en el suelo de manera un tanto brusca.

—Tú no tienes ninguna responsabilidad. Yo he sobrestimado mi capacidad para subir las escaleras.

—Bueno es saberlo. Ahora, ¿quieres hacer el favor de dejar de tranquilizarme y follarme de una vez?

—Te follaré, Lucien —dijo, con un tono severo que, por una vez, no me molestó lo más mínimo— de la manera que yo escoja.

Me lo quedé mirando con unos ojos como platos, perplejo ante… fuera lo que fuese aquello.

—Tranquilo, no he firmado ningún contrato para *Cincuenta sombras de Gay*.

—No, has firmado un contrato para mí. Ahora, sube al dormitorio y métete en la cama.

Y yo… ¿subí al dormitorio y me metí en la cama?

Segundos más tarde apareció Oliver en la puerta dejando caer su abrigo al suelo. Cielos. Jamás lo había visto no utilizar una percha. Debía de tener muchas ganas de hacer aquello. Muchas ganas de mí.

—Perdona —me dijo sonrojándose un poco—. En ningún momento pensé que… yo… es decir, que tú…

—No te disculpes. Resulta… interesante.

Se sonrojó todavía más.

—La verdad es que llevaba bastante tiempo deseando hacer esto.

—Pues, ya puestos —dije, mirándolo con el ceño fruncido—, podrías haberlo hecho, en cualquier momento.

—Supongo que merecía la pena esperar.

Mierda. Abrigué la esperanza de que tuviera razón.

—No soy la última aceituna que queda en el plato.

—Ya. —Se reunió conmigo en la cama reptando por encima de las mantas igual que un tigre vestido de Abercrombie & Fitch—. Si lo fueras, todos seríamos demasiado educados para cogerte.

—Te daría alguna réplica ingeniosa, pero es que en este momento estoy un poco distraído.

—Por lo visto —dijo él con ironía—, te muestras bastante menos intransigente cuando tienes una erección.

—Sí, es mi pene de Aquiles.

Riendo, Oliver empezó a desabotonarme la camisa. Lo cual, por un lado, era bueno porque de esa manera se acortaba el tiempo para que me dejase desnudo y por lo tanto para que me follase. En cambio, dentro de un momento iba a quedarme desnudo de cintura para arriba, y no era que Oliver no me hubiera visto nunca así, pero es que era una de esas situaciones en las que el contexto lo es todo. Estar desnudo y que te desnudaran eran dos cosas claramente distintas, detalle que asustaba un poco. En circunstancias normales, no me preocupaba especialmente lo que opinase mi compañero de cama de mi cuerpo, pero, claro, es que en circunstancias normales mis compañeros de cama eran tipos desconocidos.

Haciendo un esfuerzo por equilibrar las cosas, le devolví el favor y me di cuenta de que había cometido un enorme error de estrategia. Porque, mientras que yo me valía de la genética, de la estatura y de ir andando al trabajo, Oliver se tomaba la molestia de cuidarse. Era el equivalente sexual de cuando en Navidad alguien te hace un regalo de «amigo invisible» realmente atento cuando tú sabes que le has comprado unas sales para el baño.

—¿Debería ir al gimnasio? —pregunté—. No sé, ¿alguna vez? Porque de lo contrario vas a tener que acostumbrarte a que yo sea claramente del montón.

—Tú eres muchas cosas, Lucien. Pero nunca podrías ser del montón.

—No, esto es algo físico, y créeme…

—Basta. —Me besó lo bastante fuerte para acallar mis protestas al tiempo que deslizaba una mano por la piel de mi torso que iba quedando a la vista y dejaba un rastro de calor nuevo—. Eres atractivo. Tan atractivo que me cuesta creer que finalmente esté tocándote.

Quise decir algo agradable e ingenioso para demostrarle que era… agradable e ingenioso y no un taco de mantequilla derretida. Pero lo único que acerté a decir fue:

—J-joder, Oliver.

—Dios. —Se le enronqueció la voz—. Me encanta que seas tan sensible. Mira…

Las yemas de sus dedos subían dibujando espirales por mi brazo y por mi hombro, y me iban dejando la carne de gallina a su paso, como si estuvieran haciendo la ola en un estadio. Intenté hacer un ruidito que, no sé, sirviera de señal para decir «pues sí, soy así con todo el mundo, no solo contigo», pero en ese momento intervino su boca y empezó a depositar una capa de placer encima de otra, y de otra, y yo… Mierda. Creo que empecé a lloriquear.

—Las cosas que he soñado con hacerte.

Parpadeé. Tal vez pudiera salvar aquello antes de desmoronarme.

—¿Por qué? ¿Son guarradas?

—Nada de eso. —Me empujó para tumbarme de espaldas, me desabrochó el cinturón y me quitó los vaqueros, los calzoncillos y los calcetines en un revuelo de eficiencia muy propia de él—. Solo quiero estar contigo. Así. Quiero hacerte sentir cosas. Cosas buenas. Por mí.

Me estaba mirando con una seriedad tremenda, poniendo el alma en cada palabra. Y no pasaba nada, yo podía soportar aquello, podía sentir cosas, muy bien. Daba igual que experimentara aquella sensación de desnudez que empezaba a dominarme y que, por extraño que parezca, no tenía nada que ver con el hecho de que efectivamente estuviera desnudo. Y daba igual que cada vez que Oliver me tocaba yo me sintiera como si estuviese deshaciéndome a base de ternura. Y, desde luego, daba igual que yo necesitara tanto aquello que no supiera cómo aceptarlo.

Ahora Oliver estaba quitándose el resto de la ropa, camisa,

pantalón y todo lo demás, mientras las prendas iban cayendo con descuido a un lado de la cama. A mí casi se me había olvidado que un momento así significara tanto: la primera vez que uno ve a un amante desnudo, que haya ganado y a la vez perdido el misterio, ver su verdad, todos sus secretos y sus imperfecciones, que rebasan todas las fantasías que uno puede haber conjurado. Lo más extraño era que Oliver al principio me había parecido de lo más irreal. Lo había deseado desde el principio, desde aquel horrible encuentro en aquella horrible fiesta, pero de la forma en que se desea un reloj que hay en el escaparate de una joyería. Con una especie de admiración frustrada hacia algo distante, perfecto y un poquito artificial.

Pero lo cierto era que no había visto a Oliver en absoluto. Tan solo había visto el reflejo de un batiburrillo de deseos muy pensados. Y Oliver era mucho más que eso: era amable y complicado, y más nervioso de lo que aparentaba, a juzgar por los mensajes que escribía. Yo sabía cómo enfadarlo y cómo hacerlo reír, y esperaba saber cómo hacerlo feliz.

O quizá no pudiera. Quizás estuviera demasiado jodido. Sin embargo, Oliver había permanecido a mi lado a pesar de las putadas de mi padre y del curri de mi madre, me había cogido la mano delante de los reporteros y me había aguantado que lo mandara a la mierda una y otra vez desde el otro lado de la puerta de un cuarto de baño. Se había convertido en una de las mejores partes de mi vida. Y por eso estaba yo decidido a esforzarme lo que hiciera falta.

—Oye —me oí a mí mismo decir—, yo también quiero ser bueno para ti. Pero es que no estoy seguro de que...

Él descendió sobre mí, todo calor y fuerza, en un roce perfecto de piel con piel.

—Ya lo eres. Esto lo es.

—Pero es que…

—Calla. No tienes que hacer nada. Con tu presencia ya basta. Eres…

Lo miré a los ojos, sin saber muy bien qué venía a continuación. A juzgar por la expresión de su cara, seguramente él tampoco lo sabía.

—Eres todo —terminó.

En fin, aquello era… nuevo. Tener que lidiar con sentimientos sexuales y sentimientos-sentimientos, y que se aliaban para dejarme dolorido, abierto y esperanzado.

Me cubrió la boca con un medio beso, medio gemido, y yo lo rodeé con las piernas para acercarlo más. A él mi gesto debió de parecerle alentador, lo cual fue bueno porque era lo que quería. Y no tardó en hacer bailar los cuerpos de ambos en una samba de promesa y sensualidad mientras su boca me pintaba con besitos temblorosos. Aquello era increíble, en plan «oh, Dios, para, oh, Dios, no pares, oh, Dios», salvo que, por la razón que fuera, yo no acababa de saber qué hacer con las manos. Y de repente me vi con aquellas enormes zarpas alienígenas flotando al final de mis brazos sin tener instrucciones claras. ¿Debería haber intentado agarrarle la polla? ¿O era demasiado pronto? ¿Le importaría que le acariciara el pelo, o le resultaría raro? ¿Sería excesivo tirarle de él? Vaya, tenía unos hombros realmente definidos.

Al final me conformé con extender las palmas tímidamente sobre la espalda de Oliver cuando él se incorporó, me agarró las muñecas y, con mucha delicadeza, las metió por debajo de la almohada, a un lado y otro de mi cabeza. Lo cual debo reconocer que no fue poco sexi.

—Hum —gemí.

—Perdona. —Le brotó un rubor que le bajó por el cuello y se le extendió por el pecho—. Es que… no puedo contenerme.

376

Resultaba extraño, de tan agradable, ver a Oliver un poco descontrolado. Aun cuando estuviera actuando de una manera bastante controladora. Y por lo menos ya no tuve que preocuparme más por las manos, aunque eso habría sido hacer trampa.

—No pasa nada. Creo que me gusta. Quiero decir —añadí con una risa temblorosa— a no ser que vayas a sacar el látigo y empezar a decirme que te llame papi.

Él me dio un mordisquito en el cuello a modo de reprimenda.

—Con que me llames Oliver bastará.

Me aferró los dedos con una ternura inesperada, teniendo en cuenta que estaba encima de mí y aprisionándome, y se inclinó para besarme otra vez. Yo empujé contra él, no porque quisiera escaparme sino para sentir cómo era estar… prisionero sin poder escapar.

Resultó que no era nada desagradable. Cuando se trataba de Oliver.

Mis movimientos se volvieron sinuosos. Y me oí a mí mismo gimotear suavemente. Y, por Dios, de pura necesidad. Lo cual me causó miedo, vergüenza y extrañeza.

—Lucien, por favor, confía en mí. —En ese momento, experimenté una especie de alivio y horror al percibir vulnerabilidad en la voz de Oliver—. No pasa nada por recibir esto.

—¿Y qué vas a recibir tú?

—A ti. —Sonrió con los ojos chispeantes—. Estoy disfrutando mucho de tenerte a mi merced.

Y entonces fue cuando me vino a la memoria una cosa: lo maravilloso que podía ser estar con alguien. Permitir que esa persona te viera. Ser suficiente para ella.

—¿Qué te parece —dije, haciendo un esfuerzo para levantar la cabeza y besarlo. Bueno, morderlo, pero como besándolo— si dejamos la merced y pasamos al recibir?

Él dejó escapar un gruñido.

Durante un rato las cosas se volvieron un poco más fuertes y más emocionantes, mis complejos se disiparon bajo la contención de Oliver. Hice unos cuantos esfuerzos simbólicos por liberarme, pero él siempre me distraía llamándome por mi nombre o haciéndome una caricia nueva en un lugar que yo nunca había pensado que pudiera ser tan sensible, y para cuando por fin dejó de aprisionarme yo ya estaba demasiado aturdido para darme cuenta.

Éramos solo él y yo, y las sábanas arrugadas, y el ir y venir de las luces de las farolas a través de los visillos.

Yo estaba aprisionado por el placer de todo ello, por la respiración jadeante de Oliver y la cadencia de sus caricias. Por sus besos profundos e interminables como el cielo en verano. Por el roce y la presión de nuestros cuerpos, el contacto de cabello contra cabello y el resbalar del sudor.

Y también por la forma en que me miraba, tierna y apasionada, y casi… reverente, como si yo fuese una persona distinta, mejor.

Aunque quizás en aquel momento lo era.

CAPÍTULO 39

¿En qué estaba pensando? No solo había quedado con el jodido Jon Fleming en el momento de más actividad de mi año profesional, sino que además ahora mi padre me apartaba de mi guapísimo casi novio, que de lo contario estaría atontándome a base de sexo. Supongo que lo hice porque soy muy buena persona.

Para mi sorpresa, The Half Moon resultó ser uno de esos bares de cervezas artesanales, todo ladrillo visto y esfuerzo decorativo. Mi padre se estaba retrasando, cosa que ya me esperaba, de modo que me pedí una pinta de Monkey's Butthole, que al parecer contenía notas de mango y piña y dejaba un regusto amargo y tostado que permanecía en la boca hasta el final, y busqué una mesa libre entre las barbas y las irónicas camisas a cuadros.

Durante un rato me quedé allí sentado, sintiéndome como esas personas que salen solas a tomarse una cerveza artesanal, lo cual, ahora que reflexionaba sobre ello, probablemente era un pasatiempo de lo más respetado en la comunidad de las cervezas artesanales. Cosa extraña, eso no me alivió.

Habiendo pasado la mitad de la última década incumpliendo plazos de entrega y luego diciéndome a mí mismo que no pasaba nada porque mis amigos ya sabían a qué atenerse conmigo, me sentía furioso con mi padre por hacer lo mismo y conmigo por haber tardado tanto tiempo en darme cuenta de que esa era una forma deplorable de tratar a la gente, pero también por ser hipócrita al respecto.

Me vibró el teléfono. Era agradable saber que Oliver pensaba en mí, pero no tanto el hecho de que por lo visto había decidido acordarse de mí por medio de la cara de un tipo viejo y calvo.

Qué cojones, escribí. **¿Esto es un capullo?**

Sí.

¿Debería saber qué clase de capullo es?

Un capullo político.

Me gustaba más cuando lo nuestro era un juego de seducción y no un concurso de cultura general.

Perdona. No sé cómo, pero Oliver era capaz de conseguir que un mensaje de texto sonara sinceramente contrito. Es Dick Cheney.

¿Y cómo iba a adivinarlo yo?

Por las pistas del contexto. Acabo de decirte que era un capullo político. ¿Cuántos capullos hay en la política?

Tenías que hacer el chiste obvio. Hay montones.

Siguió una pausa.

También significa que echo de menos tu capullo.

Ese es un capullo muy concreto.

—Ah, estás aquí —exclamó Jon Fleming, de pie a mi lado—. No estaba seguro de que fueras a venir.

Hablando del tema, escribí, **ha llegado mi padre.**

De mala gana guardé el teléfono y descubrí, como siempre, que no tenía nada que decirle.

—Pues sí. Sí, aquí estoy.

—Esto está cambiado. —Parecía sinceramente molesto por ello—. ¿Te pido algo en la barra?

Aún tenía casi entera mi Monkey's Butthole, pero mi padre me había abandonado cuando yo tenía tres años, y obligarlo a decir Monkey's Butthole (el Ojete del Mono en inglés) ante una persona desconocida quizá fuera la única venganza que pudiera cobrarme. Le mostré el botellín.

—Tomaré otra como esta, gracias.

De camino a la barra, se marcó la última de una serie de pequeñas e irritantes victorias simplemente señalando las cervezas que quería y logrando, no sé cómo, que dicho gesto pareciera digno y autoritario en vez de insignificante. A continuación, exhibiendo un segundo botellín de Butthole y una pinta de Ajax Napalm, emprendió el regreso hacia mi mesa. Teniendo en cuenta que el bar claramente no era lo que él esperaba y que era unos treinta años más viejo que todos los parroquianos presentes, daba rabia ver que no quedaba fuera de lugar. Creo que era que todos los demás intentaban vestirse como si hubieran sido estrellas del rock en los setenta, sumado a aquel odioso carisma suyo que hacía que el mundo se reconstruyera a su alrededor, y no al revés.

Mierda, iba a ser una velada muy larga.

—Cuesta trabajo creer —dijo tomando asiento enfrente de mí— que en este sitio haya actuado Mark Knopfler.

—Ah, yo sí me lo creo. Me da igual. Sinceramente, ni siquiera... —Vale, era mentira, pero quería fastidiarlo con cualquier cosa—. Ni siquiera estoy seguro del todo de saber quién es ese tío.

Decididamente, juzgué mal la situación. No solo mi padre sabía que le estaba mintiendo, sino que además no iba a permitir que eso le impidiera soltarme una charla interesada sobre la historia del mundo de la música.

—Cuando conocí a Mark en el 76, su hermano y él estaban en el paro y pensando en formar un grupo, así que los traje aquí, a The Half Moon, a que vieran a Max Merritt and the Meteors. En aquella época, este local formaba parte de lo que llamábamos el circuito de los retretes.

El problema que tenía mi padre, bueno, uno de los muchos problemas que tenía, era que cuando hablaba así entraban ganas de escucharlo.

—¿El qué?

—Una serie de locales de lo más lúgubre que están repartidos por todo el país. *Pubs*, almacenes, cosas así. Sitios a los que uno va por la cerveza, por dejarse ver, por gusto. Era donde empezábamos todos en aquella época. Sea como sea, me traje a Mark a que viera a Max Merritt and the Meteors y lo que esos chicos eran capaces de hacer con dos guitarras acústicas y un teclado eléctrico… Creo que para él supuso una gran inspiración.

—Deja que lo adivine: también le dijiste que daba la impresión de estar pasándolas canutas.

Mi padre sonrió.

—De modo que sí sabes quién era.

—Pues sí. Tenía una idea.

—Claro que ahora todo es diferente. —Calló unos instantes para reflexionar y bebió un trago de Ajax Napalm—. No está mal esta cerveza. Aunque en mis tiempos a la cerveza artesanal la llamábamos cerveza sin más. —Otra pausa para reflexionar—. Luego, las cadenas lo acapararon todo y las cervecerías pequeñas tuvieron que cerrar, y todo pasó a ser cerveza de barril y estándar. Y ahora se nos ha olvidado de dónde venimos, así que un puñado de veinteañeros intentan revendernos algo que de entrada no deberíamos haber regalado. —Una tercera pausa. La verdad es que eso se le daba muy bien—. Es curioso, este movimiento pendular que tiene el mundo.

—¿Va a ser ese —le pregunté a medias sincero, a medias no— el título de tu próximo álbum?

Se encogió de hombros.

—Eso depende de tu madre. De tu madre y del cáncer.

—Y... ¿cómo vas con eso? ¿Estás bien?

—Estoy esperando unas pruebas.

Mierda. Durante una fracción de segundo, Jon Fleming dio la impresión de ser simplemente un hombre viejo y calvo que estaba bebiendo cerveza de un botellín elegante.

—Oye, lo siento... Debe de ser horrible.

—Es lo que es. Y me ha hecho pensar en cosas que no había pensado en mucho tiempo.

Un mes atrás o así, yo le habría contestado: «¿Te refieres al hijo que abandonaste?».

—¿Cómo cuáles? —pregunté en cambio.

—El pasado. El futuro. La música.

Casi logré fingir que yo encajaba en ese «pasado», pero no me sirvió de mucho consuelo.

—Verás, es como la cerveza. Cuando yo empecé, éramos solo unos críos que tenían grandes ideas y que tocaban con guitarras prestadas para quien quisiera escucharlos. Rights of Man grabó nuestro primer álbum en un garaje, en un ocho pistas destartalado. Luego irrumpieron los estudios con su pop de chicle y sus grupos de niños de plástico, y este oficio perdió toda su esencia.

Yo había leído entrevistas que le habían hecho a Jon Fleming, había escuchado sus canciones y lo había visto en la televisión, de modo que sabía que esta era su forma normal de hablar. Pero la cosa era distinta cuando uno estaba con él a solas y esos

intensos ojos verdiazulados te miraban directamente y logra-
ban que te sintieras como si te estuviera contando cosas que no
le había contado a nadie.

—Y ahora —prosiguió, con legendaria melancolía—, volvemos a estar en los cobertizos y en los dormitorios, y la gente
hace álbumes con guitarras prestadas y ordenadores portátiles
destartalados y los sube a Soundcloud, Spotify y YouTube para
quien quiera escucharlos. Y de repente todo vuelve a ser real, y
es el mundo al que pertenezco yo y al que nunca podré volver.

Por una vez, no intenté ser un capullo. Pero llegado ese
momento, aun sabiendo que no era buena idea, sentía interés
de verdad.

—¿Y cómo encaja en todo eso *El paquete*?

Y por primera vez —por primera vez en toda mi vida—, ob-
tuve una reacción de Jon Fleming. Contempló su cerveza y cerró
los ojos durante largos instantes.

—Ya no puedo ser lo que fui —respondió—, de modo que
tengo que ser otra cosa. Porque la otra opción es no ser nada.
Y yo no podría no ser nada. Mi agente me ha dicho que *El paquete* me vendría bien, que le recordaría a mi antiguo público
que he existido y le diría a un público nuevo quién soy. No es
un regreso, sino una última función. Es quedarse en el escena-
rio cuando las luces ya están apagándose y suplicar al público
que espere y escuche una última canción.

No supe qué decir. Debería haberme percatado de que no
era necesario que dijera nada. Ya se encargaría él de hablar
por los dos.

—Todo el mundo te dice que cuando uno es joven cree que
va a vivir eternamente. Lo que no te dicen es que cuando uno
es viejo cree lo mismo. Pero todo empieza a recordarte que eso
no es verdad.

¿Cómo diablos había llegado yo hasta allí? ¿Qué se suponía que debía hacer a continuación?

—Tú... A ti nunca te ocurrirá lo de no ser nada, papá.

—Tal vez. Pero miras atrás, ¿y qué es lo que has hecho?

—Pues casi treinta álbumes grabados en estudio, innumerables giras, una carrera que abarca cinco décadas, la vez que le robaste el Grammy a Alice Cooper.

—No se lo robé. Lo gané con toda justicia. —Pareció animarse un poco—. Y después nos dimos de hostias en el aparcamiento.

—¿Lo ves? Has hecho muchas cosas importantes.

—Pero cuando todo vuelva otra vez, ¿quién se acordará?

—No sé, la gente, Internet, yo, la Wikipedia.

—Quizá tengas razón. —Como ya se había terminado su cerveza, dejó el botellín en la mesa con un golpe decidido—. En fin, esto ha estado bien. Te dejo ya.

—Ah, ¿es que te vas?

—Sí, me esperan en Elton's para una fiesta. Estoy seguro de que tú y... y el novio también tendréis muchas cosas que hacer.

Estaba consiguiendo que me molestara poner fin a un encuentro que me había molestado que empezase.

—Vale, de acuerdo. Ya hemos hecho algo.

Cuando se puso de pie, me di cuenta de que ni siquiera se había quitado el chaquetón. Pero de pronto se quedó quieto y me dedicó una de esas miradas sentidas y profundas que, solo por ese momento, lo compensaban todo.

—Me gustaría que repitiéramos esto. Mientras aún quede tiempo.

—Estas dos semanas voy a estar bastante ocupado. Tengo trabajo, y es el aniversario de los padres de Oliver.

—Pues entonces, después. Iremos a cenar. Te mandaré un mensaje.

Y acto seguido, se marchó. Otra vez. Y yo no supe qué sentir. Estaba bastante seguro de haber actuado correctamente, pero, aparte de eso, no sabía muy bien qué se suponía que iba a sacar de ello. De ninguna manera íbamos a tener una relación más cercana: esa posibilidad se había esfumado después de que me abandonara y tardara veinticinco años en volver. Y, ahora que me paraba a pensarlo, todavía no había expresado ningún remordimiento a ese respecto, y estaba claro que no iba a expresarlo nunca. Lo más probable era que ni siquiera llegáramos a tener una conversación que no girase totalmente en torno a él.

No mucho tiempo atrás, para mí habría sido un orgullo coger lo que mi padre me estuviera ofreciendo y metérselo por el culo. Pero lo cierto era que ya no deseaba hacer eso, y creo que me gustaba no tener la necesidad de hacerlo. Además, mi padre estaba muriéndose. No me importaba oírle contar unas cuantas anécdotas, si eso lo ayudaba. La verdad era que Jon Fleming no iba a cambiar y que yo no iba a ser importante para él de la manera en que antes pensaba que tenía que serlo. Pero estaba empezando a conocerlo. Y estaba empezando a estar presente. Y eso ya era algo.

Así que, ¿por qué no cogerlo?

CAPÍTULO 40

El día de la Campaña del Pelotero, estuve en la oficina desde las once y en el hotel desde las tres. Había resuelto lo del seguro y lo de la decoración de las mesas: lo del seguro, mediante una serie de estresadas conversaciones telefónicas, y lo de la decoración de las mesas, pasando la noche entera sin dormir para ocuparme personalmente de eso junto con Priya y James Royce-Royce. Pero en cuanto a la música me había quedado en blanco. Y me estaba diciendo a mí mismo que a nadie iba a importarle, porque a la gente pija le gustaba mayormente el sonido de su propia voz, cuando de repente Rhys Jones Bowen asomó la cabeza al interior del retrete en el que estaba yo dándome prisa en vestirme con mi atuendo formal.

—Me he enterado —dijo sin prestar la menor atención al hecho de que yo me encontraba en paños menores— de que has tenido un problemilla en el tema de la música.

—Da igual. Pasaremos sin ella. El año pasado trajimos un cuarteto de cuerda y nadie se fijó.

—En fin, si tan seguro estás, le diré a Tío Alan que no vamos a necesitarlo.

—Tengo la sensación de que me he perdido la mitad de

esta conversación. ¿Quién es Tío Alan y por qué íbamos a necesitarlo o no?

—Ah, verás, estuve hablando con Becky la voluntaria, que estuvo hablando con Simon el voluntario, que estuvo hablando con Alex, que estuvo hablando con Barbara, que ha dicho que el grupo que tú querías había fallado y no has podido encontrar quien lo sustituya. Así que pensé: ¿por qué no preguntar a Tío Alan? Así que lo llamé y me dijo que está aquí en Londres con los chicos porque forman parte de *Songs of Praise* y que con mucho gusto nos echarían una mano.

Me resigné a terminar la conversación sin pantalones.

—Vale, Rhys. Te lo pregunto de nuevo: ¿quién es Tío Alan?

—Ya sabes quién es Tío Alan. Ya te he hablado de Tío Alan. Yo siempre estoy hablando de Tío Alan.

—Sí, pero nunca escucho.

Él puso los ojos en blanco.

—Ah, la culpa es mía por olvidarme de lo capullo que eres. Tío Alan es el director general del coro de voces masculinas de Skenfrith. Son bastante conocidos en los círculos de coros de voces masculinas.

—Y esto no me lo has mencionado hasta ahora porque…

—Porque no quería que te hicieras ilusiones si la cosa no salía.

Me rendí a la energía imparable de Rhys Jones Bowen y a su, por lo visto, ilimitada reserva de celtas con talento.

—Bien. Encárgate de acomodarlos y de darles todo lo que necesiten. Y… —Con desasosiego, me di cuenta de que estaba viviendo un momento de genuino agradecimiento hacia Rhys Jones Bowen. Una vez más—. Gracias. Lamento ser tan capullo. Te agradezco de verdad tu ayuda.

—Un placer. Por cierto, unos calzoncillos preciosos. ¿Son de Marks?

Miré hacia abajo.

—No estoy seguro de prestar tanta atención a mis calzoncillos.

—Totalmente cierto.

Y, dicho eso, se fue con toda calma, presuntamente a negociar con un coro. Yo me centré de nuevo en vestirme y, una vez más, adopté la postura de yoga necesaria para meter una pierna en el pantalón sin sentarme, caerme de bruces o dejar caer algo en el inodoro. En eso, entró Alex.

—¡Por el amor de Dios! —chillé—. Esto no es un espectáculo de estriptis.

Alex no se inmutó.

—Ejem… una pregunta rápida. ¿Te acuerdas del encargo que tenía yo?

—¿El de no perder de vista al conde?

—Sí, ese. —Calló unos momentos—. Más o menos, ¿sería muy grave que no lo hubiera cumplido al cien por cien de mi capacidad?

—¿Estás intentando decirme que has perdido de vista al conde?

—Solo un poco. No sé exactamente dónde está, pero tengo una lista cada vez más larga de sitios en los que no está.

—Alex, por favor. —Ensayé unas cuantas inspiraciones profundas—. Ve a buscarlo. Ahora mismo.

—Enseguida. Ah, perdona que te haya interrumpido. A propósito, llevas unos calzoncillos muy bonitos. Muy elegantes.

—Vete. Ya.

Alex se fue. Y yo empecé a dar saltitos en círculo, en un intento de subirme aquel incómodo pantalón, de tan estrecho, por mis incómodas piernas, de tan largas, y mis incómodas rodillas, de tan flexionadas, cuando oí que volvía a abrirse la puerta a mi espalda.

—¡Alex! —exclamé—. ¡Vete a tomar por culo cinco minutos!

—Oh, perdón —dijo una voz que tenía mucha más edad que la de Alex pero no era mucho más pija—. Lo siento mucho. Me parece que el pestillo está roto. Aunque, ahora que usted lo menciona, se me ha perdido un muchacho llamado Alex. ¿Sabe usted dónde está?

Me volví rápidamente, todavía con el pantalón a medio poner, y me encontré cara a cara con el patrocinador y benefactor principal de la CACCA, el conde de Spitalhamstead.

—Cuánto lo siento, milord. He creído que era usted otra persona.

—Ya lo he deducido cuando me ha llamado por otro nombre.

—Ah, sí. Muy sagaz por su parte.

—De todos modos, me ha divertido el lenguaje que ha empleado. Me divierte que se emplee un taco de vez en cuando.

—Nuestro deseo es complacer. Si me da cinco segundos para que termine de vestirme, lo acompañaré a la planta de arriba y buscaremos a Alex los dos juntos.

—No se moleste. Seguro que doy con él por mis propios medios.

—No, no —insistí—. Dentro de un momento estoy con usted.

El conde de Spitalhamstead contaba ya noventa años como mínimo, estaba chalado como solo se le permitía estar a la aristocracia y tenía la costumbre de meterse en lo que Alex describía como «aprietos». La última vez que le habíamos permitido pasearse sin supervisión en la Campaña del Pelotero, se había equivocado y había entrado en el bar del hotel, había pedido una cantidad obscena de champán «solo por cortesía» y había terminado yéndose en avión a Viena con una prostituta a la que había tomado por una mujer normal. Por lo visto, se habían divertido mucho, pero aquel episodio había hecho una profunda mella en nuestra recaudación de fondos.

Diez angustiosos segundos más tarde, yo ya estaba bastante vestido y acompañando a un par del reino más o menos en la dirección en la que debía ir mientras él me narraba una larga anécdota que hablaba de un elefante, un monoplano de carreras y la ocasión en la que se había acostado con Marilyn Monroe.

Encontramos a Alex buscando cuidadosamente en el interior de una maceta.

—¿Se puede saber —empecé, muy consciente de que estaba a punto de formular una pregunta cuya respuesta podía no gustarme— qué estás haciendo?

Alex me miró como si hubiera dicho una completa necedad.

—Estoy buscando al conde. Obviamente.

—¿Y piensas encontrarlo dentro de una maceta?

—Bueno, me parece que acabas de quedar como un tonto, porque ahí es exactamente donde lo he encontrado. —Y señaló al conde de Spitalhamstead, que no se había movido de mi lado durante toda la conversación—. ¿Ves?

—Hola, Twaddle —saludó alegremente el conde—. ¿Cómo va eso?

—Condenadamente mal, la verdad. Andaba buscando a un conde, lo he perdido por completo.

—Pésima suerte. Al parecer, vas a tener que conformarte conmigo.

Por un momento, aquello pareció turbar a Alex.

—Bueno, estaba haciendo una cosilla para Luc. Pero, en fin… —Se giró hacia mí con un gesto de impotencia—. Hilary es un antiguo amigo de la familia, lo mejor será que cuide de él, si te parece bien.

Le di una palmadita en el hombro.

391

—Por supuesto, opino que será lo mejor.

—Hurra. Victoria para el sentido común. —Alex cogió con delicadeza el brazo del conde—. Venga conmigo, viejo amigo. Tengo montones de amigos, y también amigas, ya puestos; no hay por qué ser sexista, estamos en el siglo XX. Están todos que se mueren por charlar un rato con usted.

—Maravilloso —contestó el conde—. Rara vez consigue uno tener una charla sobre el escarabajo pelotero con un público que sepa apreciarlo. ¿Sabes que han vuelto a rechazarme en la Cámara de los Lores? Malditos miopes…

Me apoyé en una columna mientras ellos desaparecían en el interior del salón de actos, del que salían ya los melodiosos sonidos de un coro de voces masculinas ensayando el himno nacional de Gales. Era muy posible que aquélla fuese la última oportunidad que tuviera yo en el resto de la velada para hacer una pausa y recuperar el aliento, de modo que decidí aprovecharla al máximo. No obstante, rectifiqué mi postura para proyectar un poco más de respetabilidad, porque me encontraba bastante cerca del vestíbulo, ya estaban empezando a llegar los invitados y no inspiraba ninguna confianza que el encargado de recaudar fondos ofreciera el aspecto de estar agotado ya antes de empezar. Lo cual era mala suerte, porque así era exactamente como me sentía.

Sin embargo, en general las cosas salieron bien. Todo encajó a la perfección. Siempre ocurría lo mismo. Y, para ser franco, fue agradable ver al equipo entero extrañamente unido para apoyar nuestra causa, técnicamente importante pero totalmente falta de glamur. Por no decir nada del regalo que era ver todos los años a Rhys Jones Bowen vestido de traje. Y con «regalo» quiero decir «sutilmente incongruente», porque él siempre se las arreglaba para parecer un marxista infiltrado.

Aunque, hablando de hombres trajeados, no pude resistir la tentación de mirar de arriba abajo al pedazo de hombretón enfundado en un esmoquin que acababa de entrar por la puerta y que estaba preguntando a la recepcionista dónde estaba el encargado de la recaudación de fondos de la CACCA. De inmediato me sentí culpable, porque ahora tenía un novio posiblemente/realmente verdadero. Y luego me sentí lo contrario de culpable, cuando advertí que aquel pedazo de hombretón enfundado en un esmoquin era mi novio posiblemente/realmente verdadero.

Levanté la mano como diciendo «no me siento en absoluto abrumado por lo bueno que estás». Y Oliver vino andando hacia mí, todo de blanco y negro, guapísimo.

—Estás que quitas el hipo —le solté, atacándolo con los ojos—, ¿lo sabías?

Él me sonrió con su mandíbula marcada y sus pómulos altos.

—En circunstancias normales yo te diría lo mismo, pero en este momento das la impresión de haberte vestido dentro de un retrete.

—Sí, hay una razón bastante obvia para eso.

—Ven aquí.

Fui allí, y Oliver realizó una serie de rápidos y certeros ajustes en mi vestimenta que me resultaron extraños, de tan sexis, a pesar de ser absolutamente inocuos. Hasta me anudó de nuevo la pajarita. Y desde enfrente. Había que admirar a un hombre que poseía semejante coordinación.

—Ya está. —Se inclinó y me dio un beso casto. Por lo visto, habíamos pasado de ser dos personas que necesitaban practicar toda clase de contacto físico a convertirnos en dos compañeros de trabajo que se dan los típicos besitos informales y correctos—. Estás que quitas el hipo.

Seguro que yo lo estaba mirando con una expresión patética.

—Bueno. Yo creo que no es para tanto. Con buena luz…

—Al contrario, Lucien. Tú estás siempre cautivador.

—Vale. Estás metiéndote en terreno peligroso. Porque, si sigues diciendo esas cosas, voy a tener que follarte en el armario que tenga más cerca, y técnicamente se supone que aquí estoy haciendo mi trabajo.

—Y —dijo, con otra de esas sonrisas apabullantes— se supone que yo estoy ayudándote a hacerlo.

—He de ser sincero: en este momento estoy trabajando al cincuenta por ciento.

—Sabes que eso no es verdad. Te has esforzado mucho para esto.

Suspiré.

—Sí, bueno. Pero es mejor que me lo compenses más tarde.

—Esa es mi intención.

Acto seguido, me rodeó la cintura con el brazo y entramos juntos.

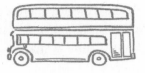

CAPÍTULO 41

El discurso de bienvenida de la profesora Fairclough terminó como siempre:

—Por favor, donen con generosidad, porque los coleópteros son, de todo punto, más importantes que cualquiera de ustedes.

Lo cual era muy propio de ella y a mí me gustaba pensar que formaba parte de la experiencia de nuestra CACCA. Porque ¿en qué otro lujoso evento de recaudación de fondos iban a decirle a uno, a la cara, que valía menos que un insecto? Esperó a que terminara el breve aplauso de cortesía y después cedió el estrado a Tío Alan y el coro de voces masculinas de Skenfrith, que empezaron a cantar sentidamente en galés un... Bueno, no sé el qué, porque estaba en galés.

—En fin —le dije a Oliver inclinándome hacia él—, ahora tenemos una media hora o una hora entera de *networking* antes de la cena. La clave consiste en no dar nunca la impresión de estar intentando sacarle el dinero a la gente, para que se sientan bien consigo mismos cuando termines sacándoselo.

Oliver frunció el ceño.

—Eso queda un tanto fuera de mis habilidades. Si te da igual, me quedaré a tu lado y pondré cara de persona respetable.

—Vale, y si de vez en cuando pudieras hablar a la gente como una persona de clase media, estaría muy bien.

—«¿Ha comido usted quinoa últimamente?». ¿Algo así?

—Perfecto. Pero que suene menos sarcástico.

Comenzamos a circular, principalmente diciendo cosas como «Hola, me alegro mucho de que haya podido venir, qué tal va su negocio/hijo/novela/caballo», pero de vez en cuando la gente quería que hiciera un alto para tener una conversación un poco más larga, lo cual implicaba que tenía que presentar a mi flamante novio nuevo, correctísimo pero sinceramente maravilloso. Me alivió ver que, si bien un par de nuestros donantes más… a ver cómo digo esto de forma educada… «tradicionales» no se habían presentado, de todos modos la cosa no había ido mal, por lo menos en lo que se refiere a la afluencia. Habían asistido un puñado de adquisiciones nuevas, entre ellas Ben y Sophie, y, a pesar de todo el postureo, por lo visto la mayoría de los preocupados por los valores habían dado marcha atrás, ya fuera porque había funcionado el plan de Alex o porque venían siendo unos hipócritas desde el principio. De modo que muchas gracias, gilipollas.

—Adam —saludé afablemente—, Tamara. Me alegro mucho de que hayáis podido venir. Estáis maravillosos.

Adam hizo uno de sus gestos afirmativos con la cabeza.

—Gracias. El traje es de cáñamo de bambú negro.

—Y esto —agregó Tamara indicando el caftán de seda color oro, irritante de tan fastuoso, que lucía ella— es de una de mis diseñadoras favoritas. Es muy nueva, de modo que tal vez aún no hayas oído hablar de ella, pero dirige una cooperativa creada en África que trabaja estrechamente con artesanos locales especializados en las técnicas tradicionales.

Le ofrecí mi mejor sonrisa.

—Muy propio de ti.

—Bueno —dijo Adam casi poniendo cara de no haber trabajado nunca en un banco de inversiones—, ya sabes que Tamara y yo estamos convencidos de que hay que vivir acordes a nuestros principios.

—Ah, eso me recuerda —dije— que todavía no os he presentado a mi acompañante. Oliver, estos son Adam y Tamara Clarke. Adam y Tamara, este es Oliver Blackwood.

Apretones de manos, besos al aire y namastés totalmente de un solo lado.

—Es un placer conoceros. —Oliver llevaba puesta la expresión de eventos sociales—. Sois la pareja de la cadena vegana Gaia, ¿verdad?

A ambos se les iluminó la cara como un árbol de Navidad ecológico.

—Sí. —A Tamara se le ablandó la mirada—. Desde hace cinco años, es toda nuestra vida.

Otro gesto afirmativo de Adam.

—Nuestra misión ha sido siempre llevar los valores éticos al sector de los alimentos precocinados.

Apreté la mano de Oliver de un modo que indicaba: «En este momento corro verdadero peligro de soltar una carcajada». Él me respondió con otro apretón que sugería que lo había captado.

—Eso es muy admirable —murmuró Oliver—, sobre todo teniendo en cuenta los numerosos negocios de ese sector que no tienen valores éticos.

—Ya lo sé —repuso Tamara con absoluta sinceridad—. Es terrible.

Adam estaba extrañamente distraído teniendo en cuenta que su negocio —y, por extensión, ellos mismos— había sido siempre el tema de conversación favorito de los Clarke. Luego advertí que seguía fijando una y otra vez la mirada en mi mano, todavía apoyada en la de Oliver. Y eso me planteó un pequeño dilema. Porque, desde un determinado punto de vista, mi trabajo consistía en que aquellas personas se sintieran cómodas. Pero, desde otro punto de vista distinto, deseé que se fueran a la mierda. En las dos últimas semanas había saltado a través de un montón de aros para satisfacer a los Adam Clarke de este mundo, pero no ir de la mano de mi novio, un novio muy guapo y muy respetable al que nadie podría reprobar, era un aro excesivo. Y si Adam y Tamara decidían llevarse su talonario a casa porque habían asistido a una fiesta y habían visto a dos tíos un poco encariñados el uno con el otro, pues que les explicaran eso a sus amigos izquierdistas y a la moda.

—Bueno, Oliver —dijo Adam rehaciéndose—. ¿A qué te dedicas?

—Soy abogado.

—¿De qué especialidad? —preguntó Tamara.

—Penal.

Esa respuesta provocó una risita indulgente en Adam.

—¿De los que encierran a inocentes o de los que vuelven a mandar a los asesinos a las calles?

—Bueno, de los dos, pero principalmente lo de los asesinos —respondió Oliver con una plácida sonrisa—. Yo diría que el dinero me ayuda a dormir por las noches, pero este trabajo no está tan bien pagado.

—Si alguna vez necesitas ayuda para hallar la paz mental —dijo Tamara con una seriedad abrasiva—, yo podría ponerte en contacto con varios yoguis excelentes.

Antes de que Oliver tuviera que buscar una manera de responder a eso, intervino Adam:

—Yo antes estaba en una situación similar a la tuya. Me refiero al sector financiero, obviamente, no al jurídico. Pero Tamara me ayudó de verdad a encontrar mi camino.

—Gracias —contestó Oliver dando toda la impresión de decirlo en serio—. Si alguna vez lo necesito, te llamaré.

Ellos hicieron varios gestitos apreciativos, aunque ligeramente condescendientes, me felicitaron a mí por la autenticidad del coro de voces masculinas de Gales y por fin nos dejaron continuar. Yo miré a Oliver como diciendo «Lo siento, son horribles», pero no pude arriesgarme a decírselo en voz alta, por si acaso ellos —o, seamos justos, cualquier otra persona—, me oían insultar a unos invitados que estaban a punto de darme una cantidad ingente de dinero.

—No te preocupes. —Se inclinó hacia mí y, no sé cómo, se las ingenió para susurrar sin parecer sospechoso—. Si soy capaz de fingir que le tengo respeto al juez Mayhew, soy capaz de fingir que me caen bien los Clarke.

—No deberías tener que hacerlo.

—Eso era exactamente para lo que me necesitabas.

Bueno. Qué complicado y confuso parecía todo. Porque Oliver llevaba razón: el plan consistía precisamente en que me acompañase una persona capaz de fingir de manera convincente que sentía interés por mí y por mis donantes. Pero ver dicho plan en acción, y más ahora que Oliver me gustaba de verdad, lo volvía todo… repelente.

—Tú eres mejor que esto.

—¿Mejor que qué, Lucien? —dijo, con una mirada suave—. ¿Mejor que ser educado con unas personas que no me importan demasiado en un evento de trabajo de mi compañero?

—Pues… sí.

Posó los labios en mi frente para esconder la sonrisa.

—Pues tengo una noticia para ti. Para los que no nos hemos criado con ninguna leyenda del rock de los ochenta, esto es simplemente… la vida. No pasa nada. Me alegra estar aquí contigo, ya nos iremos luego a casa a reírnos de todo esto.

—Cuando nos vayamos a casa —le dije yo en tono firme—, no tendremos tiempo de reírnos de nada. No tienes ni idea de lo guapo que estás con ese pantal… Oh, mierda. —Miré hacia el otro extremo de la sala y vi, horrorizado, a la doctora Fairclough interactuando con un invitado. Era una cosa que nunca, nunca acababa bien. Agarré a Oliver por el codo—. Perdona. Esto es una emergencia. Tenemos que irnos.

A medida que nos íbamos acercando, procurando no dar mucho la impresión de dirigirnos a una confrontación, comprendí que estábamos más jodidos de lo que pensaba. Porque la doctora Fairclough estaba hablando, o más bien gritando, a Kimberly Pickles. Y el problema de Kimberly Pickles —a la que yo conocía muy bien después de habérmela estado trabajado cuidadosamente, junto con su esposa, durante año y medio— era que los escarabajos no le importaban una mierda y sí le importaban otras muchas cosas. Cosas en las que, según su firme opinión, su increíblemente acaudalada compañera haría mucho mejor en gastarse el dinero.

—… no sé muy bien si está siendo usted ignorante a propósito —le estaba diciendo la doctora Fairclough— o ignorante sin más y…

—¡Kimberly! —interrumpí—. Pero cuánto me alegro de verte. Me parece que no conoces a mi acompañante, Oliver Blackwood. Oliver, esta es Kimberly Pickles, tal vez la reconozcas por…

—Oh, por supuesto —dijo Oliver sin cortarme, sino interviniendo a continuación y sin esfuerzo alguno—. La miniserie que acaba de hacer acerca de la explotación sexual infantil ha sido extraordinaria.

Ella sonrió de oreja a oreja, pero tristemente, no de una forma que indicase que había quedado «totalmente desarmada», y respondió un «Oh, gracias» con un marcado acento del estuario que diez años atrás le habría impedido trabajar en la BBC.

—Y esta es mi jefa. —Señalé con cautela a la doctora Fairclough—. La doctora Amelia Fairclough.

—Encantado de conocerla. —Oliver no se molestó en tenderle la mano para que ella la estrechara, lo cual en un principio me pareció una descortesía impropia de él. Pero debía de haberse percatado de que a la doctora Fairclough (a) le habría importado una mierda y (b) habría considerado que aquel requisito de cumplir con un absurdo ritual social era una pérdida de tiempo—. Lucien me ha hablado de la monografía que ha escrito usted sobre los estafilínidos.

Ella lo sometió a su... Iba a decir su mirada más intensa, pero es que todas sus miradas eran casi igual de intensas.

—Ah, ¿sí?

—Sí. Me preguntaba si usted podría aclararme varios detalles concretos del comportamiento de los estafilínidos en relación con las colonias de hormigas.

Dios mío. ¿Era eso lo que se sentía al estar enamorado?

—Con mucho gusto. —La doctora Fairclough estaba más contenta de lo que yo la había visto nunca. Que no era mucho—. Pero es un tema muy complejo y aquí hay demasiadas distracciones.

Oliver, con delicadeza, se llevó a la doctora Fairclough a un aparte buscando una mejor ubicación para conversar acerca de la interacción entre los estafilínidos y las colonias de hormigas, y yo me quedé inundado de gratitud y, con un poco de suerte, mejor situado para recuperar a Kimberly Pickles.

—Esa doctora Fairclough —empezó ella— es una verdadera arpía.

No era un lenguaje que yo habría utilizado personalmente, pero entendí a qué se debía.

—Me temo que los académicos a veces se obcecan un poco con su tema.

—No es una puta broma. Ella se cree de verdad que los escarabajos peloteros son más importantes que las personas.

Respondí con una sonrisa cómplice.

—Te diría que hay que conocerla, pero no. Es cierto que piensa así.

Kimberly no me devolvió la sonrisa.

—Y a ti te parece que eso está bien, ¿no? Que la gente os dé dinero a vosotros en vez de dárselo a un refugio para mujeres de Blackheath o para combatir la mortalidad infantil en el África subsahariana.

La cosa era que no le faltaba razón. Nuestro proyecto no era una ONG estupenda, y ni siquiera se encontraba en los puestos más altos de esas listas de organizaciones que ayudan a los filántropos locos por las matemáticas a evaluar exactamente cómo ahorrar más vidas por dólar. Pero era mi causa y pensaba luchar por ella. Y, basándome en lo que sabía de Kimberly Pickles, le gustaban los luchadores.

—Bueno —dije—, si yo trabajara para un refugio de mujeres de Blackheath, seguro que me preguntarían por qué la gente debería dar dinero para eso en vez de para prevenir la malaria o para apoyar iniciativas contra las plagas de parásitos. Y si trabajara para una ONG que luchara por prevenir la mortalidad infantil en el África subsahariana, habría quien me pre-

402

guntase por qué deberían enviar dinero al extranjero cuando ya tenemos suficientes problemas en nuestro país.

Kimberly se relajó un poco, pero seguía sin estar convencida.

—Son solo unos puñeteros escarabajos peloteros, tío.

—Así es. —Me encogí de hombros como diciendo «Ahí me has pillado»—. Y, aunque efectivamente poseen una importancia ecológica, no voy a fingir que estamos salvando el mundo. Ni siquiera estamos salvando Bedfordshire. Pero a tu pareja no se le va a terminar el dinero de momento y está claro que disfruta invirtiéndolo en cosas tontas que la hacen feliz.

—Disfruta riéndose de vosotros —reconoció Kimberly.

—Sí, al igual que un número sorprendente de nuestros donantes. Por eso no hemos cambiado el acrónimo. Bueno, por eso y porque la doctora Fairclough jamás nos lo permitiría, porque le parece que constituye una descripción sumamente precisa y sucinta de lo que hacemos.

Eso le provocó una carcajada como las de Adele.

—Vale, pero di a tu jefa que deje de insultar a las esposas de los donantes.

—Perdón, ¿qué estás diciendo de insultar a mi esposa?

No era el mejor momento para que apareciera a nuestro lado Charlie Lewis. Yo la había conocido por medio de los James Royce-Royce, porque ella y James Royce-Royce habían trabajado durante una breve temporada en el mismo aterrador banco de inversiones, haciendo matemáticas aterradoramente complicadas con sumas de dinero aterradoramente grandes. Poseía la misma constitución que un frigorífico, llevaba un peinado a lo Elvis y usaba unas gafas de Harry Potter. Y en aquel preciso momento no parecía estar muy contenta conmigo.

—No es nada, querida. —Kimberly se volvió y le dio un beso en la cara—. La profesora y sus chifladuras.

Charlie lanzó un profundo suspiro.

—Otra vez, no. ¿Por qué se toma la molestia de intentar hablar con bípedos?

—Yo creo —sugerí— que piensa que es lo que se espera de ella. Si te sirve de consuelo, sé de buena tinta que odia todo esto a muerte.

—Puede que yo no sea tan horrible como tú, Luc, pero eso no ayuda.

—A mí sí me ayuda —replicó Charlie con una sonrisita satisfecha—. Me agrada la idea de que las personas que hacen enfadar a mi mujer se sientan deprimidas.

Kimberly le dio un golpecito afectuoso en el brazo.

—¿Quieres dejar de ser un patriarca de los años cincuenta? ¿Cuál de las dos se pasa el día sentada en una oficina y moviendo el dinero de otras personas con un puñado de niñatos que han estudiado en Oxford? ¿Y quién se ha pasado estos tres últimos meses entrevistando en Centroamérica a personas que ayudan a otras a cruzar la frontera?

—Sí, y ahora vuelves y te encuentras con una mujer fastidiosa que te falta al respeto en una fiesta.

—Sí, una fiesta a la que tú me has obligado a asistir. Porque sigues queriendo gastar dinero en salvar a unos bichos que comen mierda.

Yo esperaba que aquello fuera una discusión cariñosa, no el comienzo de una bronca que fuera a poner en peligro la relación existente entre ellas o, más relevante para mí, nuestra donación.

—Como representante de la comunidad de los bichos que comen mierda —dije—, nos alegramos mucho de que hayáis acudido las dos.

Kimberly hizo un gesto conciliador.

—La verdad es que estoy a gusto. Me encanta el coro de voces masculinas. En Bangor hay uno que está haciendo una labor estupenda con los adolescentes discapacitados.

Vale, estaba bastante seguro de que había logrado recuperarla. Y, por lo que sabía de ella, Kimberly no era de esas personas que en un arrebato de furia saboteaban una donación a un proyecto benéfico. Si acaso, era lo contrario de esa clase de personas y, con el fin de mantener identidades independientes, Charlie y ella tendían a defender intencionadamente causas muy distintas. Así y todo, había límites. Uno bastante obvio era el de «insultar a tu esposa a la cara respecto de sus convicciones más profundas». Obvio, claro está, para todo el mundo excepto para la doctora Fairclough.

—Voy a dejaros por el momento —les dije—. Con mucho gusto volveré con vosotras después de la cena.

Charlie me dio uno de esos apretones de manos urbanos.

—Será espléndido. Si no, ya quedaremos algún día para comer. Y dale recuerdos míos a James. En CB Lewis siempre hay un hueco para él.

—Así lo haré.

Las dejé discutiendo alegremente acerca de sus diversos estilos de vida y di un rodeo pasando junto a varios donantes de importancia para llegar al rincón en el que la doctora Fairclough había conseguido acorralar a Oliver. Por lo que pude advertir, todavía estaba hablando del comportamiento de los estafilínidos en relación con las colonias de hormigas y, por lo que sabía de ella, seguramente llevaba así diez minutos seguidos, sin hacer un alto para tomar aire. Yo me había visto varias veces en la posición de Oliver, porque la doctora Fairclough parecía verdaderamente incapaz de comprender que otras personas no encontraran a los escarabajos tan fascinantes como ella, pero yo jamás había hecho acopio de tanto aplomo, elegancia o sinceridad genuina como estaba demostrando Oliver en aquel momento.

Era tan jodidamente… conmovedor, que de hecho tuve que hacer una pausa.

Y luego comprendí que cuanto más tiempo permaneciese yo allí de pie, flotando ensimismado, más tiempo iba a tener Oliver que seguir hablando de bichos. De modo que acudí a rescatarlo.

CAPÍTULO 42

—Utilizando los rastros de feromonas… —estaba diciendo la doctora Fairclough.

Oliver ni se inmutó.

—Oh, qué fascinante.

—Si está intentando emplear el sarcasmo, le aseguro que soy completamente inmune a él.

Oliver reflexionó unos instantes.

—No sé cómo responder a eso sin seguir dando la impresión de que intento emplear el sarcasmo.

—En efecto, parece usted haber identificado una difícil paradoja. Si le sirve de ayuda, cuando yo aún estaba en la universidad, mis compañeras de piso descubrieron que resultaba muy cómodo hacerme esta señal —dijo, mientras se apoyaba un dedo en la mejilla— para indicar que no había que tomarlas en serio.

—Pondré todo mi empeño en utilizarla yo también. Pero, por favor, continúe.

—O bien —me apresuré yo a intervenir— podríamos ir a cenar, porque ya están sirviendo las mesas.

Otra pausa pensativa por parte de la doctora Fairclough.

—No. Prefiero quedarme aquí conversando con Oliver.

—Hum…

—Estoy convencido… —Una vez más, Oliver entró en la conversación deslizándose como… como algo lubricado. O quizá como un cisne. Vamos, todo elegancia y suavidad—… de que Lucien estaba intentando informarnos educadamente de que tenemos que ir a cenar ya mismo.

—Bueno, ¿y por qué no lo ha dicho?

—Porque su trabajo consiste en no decir exactamente lo que quiere decir. De lo contrario, habría pasado la velada entera abordando a los invitados y gritándoles a pleno pulmón que nos dieran su dinero.

—A Bob Geldof le funcionó. —Arrugó la nariz en un gesto de desdén—. No veo por qué todo tiene que ser tan complicado.

Y, dicho eso, la doctora Fairclough echó a andar hacia la mesa de los directivos seguida por Oliver y por mí.

La comida era uno de los incentivos de la Campaña del Pelotero. Los donantes habían pagado mucho dinero para estar allí, de modo que no se podía escatimar en gastos con el cáterin, y si bien Barbara Clench había insistido brevemente en que los directivos recibiéramos un trato distinto para no tener que desperdiciar comida buena con, en fin, con nosotros mismos, resultó que eso en realidad salía más caro. Yo debía comer muy deprisa para poder regresar con los invitados, pero como casi siempre eran bobaditas de *nouvelle cuisine*, solo tenía aproximadamente tres bocados que tragar en cada plato.

Todo el mundo estaba ya sentado, la mayoría de los invitados con sus acompañantes. Alex había traído a Miffy, por supuesto, que estaba despampanante con un conjunto que sin duda costaba más que cualquier prenda de las que tenía yo y que casi con toda seguridad no había pagado ella.

—Es maravilloso verte otra vez, Clara —le dijo Oliver ocupando su asiento—. ¿Dior?

—¿Cómo dices? —Parpadeó—. Ah, sí, por supuesto. Buen ojo.

—Joder. —Me hundí en la silla con un gesto de agotamiento, al lado de Oliver—. Tengo que volver con las presentaciones.

Barbara Clench me miró con el ceño fruncido desde el otro extremo de la mesa.

—Esa lengua.

—Gracias, procuraré no mordérmela. —Para ser franco, debería haber sido más amable con Barbara. Sin ella, nuestra organización habría ido sin duda a la bancarrota. Pero, para nosotros, odiarnos mutuamente lo era todo y no convenía enredar con un sistema que funcionaba. La señalé con un gesto—. Oliver, te presento a Barbara Clench, la directora de nuestra oficina. Y a su marido, Gabriel.

Probablemente, lo más impresionante que le vi hacer a Oliver aquella noche fue no poner en absoluto cara de sorpresa ante el hecho de que el marido de Barbara Clench fuera un Adonis de un metro ochenta de estatura y cabello rubio dorado, unos diez años más joven que ella, y que parecía estar sincera y míticamente enamorado de su mujer. No tenía lógica. Barbara no era rica, y yo la conocía, de modo que no podía ser por su personalidad. Pero qué más daba. Bien jugado.

—A Alex y Miffy ya los conoces. Este es Rhys Jones Bowen. Y...
—Rhys siempre traía una novia distinta, yo no tenía ni idea de dónde las sacaba—. Perdón, me parece que no nos conocemos.

—Esta es Tamsin —dijo Rhys con su mejor pose de presentador de concurso—. De mis clases de zumba.

Intenté procesar aquella información.

—¿Estás yendo a clases de zumba?

—Es un buen ejercicio cardio.

—Aaah. —Alex fue comprendiendo lentamente—. Yo suponía que os habíais conocido en el trabajo.

—Alex —le dije—, todos trabajamos en el mismo edificio. Y ninguno de nosotros ha visto a esta mujer jamás en la vida.

—Sí —dijo Alex asintiendo despacio—, ya me parecía un poquito peculiar. Pero tampoco reconocí a la del año pasado.

Me sentí como si estuviera a punto de caerme por el precipicio de la imbecilidad de Alex. Pero, no sé por qué, lo dejé pasar. A lo mejor fue porque no deseaba ser un capullo con mis colegas delante de Oliver, pero lo cierto era que esa noche habían acudido en mi ayuda. Siempre acudían en mi ayuda. Tal vez no de una manera que otras personas hubieran juzgado de utilidad, pero allí estábamos.

—Oye —empecé, sin creerme del todo lo que estaba saliendo de mi boca—, ya sé que a veces puedo ser...

—¿Un capullo integral?

Lo había dicho Tamsin. Yo no la había visto nunca. ¿Cómo sabía que yo era un capullo integral?

Miré a Rhys Jones Bowen con cara de pocos amigos.

—Rhys, ¿eso es lo primero que le dices a la gente de mí?

—Mayormente. —Estaba acariciándose la barba, como hacía siempre que... La verdad es que todavía no había averiguado qué significaba aquel gesto—. A ver, para ser justo, por lo general, justo después les digo que, aparte de eso, eres un tipo bastante decente. Pero parecen quedarse con lo de que eres un capullo. Claro que con eso no te haces ningún favor.

—Vale. Genial. Como iba a decir, a pesar de ser un capullo integral, me siento profundamente orgulloso de toda la labor que hemos realizado: lo de esta noche no habría sido posible sin todos y cada uno de vosotros. Así que gracias y... —dije, levantado literalmente una puta copa— brindo por todos vosotros.

Todos se sumaron al brindis entonando un «por todos nosotros» un poco a regañadientes. Excepto Barbara Clench, que había estado ocupada besándose con su superguapo marido y levantó la vista para decir:

—Perdona, Luc, ¿querías decirme algo?

Mientras yo terminaba mi montoncito, artísticamente emplatado, de verduras de temporada y espuma, y me preguntaba si podría comerme el de algún otro comensal, se acercaron a mi mesa Ben y Sophie, como parte del deambular general que solía tener lugar antes del postre.

—Bueno. —Levantó su copa de vino para ofrecerme un brindis—. Nos has convencido.

Oliver se puso de pie y le dio un beso en la mejilla.

—Mentira. Solo queríais poder disfrutar de otra velada sin niños.

—Eso también. Últimamente asistiría a una cena de recaudación de fondos de Asociación para la Abolición de los Gatitos, si con ello pudiera estar cinco minutos fuera de casa.

—Entonces, deduzco —le dije— que lo estáis pasando bien.

Sophie lanzó una carcajada.

—Queridos, voy a daros todo mi dinero. Me lo estoy pasando fenomenal: un conde que tendrá unos noventa años ha intentado convencerme de que me fuera con él a Viena; una mujer de lo más rara me ha dicho que vamos a morir todos a no ser que aumentemos drásticamente la inversión en entomología, y, tal como predijiste tú acertadamente, Luc, cuando les conté a mis amigos izquierdistas que iba a dar dinero a una organización que protegía al escarabajo pelotero, se cagaron de pura envidia.

—También puedes —le propuse— pujar por una cesta de productos de Fortnum & Mason en la subasta silenciosa.

—A la porra. Quiero hacerme con el libro de los estafilínidos. —Dibujó una sonrisa al estilo del gato de Cheshire—. Puede que se lo regale a Bridge por Navidad.

—Oh, Soph. —Oliver hizo un gesto negativo con la cabeza—. Eres un ser humano terrible.

—Ya no puedes decirme eso. Estoy apoyando al escarabajo pelotero.

Dado que Sophie y Ben estaban deambulando por la sala, seguramente también debería deambular yo. Un poco de mala gana, me levanté y le ofrecí mi silla a Sophie.

—Te dejo para que te pongas un poco al día.

—Con mucho gusto te acompañaré —dijo Oliver—. A estos dos ya los tengo muy vistos.

Ben abrió unos ojos como platos, ofendido.

—Para nada. Ya sé que hemos salido dos veces en dos semanas, pero el cumpleaños de Jennifer ha sido la primera noche que he podido tomarme libre desde que obligamos a los abuelos a que se quedaran con los niños después de Navidad.

—¿Y qué me dices de la fiesta de San Valentín Alternativo que Brian sigue insistiendo en organizar a pesar de que ahora está casado?

—A esa asistió Sophie. Yo me quedé en casa porque uno de mis gemelos tenía la varicela y el otro estaba a punto de tenerla.

Le di una palmadita a Oliver en el hombro.

—Quédate. Llevas toda la velada haciendo heroicidades.

—No digas eso. —Sophie hizo una mueca de disgusto—. Le encanta hacerse el héroe, y lo que menos necesita es que lo animen.

Oliver la fulminó con la mirada.

—Eso no es verdad. Simplemente, me parece importante ser de utilidad.

—Querido, de utilidad son los perros y las llaves inglesas. Los amigos y los amantes deben cuidar de ti incluso cuando no eres de la más mínima ayuda para nadie.

—Vale. —Di un exagerado paso al lado de una imaginaria línea de fuego—. Ahora sí que os dejo.

Ben, después de conceder a su mujer lo que consideró que era un período de gracia suficiente, ocupó mi silla.

—No te preocupes. Ellos se relacionan así. ¿Me das tu postre?

—¿Qué? —escupí—. ¿Cómo te atreves? Te estás aprovechando de que mi trabajo consiste en ser amable contigo.

—Sí. Totalmente. Para estar aquí esta noche, he tenido que restregar caca de esta corbata. Considero que me merezco otro *panna cotta*.

—Vale. Genial. Ya veo que tu necesidad es mayor que la mía.

Él, para prepararse, se abalanzó sobre mi cuchara.

—Oliver ha elegido bien. Seremos amigos.

Le di a Oliver un beso como diciéndole «sigues siendo mi héroe» y me fui, en fin, a trabajar. El resto de la velada se desarrolló sin tropiezos: se recaudaron fondos, se subastaron cosas, nadie fue horriblemente insultado y conseguimos atrapar al conde justo cuando estaba a punto de subirse a un taxi en dirección a Heathrow con una acompañante cuyos antecedentes no habíamos investigado demasiado a fondo. Para cuando recogimos todo, embalamos todo y dimos el evento por terminado, ya eran algo más de las dos y permití que Oliver me metiera en un taxi y me llevara a casa.

—Gracias por esta noche —le dije con la voz un tanto gangosa, mientras apoyaba la cabeza en su hombro.

—Puedes dejar de darme las gracias, Lucien.

—Pero es que has estado increíble. Has sido amable con todo el mundo, le has caído bien a todo el mundo, has conversado con la doctora Fairclough y no te has liado a puñetazos con los Clarke…

—No deberías hacerle caso a Sophie. Se removió en el asien-

413

to, un poco incómodo—. No necesito que actúes como si… como si esto fuera algo especial.

Mi cerebro tropezó con algo, pero estaba demasiado ofuscado para ver lo que era.

—¿Por qué estamos hablando de Sophie?

—No estamos hablando de ella. Simplemente no quería que pensaras que yo pienso que… No sé.

—La verdad es que en este momento no estoy pensando mucho. Pero en esta velada todo ha salido muy bien y, en parte, ha sido gracias a ti. —De pronto recordé otra cosa importante—. Y además, estás guapísimo con corbata negra. Y en cuanto lleguemos a casa, voy a… Voy a…

Cuando volví a darme cuenta de… bueno, de algo, estaba en la cama y Oliver me estaba descalzando de una forma, por desgracia, nada erótica.

—Ven aquí. —Hice un gesto suplicante con las manos—. Vamos a hacer de todo.

—Sí, Lucien. Eso es exactamente lo que va a ocurrir ahora.

—Bien. Porque eres maravilloso… Y me apetece mucho que… ¿Te he dicho ya que estás muy sexi con ese…?

Entonces abrí los ojos y ya había amanecido. Oliver estaba a mi lado, profundamente dormido, con una expresión apacible, una barbita incipiente, perfecto. Y, por un lado, me irritó haber estado demasiado fundido para follarlo de todas las maneras imaginables. En cambio allí estaba, tibio y acurrucado contra mí, abrazándome con fuerza, a su extraña manera, protectora y vulnerable al mismo tiempo.

Y me dije que aquello tampoco estaba tan mal.

CAPÍTULO 43

—Toc, toc —le dije a Alex.

—Ah, esa la conozco. —Calló un momento—. ¿Quién es?

—La vaca que interrumpe.

—¿Qué vaca que…

—Muuu.

—… interrumpe? —Continuó mirándome con gesto expectante—. Te toca a ti.

—No, ya he dicho mi parte.

—Perdón, ¿me la he perdido? ¿Probamos otra vez?

—Sinceramente, no creo que sirva de nada. Verás… —dije, empezando a experimentar aquella sensación de desasosiego—, ahora que me veo obligado a expresarlo, empiezo a darme cuenta de que no hemos escogido bien. El chiste de la vaca que interrumpe es una especie de subversión del chiste del toc-toc.

—Ah. ¿Quieres decir como en el *Ulises*?

—Probablemente. Pero tiene que ver más con una vaca y menos con… No sé si arriesgarme a decir con los irlandeses tristes.

Alex reflexionó durante largos instantes.

—Así pues, basándome en las características estructurales intrínsecas del entorno del chiste del toc-toc, ello me lleva a pensar que el remate de dicho chiste vendrá después de que yo haya proporcionado la respuesta que se espera: «¿Qué vaca que interrumpe?», pero como la vaca que interrumpe es una vaca que interrumpe, el remate viene durante dicha respuesta, lo cual confunde mis expectativas de llegar a una consecuencia hilarante.

—Hum. Supongo que sí.

—Es bastante bueno. —Se inclinó hacia un lado—. Eh, Rhys. Entra.

En la puerta apareció la cabeza de Rhys Jones Bowen.

—¿Qué puedo hacer por vosotros, chicos?

—Toc, toc.

—¿Quién es?

Alex me lanzó una mirada de complicidad.

—La vaca que interrumpe.

—¿Qué vaca que interrumpe? —preguntó Rhys Jones Bowen.

—¡Muuu!

Siguió una pausa. Rhys se acarició la barba.

—Ah, me gusta. Es un tanto dadaísta. Esperaba que me interrumpieras en la última frase porque eres una vaca que interrumpe. Pero no lo has hecho, así que me has sorprendido, y eso lo ha hecho gracioso. Creo que voy a pasar el día entero riéndome a causa de ello.

Lo estaban haciendo a propósito, creo yo. Eran dos genios malvados que llevaban años jugando conmigo. Antes de que cualquiera de los tres volviera a lo que jocosamente denominábamos nuestro trabajo, apareció la doctora Fairclough proveniente del piso de arriba y, para mi consternación (pero no para mi sorpresa), Rhys Jones Bowen se detuvo en la puerta y se giró hacia ella.

—Doctora F, tengo un chiste para usted —anunció.

La respuesta de ella fue muda y desalentadora, pero Rhys no se desalentó.

—Toc, toc.

Para mi sorpresa, la doctora respondió de inmediato, con un breve y formal:

—¿Quién es?

—La vaca que interrumpe.

—Gracias, pero los mamíferos no son objeto de mi interés. Un trabajo excelente el de anoche, O'Donnell.

—¿Muuu? —terminó Rhys de modo más bien soso.

—¿Gracias? —dije yo intentando sin éxito no dar la impresión de que aquella era la primera frase mínimamente alentadora que le había oído pronunciar jamás.

—Bien. Espero que se sienta motivado por este refuerzo positivo. Si no es así, puedo poner un tarro de azúcar en la sala de descanso.

—No, estoy bien.

La doctora Fairclough literalmente examinó su teléfono. Me gustaría saber cuántos segundos había dedicado a tomarse interés.

—De forma adicional, alabo que haya escogido usted al señor Blackwood. Fue, de lejos, la parte menos insufrible de la velada del sábado. Mantenga la relación con él y tráigalo el año que viene.

—Solo por confirmar... —No me gustaba el cariz que estaba tomando aquello—. Si no lo traigo, ¿me despedirá?

—No. Pero es posible que le suspenda sus privilegios respecto del azúcar. —En ese momento, su teléfono emitió un pitido de alarma—. Espero que todos ustedes se sientan valorados como empleados. De momento, he terminado con ustedes.

Una vez reafirmado en mi valor como empleado, regresé a mi despacho y empecé a abordar las sustanciales gestiones que seguían a la Campaña del Pelotero. Fotos del evento que había que editar y enviar a Rhys Jones Bowen para que pudiera añadirlas al montón de cosas con las que se suponía que iba a nutrir a las redes sociales; donantes y, ahora que me había convertido en un mercenario, donaciones a las que hacer un seguimiento; pagos que realizar; disculpas que pedir y agradecimientos que mandar, dependiendo de las circunstancias. Fundamentalmente, había que repasarlo todo y atar cabos sueltos, y, por motivos que no acababa de dilucidar pero que seguro tenían muy poco que ver con el nuevo y mejorado estilo de gestión de la doctora Fairclough, la sorpresa fue que me sentí feliz de ponerme manos a la obra.

También hice, furtivamente, una reserva en Quo Vadis para el día siguiente al aniversario de los padres de Oliver. Lo cual, sí, resultó un poco embarazoso, de tan sentimental. Pero la alternativa era girarme hacia él en el interior del coche, camino de casa, y decirle: «Oye, ¿qué te parece si eres de verdad mi novio falso?». Y eso no me parecía… bastante. Por supuesto, aquello podría ser demasiado. Pero si tenía que escoger entre hacer pensar a Oliver que él no me importaba y hacerle pensar que yo era un verdadero bicho raro… En fin, las dos opciones eran igual de malas. Mierda.

Qué difícil era aquello. Qué difícil era el romance. ¿Cómo se cortejaba a una persona?

Más aún: ¿cómo quería Oliver ser cortejado? Pensé en preguntárselo a Bridge, pero seguramente me diría que llevase a Oliver a dar un paseo por el Sena —no sería un eufemismo— en un bote de remos iluminado con velas, o que salvase a su hermana de ser deshonrada por un viejo verde. Y no me encontraba en situación de hacer ninguna de aquellas dos cosas. Además, estaba bastante seguro de que Oliver no tenía hermanas.

Un momento. A lo mejor Oliver sí tenía una hermana. Me lo había dicho, pero por entonces a mí me importaba un carajo. Creo que había dicho que tenía un hermano. Y entonces fue cuando comprendí lo poco que sabía de él en realidad. Sí, sabía que era muy guapo y muy agradable, que trabajaba de abogado, que le gustaba que yo... Vale, eso no era de ninguna ayuda. En cambio él había conocido a mi madre y también a mi padre, y me había visto llorar en varias ocasiones. ¿Cómo había terminado siendo yo el que desvelaba todas las intimidades?

Encima de eso, me quedaba menos de una semana para asistir a una celebración con sus padres, e iba a parecer un novio de mierda si no tenía ni idea de quién era ninguno de ellos. Probablemente, el tío Battenberg se acercaría a mí y me diría: «Ah, tú debes de haber conocido a Oliver por el equipo de waterpolo». Y yo contestaría: «¿Equipo de waterqué?».

Vale. Plan nuevo.

Demostrar lo mucho que me importa Oliver adquiriendo un mínimo de información básica acerca de su vida. Por desgracia, siempre se las arreglaba para distraerme. Y muy bien. Llevaba ya varios días distrayéndome.

Así que el jueves, un poco después de las doce de la noche, me dejé caer sobre su pecho y, lo reconozco, haciendo gala de un escaso don de la oportunidad, le dije:

—Háblame de tu familia.

—Hum... —Supongo que se sintió tan confuso como era de esperar—. ¿Ahora?

—No es necesario que sea ahora mismo. Pero a lo mejor

antes del domingo. Teniendo en cuenta que, ya sabes, voy a conocerlos a todos el domingo.

Frunció el ceño.

—¿Cuánto tiempo llevas pensando en eso? Porque estoy un poco preocupado.

—Un par de días, a ratos sí y a ratos no. Además —me apresuré a añadir—, acabamos de pasar un rato en que no.

—Entiendo.

—No es que... Yo... —Joder. Se me daba fatal mostrar interés—. He pensado que estaría bien que supiera algo más de ti.

Por lo general, Oliver aceptaba con gusto que yo permaneciera despatarrado encima de él todo el tiempo que se me antojase, pero esta vez me apartó un poco, como para dejarme en un rincón.

—Hay muy poco que saber que no sepas ya.

—¿Cómo? ¿Quieres decir que eres simplemente un abogado inmaculado y vegetariano que hace gimnasia regularmente y prepara unas torrijas buenísimas?

—¿Te preocupa algo, Lucien? Espero que no te sientas atrapado conmigo, ahora que ya ha pasado la gala.

Me incorporé como si algo me hubiera aguijoneado.

—No. En absoluto. Me haces increíblemente feliz y quiero estar contigo. Pero ¿qué cosas te dan miedo? ¿Cuándo fue la última vez que lloraste? ¿Cuál es tu sitio favorito del mundo? ¿De qué te arrepientes más en tu vida? ¿Estás en un equipo de waterpolo?

Me miró con recelo, monocromo a la media luz.

—No, no estoy en ningún equipo de waterpolo. ¿De dónde te has sacado eso?

¿Sinceramente? De que él me gustaba bastante más de lo

que solía gustarme nadie. De que ansiaba gustarle a él de la misma manera. De toda una avalancha de sentimientos que no sabía expresar.

—Supongo que solo estoy nervioso. No quiero hacer el ridículo delante de tus padres.

—No hay nada de que preocuparse. —Me atrajo de nuevo hacia sus brazos, y yo me dejé atraer con mucho gusto—. Va a ser una fiesta en un jardín, no una entrevista de trabajo.

—Da igual. Existe una logística. No debes mandarme allí sin preparación y sin logística.

Había creído que lo de la logística iba a ser un puntazo, pero Oliver no pareció tan impresionado como yo esperaba.

—Muy bien. ¿Qué información consideras pertinente?

—No sé. —Qué manera de ponerme en un aprieto, Oliver—. ¿Quién va a asistir?

—Pues mis padres, obviamente. Se llaman David y Miriam. Mi padre se dedica a la contabilidad. Mi madre era profesora de la London School of Economics, pero lo dejó al tenerme a mí.

Aquello no me estaba ayudando.

—Eso ya me lo dijiste cuando nos conocimos.

—No todos podemos ser hijos de una infame leyenda del rock.

—Ya lo sé. Pero ¿cómo son? ¿Tienen aficiones? ¿O, ya sabes, rasgos que los hagan diferentes?

—Lucien… —Genial, ahora estaba empezando a cabrearse—. Son mis padres. Mi padre juega muy bien al golf. Y mi madre colabora mucho con organizaciones benéficas.

Se me cayó el alma a los pies. Estaba fastidiando a Oliver, y aquello ya sonaba fatal, pero había ido demasiado lejos para echarme atrás del aniversario o de la conversación.

—¿Y tu hermano? ¿Va a asistir?

—Sí. Christopher estará presente. —Lanzó un suspiro—.

Y también Mia. Me parece que vienen en avión desde Mozambique.

—No. —Esperé no empeorar las cosas—. No pareces muy contento.

—Es que mi hermano es una persona… de éxito. Con él me siento un poco acomplejado.

—Tú también eres una persona de éxito —señalé—. Eres un puto abogado.

—Ya, pero yo no voy a zonas que están en guerra a salvar vidas.

—Tú te encargas de que tengan una representación justa en los tribunales personas que, si no fuera por ti, no la tendrían.

—¿Ves? Ni siquiera tú consigues que suene glamuroso.

—Eso es porque yo no soy tú. Cuando hablas de ello, a ti se te iluminan los ojos, y haces que parezca lo más importante del mundo. Y me entran ganas de follarte ahí mismo.

Oliver se sonrojó.

—Por favor, prométeme que no vas a decir algo así en la fiesta.

—¿Estás de broma? Eso es exactamente lo que pienso decir en la fiesta. Mi frase de entrada será: «Hola, Miriam, soy Luc y me encanta tirarme a tu hijo». —Puse los ojos en blanco—. Sé comportarme con educación, Oliver.

—Perdóname, es que tengo sueño. Se está haciendo tarde, Lucien. Y mañana tengo juicio.

—No, perdóname tú. Te estoy impidiendo dormir con mis historias.

A pesar de la chapuza en que habíamos convertido —o, mejor dicho, en que yo había convertido— aquella conversación de alcoba, Oliver me rodeó con los brazos y me estrechó como hacía siempre. De modo que supuse que todo estaba en orden entre nosotros. Excepto que yo continuaba un tanto inquieto y no sabía muy bien por qué ni de dónde nacía esa sensación. Y mucho menos sabía qué hacer al respecto. Y a lo mejor el problema era que no había ningún problema y que, como estaba tan poco acostumbrado a eso, mi cerebro estaba intentando fabricar uno.

Que te den, cerebro.

Me acurruqué otro poco más contra mi abogado inmaculado y vegetariano y me ordené a mí mismo dormir.

CAPÍTULO 44

C uando Oliver me dijo que sus padres vivían en Milton Keynes, supuse que, en fin, que vivían en una casa de Milton
Keynes. No en una pequeña joya de mansión ubicada tan a
las afueras que estaba rodeada por la campiña hasta donde al-
canzaba la vista.

Gracias al temor paralizante que tenía Oliver de ser impuntual, llegamos con mucha antelación y tuvimos que hacer
tiempo sentados en el coche, durante unos tres cuartos de
hora, a fin de llegar a una hora algo más apropiada. Yo fui
de lo más maduro a ese respecto y no le dije a nadie ningún
«ya te lo avisé».

Pero finalmente nos vimos en un jardín trasero que era lo
bastante pequeño para no ser considerado una «finca», pero
lo bastante grande para dar cabida a una fiesta con un número
absurdo de invitados. Había guirnaldas de banderines de un
bonito tono rubí y una de esas elegantes carpas de gran tamaño, por no hablar de los camareros que portaban bandejas de
champán y canapés (no había ningún *vol-au-vent*). El alcohol
era claramente muy caro, pero escogido a la perfección dentro
de esa fina frontera entre lo distinguido y lo ostentoso. Yo ya
sentía demasiado apretada la corbata.

Miriam y David Blackwood eran exactamente como cabría esperar de una pareja que se llamaran Miriam y David Blackwood. Lo cual era como si la cadena Tesco Finest fabricara personas: básicamente eran iguales que todo el mundo, pero con un leve aire de ser un poquitín mejores. Intenté cogerle la mano a Oliver, pero no atiné, cuando echamos a andar por la hierba en dirección a sus padres, que estaban conversando agradablemente con un grupito de personas de cincuenta y muchos y sesenta y pocos años.

—Feliz aniversario —dijo Oliver al tiempo que daba un beso a su madre en la mejilla y le estrechaba la mano a su padre.

—Oliver. —Miriam le enderezó la corbata—. Estamos muy contentos de que hayas podido venir. —A continuación se giró hacia uno de los invitados—. Es que últimamente trabaja tanto que nos preocupaba que no pudiera venir.

Oliver cambió el peso de un pie al otro.

—El trabajo va bien, madre.

—Oh, cielo, estoy segura de que lo llevas muy bien. Es que me preocupa. —De nuevo se giró hacia otra persona—. No es como su hermano, ¿sabes? Christopher se crece cuando trabaja bajo presión.

—Lo entiendo, pero estoy bien, de verdad. —Oliver no me empujó hacia delante pero tampoco me dejó atrás—. Este es mi novio, Lucien O'Donnell.

—Oliver es gay —explicó el padre, solícito, a los presentes.

Dirigí una mirada de sorpresa a Oliver.

—¿En serio? No me lo habías dicho.

Diría que mi intento de hacer un comentario gracioso cayó en saco roto, pero eso sugeriría que tenía algún sitio de donde caer.

—¿Y a qué te dedicas, Lucien? —me preguntó Miriam tras una incómoda pausa.

—Trabajo para una ONG que intenta salvar al escarabajo pelotero.

—Bueno… —Por el tono dolorosamente jovial, sospeché que ese comentario procedía de un tío de Oliver—. Por lo menos, no eres otro maldito abogado.

Miriam lo perforó con una mirada glacial.

—Oh, venga, Jim. Oliver trabaja mucho, y no podemos ser todos médicos.

—Trabaja mucho devolviendo a los delincuentes a las calles —replicó David con una sonrisa que indicaba que hablaba en broma. Pero sus ojos lo desmentían.

Abrí la boca para protestar, pero luego me acordé de que había ido allí para ser amable y que Oliver —ya le había visto hacerlo anteriormente— era mucho más hábil que yo defendiendo su profesión.

—¿Ya ha llegado Christopher? —preguntó—. Debería saludarlo.

—Está dentro con su mujer, cambiándose de ropa —dijo David apuntando con un dedo hacia la casa—. Han estado todo el día de viaje.

—Han estado llevando ayuda humanitaria a zonas de desastre —agregó Miriam, no supe muy bien para beneficio de quién.

David afirmó con la cabeza.

—En Mozambique.

—Sí, ya lo sé. —La voz de Oliver sonó extrañamente crispada—. Me mandó un correo.

—Aunque —prosiguió David— su mujer va a dedicarse menos a esas cosas ahora que van a formar una familia.

Miriam se dirigió de nuevo a su pequeño público.

—La verdad es que, hasta que Christopher conoció a Mia, ya desesperábamos de tener nietos algún día.

Abrí la boca y volví a cerrarla. Viendo lo bien que había sentado mi chiste de antes, no pensé que fueran a apreciar que yo señalase que los gais también podían tener hijos, muchas gracias. Además, si Oliver había podido soportar a los Clarke, yo podía soportar aquello.

Lo digo en serio. Podía soportar aquello.

—Esto... Voy a buscar a Christopher —dijo Oliver.

Y acto seguido dio media vuelta y echó a andar en dirección a la casa.

La verdad es que tuve que correr para alcanzarlo.

—¿Estás bien? —probé.

Él me dirigió una mirada de impaciencia.

—Por supuesto que sí. ¿Por qué no iba a estarlo?

—Pues... porque ha sido horrible.

—Lucien, por favor, no te pongas difícil. Mis padres pertenecen a una generación distinta. Mi madre se preocupa mucho por mí, y mi padre suele ser bastante directo.

Terminé tirándole de la manga.

—Disculpa, pero mi madre también pertenece a esa generación.

—Ya. Bueno. Tu madre es una persona muy poco corriente.

—Sí, pero ella no... Ella no... —Había una cosa que tenía que decirle con urgencia, una cosa que él tenía que entender, pero no acababa de dilucidar lo que era—. Ella no le hablaría a nadie de esa forma.

Oliver frenó en seco.

—Mis padres me criaron. Mi padre trabajaba todas las horas que podía y mi madre renunció totalmente a su carrera profesional. No quiero discutir contigo, sobre todo aquí, y sobre todo en este momento, pero te agradecería que no los insultaras en su propia casa.

—Perdona, Oliver. —Agaché la cabeza—. No era mi intención. Estoy aquí para apoyarte.

—Pues entonces… —dijo haciendo un gesto que indicaba que la conversación se había terminado— acepta las cosas como son. Esta es mi vida. No se parece a la tuya. Por favor, respétala.

Me entraron ganas de decirle que su vida no parecía respetarlo a él.

Pero no me atreví.

Acabábamos de llegar al patio cuando salió por la puerta de cristal una pareja que, por la edad y el contexto, imaginé que serían Christopher y Mia. Él se parecía mucho a Oliver en líneas generales, aunque era ligeramente más alto y tenía los ojos más azules y el cabello más claro. La mezcla de aspecto un tanto desaliñado y marcada barbita de tres días proyectaba la imagen de alguien que quería hacer saber a los demás que estaba demasiado ocupado salvando vidas para preocuparse de detalles sin importancia como afeitarse. Su mujer, en cambio, era más bien bajita y más bien mona, con aire de no aguantar tonterías de nadie, y llevaba un corte de pelo a lo chico, práctico y sin contemplaciones.

Oliver saludó con un breve gesto de cabeza.

—Christopher.

—Qué tal, Ollie —respondió su hermano con una amplia sonrisa—. ¿Cómo va la ley?

—Como siempre. ¿Cómo va la medicina?

—En estos momentos, bastante intensa. Estamos agotados, y, francamente… —dijo, mientras paseaba la mirada por el jardín con resentimiento— me cuesta creer que nos hayan hecho venir hasta aquí para esto.

428

A Oliver le tembló un párpado.

—Bueno, es evidente que querían que vinieras. Están orgullosísimos de ti.

—Pero no tanto como para dejar que me quedase donde tengo que estar para hacer las cosas de las que tan orgullosos se sienten.

—Sí, todos sabemos lo especial e importante que es tu trabajo. Es razonable esperar que de vez en cuando busques un rato para estar con tu familia.

—Joder, Ollie, por Dios. ¿Por qué tienes que...?

—Hola —me anuncié—. Soy Luc, el novio de Oliver. Trabajo para una ONG en favor del escarabajo pelotero. Encantado de conoceros.

Mia se apartó de su marido y me estrechó la mano con entusiasmo.

—Yo también me alegro de conocerte a ti. Lo siento mucho. Hemos pasado trece horas dentro de un avión. Ya sé que al decirlo parece que estoy presumiendo de mi emocionante estilo de vida de la *jet set*, pero lo que quiero decir es que he pasado un montón de tiempo metida en un tubo de metal.

—Dios. —Christopher se pasó una mano por el pelo—. Estoy siendo un gilipollas, ¿no?

—Sí —le dijo Oliver—. Así es.

Christopher soltó un bufido.

—Pero permíteme señalar que eres tú el que estaba demasiado ocupado machacándome como para presentarme a tu novio.

—No pasa nada. —Hice un ademán como quitando tensión a la situación—. De todas formas, Oliver ya me ha hablado de vosotros. Puedo presentarme yo solito.

—¿Que Ollie te ha hablado de nosotros? —A Christopher

le brillaron los ojos con maldad—. Adelante, pues. ¿Qué te ha dicho?

Epa.

—Pues… que sois médicos. Que habéis estado en… Me sale Bombay, pero creo que no es. Y que sois unas personas muy agradables y que se preocupa mucho por vosotros.

—Ya, puede que haya dicho alguna de esas cosas, con suerte.

—Lo siento, Christopher. —Era el tono más gélido de Oliver—. No eres un tema de conversación tan interesante.

—Esa respuesta me habría dejado destrozado, si no fuera porque tú nunca cuentas nada de nadie. Nos has contado más acerca de Luc que de cualquiera de tus seis novios anteriores y lo único que nos has dicho es cómo se llama.

Me llevé una mano al corazón.

—Me siento muy especial.

—Ya puedes. —Mia sonrió furtivamente en el espacio libre que quedaba entre los dos hermanos—. Te ha mencionado sin que le preguntaran ni nada.

Christopher estaba escudriñándome con cierta incomodidad.

—Este no es como tus otros novios, Ollie. Lo cual, seguramente, es bueno.

—Por mucho que te cueste creerlo —se burló Oliver—, no elijo a mis compañeros sentimentales para complacerte a ti.

—Cierto. —Christopher calló durante largos instantes—. Los eliges para complacer a mamá y papá.

Siguió un silencio de lo más desagradable.

—Papá me ha dicho —dijo Oliver en tono calmado— que vais a formar una familia.

Otro silencio, aún más desagradable que el anterior. Al final del cual, Mia perforó a su cuñado con una mirada iracunda.

—Me largo, Oliver. Voy por una copa.

Se largó y se fue por una copa.

—¿Se puede saber qué diablos… —dijo Christopher, mientras se volvía furioso hacia Oliver— pasa contigo, santurrón de mierda?

Oliver se cruzó de brazos.

—Ha sido una pregunta perfectamente normal.

—No, ha sido provocativa, y lo sabes muy bien.

—No habría necesidad de provocar nada si dejaras de tentar a nuestros padres con la posibilidad de darles nietos.

—Eso no es…

—Oh, ya lo creo que sí. No soportas la idea de que no te adoren.

Aquello sí que era divertido. Yo había firmado para respaldar a Oliver, pero no pensaba que eso incluyera también que debía contemplar cómo se portaba como un gilipollas con su hermano. El cual, para ser justos, estaba portándose del mismo modo. Pero aquello ya estaba pasándose de la rosca.

—¿Sabéis? —tercié, metiéndome a la fuerza en la conversación—, creo que yo también necesito una copa.

Y antes de que nadie pudiera impedírmelo, eché a andar hacia la enorme carpa.

CAPÍTULO 45

Encontré a Mia en un rincón, con una copa de champán en cada mano.

—Buen plan —le dije, e inmediatamente se lo copié.

Ella me dirigió una mirada irónica.

—Salud.

Chocamos nuestras copas y bebimos sin respirar durante unos segundos, en silencio.

—Me parece —dijo Mia finalmente— que esto podría ser peor que de costumbre.

Por Dios.

—¿Y qué es lo de costumbre?

—Que se provoquen el uno al otro.

—Nunca he visto a Oliver actuar de ese modo.

—Y Chris solo actúa así cuando está con Oliver. —Se encogió de hombros—. Es su manera de tratarse.

Apuré mi copa de reserva de un solo trago y me pregunté si podría tomarme una tercera. Lo cierto era que estaba casi enfadado porque Oliver no me había preparado para aquello. Pero, al mismo tiempo, entendía por qué había actuado de esa forma. Y eso, por sí solo, me hizo sentir lástima por él.

—Imagino —dije, pensando que tenía que maniobrar con

cuidado— que para Oliver debe de ser difícil, porque se ve a las claras que David y Miriam están mucho más contentos con la clase de vida que ha escogido Christopher.

—Ja. —Mia también apuró su copa.

—Vale. Tengo la impresión de que me estoy perdiendo algo.

—Lo apoyan mucho, sí. —Al parecer, Mia estaba siendo igual de cautelosa que yo—. Y se cercioran de que él nunca olvide lo mucho que lo apoyan. Oye, siento haberle gritado a tu novio. Normalmente no soy tan... Bueno, a lo mejor sí que lo soy, pero joder. Es que los Blackwood consiguen sacar lo peor de mí.

—Sí, estoy empezando a pensar que siguen un patrón. Aunque —añadí enseguida—, para que conste, David sí que ha dicho eso de formar una familia.

Mia clavó la punta del pie en el césped perfectamente cuidado.

—Claro que sí. Pero, de todas formas, mencionarlo ha sido una bajeza por parte de Oliver.

—No... No está llevando muy bien el día.

—Me doy cuenta de que te gusta mucho. Pero, aun así, en este momento no me siento muy inclinada a perdonarlo.

—Deduzco que... Dios, ni siquiera sé cómo preguntarlo.

—No es un tema tan sensible. O por lo menos solo es sensible porque, desde mi punto de vista, está más claro que el agua. Nosotros no queremos tener hijos. David y Miriam quieren que los tengamos, y, por lo que parece, piensan que su opinión importa tanto como la nuestra.

—Mierda. Qué... mierda.

—Sobre todo porque ahora existe una guerra fría en la que ellos actúan como si eso solo fuera cuestión de tiempo, Christopher se siente culpable por estar desilusionándolos y a mí me cabrea que no quiera zanjar el tema de una vez.

—Para ser justo, no parecen personas con las que resulte fácil zanjar nada.

Mia se encogió de hombros.

—Siempre ha sido así. Y, obviamente, lo último que deseo yo es que Chris tenga que escoger entre sus padres y su mujer.

—Bueno... —Me arriesgué a ofrecer una sonrisa—. Está claro que tú eres mejor para él que ellos, así que tal vez no sea del todo malo.

Eso la hizo reír.

—Es una idea agradable, pero Chris lleva casi treinta años esforzándose por obtener la aprobación de sus padres. Eso no es algo que uno pueda abandonar sin más.

—No puedo saberlo. Mi padre me abandonó a mí cuando tenía tres años.

—Y yo estoy cada vez más contenta de que mis padres sean seres humanos normales y bien adaptados.

—Espera. ¿Eso existe?

Antes de que ella pudiera responder, aparecieron en la carpa Oliver y Christopher. Me alivió ver que venían con expresión pacífica.

—Ollie tiene algo que decir —anunció Christopher en un tono un poquito más agresivo de lo que sugería la frase.

Oliver arrastró un pie por el suelo.

—Lo siento mucho, Mia. Estaba furioso y la he tomado contigo, no debería haberlo hecho.

—No pasa nada —contestó Mia quitándole importancia con la mano—. Chris estaba siendo un gilipollas contigo.

—Eh —protestó Christopher—. Se supone que estás de mi lado.

—Por Dios. El problema es precisamente que tú piensas que hay varios lados.

Regresé gustosamente con Oliver y le cogí la mano.

—¿Te apetece… hacerme una visita guiada?

—Pues claro, Lucien. Lamento haberte descuidado.

—De hecho, creo que descubrirás que en realidad me he escapado yo. Porque lo vuestro estaba empezando a parecerse a un duelo del lejano Oeste, y me ha entrado miedo de verme atrapado en el tiroteo verbal.

—Yo… Ya lo sé. Soy muy consciente de que lo estoy haciendo fatal. —Miró a su cuñada—. Mia, de verdad te pido disculpas. No volverá a ocurrir.

Salimos de la carpa y fuimos a dar lo que en otras circunstancias habría sido un agradable paseo por el jardín. Hacía un día luminoso, primaveral, y yo había tomado champán, y había flores y mariposas. Oliver, en cambio, estaba temblando igual que mi vibrador para hombres pero sin la parte divertida.

—Lo siento —dijo por enésima vez—. No debería haberte traído.

—Venga, tampoco lo estoy pasando tan mal.

—No, lo digo en serio. No es mi mejor momento. Y no quiero que me veas cuando no es mi mejor momento.

—Oliver, tú me has visto a mí teniendo toda clase de crisis. Creo que podré aguantar que te pongas un poco mordaz en una fiesta al aire libre.

El temblor se incrementó.

—Sabía que no debería haberme puesto esta camisa.

El problema era que había dicho aquello de todas las camisas, y se había probado doce, con lo cual habíamos estado a punto de no llegar tan temprano a la fiesta.

—Por última vez, esa camisa es perfecta. —Hice un alto y lo obligué a girarse hacia mí para mirarlo de frente—. Sabes que podemos irnos a casa, si quieres.

Me miró como si le hubiera sugerido que nos suicidáramos juntos.

—Acabamos de llegar. ¿Qué pensarían mis padres?

—En este preciso momento, me da igual. Lo único que sé es que estar aquí te hace sentir mal.

—No me siento mal. Es el aniversario de mis padres. Es que… no estoy llevando muy bien las cosas.

No sabía muy bien cómo decirle que no estaba llevando muy bien las cosas porque sus padres se estaban comportando con él como unos cabrones. Ni siquiera estaba seguro de que aquel fuera mi sitio. De modo que, en vez de eso, probé a decir:

—No creo que el problema seas tú. A ver, Christopher tampoco es que esté cubriéndose de gloria precisamente.

—Christopher está cubierto de gloria siempre. Al menos en lo que concierne a nuestros padres.

—¿Quieres decir aparte del hecho de que lo presionan continuamente para que tenga hijos cuando está claro que él no quiere tenerlos?

—Eso va contra mí, no contra él. Mis padres son muy comprensivos con mi sexualidad, pero no puedo evitar ser consciente de que ello ha traído aparejadas ciertas desilusiones.

—Mira —dije, mientras levantaba las manos en el aire—, esto es puramente hipotético porque es demasiado pronto en nuestra relación para hablar de ello, pero si quieres tener hijos, puedes tener hijos.

—Te refieres a que podría adoptarlos. No es lo mismo. Por lo menos, desde la perspectiva de mis padres.

Vale, acabábamos de abrir otra caja de Pandora. Y aquel no era el momento de abrirla.

—Ese es el motivo por el que necesitas amigos gais. Si conocieras a más gente gay, siempre podrías llegar a un acuerdo con una lesbiana.

—Si estás intentando ser gracioso, Lucien, ese es un chiste de mal gusto.

—Perdona, ha sido un poco frívolo. Lo único que intento decir es que puedes vivir tu vida como tú quieras. Y las expectativas que tengan tus padres no deberían influir. Y te apuesto lo que quieras a que Chris y Mia están teniendo esta misma conversación en este mismo momento.

Oliver se puso rígido.

—Eso lo dudo mucho.

—Oh, por…

De pronto se oyó el tintineo de un tenedor contra el cristal y, obedientes, fuimos acercándonos hacia el patio, donde se encontraban David y Miriam con cara de ir a pronunciar un discurso. Felices.

—Gracias —empezó David—. Gracias a todos por haber venido a ayudarnos a Miriam y a mí a celebrar nuestras Bodas de Rubí. Recuerdo la noche, hace ya tantos años, en que entré en la sala común de la London School of Economics y vi a la chica más fascinante que habría podido imaginar, sentada enfrente de mí. Y en aquel momento me dije: «Esta es la mujer con la que quiero casarme». —Calló unos instantes. Ahora vendría un chiste, seguro. Ya lo veía venir hacia nosotros, como un decepcionante tren de mercancías—. Y dos sillas más allá estaba sentada Miriam.

Todos reímos educadamente. Excepto el tío Jim, que, por lo visto, encontró el chiste graciosísimo.

—Como es natural, al principio no nos llevamos bien, porque cualquiera que conozca a Miriam sabe que es, digamos, una persona de ideas muy fijas. Pero cuando yo empecé a fingir darle la razón en todo, no tardó en mostrarse simpática conmigo.

Otra ronda de risas educadas. El tío Jim estaba a punto de mearse encima.

—A lo largo de nuestros cuarenta años de matrimonio, hemos sido bendecidos con dos hijos varones maravillosos...

—«Y con Oliver y Christopher» —murmuré yo en voz baja.

—Y con Oliver y Christopher. Pero, en serio, estamos tremendamente orgullosos de vosotros, chicos, el uno médico, el otro abogado, pero no sé por qué ninguno de los dos gana dinero.

Más risas. El tío Jim se dio una palmada en el muslo.

—A lo largo de los años, nuestra familia ha continuado creciendo. Nuestra adquisición más reciente ha sido la encantadora Mia, esposa de Christopher y también nuestra mayor esperanza de tener nietos, dado que Oliver es un maricón declarado.

Reprimí un suspiro. No pasaba nada, porque era una homofobia irónica.

—Pero basta de hablar de los chicos —siguió diciendo David—, porque hoy se trata de Miriam y de mí. Y yo, por mi parte, no podría haber pedido una esposa más bella. Bueno, podría haberla pedido, pero lo más probable es que no la hubiera conseguido. —Levantó una copa en alto—. Por Miriam.

Todos, obedientes, brindamos por Miriam.

—Por David. —Al menos el discurso de Miriam tuvo la virtud de ser corto.

—Por David —coreamos todos.

Yo rodeé a Oliver con un brazo y busqué un agujero en el que escondernos.

CAPÍTULO 46

La tarde, en fin, fue avanzando muy lentamente, como un perro enfermo. Yo lo sobrellevé estando todo el tiempo junto a Oliver, en actitud sumisa, mientras él charlaba de trivialidades con diversos amigos y parientes. Fue un aburrimiento mortal, pero habría resultado soportable si no hubiera tenido que ver, además, que con cada conversación se iba volviendo más callado y más pequeño. A lo mejor había bebido demasiado champán, pero sinceramente, tuve la sensación de que lo estaban perdiendo. Lo único que me apetecía era llevarlo otra vez a casa, donde podría mostrarse melindroso, gruñón, divertido o malicioso. Donde podría volver a ser mi Oliver.

Al final terminamos en el patio. Miriam y David estaban concediendo audiencia desde un conjunto de elegantes muebles de jardín, y Oliver y Christopher acababan de darles su regalo de aniversario: unos pendientes de rubíes para ella y unos gemelos de rubíes para él, que fueron entregados con un incómodo sentimiento de obligación y fueron recibidos con íntima satisfacción. Tiempos felices.

—Oliver, querido —dijo Miriam indicando el espacio libre que quedaba en el sillón—. Qué agradable es que podamos ponernos al día. —Lanzó una mirada en dirección al tío Jim, el cual, no sé cómo, se las ingeniaba para estar en todas partes—. Casi no habla con nosotros. Por lo menos en el caso de Christopher es porque, ya sabes, está salvando niños en algún horrible pantano infestado de malaria.

Oliver se colocó a su lado. Para mí no había sitio, por supuesto, de modo que me senté en el brazo del sillón, lo cual me valió de inmediato una mirada reprobatoria. Durante unos instantes contemplé la posibilidad de levantarme, por respeto, pero llevaba toda la tarde aguantando faltas de consideración y ya me daba todo igual.

—Lo siento, madre —dijo Oliver—. Ya sé que yo no salvo niños, pero llevo una temporada muy ocupado.

Miriam posó la mirada en mí durante un momento y enseguida la apartó.

—Ya veo. ¿Qué ha pasado con el otro?

—Andrew y yo rompimos.

—Qué lástima. Parecía un joven muy agradable.

—Lo nuestro no funcionaba.

—Supongo... —dijo, mientras hacía una pausa sin nada de delicadeza— que en tu situación es más difícil. Me refiero a que tienes que tener mucho cuidado.

—No... No estoy seguro de que ese sea el caso.

—Tú sabrás mejor, querido. —Por lo visto, había llegado el momento de la palmadita en la rodilla—. Simplemente me preocupo porque soy tu madre. Y se leen historias horribles en los periódicos.

—Estoy bien. En serio. Lucien está siendo bueno para mí.

—Tienes cara de cansado.

Sí, eso debía de ser porque la noche anterior no había dormido casi nada. Consecuencia de haberla pasado dando vueltas en la cama, de acá para allá, y de haber salido a correr a las tres de la madrugada. En vez de pasarla haciendo cosas sexis y excitantes.

—Ya te digo —dijo Oliver, mientras le aparecía una arruga entre las cejas— que estoy bien.

Miriam parpadeó muy deprisa, como diciendo: «Estoy haciendo un esfuerzo para no llorar, pero me cuesta trabajo porque te estás portando fatal conmigo».

—Tú no lo entiendes porque nunca tendrás hijos, pero a mí se me hace muy difícil ver que no os cuidáis.

—Oliver, por el amor de Dios —saltó David—. No alteres más a tu madre.

Oliver bajó la cabeza.

—Perdona, madre.

—Abandonó muchas cosas por ti. Muéstrale un poco de agradecimiento. Y, a propósito, lleva razón. ¿Cuándo fue la última vez que te cortaste el pelo?

Antes de que Oliver pudiera responder —yo esperaba que, a tenor de la situación, los mandara a todos a tomar por culo—, el tío Jim decidió que había llegado el momento de aligerar la tensión. Le dio una palmada en la espalda a su hermano y soltó una carcajada irritante.

—Seguro que ha estado muy ocupado con su nuevo novio, ¿eh? ¿Eh?

No sé por qué, pero Oliver no le arreó un puñetazo en la cara.

—Lucien ha tenido un evento importante en el trabajo, de modo que sí, hemos estado ocupados.

—Bueno, pues más vale que tengas cuidado. —El tío Jim le dio un manotazo a Oliver que me pareció que llevaba una intención cariñosa—. Como sigas engordando, te dejará tirado como han hecho todos los demás.

—No voy a dejarlo tirado —insistí yo, quizá levantando demasiado la voz—. Oliver está estupendo. Somos muy felices.

Su madre volvió a arreglarle la corbata al tiempo que suspiraba en voz baja.

—A lo mejor es la camisa. Ya sabes que el azul no te sienta bien, querido.

—Lo siento. —Yo no creía que fuera posible que Oliver se encogiera todavía más, pero se encogió todavía más—. No quería llegar tarde, así que me he vestido muy rápido.

—Todavía tenemos arriba varias cosas tuyas antiguas, por si quieres cambiarte.

Oliver se encogió visiblemente.

—Llevo sin vivir en esta casa desde los diecisiete años. No creo que me valgan ya.

Otra risotada del tío Jim.

—¿Lo ves? ¿Qué acabo de decir? Ya casi tienes los treinta. Antes de que te des cuenta, serás un gordinflón.

—Deja en paz al chico, James —dijo David en tono indulgente. Pero a continuación hizo caso omiso de su propio consejo—. Dime, Oliver. ¿Cuándo vas a empezar a hacer algo útil en la vida?

Intenté cruzar la mirada con Oliver, pero él la tenía fija en sus manos entrelazadas.

—Bueno, estoy labrándome una reputación en Chambers, y a partir de ahí ya veremos.

—Ya sabes que solo queremos que seas feliz, querido. —Esa fue Miriam—. Pero ¿de verdad es ahí donde quieres estar?

Oliver levantó la vista con cautela.

—¿Q-Qué quieres decir?

—Quiere decir —explicó David— que si de verdad fuera eso lo que quieres hacer en la vida, estarías poniendo un poco más de empeño. Estuve hablando con Doug, del club, y me dijo que a estas alturas ya deberías tener la categoría de consejero de la reina.

—Eso sería algo casi sin precedentes.

—No es lo que me dijo Doug. Dijo que conocía a un tipo de tu edad que el mes pasado fue ascendido a la abogacía superior.

—¿Perdón? —preguntó Christopher de forma inesperada—. ¿Es el mismo Doug que te dijo que no debíamos aceptar aquel trabajo en Somalia porque enfermaríamos del ébola? ¿Ahora es experto en Derecho, además de en enfermedades infecciosas?

Miriam soltó un bufido.

—Entiendo. La gente de tu edad cree que la de la nuestra no sabe nada.

—Eso no es lo que yo... Vale, olvídalo.

—En cualquier caso —murmuró Oliver—, estoy buscando puestos de más responsabilidad, pero eso probablemente implicaría marcharme de Londres.

Aquello era nuevo para mí. Pero no era el momento de comentarlo. Además, se hacía raro y chocante imaginar a Oliver viviendo en otro sitio distinto de, bueno, del sitio en el que vivía. En aquella bonita casa de Clerkenwell, que siempre daba la impresión de oler a torrijas aunque no fuera cierto.

David se cruzó de brazos.

—No creía haberte educado para que fueras un rajado, Oliver.

Más o menos a la misma vez, su mujer dijo:

—¿Qué vamos a hacer nosotros si nuestros dos hijos se van a vivir fuera? Tú vas a irte al norte, ¿no? Siempre has dicho que querías irte al norte.

—No me voy a ninguna parte —contestó Oliver desesperado.

Si el suspiro de desilusión que lanzó David hubiera sido más exagerado, se habría desmayado por falta de oxígeno.

—Sí, eso ya lo sabemos, hijo. Precisamente, ese es el problema.

—Por amor de Dios, basta ya. —Eso lo dije yo, y al momento deseé no haberlo dicho. Pero todos tenían la mirada clavada en mí, así que tuve que persistir—. ¿No veis que lo estáis alterando?

Se hizo uno de esos silencios en los que uno echa de menos chillar.

A continuación, Miriam me miró con una expresión que me impresionó: desprecio.

—¿Cómo te atreves a decirnos cómo debemos hablarle a nuestro hijo?

—No estoy haciendo tal cosa. Me limito a señalar una puta obviedad: que estáis haciendo que Oliver se sienta mal sin motivo.

—Para el carro, Lucien. —David se puso de pie, con lo cual no logró causar mucho impacto porque yo le sacaba casi treinta centímetros de estatura—. Nosotros lo conocemos hace mucho más tiempo que tú.

Ya no servía de nada dar marcha atrás.

—Ya, pero eso no cambia el hecho de que estáis siendo unos hijos de puta.

Miriam compuso otra vez esa expresión de estar a punto de echarse a llorar.

—Oliver, ¿se puede saber qué te ha dado para que hayas metido a este hombre en tu casa?

Oliver no contestó. Y menos mal, porque yo me estaba haciendo esa misma pregunta.

—Déjalo en paz. —Mierda, puede que lo dijera… rugiendo—. Vale, no os he caído bien. ¿Pues sabéis qué? Que me da lo mismo. Me preocupa que hayáis invitado a mi novio a una fiesta y os divirtáis torturándolo. Y está claro que él es demasiado buena persona o que está demasiado doblegado después de llevar tantos años soportando esto para mandaros a tomar por culo, pero yo no. Así que podéis iros a tomar por culo.

No sé muy bien qué reacción esperaba. A ver, obviamente habría sido estupendo que se hubieran vuelto hacia mí y me hubieran dicho: «Dios, cuánta razón tienes, vamos a recapacitar y a reformar todo nuestro sistema de valores», pero me parece que aquel barco ya había zarpado cuando les dije que podían irse a tomar por culo.

—Sal de mi casa. —Fue la reacción de David, lógica y no del todo irrazonable.

No le hice caso, me bajé del brazo del sillón y me planté delante de Oliver. Él no quiso mirarme.

—Lamento haberte jodido todo esto. Y lamento haber dicho tantos tacos. Sobre todo cuando tú has estado tan increíble cada vez que te he necesitado. Es que… —dije, mientras temblaba al coger aire— eres el mejor hombre que he conocido jamás. Y no puedo quedarme sentado viendo cómo otras personas te hacen dudar de ello. Aunque sean tus padres.

Finalmente, Oliver levantó la vista. La expresión de sus ojos claros era imposible de descifrar a la luz del sol.

—Lucien…

—No pasa nada. Ya me voy. No es necesario que vengas conmigo. Pero quiero que sepas… que eres genial. Y que no sé cómo alguien puede pensar que no eres, ya sabes, genial. Y… —Aquello era imposible. Habría sido imposible aunque estuviéramos solos en una habitación oscura. Y allí estábamos, rodeados por media docena de personas que nos taladraban con la mirada—. El trabajo que haces es… genial, y tú lo haces… genial, de verdad.

Y estás genial de azul. Y... —Tenía la sensación de que aquello podría haber ido mejor—. Ya sé que no soy familia tuya y que soy un tipo cualquiera, pero espero haberte convencido de que me importas tanto como para... que puedas creer... lo que estoy diciendo de ti en este momento... porque es la verdad.

Tenía toda la intención de soltar mi discurso y marcharme de allí con la cabeza bien alta y conservando la poca dignidad que me quedase, pero, en fin, no pudo ser.

Me entró el pánico.

Y salí huyendo a toda pastilla.

CAPÍTULO 47

No había llegado muy lejos, ni siquiera al momento de tener que preocuparme de cómo iba a salir de Milton Keynes, cuando oí unas pisadas. Me volví y vi a Oliver, que venía corriendo hacia mí. En serio, resultaba embarazoso ver lo en forma que estaba él y lo poco en forma que estaba yo. No tenía ni idea de lo que estaría pensando, en parte porque todo el mundo pone la misma cara cuando corre, pero sobre todo porque no había forma de saber cómo se habría tomado lo sucedido. El hecho de que hubiera venido tras de mí era buena señal, ¿no? Bueno, a no ser que quisiera arrearme un puñetazo por haber insultado a sus padres.

—Oliver, yo… —empecé.

—Vámonos a casa.

¿Aquello significaba «Vámonos a casa porque me has hecho ver que mis padres me maltratan emocionalmente y no tengo por qué aguantarlo» o «Vámonos a casa porque me has avergonzado de tal manera que ahora tenemos que irnos de la ciudad, literalmente»? La expresión de su cara no me dio ninguna pista, ni siquiera cuando dejó de correr.

Sin saber del todo qué otra cosa hacer, me subí al coche. Apenas me había abrochado el cinturón cuando Oliver arrancó con la habitual falta de respeto por la seguridad que yo por lo general asociaba con… en fin, conmigo. Llegamos a mitad del final de la calle a una velocidad bastante superior a la adecuada para circular en una zona urbana. Oliver respetaba tan poco los carriles que hasta yo me sentí incómodo.

—Esto… —probé—. ¿No deberías…?

Él dio un volantazo para esquivar a un ciclista que venía de frente y yo dejé escapar un grito.

—Vale, ahora estoy asustado de verdad.

Con un chirrido y un raspar de la palanca de cambios, Oliver subió el coche al bordillo y pisó el freno. Luego cruzó los brazos sobre el volante, apoyó la cabeza en ellos y rompió a llorar.

Mierda. Durante uno o dos segundos intenté hacer lo que hacen los británicos: fingir que no está ocurriendo nada inapropiado con la esperanza de que se resuelva solo de manera rápida y amistosa para no tener que volver a hablar del tema. Salvo que Oliver estaba llorando, y no dejaba de llorar, y que aquella era la tarea de un novio, una tarea en la que yo, como aspirante a novio, estaba fracasando estrepitosamente.

No me ayudó el hecho de que estuviéramos en un coche, ambos llevando puesto el cinturón de seguridad, de modo que ni siquiera podía abrazarlo torpemente. Así que, en vez de eso, tuve que limitarme a acariciarle torpemente el hombro, como si hubiera llegado el tercero en una carrera de sacos del colegio. Estaba desesperado por decir algo que le sirviera de apoyo, pero «no llores» era una chorrada tóxica, «llorar es bueno» sonaba condescendiente, y lo de «ea, ea» nunca en toda la historia de las emociones había hecho que una persona se sintiera mejor.

Finalmente, Oliver se zafó de mi mano y se volvió para mirarme de frente. Su semblante rojo, congestionado y surcado de lágrimas me provocó el urgente deseo de curar todas sus heridas.

—Ojalá —me dijo haciendo un valiente esfuerzo por hablar con su voz de siempre— no hubieras visto eso.

—Oh, por Dios santo, no pasa nada. Todo el mundo llora.

—No me refiero a eso. Bueno, un poco sí. Me refiero a… a todo. —Se sorbió las lágrimas—. Hoy me he comportado fatal.

—No has sido tú el que ha dicho a toda esa gente que se fueran a tomar por culo.

—No… Yo… Te agradezco que hayas intentado defenderme. Pero yo no debería haberte puesto en esa situación.

Alargué la mano para salvar el espacio que nos separaba y le aparté el pelo de los ojos húmedos.

—El pacto era que tú me acompañarías a mi evento de trabajo y yo te acompañaría a ti a tu evento familiar.

—Y si yo… Si yo lo hubiera hecho mejor, habría sido… mejor. —Calló unos instantes—. Sabía que a mi madre no le iba a gustar esta camisa.

—A tomar por culo la camisa. Y también, aunque reconozco que fuera de contexto suena muy mal, a tomar por culo tu madre.

—Por favor, deja de decir eso. Sé que ha sido un día difícil, pero mis padres sinceramente quieren lo mejor para mí. Y yo los decepciono continuamente.

—Oliver, eso es lo más desacertado que he oído en mi vida. —Hice un intento un tanto fútil por parecer una persona calmada y racional—. Vale, solo es una suposición, pero ¿alguna vez has ido con tus padres a algún sitio sin que tu madre se queje de una forma o de otra de lo que llevas puesto?

—Tiene el listón muy alto.

—Puede ser. O puede que, y me cuesta trabajo decir esto sin parecer que la critico, tu madre tenga la costumbre de criticarte y que no haya prestado atención al enorme daño que te hace con eso.

Se le volvieron a llenar los ojos de lágrimas. Por mi culpa.

—Mi madre no intenta hacerme daño. Intenta ayudar.

—Y ¿sabes una cosa? Me lo creo. Pero a ti no te hace falta esa clase de ayuda, e intentar hacerte creer que sí la necesitas es… es… mezquino. Y no quiero ni decir lo que opino de tu padre.

—¿Qué pasa con mi padre? A ver, ya sé que es un poco anticuado, pero no es violento, siempre ha estado dispuesto a ayudar: ayudó a Christopher a estudiar Medicina y a mí a estudiar Derecho.

—Vale, pero eso no le da derecho a llamarte maricón declarado delante de sus amigos.

—Lo ha dicho en broma. Siempre ha aceptado mi sexualidad.

—Literalmente lo ha utilizado como el final de un chiste.

—Lucien, ya me siento bastante mal con todo esto.

—No deberías ser tú el que se siente mal —insistí—. Eres una buena persona.

—Pero no muy buen hijo.

—Solo según el baremo de los hijos de puta que has tenido la mala suerte de tener como padres.

Hizo una mueca, y yo tuve el horrible presentimiento de que iba a echarse a llorar de nuevo.

—No quiero seguir hablando de esto.

Vaya. Se me daba fatal consolar. Me encantaría fingir que, estratégicamente, había logrado que el malo fuera yo, para que así Oliver tuviera alguien con quien estar enfadado, pero, en primer lugar, no lo había conseguido; y, en segundo lugar, de todas formas no estaba funcionando. Lo acaricié otra vez, porque era el gesto de más éxito que había hecho en toda la tarde.

—Lo siento. —Seguí acariciando—. Lo siento de verdad. Estoy para lo que necesites. Desahógate. Todo el rato que necesites.

Oliver estuvo desahogándose… bastante rato.

Finalmente levantó la cabeza.

—Me encantaría —dijo— comerme un sándwich de beicon.

—¡Eso sí que puedo hacerlo! —Seguramente mi entusiasmo resultaba un tanto inapropiado, pero es que me sentí contentísimo de poder ayudar de algún modo.

—Pero, claro, soy vegetariano.

Reflexioné un momento sobre aquello.

—Vale, pero ¿vegetariano de los de «la producción industrial es mala, piensa en tu huella de carbono»?

—¿Hay alguna diferencia?

—Bueno —continué, con la esperanza de estar enderezando la situación. Sonaba a algo que diría Oliver, y creí que lo agradecería—. Si evitas la carne porque estás intentando reducir el efecto negativo global que tiene comer carne en el mundo, lo que importa en realidad no es lo que comas tú, sino lo que se come. De hecho, ni siquiera importa lo que se come, importa lo que se compra.

Se irguió en el asiento. Resultó que darle apoyo emocional no fue ni de lejos tan eficaz como proponerle un ejercicio intelectual.

—Yo defendería que de todas formas uno ha de asumir la responsabilidad de su propia conducta, pero continúa.

—Bien, yo ya tengo beicon en mi nevera. Un beicon que ya se ha pagado, de modo que la contribución que vaya a hacer a, no sé, el complejo industrial de la carne procesada o lo que sea, ya se ha hecho. Así que ya, técnicamente, no importa quién se lo coma.

—Pero si tu beicon me lo como yo, comprarás más.

—Te prometo que no. Lo juro por Snoopy.

Oliver me miró con gesto reprobatorio.

—¿Que lo juras por Snoopy? ¿De repente te has vuelto estadounidense?

—Vale, te lo juro por Dios, y que me muera si miento. Peo has de reconocer que en este caso gano yo. Además, es un beicon muy bueno. Es respetuoso con el medio ambiente, procedente de animales en libertad y todo eso. Lo compré en Waitrose.

—Estoy seguro de que tu argumentación tiene alguna fisura en alguna parte. En este momento no puedo pensar con mucha claridad. Además —mientras en sus labios se dibujaba una levísima sonrisa—, es verdad que me apetece comer beicon.

—Que conste que yo hago unos sándwiches de beicon buenísimos. Tengo un truquito especial.

—A lo mejor se me nota que ya soy mayor, pero me acuerdo de la época en que a los truquitos especiales los llamábamos «forma de hacer una cosa».

Decididamente, ya se encontraba mucho mejor.

—Sí, y yo tengo una forma excelente de cocinar el beicon. Cállate.

—No debería hacer esto…

—Oh, venga ya. Te apetece un sándwich de beicon. Por favor, déjame que te haga un sándwich de beicon.

Oliver guardó silencio durante casi un minuto. Yo no había previsto lo importante que iba a ser aquello para él.

—Vale —dijo finalmente—, está bien. Pero tienes que prometerme que no comprarás más beicon durante quince días.

—Si eso es lo que hace falta… vale.

Se secó los ojos, se enderezó la corbata y apoyó las manos en el volante en la posición de las diez y diez con la actitud de una persona a la que ya se le han pasado las ganas de echarse a la carretera sin control y estrellarse contra el seto de alguna vivienda.

En cuanto a mí, me parece que había perdido para siempre el interés por Milton Keynes. Y ni todas las vacas de cemento del mundo iban a hacerme volver.

CAPÍTULO 48

C osa sorprendente, mi piso seguía estando bastante bien recogido. No inmaculado al estilo «lo he limpiado todo», claro, pero tampoco era una fosa séptica que provocase un «pero a ti qué demonios te ocurre. A ello había contribuido el hecho de que Oliver se había quedado a dormir un par de veces y parecía ir limpiando y recogiendo a su paso, como una especie de Roomba humano. Aunque, pensándolo un poco, supongo que un Roomba humano será simplemente una persona con una aspiradora.

Cuando entramos por la puerta, Oliver aún estaba haciendo lo que fuera que estuviera haciendo, regodeándose o procesando o llorando por dentro. Así que fui a la cocina y saqué mi sartén barata y mi carísimo beicon. Algunas personas seguramente lo habrían hecho al revés. Pero es que algunas personas se equivocaban.

Al cabo de uno o dos minutos, Oliver —que se había quitado la chaqueta y la corbata, pero llevaba todavía la desafortunada camisa azul que, en mi opinión, le sentaba bien— se reunió conmigo, cosa que mi cocina apenas podía sobrellevar.

—¿Por qué —me preguntó pegándose a mi espalda— tu beicon está debajo del agua?

—Ya te lo he dicho. Es un truquito especial.

—Lucien, yo llevo años sin comer beicon. Te ruego que no me lo estropees.

Si no hubiéramos tenido un día tan horrible, me habría sentido insultado por su falta de fe.

—No voy a estropearlo. Esto funciona a la perfección. Suponiendo, claro está, que te guste el beicon crujiente y delicioso en vez de blandengue y quemado.

—Eso parece una falsa dicotomía.

Abrigué la esperanza de que el hecho de que utilizara la palabra «dicotomía» a sangre fría significase que ya se sentía un poco mejor.

—Solo digo que es una buena forma de cocinar el beicon para que ni se seque ni se convierta en carbón. —Me giré a medias para poder verle los ojos—. Fíate de mí. Si hay algo en la vida que me tomo en serio, es el beicon.

—Ya lo hago. —Me dio un beso en el cuello que me provocó un escalofrío—. Lo de fiarme de ti, claro. No lo de tomarme en serio el beicon.

—Pues has venido aquí para hacer una valoración de mi estrategia con el beicon.

—He venido para estar cerca de ti.

Analicé mentalmente un puñado de maneras de responder a eso, pero decidí que no era el momento de refugiarme en un debate.

—Y a mí me gusta tenerte aquí.

A ver, en sentido abstracto me gustaba tenerlo allí, pero en la práctica me resultaba un poco incómodo. Pero, bueno, se trataba de un sándwich de beicon, no de la Capilla Sixtina. No requería tanta concentración y podía vigilar igual de bien cómo se iba cocinando, tuviera o no los brazos de Oliver alrededor de mi cuerpo. Al final, el agua se evaporó y el beicon quedó bien crujiente. Como siempre, porque el truquito del beicon es lo mejor del mundo.

Oliver sacó mi pan de molde (que, gracias a Dios, no estaba mohoso) de la panera que él había insistido en regalarme cuando descubrió que yo dejaba el pan a un lado, como una persona normal, en vez de guardarlo en una caja especial que impidiera que se pusiera rancio. Le puse una cantidad enorme de mantequilla, porque no merece la pena intentar hacer del beicon una comida sana, y le ofrecí a Oliver una variedad de condimentos. Bueno, más bien le ofrecí tomarlo con kétchup o sin kétchup, porque no estaba tan bien equipado como hubiera querido para preparar sándwiches que proporcionaran apoyo emocional.

Por último, nos sentamos en mi sofá cada uno con su plato en las rodillas, y Oliver se quedó mirando su sándwich de beicon con esa expresión de anhelo y duda que ponía a veces ante un postre. Y, para ser sincero, ante mí.

—No pasa nada —le dije— por comerse un sándwich de beicon.

—Soy vegetariano.

—Ya, pero también eres humano. No puedes ser perfecto todo el tiempo.

—No debería hacer esto.

Lancé un suspiro.

—Pues entonces no lo hagas. Ya me lo comeré yo. Pero te ruego que no esperes que te convenza de que hagas algo que quieres hacer pero crees que debes negarte. Porque eso es una cagada.

Siguió una larga pausa. Finalmente, Oliver le dio un mordisco a su sándwich. Cerró lentamente los ojos.

—Dios, está buenísimo.

—Ya sé que está mal que lo diga yo —dije, mientras le limpiaba una gotita de kétchup de la boca con la yema del dedo—, pero, joder, cuando pones en peligro tus principios estás de lo más sexi.

Oliver se sonrojó.

—Esto no tiene gracia, Lucien.

—No me estoy riendo.

Pasamos un rato comiendo en silencio.

—¿Sabes? —dijo Oliver al final—, la verdad es que siento muchísimo que lo de esta tarde no haya salido bien. Ni mínimamente bien. Y siento haber perdido los nervios en el coche. Es que... Es que nunca te había visto así.

Contemplaba su sándwich con demasiada intensidad.

—Voy a esforzarme para que nunca tengas que volver a verme así.

—No era mi intención. —Estaba revolcándome en mi vago y privado sentimiento de culpa—. Quería hacer un buen papel para ti en la fiesta. Salvo que tú no... Y no supe qué esperar.

—Ah —repuso Oliver enarcando las cejas—, de modo que fue culpa mía que tú decidieras insultar a mis padres.

Abrí la boca, pero volví a cerrarla. Tenía que encontrar la manera de enderezar aquello.

—Reconozco que no me corresponde a mí criticar a tus padres. Pero parece ser que la única manera de que tú creas que tienen cosas buenas es que creas que tú tienes cosas malas. Y yo no... Eso a mí no me vale.

—Lucien, necesito que aceptes que yo tuve una infancia totalmente normal. Haces que mis padres parezcan unos monstruos.

Levanté una mano con gesto inseguro y le acaricié el brazo de esa manera totalmente inútil que había logrado perfeccionar dentro del coche.

—No estoy diciendo que sean unos monstruos. Solo son personas. Pero las personas a veces, en fin, dan asco. Y aunque estoy seguro de que habrán hecho muchísimas cosas buenas por ti, está claro que también han hecho algunas cosas malas. Y... tú no tienes por qué soportar esa carga.

—Yo nunca he afirmado que mis padres fueran perfectos.

—Preocupado, dio un tironcito a la corteza del sándwich—. Pero siempre me han animado a que mejore en la vida, y es razonable que sigan haciéndolo.

—Muy bien —probé—, pero si es eso lo que están intentando hacer, ¿qué haces sentado en mi sofá, comiéndote un sándwich de beicon como un alma en pena en vez de sentirte animado y motivado?

Se giró hacia mí y sus ojos permanecieron largo rato clavados en los míos.

—Porque no soy tan fuerte como tú crees.

—Aquí no se trata de ser fuerte —repliqué—. Se trata de a quién estás eligiendo para que te haga feliz.

Siguió un largo silencio, durante el cual yo estuve picoteando mi sándwich sin ganas. Por lo visto, sí que había algunas situaciones que el beicon no podía curar.

—No dejo de preguntarme —dijo Oliver— por qué te he llevado a esa fiesta.

—Vaya. Ya sabía que no lo había hecho muy bien, pero eso duele.

Oliver estaba con el ceño fruncido, pensando. Típico de él.

—No, no has hecho nada malo. Más bien, has hecho lo que yo, en cierto modo, esperaba que hicieras. Pero, claro, no pensaba que llegaras a decir a mis padres que se fueran a tomar por culo delante de mi tío Jim y del vicario. Pero creo que...

—¿Qué? —quise saber.

—Creo que quería hacer algo que fuera para mí, no para ellos. Para saber qué se siente.

—Y bien, ¿qué se siente?

—Pues… aún no lo sé.

—No pasa nada. —Me incliné hacia él y le hice un… en fin… una especie de hociqueo, imagino, que debería haberme dado un poco de vergüenza—. No tengo inconveniente en ser para ti.

Oliver se terminó su sándwich en silencio. Y luego se comió lo que quedaba del mío. Pero pensé que probablemente se lo merecía, después de todo lo que había sufrido. Yo, en un intento de ceñirme a mi nuevo estilo de vida de persona adulta, llevé los platos a la cocina y los fregué a medias: eso que se hace cuando se aclaran un poco bajo el grifo para quitar lo más gordo y se echa lo demás al fregadero, con la esperanza de que Oliver no hubiera caído en una espiral de desesperación y sentimientos de culpa durante mi ausencia.

Lo encontré todavía sentado en el sofá, todavía con el gesto un poco inexpresivo.

—¿Estás bien? —le pregunté.

—No estoy seguro.

Me senté en el suelo, delante de él, y crucé los brazos sobre sus rodillas.

—No pasa nada. No tienes por qué… en fin… hacer nada.

—Creía que iba a sentirme más culpable, pero solo me siento… lleno de beicon.

—No luches contra eso. Es una buena sensación.

Introdujo los dedos suavemente en mi pelo.

—Gracias por hacer eso por mí.

—Yo diría que he sacado de ello tanto como tú, excepto que tú te has comido mi puñetero sándwich.

—Lo siento mucho.

—Estoy de broma, Oliver. —Le rocé la mano con la cabeza—. Dentro de dos semanas podré comer todo el beicon que quiera. Voy a bañarme en beicon, como en esa escena de la película *American Beauty*.

—Esa es una imagen mental muy turbadora. Además, socava tu argumentación fundamentalista respecto de por qué no pasaba nada si me comía este sándwich.

—Vale. Pues nada de bañarme en beicon. Eres muy poco razonable.

Él soltó una risa un tanto entrecortada.

—Ay, Lucien. No sé qué habría hecho hoy sin ti.

—Bueno, probablemente no habrías tenido que marcharte del aniversario de tus padres.

—Por lo que has dicho, puede que eso no hubiera sido buena cosa.

—¿Ves? Estás haciendo progresos.

Siguió una pausa.

—Me temo que todavía no soy capaz de reflexionar sobre ello como es debido. No soy tan valiente como tú.

—Yo tengo muchos miedos, como bien sabes.

—Pero eso no parece que te frene nunca.

Le cogí la muñeca y le di un beso en la palma de la mano.

—Me estás atribuyendo demasiado mérito. Antes de conocerte, yo era un desastre total.

—Lo que era un desastre total era tu piso. No es lo mismo.

—¿Sabes? —dije sonriendo—, no pienso seguir aquí sentado, discutiendo contigo si soy un desastre o no. Porque tú vas a seguir opinando que no lo soy.

—Jamás opinaré que eres menos que extraordinario.

Mierda. Nunca se me habían dado bien aquellas cosas.

—Yo también. Quiero decir… bueno, que yo opino lo mismo de ti. No de mí. No es porque tenga la autoestima baja, sino porque eso sería bastante arrogante. Oye, ¿podemos tener sexo ya?

—Tú siempre tan romántico, Lucien.

—Es mi manera de expresarme. Forma parte de mi singular encanto.

Oliver soltó un resoplido, pero aun así me permitió que lo llevara hasta el dormitorio, donde lo fui desvistiendo muy despacio y, no sé por qué, no pude poder parar de besarlo. Y él se abandonó a mí, momento a momento, y yo me perdí en el ritmo de su cuerpo y en el hambre de sus caricias. Me entregué a él como pensaba que nunca me iba a entregar a nadie: olvidando toda contención en la urgencia de hacer que se sintiera tan seguro, querido y especial como él me hacía sentirme a mí. Lo abracé, y él se aferró a mí, y nos movimos juntos, y, vale, lo miré a los ojos. Y le hablé en susurros y le dije… cosas. Cosas embarazosas, como lo mucho que me importaba y lo maravilloso que era para mí. Y yo… Y nosotros… Y.

A ver.

De esas cosas no se habla, ¿vale? Fue para nosotros. Y lo fue todo.

Me desperté, francamente demasiado temprano para un domingo, porque Oliver, que ya se había vestido, me estaba dando un ligero beso en la frente. Aunque aquello no era del todo nuevo —Oliver, que era un adulto responsable, no compartía mi devoción por el arte de quedarse en la cama—, había algo que no cuadraba.

—Adiós, Lucien —me dijo.

De pronto me sentí más despejado de lo que me apetecía a aquella hora de la mañana.

—Espera. ¿Qué? ¿Adónde vas?

—A casa.

—¿Por qué? Si tienes trabajo que hacer, puedes hacerlo aquí. O dame diez minutos —dije, pensando que era un plazo bastante optimista, pero bueno, qué diablos— y te acompaño.

—No me has entendido. He disfrutado del tiempo que hemos pasado juntos y te agradezco mucho tus esfuerzos, pero ya hemos hecho lo que nos propusimos hacer. Ha llegado el momento de pasar página.

¿Pero qué demonios estaba ocurriendo?

—Espera un momento. ¿Qué…? Yo… Oye, estuvimos hablando de que los dos sentíamos que esto era de verdad. Ahora no puedes retractarte de eso.

—Y —agregó él en un tono frío y despegado— también acordamos que esperaríamos hasta el final del acuerdo para asumir compromisos formales.

—Vale. Pues… me comprometo formalmente.

—No me parece una buena idea.

Otra vez me pregunté qué diablos estaba ocurriendo. Lo único que sabía con seguridad era que no me apetecía tener aquella conversación estando desnudo. Aunque tampoco parecía que tuviera dónde escoger.

—¿Por qué no?

—Porque estábamos equivocados. Esto no es de verdad.

—¿Cómo que no? —Me enrollé el edredón alrededor del cuerpo e hice un esfuerzo para quedarme de rodillas—. Hemos ido a restaurantes, hemos hablado de nuestros sentimientos, hemos conocido a tus padres y a los míos, joder. ¿En qué sentido esto no es una relación?

—Yo he tenido muchas más relaciones que tú. Y puedo asegurarte que esto no se le ha parecido en nada. Ha sido una fantasía. Nada más.

Me lo quedé mirando enfadado, traicionado, dolido y confuso.

—Si has tenido más relaciones que yo, según tú mismo has dicho, es porque te has cargado muchas de ellas. ¿Sinceramente estás afirmando que no somos pareja porque no somos infelices ni estamos aburridos el uno del otro?

—Es fácil ser feliz —replicó— cuando se finge.

—¿Y quién coño está fingiendo? ¿Crees que hablaría así si estuviera fingiendo?

Oliver se sentó en el borde de la cama y se frotó la frente con aquel gesto atormentado tan suyo. Salvo que esta vez expresaba algo más que frustración por mis excentricidades.

—Por favor, no hagas esto más difícil de lo que ya es.

—Desde luego que voy a hacerlo más difícil. ¿Crees que voy a permitirte que tires esto a la basura sin más? Sin otro motivo que… Joder, ¿es porque te he preparado un sándwich de beicon? —Enterré la cabeza entre las manos—. No puedo creer que esté a punto de ser abandonado por un sándwich de beicon.

—No es por el sándwich. Es por… —suspiró— por ti y por mí. Somos personas muy distintas.

—Pero funcionamos. —Eso me salió ligeramente más lastimero de lo que habría querido. Pero supuse que iba a tener que tomar varias decisiones y, si me veía obligado a escoger entre conservar mi dignidad y conservar a Oliver, mi dignidad tenía el futuro bastante negro—. Y no entiendo qué es lo que he hecho mal. Aparte de decir a toda tu familia que se fueran a tomar por culo. Y, vale, a lo mejor ahí me pasé, pero si es por eso por lo que quieres romper el acuerdo, ya podrías habérmelo dicho antes, así no habría hecho el ridículo anoche.

—Tampoco es por eso.

—Pues entonces —chillé—, ¿por qué cojones es? Porque, desde mi punto de vista, llevas meses diciéndome que soy estupendo, maravilloso e increíble y que me lo merezco todo, y ahora, ¿qué? ¿Gracias y adiós?

—No tiene que ver contigo, Lucien.

—¿Cómo no va a tener que ver conmigo que me dejes tirado? —Vale. No pasaba nada. Podía solucionarlo. Estaba enfadado, pero no lloraba—. ¿Has sido sincero en algo de todo lo que has dicho desde que empezó esto?

—He sido sincero en todo, pero estar contigo no es bueno para mí. Y estar conmigo no es bueno para ti.

—Pues ayer parecía cojonudo. Lleva siglos siendo cojonudo.

Oliver ni siquiera me miró.

—Ya te lo he dicho: esto no ha sido de verdad. No puede durar, porque, tal y como acabas de señalar, mis relaciones no duran. Y prefiero recordar lo que hemos tenido antes que ver cómo se marchita y se muere, como ocurre siempre.

—Oh, venga ya. Ese es el motivo de ruptura más tonto que he oído jamás. —Intenté cogerle la mano—. No puedo prometerte que esto vaya a durar siempre porque... porque no es así como funcionan estas cosas. Pero, literalmente, no imagino no desear estar contigo. No desear esto. Lo llamemos como lo llamemos.

—Eso es porque apenas me conoces. —Acto seguido, con un gesto tan definitivo que me deprimió, soltó sus dedos de los míos y se puso de pie—. No dejas de decirme que soy perfecto, y a estas alturas deberías saber que soy cualquier cosa menos eso. Dentro de dos meses te darás cuenta de que no soy tan especial y un mes después te darás cuenta de que tampoco soy tan interesante. Pasaremos cada vez menos tiempo juntos, cada vez nos importará menos y un día me dirás que lo nuestro ha llegado de manera natural a su fin. Tú pasarás página y yo volveré a ser lo que he sido siempre: nada parecido a lo que alguien busca. —Desvió la mirada—. Simplemente, no soy lo bastante fuerte para pasar por eso contigo.

Siguió una pausa.

Entonces, en un instante de revelación divina que merecería todo un coro de ángeles, o por lo menos el coro de voces masculinas de Skenfrith, lo comprendí.

—Espera un momento. —Hasta lo señalé con el dedo—. Esto lo sé porque lo hago todo el tiempo. Yo te gusto, y tienes miedo porque ya has pasado otras veces por algo así y has sufrido, de modo que tu primera reacción es huir. Pero si yo puedo solucionar esto, tú también puedes. Porque eres mucho más inteligente y estás mucho menos jodido que yo.

Otra pausa.

—¿Qué te parece —sugerí entre la esperanza y la desesperación— si te encierras un ratito en el cuarto de baño?

Una tercera pausa, decididamente la peor hasta el momento.

Mierda, mierda y otra vez mierda. Aquello empezaba a ser grave. Yo había puesto toda la carne en el asador. Había dicho cosas bastante intensas y me había abierto en canal. Y si después de eso me explotaba todo en la cara, no sabía cómo iba a…

—No puedo ser lo que tú necesitas que sea —dijo Oliver—. Adiós, Lucien.

Para cuando terminé de decirle «espera, para, por favor no te vayas», ya se había ido.

Lo cual me estropeó totalmente el domingo.

Y el lunes. Y el martes. Y posiblemente mi vida entera.

CAPÍTULO 49

uando quedé por segunda vez con mi padre, otra cita penosa, no contaba con que Oliver hubiera roto conmigo tres días antes y que por lo tanto fuera a tener que ir hasta el hotel Chiltern Firehouse sintiéndome un inútil y con el corazón roto. Experimenté una extraña ternura: aquel sitio no era de mi estilo y, para ser sincero, probablemente tampoco era del estilo de mi padre, pero era adonde iba uno si era un famoso o buscaba a famosos. De modo que, al citarme allí, Jon Fleming estaba ascendiéndome públicamente del nivel de «hijo despilfarrador y distanciado» al de «legítimo miembro de la familia». Y si bien yo no había renegado de su ayuda lo suficiente para creer que aquello lo hacía totalmente en beneficio mío —estaba claro que quedaría muy bien como un capítulo del proceso de rehabilitación de Jon Fleming—, aun así iba a beneficiarme con ello. Un poco. Hasta cierto punto. En el sentido de que menos daba una piedra; ya iba aceptando que esa era la relación con mi padre.

Por supuesto, me sorprendió que conseguir una cosa que creía haber deseado siempre y perder otra cosa que nunca creí que iba a desear, todo en la misma semana, era irónico de cojones. Y no precisamente adecuado para la estabilidad emocional de una persona. Sea como fuere, allí estaba yo: sentado en una mesa del rincón, en una estación de bomberos de la época victoriana reconvertida en hotel, a tres sillas de distancia de una persona que estaba bastante seguro de que había formado parte del grupo One Direction pero que no era ni Harry Styles ni Zayn Malik. Y media hora más tarde seguía sentado en el mismo sitio, mientras los camareros circulaban a mi alrededor como si fueran tiburones sumamente educados.

Después de una hora, tres mensajes de texto sin respuesta y una llamada en la que me saltó directamente el contestador, una joven muy guapa me informó con amabilidad de que tenía que pedir algo en los diez minutos siguientes o dejar libre la mesa. Así que me quedé intentando dilucidar si me resultaría más violento marcharme furtivamente de un restaurante de tres estrellas Michelin a las ocho de la tarde o quedarme allí sentado a solas, tomándome un carísimo menú de tres platos como si aquel hubiera sido mi plan desde el principio.

De modo que me marché y, al salir recibí algún comentario de burla, pero no hice ni puñetero caso. Al menos, hasta que una persona me preguntó si Oliver se había aburrido de mí: entonces sí que hice puñetero caso. Unos meses atrás, habría tenido uno de esos cabreos monumentales con que los *paparazzi* te provocan constantemente para poder fotografiarte en plena pataleta. Pero, al parecer, mi nuevo yo, más maduro, solo sintió tristeza.

Ser maduro era una mierda.

Agaché la cabeza y eché a andar, y esta vez no hubo nadie que me echara un abrigo por encima ni me protegiera de los flashes y las preguntas. Mayormente estaba… Lo cierto es que no sabía muy bien cómo estaba, sobre todo ahora que Oliver me había dejado tirado y mi padre también me había dejado tirado, y esas dos cosas se estaban combinando dentro de mi cabeza para aumentar mi sentimiento de rechazo. En lo que concernía a Jon Fleming, sentía una frustrante mezcla de desilusión y falta de sorpresa. Pero también notaba un regusto amargo que me recordaba que si me enfadaba con él por haberme dado plantón y luego resultaba que había sido porque trágicamente se había muerto de cáncer esa tarde, me habría sentido fatal durante el resto de mi vida. Pero, aparte de mirar en internet en busca de esquelas, no tenía otra forma de saber qué estaba pasando realmente con él, así que me quedé estancado en un estado cuántico de lo más jodido en el que mi padre era al mismo tiempo un gilipollas y un cadáver. Y en cuanto a Oliver... Oliver ya no estaba, por lo que tenía que dejar de pensar en él.

Así que llamé a mi madre. Y ella hizo unos cuantos ruiditos franceses de preocupación y después me sugirió que fuera a su casa. Supe que aquello no auguraba nada bueno. La pregunta era: ¿qué auguraba? Más o menos una hora más tarde estaba bajándome de un taxi en Old Post Office Road mientras mi madre me esperaba nerviosa en la puerta.

—Más vale que no se haya muerto papá —le dije entrando en el salón—. Si se ha muerto, me va a fastidiar mucho.

—Pues entonces tengo una buena noticia, *mon caneton*. Porque no se ha muerto. De hecho, es probable que pasen muchos años antes de que se muera.

Me dejé caer en el sofá, que, cosa insólita, no estaba ocupado por ningún perro, pero que aun así olía levemente a perro. Solo había una cosa que explicara aquello. Solo había una cosa que pudiera haber explicado aquello todo el tiempo.

—Nunca ha tenido cáncer, ¿a que no?

—Los médicos le dijeron cosas preocupantes y ya sabes cómo son los viejos. Se ponen muy nerviosos con su próstata.

Enterré la cabeza entre las manos. Me habría echado a llorar, pero es que ya lo había llorado todo.

—Lo siento, Luc. —Mi madre se sentó a mi lado y me dio unas palmaditas entre los omóplatos, como si me hubiera tragado una moneda—. No creo que haya mentido exactamente. Me temo que esto es lo que ocurre cuando uno es famoso. Te ves rodeado de personas que cobran por mostrarse de acuerdo contigo, de modo que se te mete una idea en la cabeza y se te olvida que no es necesariamente cierta. Pero no me malinterpretes. Tu padre es un gilipollas integral.

—Entonces… ¿qué? Ahora que ya no va a morirse, ¿ya no quiere conocerme?

—Pues… —suspiró— así es.

Resulta que ese viejo refrán que dice que si uno espera lo peor jamás se sentirá desilusionado no funciona en absoluto. Que Jon Fleming se comportara exactamente como Jon Fleming no tenía derecho a dolerme tanto.

—Gracias por no edulcorarme la realidad.

—Bueno, mirémoslo por el lado bueno. Ahora ya sabes con seguridad que tu padre es un saco de mierda que no te conviene tener en tu vida.

—Ya. —Levanté la vista con los ojos húmedos y sin saber muy bien qué decía la expresión de mi cara—. Imagino que me lo veía venir.

—No, lo sentías. Hay diferencia. Ahora ya no tendrás más dudas. Y tu padre ya no podrá volver a intentar intimidarte con esa mentira nunca más.

—Mamá, si esa es tu idea de lección para la vida, da asco.

—Bah. A veces la vida da asco. —Calló unos instantes—. Todavía quiere hacer el álbum, ¿sabes?

Me la quedé mirando.

—¿En serio?

—En lo que tiene que ver con la fama y el dinero, es sorprendentemente de fiar.

Se hacía obvio que aquello era lo que menos quería yo. Ya había sido bastante horrible que mi padre nos abandonase a mi madre y a mí; ahora, por lo visto, me abandonaba a mí solo. Era un acto egoísta e idiota, pero no quería compartir a mi madre con el puñetero Jon Fleming. Él no se lo merecía.

—Sería… una gran oportunidad para ti.

—Quizá, pero lo más probable es que le diga que se vaya a tomar por culo.

—¿Eso —pregunté— es una buena idea?

Hizo otro ruidito francés.

—Iba a responderte que no, pero que sería una gran satisfacción. Pero lo cierto es que sí. Es una buena idea. No necesito el dinero y tú tampoco. No vas a aceptar nada de mí, así que seguro que no lo aceptarías si llevara por todas partes la marca de la polla de tu padre…

—Gracias por la imagen.

—Además, si yo quisiera hacer música, haría música. Para eso no necesito el permiso de nadie, menos aún el de Jon Fleming.

—Y sé que no es asunto mío, y por eso nunca he sacado el tema, pero ¿por qué nunca has hecho otro álbum?

Mi madre se encogió de hombros, expresiva como pocas veces.

—Por muchos motivos. Sigo siendo muy rica, ya he dicho lo que tenía que decir. Y luego te tuve a ti, y tenía a Judy.

—Hum. —Abrí y cerré la boca varias veces—. ¿Judy? Mamá, ¿estás saliendo del armario conmigo? ¿Has sido homosexual todo este tiempo?

469

—Ay, Luc… —dijo mirándome con decepción—, eres muy estrecho de mente. Judy es mi mejor amiga. Y cuando uno ha tenido la vida que he tenido yo, se da cuenta de que el gran amor sexi no es el que cuenta de verdad. Además, soy una señora francesa y famosa: si quiero acostarme con un hombre, puedo hacerlo.

—Por favor, basta. Basta ya.

—Eres tú el que ha querido saber si se ha criado en un harén de lesbianas secreto.

—Está bien. Jamás vuelvas a decir eso.

—La cosa es que me encantaba hacer música. Y que amaba a tu padre. Y que amo a Judy. Y te amo a ti. De maneras muy distintas. Yo nunca he querido hacerle el amor a mi guitarra ni ver la *Drag Race* con Jon Fleming. —Se inclinó hacia mí en actitud conspiratoria—. Sinceramente, creo que ello supondría una amenaza para su masculinidad. En una ocasión dijo que iba a pegar con un vaso a Bowie porque le había mirado raro. Yo me sentí muy violenta. Le dije que David no era gay, que simplemente era guapo.

Me tapé la boca con las manos y se me escapó una carcajada.

—Oh, mamá. Te quiero. Y ya sé que no tiene que ver conmigo, pero si finalmente cambiaras de idea respecto de lo del álbum, yo… ya sabes… estaría de acuerdo.

—Aunque quisiera volver a trabajar con tu padre, cosa que no quiero, él ha tratado malísimamente mal a mi hijo, y por ello estoy muy enfadada con él. Además, voy a entrar con Judy en el reality *Terrace House*, así que vamos a estar muy ocupadas.

Los dos guardamos silencio, que era una cosa que mi madre reservaba para las ocasiones especiales, de modo que debía de estar más preocupada por mí de lo que dejaba entrever. El problema era que yo no sabía muy bien qué decir. O, ya puestos, no sabía qué sentir.

Finalmente, frotó su hombro contra el mío y dijo:

—¿Y qué me dices de ti, *mon caneton*? Siento mucho que hayas tenido que pasar por esto.

—Estaré bien.

—¿Seguro? No tienes por qué decir eso si no es verdad.

Hice una cosa que, en un día mejor, me habría limitado a pensar.

—No sé… Podría ser. A lo mejor es porque medio sabía que iba a ocurrir, o sea, no lo de «oh, estoy estupendamente bien, que te den» sino lo del plantón. Duele muchísimo, pero no como pensaba que iba a dolerme. No tanto como para que cambien las cosas.

—Eso es bueno. Ya sé que es un cliché, pero de verdad que tu padre no merece la pena. No es más que un viejo calvo que tiene la próstata un poco floja y que de vez en cuando sale por la televisión.

Sonreí de oreja a oreja.

—Deberían incluir eso en el vídeo de presentación.

—Y sin embargo, por alguna razón, nunca me han pedido a mí que les diera una frase. Aunque sigo cobrando derechos de autor cada vez que utilizan uno de nuestros vídeos.

Otra vez guardamos silencio.

—Creo —dije yo al fin— que lo que me tiene intrigado es que he pasado toda mi vida preguntándome por qué Jon Fleming no quiere nada conmigo. Y ahora me irrita haber pasado tanto tiempo intentando entender a ese completo gilipollas, cuando tengo tantas personas a mi alrededor que… no son unos completos gilipollas.

—Sí, es curioso cómo nos influyen los gilipollas.

471

—¿Y cómo se hace para impedírselo?

—No se puede. Uno simplemente sigue adelante con su vida y termina… estando bien. Y tú estás bien. Sientes un poco de rabia por haber pasado tanto tiempo sin estar bien. Pero ahora lo estás.

—Estoy bastante seguro de seguir en la etapa de rabia.

—Ah, eso es bueno. Es mejor que pensar: «Oh, no, qué es lo que he hecho mal, soy una persona horrible». Y del siguiente paso apenas te darás cuenta, porque estarás bien, y tendrás un hijo encantador y una amiga íntima y podrás ver la *Drag Race* con sus perros. Esa soy yo, obviamente, no tú. Pero tú puedes fabricarte una versión propia.

Me dejé caer contra el respaldo del sofá.

—Supongo. Pero qué pasa con, ya sabes, con todo. No estoy seguro de haber tenido nunca la oportunidad de averiguar cuál es mi versión.

—A lo mejor es lo que estás haciendo en este momento.

Genial, en principio. Pero, por desgracia, lo que estaba haciendo yo en aquel momento era perder a una persona que me importaba de verdad, no a un mero hijo de puta o a mi padre.

—Oliver me ha dejado.

—Oh, Luc. —Me miró con un gesto de sincera compasión—. ¿Qué ha ocurrido?

—No lo sé. Creo que habíamos intimado demasiado, y se ha asustado.

—¿En serio? Eso es más bien propio de ti.

—Eso es lo que le he dicho yo —me quejé—. Pero aun así se ha ido.

—Bueno, pues entonces —dijo, encogiéndose de hombros otra vez con aquel gesto tan típico suyo—, que le den.

Como consejo, aquel era sorprendentemente flexible y con

mi padre funcionaba, porque era exacto. Pero… Pero esto era distinto.

—Por lo general estaría de acuerdo, pero Oliver era bueno para mí, y no quiero tirar eso por la borda.

—Pues entonces, no lo tires.

Parpadeé para barrer unas lágrimas que pugnaban por salir.

—Vale, primero eres fría y ahora no me ayudas nada.

—No es mi intención. Pero has tenido un novio, te ha hecho feliz una temporada, y ahora se ha acabado. Y si permitiéramos que las cosas buenas nos hicieran desgraciados cuando se terminan, no merecería la pena tenerlas.

—Esa es una idea demasiado progresista para mí en este momento. —No me servía de nada enfadarme con mi madre, pero era más fácil que estar triste por mi ex—. Oliver era, con mucho, lo mejor de mi vida y lo he estropeado. Y ahora ya no puedo hacer nada y por eso me siento fatal.

Mi madre volvió a darme aquellas palmaditas inútiles en la espalda, que se volvían bastante menos inútiles cuando las daba ella.

—Lamento que te sientas tan mal, *mon caneton*. No estoy diciendo que esto no duela ni que sea fácil. Pero no lo has estropeado tú. Está claro que el problema lo tiene Oliver.

—Ya, y yo quiero ayudarlo con ese problema, al igual que él me ha ayudado a mí.

—Pero eso es decisión suya. Hay personas que no quieren que las ayuden.

Estaba a punto de protestar, pero me acordé de que yo había pasado cinco años sin querer que me ayudasen. Y había tenido que casi perder mi empleo, salir con un tipo con el que jamás me habría planteado salir, embarcar a todos mis amigos en una operación de limpieza de piso que duró dos días y lo-

473

grar que un capullo que conocí en un club se compadeciera de mí en el *Guardian* para darme cuenta de que no estaba tan a salvo como yo creía.

—Bueno, ¿y dónde me deja eso? Oliver sigue siendo… todo lo que deseo, y no puedo tenerlo.

—Como decía Mick Jagger, no siempre se puede tener lo que se desea. Y, sabes, Luc, Oliver era un buen chico y estoy segura de que le gustabas mucho, y me equivoqué cuando dije que estaba prometido con un duque. Pero pienso que a lo mejor ha aparecido en el momento oportuno. Es como… —dijo, mientras agitaba la mano como el hada madrina más agotada del mundo— la pluma que salía en esa película del elefante.

—¿Estás intentando decirme que lo de no ser un fracaso total es algo que he llevado dentro todo el tiempo?

—A ver, yo antes era cantante profesional, de modo que no lo diría de una forma tan aburrida, pero… sí. No creo que Oliver te haya cambiado la vida, *mon cher*. Opino que te ha ayudado a verla de modo distinto. Ahora se ha marchado, pero tú sigues conservando el empleo que finges que no te gusta, tienes todos los amigos que han permanecido a tu lado a pesar de tus chorradas, nos tienes a mí y a Judy, y nosotras te queremos mucho y siempre te ayudaremos, hasta que nos muramos las dos.

Me estiré hacia mi madre y ella me rodeó con un brazo.

—Gracias, mamá. Ha sido maravilloso, hasta que me has recordado nuestra mortalidad.

—Dado que tu padre ya no va a morirse, me ha parecido que era un buen momento para recordarte que debes estar agradecido de tenerme mientras puedas.

—Te quiero, mamá. —Aquello era un poco violento, pero, en fin, a veces había que hacerlo—. ¿Puedo quedarme a dormir esta noche?

—Claro.

Media hora después estaba tumbado en mi cama de la infancia, contemplando un techo cuyas grietas ya me sabía de memoria. Se me hacía raro que en el espacio de un mes Jon Fleming hubiera dejado de ser una idea con la que me había criado para transformarse en una persona real y luego otra vez en una idea. Si bien aquello me dolía, mi vida ya estaba curándose alrededor de él como se cura la piel alrededor de una herida. Oliver, en cambio, representaba un dolor muy diferente. Pero mi madre llevaba razón. Yo no podía coger todo lo que Oliver me había mostrado, dado y compartido conmigo y perderlo en… la mierda que era ahora todo. Oliver me había ayudado a ver que mi vida era mejor de lo que yo pensaba, que yo mismo era mejor de lo que pensaba. Y podía agarrarme a aquello. Aunque ya no pudiera agarrarme a él.

CAPÍTULO 50

—Vale —le dije a Alex.

Él levantó la vista con expresión alegre.

—Ah, ¿vamos a hacer un chiste? Estupendo. Hace siglos que no hago ninguno.

—A ver. ¿Cuál es la letra del alfabeto favorita de un pirata?

—Pues… supongo que un marinero típico del siglo XIII sería analfabeto, de modo que probablemente no tendría ninguna favorita.

—Bien visto. Pero, dejando eso aparte, si pensaras en un pirata genérico de una película, ¿cuál sería su letra favorita del alfabeto?

Alex arrugó la nariz.

—Sinceramente te digo que no estoy seguro.

Con aquel chiste, unas veces la gente probaba a adivinar. Otras, no.

—Cabría pensar que es la erre —expliqué yo rugiendo con mi mejor voz de pirata—, pero mi primer amor será siempre la eme de mar.

Siguió un largo silencio.

—¿Por qué cabría pensar que es la erre? —preguntó Alex—. No sé, «pirata» empieza por pe, igual que «pícaro», «pillaje», «pelea», «portañola» y «Puerto Príncipe».

De repente empezó a sonar mi teléfono. Gracias a Dios. Lo atendí mientras iba de regreso a mi despacho.

—¡Luc! —exclamó Bridge—. Ha estallado una crisis.

¿Qué sería esta vez? ¿Habrían vendido accidentalmente un conjunto de derechos cinematográficos por cinco alubias mágicas?

—¿Qué ocurre?

—¡Es Oliver!

De repente le presté toda mi atención.

—¿Se encuentra bien? ¿Qué ha pasado?

—Va a mudarse a Durham. En este momento se encuentra allí. Mañana por la mañana tiene una entrevista de trabajo.

Habíamos roto. Y yo había aceptado que habíamos roto… Bueno, eso no era cierto del todo, pero desde luego iba camino de aceptarlo. Aun así, todavía tenía la sensación de ir a vomitar.

—¿Qué? ¿Por qué?

—Ha dicho que necesitaba empezar otra vez desde cero. En algún sitio que estuviera bien lejos.

Yo era muy proclive al pánico. Pero aquello no parecía propio de Oliver.

—Bridge, ¿estás completamente segura? A Oliver le encanta lo que hace. Y, si tuviera que elegir una palabra para describirle, no sería la de impulsivo.

—Lleva mucho tiempo actuando de forma extraña. Ya sé que no debo hablarle al uno acerca del otro, pero es que esto es una emergencia.

—Es raro, desde luego que sí —coincidí—. Pero no sé qué se supone que he de hacer yo.

—Tienes que impedírselo, naturalmente. Es culpa tuya, por permitirle que se vaya.

«Ay. Eso no está bien, Bridge».

—Yo no le he permitido que se vaya. Le rogué que se quedase. Hasta le hablé de mis sentimientos, pero él me dejó de todas formas.

Bridge lanzó un profundo suspiro.

—La verdad es que a veces no tienes remedio.

—Eso es injusto. He hecho un verdadero esfuerzo.

—Pues haz otro.

—¿Otro? ¿Cuántas veces quieres que me arroje en los brazos de un tipo que no quiere estar conmigo?

—Más de una vez. Además, sabes que sí quiere estar contigo. Lo ha querido siempre, Luc.

Me derrumbé en la silla de mi mesa y accidentalmente accioné la palanca que inclinaba el respaldo, así que casi terminé resbalándome de mi puesto de trabajo.

—Puede ser. Pero él está convencido de que lo nuestro no puede funcionar y no sé cómo convencerlo.

—Pues yo tampoco lo sé. Pero quedarte ahí sentado mientras él huye al norte no creo que sea un buen comienzo.

—¿Y qué quieres que haga? ¿Que coja un tren hasta Durham y me plante en el centro de la ciudad gritando «¡Oliver, Oliver, te quiero!» por si se da la remota posibilidad de que me oiga?

—También podrías —sugirió Bridge— ir a Durham y verte con él en el hotel donde se aloja, que yo sé cuál es porque me lo ha dicho, y decirle «Oliver, Oliver, te quiero» a la cara. Además… Ay, Dios, estás enamorado de él. Te lo dije. Esto va a ser lo mejor que haya sucedido nunca.

—No, es una idea horrible. Y Oliver pensará que soy de lo más siniestro.

Bridge reflexionó unos momentos sobre eso.

—¿Y si te acompaño yo?

—Pensará que soy más siniestro todavía.

—Te acompaño.

De repente sonó mi teléfono, lo cual era una señal de mal agüero. Y el grupo de WhatsApp cobró vida con un mensaje de la propia Bridge.

TENEMOS QUE LLEVAR A LUC A DYRHAM

*DURHAM

ES AMOR VERDADERO!!!

Es una excusa para pedirme la camioneta, ¿verdad?

No, escribí yo a toda prisa.

SÍ, MUCHO CAMIOEMERGENCIA AAHHH

Me encantaría —respondió James Royce-Royce— que alguien le enseñara a nuestra Bridget un meme nuevo.

Aquello estaba desmadrándose y eso que solo llevábamos siete mensajes.

A ver, todo está en orden, nadie necesita que lo lleven a ninguna parte. Ocupaos de vuestras cosas. Gracias y buenas noches.

Naturalmente, una hora más tarde, después de haberme cogido un día libre para asuntos propios por el que sinceramente esperaba que alguien se extrañara o me preguntara, me encontré sentado en la parte de atrás de la camioneta de Priya, junto con Bridget, Tom y los dos James Royce-Royce.

—¿Qué estáis haciendo? —les dije—. Todos tenéis trabajos, y algunos de ellos bastante importantes. No puede ir en serio que pretendáis hacer un viaje de cinco horas en coche hasta Durham solo para ver cómo me rechaza un abogado.

—No. —Priya miró el espejo retrovisor—. Eso ya lo tenemos en cuenta. Es porque nos importas barra te odiamos.

—Esto es lo más romántico que has hecho nunca, Luc querido —me dijo James Royce-Royce—. No nos lo perderíamos por nada del mundo.

Los miré boquiabierto.

—Vais a quedaros mirando mientras yo… Mientras yo…

—Mientras tú le dices a Oliver que lo quieeeeeeeres —completó Bridge.

—Mientras intento pedir a un tío que ya me ha rechazado que vuelva a salir conmigo.

—Exacto. —Menos mal que tenía a Tom de mi parte—. Pero quedarnos mirando sería un poco ridículo. Antes haremos una parada en un Welcome Break a comprar unas palomitas.

Priya sonrió de oreja a oreja.

—Chocaría los cinco con vosotros, pero me gusta demasiado mi camioneta como para retirar las manos del volante.

—Ni siquiera sé qué voy a decirle —murmuré—. Y, Bridge, si vuelves a repetirme que le diga que lo quiero, te saco de este vehículo de una patada.

Eso me valió una mueca de enfado nivel 7 por parte de Bridge.

—No seas malo. Te estoy apoyando. Además, no creo que necesites decir nada más que «te quiero».

—Estoy bastante seguro de que la cosa no funciona así.

—Fue lo único que Tom tuvo que decirme a mí.

—Que conste —terció Tom— que dije bastantes cosas más. Dije que lamentaba mucho haberme enrollado con tu mejor amiga. No te ofendas, Luc.

Puse los ojos en blanco.

—Vale. Decidme a la cara que me he equivocado.

—La cosa es —interrumpió Bridget— que da lo mismo, porque después del «te quiero» ya no seguí escuchando.

Tom soltó una carcajada y la atrajo hacia él.

—Te quiero mucho.

—Eh. —Priya dio un golpe en el volante—. La única persona que tiene permiso para follar en mi camioneta soy yo. Es decir, yo y la persona a la que me esté follando.

—Sí, eso ya lo hemos deducido, querida —señaló James Royce-Royce—. Si no fuera así, estarías ahora en el asiento de atrás, haciéndote una paja brutal.

Priya miró por el espejo retrovisor.

—Gracias por especular acerca de la escala de mis costumbres masturbatorias.

—¿Habrías preferido que hubiera dicho una paja pequeñita? ¿Una micropaja? ¿Una pajita?

Me cubrí la cara con las manos.

—He cambiado de idea. Me voy a Durham a pie.

—Vale, vale —me dijo Bridget con una palmadita de consuelo—. Todo va a salir bien. A Oliver le gustas de verdad. Y a ti te gusta él. Solo que no habéis acertado a la hora de comunicarlo el uno al otro.

—Lo cierto es que él ha sabido convencerme muy bien. Hasta el punto de que dijo que lo nuestro se había acabado y se marchó de mi piso.

—Tiene miedo, Luc.

—Sí, hasta ahí llego. Tengo algo de inteligencia emocional.

—Pero también tienes que comprender que él ha pasado toda la vida intentando ser el hijo perfecto y el novio perfecto, y que nunca parece salirle bien.

Hice un ruidito de enfado.

—Sí, eso también lo he captado. Algo de atención puse cuando estábamos saliendo. La diferencia es que los padres de Oliver son unos hijos de puta. Y supongo que sus novios también lo han sido.

—Eran bastante majos. Algunos de sus novios, quiero decir. Pero sus padres son horribles y me odian.

—Oh, Bridget, ¿cómo va nadie a odiarte a ti? —preguntó James Royce-Royce con una falta de sarcasmo casi inhumana.

Ella reflexionó durante unos instantes.

—Por lo visto, si eres impuntual se enfadan mucho. Pero yo no soy impuntual porque quiera. Es porque me surgen cosas. Y en cierta ocasión pedí un Malibú con Coca-Cola en una fiesta, y me miraron como si hubiera pedido una copa de sangre de niño.

—Sí —afirmé—. Parece típico de ellos.

—Así que ya ves —insistió Bridge— por qué a Oliver se le dan mal las relaciones personales.

Aunque Oliver no estaba presente, y aquella era una crítica de lo más suave, de todas formas sentí la extraña necesidad de defenderlo.

—Cuando estuvo conmigo, mostró un comportamiento increíble con ellos. Es el mejor novio que he tenido nunca.

—Eso —respondió Priya— es porque tú eres un desastre descomunal en todo lo romántico y tienes el listón muy bajo.

Le lancé una mirada.

—Sabes que solo somos amigos tuyos por la camioneta que tienes.

—Dejad el pique. —Bridge golpeó con el puño el objeto sólido que tenía más cerca, que, por desgracia, era yo—. Esto es importante. Estamos resolviendo la vida amorosa de Luc y el problema no radica en que él tenga el listón bajo.

Yo estaba a punto de protestar diciendo que no tenía el listón bajo, pero me encontraba en aquel lío porque les había dicho a mis amigos que literalmente necesitaba a una persona que saliera conmigo.

—¿Y dónde radica el problema, entonces?

—En que no se puede tener intimidad con nadie —siguió

diciendo Bridge— cuando uno se pasa todo el tiempo intentando ser lo que cree que quieren los demás.

—Pero él es lo que quiero yo. —En ese momento, sin embargo, recordé que Oliver me había dicho que no era quien yo pensaba que era—. Mierda. ¿No lo es?

Las cejas de Priya hicieron una mueca bastante agresiva.

—Ya hemos recorrido aproximadamente una tercera parte del puto viaje hasta Durham. Más vale que lo sea.

Yo me sentía de lo más confuso. O tal vez no. Puede que todo aquello de las expectativas de cada uno, lo de fingir y lo de quién eran las personas, no fuera en realidad más que humo y tonterías. Y a lo mejor yo me había equivocado totalmente al hacerle ver a Oliver que lo que me hacía feliz no era su torso en forma de V, ni sus torrijas ni su carrera socialmente aceptable, sino él mismo. A lo mejor era así de simple.

—Sí —contesté—. Lo es.

CAPÍTULO 51

Probablemente decía mucho del sentido del humor que tenía Oliver —incluso encontrándose, al parecer, en medio de una crisis existencial—, el hecho de que hubiera elegido alojarse en un establecimiento que se llamaba Hotel Abogado Honrado. Guiándome por mi absoluta falta de conocimientos y de interés por la historia, parecía una posada medieval reconvertida en hotel, con sus ventanas de guillotina, sus inclinados tejados de pizarra y sus recias chimeneas. Delante de la fachada se alzaba un hermoso cerezo en flor, un detalle que, al menos en teoría, lo convertía en un lugar excelente para intentar reconquistar a un amante. Y, ya puestos, hacerlo volver a tu ciudad.

Metimos la camioneta en el aparcamiento del hotel y entramos en tromba por la puerta principal sin parecer nada sospechosos.

—Hola —le dije yo al individuo trajeado que estaba tras el mostrador, el cual, francamente, y con toda justicia, parecía haberse hartado ya de mí.

—¿En qué puedo ayudarlo? —Una pausa—. ¿A cualquiera de ustedes?

—Estoy buscando a Oliver Blackwood. Creo que se hospeda aquí.

El empleado puso esa cara que ponen las personas que trabajan en el sector de servicios cuando alguien les pide que hagan algo que claramente se sale de sus obligaciones.

—Me temo que no puedo facilitar información acerca de huéspedes.

—Pero —presioné— él es un huésped.

—No puedo facilitar información acerca de si alguien es un huésped o no.

—No se trata de una estrella de cine ni nada parecido. Simplemente es mi exnovio.

—Eso no cambia las cosas. No estoy autorizado a decirle a usted quién se hospeda aquí.

—Ah. Bien. ¿Y si se lo pido por favor?

—No.

—He hecho un viaje muy largo.

—Y... —Para ser justos, hay que reconocer que el recepcionista estaba teniendo mucha más paciencia de la que habría tenido yo—. ¿Ha traído a todas estas personas con usted?

—Venimos para darle apoyo moral —explicó Bridget.

—Si conoce a esa persona —dijo muy despacio el recepcionista—, ¿no tiene su número de teléfono?

—Me preocupaba que no quisiera cogérmelo.

—Sin embargo, ha pensado que le parecería bien que usted se presentara en su hotel sin avisar y acompañado de un séquito.

Me volví hacia Bridget.

—Bridge, ¿por qué pensaste que este plan iba a funcionar?

—Porque haciendo esto demuestras que estás haciendo lo imposible. —Se adelantó para situarse a mi lado—. Esto demuestra lo mucho que te importa Oliver.

—Sí. —Esa fue Priya—. Estoy llegando a la conclusión de que sobre todo demuestra que no lo has pensado bien.

—Debo coincidir con ustedes —dijo el recepcionista.

Tímidamente, saqué mi teléfono y llamé a Oliver. Me saltó el contestador, pero como no había ningún mensaje que pudiera dejarle, colgué enseguida.

—Me parece que es posible que me haya bloqueado.

El recepcionista se cruzó de brazos con actitud satisfecha, como demostrando que tenía razón.

—¿Lo ve? Por eso no facilitamos información acerca de los huéspedes.

—Pero esto es… amor, ¿entiende? —probé.

—Y esto es… —replicó el recepcionista sin inmutarse— mi trabajo, ¿entiende?

—No te preocupes —exclamó Bridge—. Voy a llamarlo yo. A mí no me bloquea nadie.

James Royce-Royce puso cara de desesperación.

—Yo lo intento, cielo, pero tú nunca aceptas una no respuesta por respuesta.

—En cierta ocasión me dejó treinta y siete mensajes de voz consecutivos —añadió el otro James Royce-Royce— para hablarme de una tienda que había encontrado en la que todavía vendían barritas de chocolate a quince peniques.

—¿En serio? ¿Dónde está? —preguntó el recepcionista.

Bridge lo miró con cara de pocos amigos.

—Lo siento, no estoy autorizada a facilitar esa información.

—¿Te importaría —dije haciendo un supremo esfuerzo para parecer tranquilo y controlado— llamar a Oliver por mí?

—No te preocupes. —Bridge ya estaba rebuscando en su bolso—. Tengo una cosa. Va a ser increíblemente sutil.

—Pues —dijo Priya— estamos jodidos.

Siguió una breve pausa mientras Bridge desbloqueaba el teléfono. Y llevaba razón: Oliver no la tenía bloqueada a ella.

Lo cual era bueno en las circunstancias actuales, pero también hizo que me sintiera fatal.

—Hola —dijo en un tono cantarín que, para ser sincero, no sonó del todo convincente—. Se me ha ocurrido llamarte sin ningún motivo especial... No, todo va bien... No, no hay ninguna crisis... ¿Qué tal por Durham?... ¿Cómo que no estás en Durham?... Ah. Pues genial... Me ha encantado charlar contigo. Adiós.

—Vale. —Miré fijamente a Bridget recordándome a mí mismo que era mi mejor amiga y que a una mejor amiga no se le desea que se caiga por una alcantarilla y se parta la crisma—. ¿Qué es eso de que no está en Durham?

—Por lo visto —respondió Bridge nerviosa—, ha cambiado de idea. Respecto de lo de ese trabajo. Y, como es obvio, también ha debido de anular la reserva en el hotel.

—Eso no puedo confirmarlo ni negarlo —aportó el recepcionista—. Pero les ruego que se vayan.

Priya levantó las manos en el aire.

—Joder, me debéis una cena. O de lo contrario me vuelvo al puto Londres sola.

—¿Le importaría por lo menos dejar de decir tacos dentro del hotel? —pidió el recepcionista con el tono lastimero de una persona que, llegado ese punto, ya aceptaba lo que fuera.

—El restaurante de aquí tiene muy buena pinta —terció James Royce-Royce—. Por lo visto, todos los ingredientes que utiliza proceden de diez kilómetros a la redonda, y me encantaría comerme un buen asado de ternera de la zona.

—Una pregunta rápida —dije girándome hacia el recepcionista—. Si cenamos en su restaurante, ¿se mostrará usted menos cabreado con nosotros o más cabreado con nosotros?

El recepcionista se encogió de hombros.

—En este preciso instante, lo único que deseo es que se aparten de mi mostrador.

—Estupendo —dijo Bridge haciendo un bailecito—. Una aventura culinaria.

Ella y yo terminamos pagando la cuenta a medias, ya que aquello había sido enteramente idea suya y, teóricamente, en beneficio mío.

Después de los entrantes, los platos principales y los postres, y después de que Priya se empeñase en pedir café, volvimos a subirnos todos en su camioneta y emprendimos el regreso a casa, que siempre es la peor parte de un viaje por carretera, sobre todo si se hace tras haber sufrido una fuerte decepción.

—Lo cierto es que es buena señal. —Como siempre, Bridge fue la primera en romper un deprimente silencio en el que nos estábamos recreando.

James Royce-Royce levantó la cabeza del hombro de James Royce-Royce.

—Continúa, querida. Explícanos.

—¿No lo veis? Oliver estaba tan triste después de haber roto con Luc que ha querido huir a la otra punta del país. Pero cuando ha meditado sobre la realidad de dejarlo, no ha podido hacerlo.

—También podría ser —propuse yo— que se haya sentido incómodo porque acaba de salir de una extraña relación no del todo fingida y sus padres han sido unos capullos con él, así que se le ha ocurrido hacer algo melodramático. Luego se ha dado cuenta de que ha sido una tontería, porque su casa, su trabajo y todos sus amigos están en Londres. Donde es perfectamente feliz sin mí.

Tom estaba dormitando en el rincón, pero de pronto se incorporó.

—¿Y no es posible que exista un punto intermedio en todo eso? Como, por ejemplo, que el hecho de que Oliver quiera o no quiera volver con Luc quizá no tenga nada que ver con que quiera o no quiera mudarse a Durham.

—¿Estás diciendo —dije, mirando a Tom por encima del hombro de Bridge— que Oliver no es ni feliz ni infeliz sin mí porque yo no tengo ninguna importancia?

—No. Estoy diciendo que podría ser que tú no tengas ninguna importancia para unas decisiones muy concretas.

—Eso no es verdad —protestó Bridge, lealmente—. Estoy segura de que Oliver no se habría ido a buscar trabajo a la otra punta del país si no hubiera roto con Luc.

Hice un gesto como diciendo «a la mierda todo».

—Sea como sea, da igual. He intentado tener un gesto y lo único que he conseguido ha sido hacer perder diez horas a todo el mundo.

—El tiempo que se pasa con los amigos —opinó James Royce-Royce— nunca es tiempo perdido. Y la carne estaba excelente, aunque algo poco hecha para mi gusto.

A Priya le brillaron los ojos en el retrovisor.

—Yo sí que he perdido tiempo. Y gasolina.

—Te pagaré la gasolina.

—¿Y qué me dices del sexo que podría estar teniendo ahora?

—Pues… —Parpadeé—. También te lo pagaría, pero yo no estoy cualificado. Bridge, esto ha sido idea tuya: te paso a ti la pelota.

Bridge lanzó un gritito.

—No creo que yo esté cualificada tampoco.

—Oye —dijo Priya—, ¿podemos dejar de hablar de mi sexualidad como si fuera un requisito para entrar a trabajar en Deloitte?

Le pedimos disculpas. Tras lo cual, Bridge hizo una cómoda transición hacia mi vida amorosa.

—Más te vale no rendirte, Luc.

—Oliver ni siquiera ha contestado a mi llamada.

—Ya. Esa es otra buena señal. Si no le importara un comino, no tendría inconveniente en hablar contigo.

—Ya hemos pasado por esto. No hubiera sabido qué decirle en un hotel de Durham. No sé qué habría dicho si me hubiera cogido el teléfono. Como tampoco voy a saber qué decir si de repente me presento en la puerta de su casa a las diez de la noche.

—Oh —dijo Bridge con una exclamación ahogada—. Esa es una idea maravillosa. Priya, llévanos a casa de Oliver.

Priya volvió a fruncir el ceño.

—Cómo no. Simplemente tecleo «casa de Oliver» en el navegador GPS, ¿no?

—Tranquila, tengo su dirección.

—Esto es mi camioneta, no un puñetero Uber.

—A Oliver no le gustaba usar los Uber —comenté sin pensar—. Opinaba que sus prácticas profesionales eran poco éticas.

—¿Sabes otra cosa que es poco ética? —replicó Priya—. Obligar a tu única amiga asiática a que te lleve a todas partes en coche.

—Ooh —empezó James Royce-Royce—, no lo había visto desde esa óptica. Podría coger yo un rato el volante, si quieres.

Priya negó con la cabeza.

—Nadie tiene sexo en mi camioneta excepto yo. Y nadie conduce mi camioneta excepto yo.

—Pues entonces deja de quejarte de que te obligamos a llevarnos —me quejé yo.

—Podríais, por ejemplo, tener coche vosotros.

—¿Con la tasa que hay que pagar por circular por el centro? —dijo James Royce-Royce, que estaba escandalizado de verdad—. Y aparcar sería una pesadilla. Además, querida, tú eres la que eligió dedicarse profesionalmente a transportar chatarra.

—Soy escultora, no recolectora de basura.

Cerré los ojos. Podían seguir así de manera indefinida. Y yo había tenido, por decirlo con suavidad, un día muy largo, que se había hecho aún más largo debido a que había resultado del todo inútil. Probablemente era para bien que Oliver no estuviera volviendo toda su vida del revés al azar en un momento de... de lo que hubiera sido ese momento. Y, de hecho, yo mismo había tenido uno de esos momentos, y nunca eran una buena señal. Pero, en lo que se refería a mi relación con Oliver, falsa o no, o a la falta de dicha relación, ello no me llevaba a ninguna parte. Por lo menos, si hubiéramos encontrado a Oliver en Durham, podría haberle dicho: «Por favor, no te vayas, vuelve conmigo». Mientras que si intentaba hablar con él ahora, iba a tener que decirle un mero «hola». Y no veía yo que aquello fuera una historia de amor de las que nunca se olvidan.

Joder. Qué desastre.

Apoyé la cabeza en la ventanilla y me dejé adormecer por el ronroneo del motor y por el balsámico ruido de estática de mis amigos discutiendo.

CAPÍTULO 52

—**Y**a hemos llegado —dijo Bridge sacudiéndome toda emocionada.

Me froté los ojos, muy contento de estar en casa.

—Menos mal. Estoy hecho polvo.

—Oh, cuánto lo siento —se mofó Priya—. Haberte obligado a dormir en la parte de atrás mientras te llevaba a Durham y volvía a traerte a casita para buscar una aguja en un pajar.

—Perdón, perdón. La próxima vez que tengas que transportar algo que pese mucho, pondré muchas menos excusas para no ayudarte. —Me bajé pesadamente de la camioneta al tiempo que buscaba las llaves en mi bolsillo. Hasta que me di cuenta de que estaba en Clerkenwell—. Espera un momento. Aquí no es donde vivo yo.

Bridget volvió a cerrar la portezuela y echó el seguro. A continuación, bajó la ventanilla lo justo para que yo la oyera.

—No, aquí es donde vive Oliver. ¿No te acuerdas? Hemos dicho que te traeríamos aquí.

Así era, en efecto.

—Pero yo no he dado mi consentimiento.

—Se siente, es por tu propio bien. Nos darás las gracias cuando tengas ochenta años y un millón de nietos.

Di un puñetazo en el costado de la camioneta.

—Dejadme entrar, cabrones abyectos. Esto no tiene gracia.

Priya abrió mínimamente la ventanilla delantera.

—Llevas razón, no la tiene. No toques la pintura de mi camioneta.

—Por Dios. —Agité los brazos, pero no me atreví a provocar más la ira de Priya—. Estoy seguro de que esto equivale a un secuestro.

—Ooh —exclamó Bridget—. Oliver es abogado. Llama a su puerta y pregúntale.

—No pienso despertarlo en mitad de la noche para preguntarle, así por las buenas, si mis amigos han cometido un delito contra mí.

—Lo único que intentaba era ofrecer una historia de portada que fuese verosímil y que a continuación tú pudieras utilizar para decirle que quieres volver a salir con él.

Yo seguía gesticulando.

—Son… muchas cosas. En primer lugar, no es una historia de portada verosímil. En segundo lugar, eso no compensa el hecho de que me hayáis dejado tirado en la calle a medio Londres de donde vivo. Y en tercer lugar, lo más importante: Oliver no quiere salir conmigo.

—En Durham estabas dispuesto a hacer esto. ¿Por qué no quieres hacerlo aquí?

—¡Porque —chillé— he tenido tiempo para darme cuenta de que es una idea horrorosa! Venga, dejadme subir otra vez a esa furgoneta, antes de que los vecinos de Oliver llamen a la policía.

Priya empezó a subir su ventanilla.

—No te atrevas a llamar furgoneta a mi camioneta.

—Perdona. Está claro que lo que más importa en estos momentos es hacer esa distinción.

—Lucien —dijo Oliver a mi espalda—, ¿qué estás haciendo? «Joder. Joder. Joder».

Me volví procurando mostrar una actitud normal e indiferente.

—Pasaba por aquí. Volvía de… un viaje.

—Si pasabas por aquí, ¿por qué estás de pie delante de mi portal gritando a todo pulmón? ¿Y qué hace una camioneta llena de gente mirándote?

Me lo quedé mirando con impotencia durante unos instantes que se me antojaron eternos. Llevaba un pantalón de pijama a rayas y una de sus camisetas de color liso, excitantes de tan ceñidas, y lucía ese aspecto ligeramente sobrecincelado que tenía cuando lo conocí. Con él parecía ligeramente un desconocido.

—Estoy intentando encontrar una buena excusa —le dije—. Pero no puedo.

—Entonces —dijo, cruzándose de brazos—, ¿por qué no pruebas a decirme la verdad?

Bueno, no podía ser peor que decir: «He hecho una paradita con todos mis amigos para hacerte una consulta jurídica».

—Bridget me ha dicho que pensabas mudarte a Durham, así que he ido a Durham. Para decirte que no te fueras a Durham. Pero resulta que no estabas en Durham. Estabas en tu casa.

Dio la impresión de que tenía problemas para procesar esa información. Ya éramos dos.

—¿Por eso has llamado antes?

—Pues… sí.

—No… No me voy a Durham.

—Ya. Lo he deducido al ver que no estabas en Durham.

Otro silencio eterno.

—¿Por qué —me preguntó despacio— te preocupa?

—No lo sé. Es que no... no quería que estuvieras en Durham. Bueno, a no ser que tú quisieras de verdad estar allí. Pero yo creo que... Bueno, yo no soy quién para decir... Pero es probable que tú no... quieras, claro está. Estar en Durham.

Oliver me miraba como diciendo: «¿Se puede saber qué demonios te ocurre?».

—Sí, Lucien. Por eso no me he ido.

—Ya, pero lo cierto es que te has presentado a una oferta de trabajo y has reservado un hotel. Eso quiere decir que en algún momento has pensado en serio trasladarte allí.

—Sí. Bueno... —dijo, sonrojándose un poco—, hubo un momento en el que deseé estar en otro sitio. Lejos de todas las personas a las que he decepcionado.

—Por Dios —protesté—, no has decepcionado a nadie.

—No me diste esa impresión la última vez que estuvimos hablando.

Agité los brazos en un gesto de exasperación.

—Me cuesta creer que me hagas defender tu derecho a dejarme tirado. Pero no me decepcionaste. Sencillamente, tomaste una decisión que no me gustó. No es lo mismo. En mi opinión, te equivocaste, porque tu misión no es hacerme feliz a mí, ni a tus padres ni a nadie.

De la camioneta surgió un coro de voces que pedían: «beso, beso, beso». Estoy bastante seguro de que lo inició Bridge.

Me giré en redondo y los miré, furioso.

—No es el momento. De verdad que no.

—Disculpa, Luc, cielo. —James Royce-Royce se estiró por encima del asiento del pasajero y sacó la cabeza por la ventanilla—. Desde aquí cuesta oír lo que decís y, por lo visto, hemos interpretado erróneamente el lenguaje corporal.

—Ya lo creo que sí.

—Si no es entrometerme demasiado —dijo Oliver—, ¿se puede saber por qué has traído a todos tus amigos hasta la puerta de mi casa?

—No los he traído yo, me han traído ellos a mí. Se les ha ocurrido que si me presentaba aquí y te decía lo mucho que me importas, te arrojarías a mis brazos y seríamos felices y comeríamos perdices. Pero, la verdad, han subestimado muchísimo lo jodido que estás.

La expresión del semblante de Oliver fue pasando por el dolor, el alivio y la rabia, para finalmente estabilizarse en la resignación.

—En fin, me alegro de que por fin me entiendas con claridad. ¿Deduzco que aceptas que estás mejor sin mí?

—Que te den, Oliver, no. Ya sé que no siempre te he entendido y ya sé que ha habido unas cuantas ocasiones en que he sido contigo un capullo sin querer… y otras cuantas ocasiones en que he sido un capullo sin más…, pero nunca me ha gustado la clase de persona que tú crees que deberías ser. Me gusta la persona que eres.

—¿Ahora es un buen momento? —preguntó Bridget desde la camioneta.

—No —ladré yo—. Para nada.

—Vale. Perdona. Pero avísanos.

—No voy a poder. La verdad es que me está rechazando de nuevo.

—No te estoy rechazando —interrumpió Oliver haciendo un valiente esfuerzo para ignorar el hecho de que yo, de forma accidental, había traído público—. Pero tienes que entender que no soy un tipo con el que la gente permanezca mucho tiempo. Yo procuro ser buena persona y buen compañero, pero nunca es suficiente. Y nunca será suficiente para ti.

—Dile lo de que tienes el listón bajísimo —sugirió Priya.

—No es verdad que tenga el listón bajísimo. Bueno, sí. Pero eso ahora no viene a cuento. —Apoyé la espalda contra la camioneta y miré a Oliver de frente—. Oye, no has entendido nada. No puedo responder por tus relaciones anteriores, pero... lo que crees que aleja a la gente de ti es lo que la acerca. Y, joder, parezco una de esas publicaciones inspiracionales de Instagram, lo que aparta a los demás de ti es el hecho de que no les permitas acercarse.

—Lo que aparta a los demás —dijo Oliver, con una expresión tensa, ceñuda— es que yo sea negligente. Mis padres lo ven. Tú lo has visto. Cuando estaba contigo, no cuidaba de mí mismo. Comía demasiado, hacía muy poco ejercicio, me apoyaba en ti más de lo que debería. Y esas escenas a las que te sometí con mi familia y después. Esa no es la persona que yo quería que estuviera contigo.

—Oh, Oliver. No has escuchado ni una sola palabra de lo que he dicho. Yo no estaba contigo porque tuvieras un torso en forma de V y cero problemas. —Incluso mientras lo decía, a mí mismo me sonaba falso—. Vale, al principio sí. Pero me quedé porque eres... Mierda, iba a decir que eres perfecto, pero no eres perfecto, y nadie es perfecto, y no es necesario que seas perfecto.

—Por supuesto que nadie es perfecto, pero sí puedo ser mejor.

—No es necesario que seas mejor. Eres todo lo que yo quiero en este momento.

—Permíteme que te recuerde que has empezado esta conversación diciéndome que estoy muy jodido. Eso no puede ser algo que tú quieras.

—Por supuesto que sí.

—Me has visto tener un único día malo, Lucien. Eso no significa que me conozcas.

Lancé una carcajada.

—Ah, no tienes ni la menor idea. Cuando nos conocimos, yo estaba demasiado ocupado ahogándome en mi propia mierda para prestar atención a la tuya, pero no te escondes también como crees.

—No estoy muy seguro de que me guste hacia dónde va esto.

—Se siente. Esto lo has querido tú. Eres remilgado, inseguro y estirado, y utilizas un lenguaje pretencioso porque tienes miedo de cometer errores. Eres tan controlador que cuelgas los plátanos aparte y estás tan obsesionado con complacer a los demás que rozas lo autodestructivo. Y eso resulta extraño, porque también estás tan convencido de saber lo que es mejor para todo el mundo que nunca se te ocurre preguntárselo. Eres engreído y condescendiente, y te adhieres con rigidez a un conjunto de normas éticas sobre las que no creo que hayas reflexionado tanto como afirmas. Y creo sinceramente que es posible que sufras un leve desorden alimentario. Deberías hacértelo mirar, por cierto, tanto si sales conmigo como si no.

—Creía que habías venido hasta aquí para intentar recuperarme. No para dejar claro entre nosotros por qué no me necesitas para nada.

—¡Luc, te estás equivocando! —gritó Bridge—. Tienes que decirle que es maravilloso, no lo contrario.

Yo mantuve la mirada fija en Oliver.

—Y en efecto eres maravilloso. Pero es necesario que te convenzas de que no me gustas a pesar de… de todo eso. Me gustas porque eres tú, y todo eso forma parte de ti. —Ya tenía que ir a por todas—. Y, de todos modos, no me gustas. Es decir, sí me gustas, pero has de saber que además te quiero.

Con el rabillo del ojo vi que Bridge literalmente lanzaba un puñetazo al aire.

—¡Sí! Mejor.

En cambio Oliver no decía nada. Y eso no me pareció buena señal.

Así que continué hablando. Lo cual seguramente tampoco fue buena señal.

—Sé que en este momento te encuentras en una posición un poco extraña. La misma en la que me encontraba yo cuando empezamos esto. Pero ya me encuentro en otra mejor, y eso en parte te lo debo a ti y en parte a estos idiotas. —Señalé a mis amigos, que seguían con la nariz pegada a las ventanillas como si fueran cachorritos a la venta—. Lo cierto es que, incluso en ese momento, cuando la cagaba una y otra vez, y debo reconocer que la cagué muchas veces, por dentro sabía que estábamos haciéndolo bien. Y volví a ti una y otra vez, y una y otra vez tú me aceptaste. Porque tú también lo sabías. Y esta vez, me da rabia decirlo, pero el que la ha cagado eres tú. Y todavía he vuelto a ti porque sigo pensando que lo nuestro funciona. De modo que ahora te toca a ti mover ficha.

Vale, hasta mis amigos estaban muy callados. Yo tenía la sensación de que mi estómago iba a hundirse hasta el centro de la tierra.

Y esa sensación se prolongó durante mucho mucho tiempo.

Ya estaba. Ahora era el momento en el que Oliver comprendería lo que estaba diciendo yo, me rodearía con sus brazos y me diría…

—Lo siento, Lucien —me dijo—. No es lo mismo.

Acto seguido dio media vuelta, se metió en su casa y cerró la puerta.

CAPÍTULO 53

—¿Sabes? —dijo Bridget mientras Priya nos llevaba de vuelta a Shepherd's Bush—, de verdad creía que vuestro encuentro iba a ir mejor.

Suspiré y me sequé los ojos.

—Ya lo sé, Bridge, por eso te queremos.

—No lo entiendo. Sois perfectos el uno para el otro.

—Ya. Los dos estamos perfectamente jodidos.

—De formas complementarias.

—Si fuéramos complementarios, él no me habría abandonado ni me habría dejado de pie en la puerta cuando le he suplicado que no me abandonara.

En ese punto intervino James Royce-Royce:

—No he querido sacar a colación el tema, pero no estoy seguro de que hayas manejado la situación tan bien como habrías podido manejarla. Eso de empezar diciendo «Estos son todos tus defectos personales, y, a propósito, creo que sufres un desorden alimentario» no me parece que sea la mejor manera de establecer un tono romántico.

—No. —Bridge metió la cara entre los reposacabezas—. Eso mismo he pensado yo en ese momento, pero era lo correcto. Oliver necesita saber que es querido con independencia de todo.

—Entiendo lo que dices —respondió James Royce-Royce asintiendo sabiamente—, pero, en mi opinión, si el mensaje que se quería transmitir era que es querido con independencia de todo, debería haber dicho: «Oliver, eres querido con independencia de todo».

Me arrebujé otro poco más en el rincón.

—No me está gustando demasiado este análisis *post mortem* de mi fracaso romántico.

—Chorradas, James. —Por supuesto, Priya había decidido ignorarme. Sin embargo, parecía estar más bien de mi lado—. La gente no se cree las cosas porque uno se las diga de forma directa. Si así fuera, el arte visual sería completamente inútil. Y yo me pondría a escribir en las paredes cosas como «El capitalismo tiene problemas importantes» y «Me gustan las chicas».

—No te vayas por las ramas. —Esa fue Bridge. No me sorprendió—. La cosa es que necesitamos trazar un plan nuevo.

Cerré los ojos.

—No. No hay más planes.

—Pero, Luc, estás mucho mejor desde que estás con Oliver. Y no quiero que vuelvas a ponerte triste y a salir otra vez en la prensa sensacionalista.

En su defensa debo decir que no le faltaba razón al preocuparse. Después de todo, aquello era exactamente lo que había ocurrido la última vez que había roto con una persona que me importaba. Bueno, aparte del pequeño detalle de que Oliver no me vendió a una revistilla de cotilleo de tercera fila por una suma de dinero insultante, de tan exigua.

—Gracias por preocuparte por mí, Bridge. Pero, aun a riesgo de parecer la protagonista de una novela para chicas de los años noventa, no necesito que me complete un hombre.

—Tú me completas a mí, cielo —le dijo James Royce-Royce a James Royce-Royce.

Los miré furioso, desde el asiento de atrás.

—Estupenda manera de socavar lo que pretendía decir, tíos.

—Perdón, me he dejado llevar por la emoción.

—¿La emoción de ver cómo mi relación se hace trizas?

James Royce-Royce encorvó los hombros avergonzado.

—Querido, eso me hace parecer una persona bastante egoísta, ¿no crees?

—Mira —le dije—, estar con Oliver ha sido muy beneficioso para mí. Me ha ayudado a resolver muchas cosas. Y estoy seguro de que en el futuro seré capaz de tener una relación sana y funcional con una persona agradable. Pero, por ahora, sigo estando bastante mal. Así que te ruego que dejes de emocionarte por mí.

Al parecer, el mensaje terminó calando y todo el mundo me acompañó en mi dolor hasta que llegamos a mi casa. Allí anuncié mi intención de pasar las dos horas siguientes bebiendo y compadeciéndome de mí mismo.

—Podéis quedaros conmigo si os apetece, pero, dado que he estado todo el día con vosotros, sinceramente no me importará que os vayáis a casa.

Priya se encogió de hombros.

—Yo me apunto. Será como en los viejos tiempos.

—Lo siento, querido. —James Royce-Royce ya estaba llamando a un Uber—. Mi marido y yo tenemos que irnos a emocionarnos en otra parte.

—Y yo tengo que coger un avión mañana temprano —agregó Tom— para ir a un sitio que no puedo deciros a hacer una cosa que tampoco puedo decir.

—Yo me quedo —dijo Bridge—. Mañana llegaré tarde al

trabajo, pero tengo flexibilidad y estoy segura de que podrán sobrevivir sin mí durante… —Miró su teléfono—. Mierda, me han echado a la calle.

Por un instante, de verdad que no pensé en mis propios problemas.

—No jodas. Bridge. Cuánto lo siento. ¿Ha sido…?

—Falsa alarma. Se han echado a la calle ellos. Ha habido un incendio. Y se ha quemado la mitad de la primera edición de *En este momento no me encuentro en la oficina. Por favor, remita cualquier encargo de traducción a mi correo personal.* Tengo que ir a ocuparme de esto enseguida.

Todos nos fuimos en direcciones distintas, excepto Priya, que me siguió hasta mi piso, hizo un comentario apropiadamente maleducado acerca de lo sorprendida que estaba de que yo me las hubiera arreglado para mantenerlo limpio y, acto seguido, empezó a saquear la cocina buscando algo de beber. No puedo decir que yo fuera una buena compañía para ella, pero me resultó agradable tenerla en casa. Además me permitió llorar mientras me tomaba una copa sin poner cara de sentirse incómoda y sin intentar consolarme, que era justo lo que necesitaba yo en ese momento.

Nos fuimos a la cama a las tres de la mañana, porque ella no estaba en condiciones de conducir y yo no estaba en condiciones de quedarme solo. Con lo cual, los dos nos despertamos dos horas más tarde, cuando sonó el timbre de la puerta.

—¿Quién coño será? —gruñó Priya.

—Pues… —dije medio dormido, mientras me volvía— normalmente diría que eres tú, pero estás aquí. O Bridge, pero lo más probable es que todavía esté bregando con un almacén lleno de libros en llamas.

El timbre continuó sonando.

Priya me quitó la almohada y se la puso encima de la cabeza.

—Seguro que es el puñetero Oliver, ya lo verás.

No podía ser nadie más. Pero yo no sabía cómo debía sentirme al respecto. Se suponía que aquello debería ponerme contento, ¿no? Pero también me estaba poniendo nervioso por haberla cagado y me estaba provocando dolor de cabeza.

El timbre continuó sonando.

—Tienes ocho segundos para atender ese timbre —me dijo Priya— y después lo destruiré con un taladro.

—No tengo taladro.

—Pues buscaré algo que sea grande y puntiagudo y haré lo que se pueda.

—Vale, eso se cargará la fianza que deposité para el alquiler.

—Pues entonces —rugió Priya— ve a atender el puto timbre.

Salí de la cama tambaleándome y pasé al cuarto de estar.

—Diga —dije levantando el telefonillo como si temiera que fuese a morderme.

—Soy yo. —La voz de Oliver sonó ligeramente ronca, aunque menos destrozada que la mía.

—¿Y?

—Vengo a… verte. ¿Puedo subir?

—Pues… tengo en la cama a una lesbiana menuda y furiosa, así que no es un buen momento.

Siguió una pausa.

—No sé muy bien si debería tener esta conversación a través de un telefonillo.

—Oliver. —La llorera, el alcohol, las diez horas de viaje y mi crónica falta de sueño habían convertido mi cerebro en una papilla de coliflor—. No estoy seguro de querer tener una conversación. Teniendo en cuenta, ya sabes… todo.

—Lo comprendo. Pero… —siguió una breve pausa nerviosa, desesperada— te lo pido por favor.

Mierda.

—Está bien. Ahora bajo.

Y bajé. Oliver estaba en el portal, vestido para ir a trabajar, luciendo unas profundas ojeras.

—Vale. Dime.

Él me miró fijamente durante largos instantes.

—¿Eres consciente de que no llevas encima más que unos calzoncillos con dibujitos de erizos?

Fui consciente en ese momento.

—He pasado una mala noche.

—Pues ya somos dos. —Se quitó su enorme amigo de cachemir y me lo puso sobre los hombros.

Obviamente, mi orgullo me exigía que no se lo permitiera, pero, ahora que había restaurado mi reputación, lo que menos me convenía era que alguien me hiciese una foto en calzoncillos o me denunciase por indecencia pública. Conociendo mi mala suerte, seguro que me tocaba de nuevo el juez Mayhew.

Oliver respiró hondo.

—Lamento haberte despertado. Pero es que… quería decirte que me he equivocado.

Habría sido un buen momento para decir algo alentador y emocionalmente generoso, pero es que aquel timbre me había sacado de la cama cuando llevaba dos horas durmiendo.

—¿En qué parte?

—En todas. Sobre todo cuando te he dicho que no era lo mismo. Porque sí lo es. —Se quedó mirando la acera, o posiblemente mis pies descalzos—. Estaba alterado y molesto, y me aparté, y luego me sentí demasiado avergonzado para regresar.

Aquello me sonó demasiado familiar para poder condenarlo, por más ganas que tuviera.

—Lo entiendo. Estoy dolido y muy furioso, pero lo entiendo.

—Desearía no haberte hecho daño.

—Yo también, pero… —dije, encogiéndome de hombros— aquí estamos.

Siguió un largo silencio. A Oliver se le veía inseguro y atormentado, pero yo aún no me sentía inclinado a serle de ayuda.

—¿Iba en serio? —me preguntó al fin.

—¿El qué?

—Todo lo que has dicho.

Estaba empezando a darme cuenta de que Oliver hacía eso muy a menudo: pedirme que repitiera expresiones de afecto, como si le costara trabajo creer que hubiera oído bien.

—Sí, Oliver. Iba en serio. Por eso lo he dicho.

—¿Piensas que sufro un desorden alimentario?

Más le valía que no hubiera venido hasta mi casa, me hubiera sacado de la cama y me hubiera hecho afrontar la posibilidad, muy real, de que Priya no me permitiera volver a entrar en mi piso, para hablar de mi percepción sobre su salud mental.

—No lo sé. Quizá. No soy un profesional de la medicina. Pero estás tan obsesionado con llevar una vida sana que a veces resulta insano.

—También te has dado cuenta de que soy muy controlador. Quizá sea un síntoma de que en general soy un estirado.

—¿De verdad quieres hablar de esto ahora?

—No —reconoció frunciendo el ceño—. Estoy siendo cobarde otra vez. Lo que quería preguntarte en realidad es… si hablabas en serio cuando has dicho que… ya sabes qué.

—¿Cuándo he dicho que te quiero? —concluí, pensando

que para ser una persona a la que no le gustaba hablar de sentimientos, la frase me había salido con bastante facilidad.

Él afirmó con la cabeza, un poco avergonzado.

—Naturalmente que te quiero. Por eso me he presentado en tu casa y he hecho el ridículo más espantoso. Otra vez.

—Hum. —Oliver cambió el peso de un pie al otro—. Esperaba que fuese obvio, pero por si acaso no lo es... ahora estoy yo en tu casa. Y también me siento un poco ridículo.

—Tú no eres el que está en ropa interior. —Se le veía increíblemente perdido, y yo... yo fui tan bobo que no pude soportarlo—. Oliver —le dije—, ¿hay algo que quieras decirme?

—Son tantas cosas, que no sé por dónde empezar.

—¿Por qué no empiezas diciendo la única que necesito que me digas?

—Pues... —Me miró de una forma increíble, todo dignidad y vulnerabilidad al mismo tiempo—. Estoy enamorado de ti, Lucien. Pero eso no me parece suficiente.

Yo siempre me había imaginado que la parte importante era decir «te quiero». Salvo que eso podía decirlo cualquier gilipollas y ya me lo habían dicho unos cuantos. Tan solo Oliver era capaz de decir a continuación que no le parecía suficiente. Sonreí sin querer.

—Te has olvidado de que yo tengo el listón bajísimo.

—Todavía tengo mucho que averiguar a ese respecto —murmuró él—, pero tú me has ayudado a comprender que, con mucha frecuencia, lo del listón es una gilipollez.

Vale. Eso era incluso mejor que lo de que no le parecía suficiente.

Lo besé. O él me besó a mí. No supe distinguir cuál de los dos lo hizo primero. Pero dio igual; lo único que importaba era que nos estábamos besando. Eran besos que decían «te he

507

echado de menos«. Eran besos que decían «te deseo». Y eran besos que contenían promesas, besos que se repetirían al día siguiente, y al otro, y al otro.

Después, el cielo se iluminó con un nuevo día, límpido, azul e infinito. Nos sentamos en mi portal, hombros y rodillas tocándose, mientras el barrio de Shepherd's Bush iba desperezándose a nuestro alrededor.

—Creo que debería comunicarte —me dijo Oliver— que he meditado mucho sobre lo que dijiste. Sobre mis padres y yo, y… sobre mi forma de vivir la vida.

Lo miré un tanto preocupado.

—No le des demasiada importancia. No estoy seguro de haber manejado eso tan bien yo mismo.

—No estoy seguro de que haya un modo de manejarlo bien. Pero me fío de ti, y eso me ha dado perspectiva. Claro que todavía no sé qué hacer con esa perspectiva, pero de algo sirve.

—Bueno, si tardas menos de veintiocho años, ya lo estarás haciendo mejor que yo.

—Esto no es una competición. Y, de hecho —dijo, con una risita—, yo diría que veintiocho años está bastante bien.

—La relación con la familia es difícil. Pero sabes que me tienes a mí, ¿vale? No como sustituto, sino más bien como una bonificación.

—Lucien, tú eres más que una bonificación. Tú eres una parte integral.

Ay, corazón, deja de latir así. Y esto ni siquiera lo dije con sarcasmo.

Oliver se removió nervioso.

—Soy consciente de que lo que voy a decirte tal vez te resulte una pesada carga, pero tú sigues siendo lo que he elegido para mí. Lo que es más exclusivamente mío. Lo que me produce la dicha más profunda.

—Uf... —Mi antiguo yo habría salido huyendo—. No estoy muy seguro de sentirlo como una carga. Me siento... asombrado de ser eso para ti. Pero estoy deseando serlo.

—Hace mucho tiempo que me siento atraído por ti. Desde que te vi en aquella horrible fiesta y diste la impresión, cosa imposible, de estar libre. Aunque considero que fue bastante patético por mi parte aceptar ser tu falso novio.

—Eh —señalé—, fui yo quien te pidió que fueras mi falso novio. Eso es mucho más patético.

—En cualquier caso, no estaba preparado para la verdad de ti.

Me estremecí, un tanto emocionado pero también bastante violento. Porque seguía siendo un poco patoso con los sentimientos y Oliver, al parecer, tenía muchos sentimientos. Y supongo que yo también.

—El sentimiento es mutuo, pequeño.

—No le restes valor, Lucien. Tú has hecho por mí cosas que no había hecho nadie.

—¿Quieres decir, por ejemplo, ir hasta Durham sin motivo alguno?

—Me has visto. Me has defendido. Has luchado por conservarme.

A través de los ojos de Oliver, estaba empezando a parecer una persona estupenda.

—Hay que joderse. Tú no haces nada a medias, ¿eh?

Oliver esbozó una ligera sonrisa.

—Por si no te habías dado cuenta, tú tampoco.

Apoyé la cabeza en su hombro y él me rodeó con un brazo.

—¿Sabes?, no sé muy bien cómo hacer ahora que somos novios de verdad.

—Supongo que debemos comportarnos de forma muy parecida a cuando éramos novios falsos. Por lo visto, nos funcionó.

—Vale. —Aquello era más sencillo de lo que yo esperaba—. Pues hagamos eso.

—Siempre he creído —dijo Oliver estrechándome contra él— que mis relaciones anteriores fracasaron porque no me esforcé lo suficiente. Pero sospecho que tenías razón y que me esforcé demasiado. Contigo pensé que no corría peligro manteniendo la guardia baja porque lo nuestro no era de verdad. Pero ahora sí lo es y… en fin… estoy llegando a la conclusión de que a lo mejor estoy profundamente aterrorizado.

—Yo también —contesté—. Pero podemos aterrorizarnos juntos.

Metí mi mano en la de Oliver y pasamos un rato sentados, sin hablar. Y me sentí bastante seguro de que el amor era así: confuso, terrorífico, desconcertante y lo bastante liviano como para salir volando como un papel barrido por el viento.